本书出版获中国博士后科学基金面上资助项目"文士文化与希伯来先知文学研究"（2019M661586）、中央高校基本科研业务费、上海外国语大学学术著作出版资助项目资助

文士文化与
希伯来先知文学研究

Scribal Culture and Hebrew Prophetic Literature

张若一 著

人民出版社

责任编辑：祝曾姿
封面设计：汪　阳

图书在版编目（CIP）数据

文士文化与希伯来先知文学研究/张若一 著．—北京：人民出版社，
　2024.5
ISBN 978－7－01－026186－7

I.①文… II.①张… III.①犹太文学－文学研究　IV.① I106.9

中国国家版本馆CIP数据核字（2024）第045062号

文士文化与希伯来先知文学研究
WENSHI WENHUA YU XIBOLAI XIANZHI WENXUE YANJIU

张若一　著

人民出版社 出版发行
（100706 北京市东城区隆福寺街99号）

北京中科印刷有限公司印刷　新华书店经销

2024年5月第1版　2024年5月北京第1次印刷
开本：710毫米×1000毫米 1/16　印张：20
字数：215千字

ISBN 978－7－01－026186－7　定价：70.00元

邮购地址 100706　北京市东城区隆福寺街99号
人民东方图书销售中心　电话（010）65250042　65289539

版权所有·侵权必究
凡购买本社图书，如有印制质量问题，我社负责调换。
服务电话：（010）65250042

序

张若一博士的专著《文士文化与希伯来先知文学研究》付梓在即，希望我能写几句话作为序言，我就权当作是对他成果出版的祝贺之语。这些年来看着他一步步扎实地推进着自己的研究，由衷地为他取得的成绩感到高兴。

《塔纳赫》(תנ״ך，也即学界所称的《希伯来圣经》，Hebrew Bible）在世界文学宝库中享有特殊而崇高的地位，是世界文化史上最有影响力的经典之一。关于《塔纳赫》的研究源远流长，作为世界两大宗教的圣典，犹太教与基督教深厚的释经传统自不待言，近现代学术界的持续探讨更是触及到这部经典的各个方面，无论宏观上的整体考察还是微观上的细致分析，都取得了令人瞩目的成就。进入20世纪后，国际学界逐渐开始从文学批评的角度进行相关研究，利兰·莱肯（Leland Ryken）、罗伯特·阿尔特（Robert Alter）、梅厄·斯滕伯格（Meir Sternberg）等一众学者的研究为揭示这一典籍在语言风格、人物塑造、叙事情节、意象隐喻等维度的独到之处作出了卓越的贡献。另外亦有许多学者将文学与文化批评的各种理论引入这一研究领域，以富于时代特征的问题意识对《塔纳赫》予以阐释。国内的相关研究兴起于20世纪前期，迄今也已取得了一系列重要成果。南开大学的朱维之先生是国内希伯来文学与文化研究的先驱，希伯来文学研究的传统经由两代人的努力传承至今，在国内学界业已形成了自己的一些研究特色。站在21世纪的今天回望这一历程，可以明显地看到当今研究中存在的两种鲜明倾向：一是继承古典学术传统和研究方法，通过对相关文献的考察，努力在经典生成的原初历史文化语境中探讨相关问题；二是从回应当代人类社会面临的矛盾、困境、问题的角度，去理解乃至重新诠释这一古代经典。在我们看来，对经典的新的阐发并不能脱离经典自身的特质，而这些特质的形成显然又与其生成时期的历史文化语境紧密相关。如果说几个世纪以来的古典学术传统如学界所言本质上具有历史批评的特征，那么在希伯来文学研究中将文学与历史研究相结合的方法和理念肯定是必要的。国内学者在与国外相关学界不断进行对话的同时，已经开始探索这一经典研究的新路径，若一博士的新著就是近年来这方面颇具建树的成果。

在希伯来文学与文化这一领域耕耘的学者都清楚，有关古代以色列民族生活及其精神创造的研究要想做得深入、扎实并有所推进并非易事。希伯来文学、文化并不是独立生发的，而是在古代地中海文化圈、特别是古代近东地区深厚的文化土壤中孕育并发展起来的。研究者除了要学习和掌握相关的语言、熟知《塔纳赫》和其他希伯来经典外，还要深入了解以古代近东为核心区域内的其他民族相关文献，通过细致的比较和分析，在希伯来文本与其赖以产生的母体文化文本之间从语言、文类、母题、观念、题材、意象、叙事结构、抒情模式等诸方面建立起联系，进而在一个广阔的历史文化语境中通过探求影响与超越的复杂关系来揭示希伯来文学的民族特质。若一本科就读于南开大学英语专业，从硕士到博士阶段连续攻读希伯来文学，一边学习语言，一边大量阅读有关的历史文献，博士期间赴以色列耶路撒冷希伯来大学进行了联合培养，博士后时又到美国宾夕法尼亚大学访学，屈指算来他在希伯来文学研究上已孜孜以求了近十年的时光。如今他收获了一份沉甸甸的成果，自然是水到渠成之事。

本书的研究对象，是希伯来先知文学；研究路径则是在对古代近东、特别是两河流域文士文化传统考察的基础上，将这一传统延伸到希伯来经典生成、发展、编纂和成书的进程中，对希伯来先知文学文本如何形成最终的形态予以探究，并进一步揭示先知文学的思想观念与审美特征及其成因。这是一个具有前沿性的研究方向，在国内学界尚未得到充分重视和真正系统性的探讨，但却具有重要的学术价值，无论从《塔纳赫》先知书卷文本的结构分析还是从"前先知书"和"后先知书"所提供的有关证据来看，这一研究路径的合理性都能够得到证明。

先知文学的历史背景是公元前8世纪至公元前5世纪发生在以色列与犹大王国的"先知运动"，彼时时局混乱、社会公义沦丧、文化形态混杂，社会中坚守民族正统观念的民间团体"先知"渐次登上历史舞台。他们奔走于庙堂江湖之中，以振聋发聩之声呼吁民众持守正道、重拾公义，在当时的以色列社会中引发了极大反响。先知的言行被其追随者记录整理，集合成书，最终形成了被称为"耐维姆"（Nev'îm）的八卷先知书。既有研究基本上大多围绕着上述认识展开，以希伯来先知的文本为中心予以文学阐释并论述其对后世的影响。然而随着最近几十年近东考古学领域成果的不断涌现，学界发现先知文学并非古代以色列独有的文学类型，先知现象也并非独存于古代以色列社会。在其文化母体的古代地中海世界，两河流域、埃及、安纳托利亚等地区早在公元前两千纪就已广泛存在先知文献，这些文献在母题、结构乃至具体词句上，都与希伯来先知文学存在互文性。这就意味着，既有研究对于希伯来先知文学的来源及其文化阐释工作需要在此基础上进行重新认识。如果以古代近东相关文献为背景，以往在对希伯来先知文学的孤立研究中某些难解的问题也就有了新的看待视角和可能的解决参照。

以上述认知为前提，本书的一个特色就是将对希伯来先知文学的研究建立在古代近东文化的背景之上，较为系统地考察分析了希伯来文学中的这一文类与两河流域、埃及等地区先知文献的互文性，这在目前国内相关研究中还并不多见。例如，对于天体运行情况的描述在"耐维姆"中时有出现，像"星宿从天上争战，从其轨道攻击西西拉"（《士师记》第5章第20节）、"于是前进的日影，果然在日晷上往后退了十度"（《以赛亚书》第38章第8节）等。这类对天体现象的书写，在以往研究中往往不被重视或被搁置，因为类似的记叙在《塔纳赫》中往往是只言片语，不但缺少文本内部的解释与互文，也与摩西律法中的相关律例和精神相抵牾，如著名的"十诫"中就有禁止星象崇拜的条例（见《出埃及记》第20章第4—5节）。然而对天体运行情况的观察与解读，正是两河流域等地区古代近东先知文献的重要组成部分，占星术士以此作为征兆，预判国内外将要发生的事件，并上奏君王作为国策制定的重要参考。作为古代近东影响下的古代以色列先知文学，其早期母本中可能存在一定数量的星象记录，它们在后世编纂的过程中遭到了大量删除，只有少量内容得以保存，分散存在于先知文学的单元中。从本书第一章中编译的大量古代近东相关文献中，就能够看出两者之间密切的关联性。

　　本书最重要的学术进展是开辟了从作者维度对希伯来文学经典进行深入研究的新路径。在本书的第二章，若一博士建构了希伯来文学的集体作者——以色列文士的社会身份、教育背景及其文学技巧的完整框架，以此为基础对先知文学的生成、演化与文学价值进行了系统论述，在国内学界相关领域的研究中，尚鲜有尝试。文士群体（scribe，也称"书吏"）是古代以色列乃至近东诸文明书面文献的生产者，他们是当时社会中极少数能够接受读写教育的群体。在这个阶层中，文士们的教育背景、技艺习得、文学策略与思想观念是高度集中的，编纂文献的语言风格与技法偏好也具有较高辨识度。公元前两千纪至前一千纪的古代近东，无论书面文献原本的口头传统如何多样，其最终要经过文士的记录、改写、汇集和编纂才能流传下来。因此，古代近东文献真正意义上的作者就是文士群体。21世纪以来，相关学者从文士文化（Scribal Culture）的角度开始对诸如古希腊、古埃及、两河流域等古代文本进行版本学探究，并颇有斩获。若一博士敏锐地关注到这一前沿研究动向，并将其融汇于对古代近东和希伯来先知文学关系的研究之中，从创作主体的角度揭示了上述文本生成演化的进程与文学特色。

作者问题是所有文学研究的重要维度，但在古典学研究的传统中则又有着特殊的意义。对近现代以来的文学作品而言，从明确的作者个体身份出发，文学批评自会形成一个建基于对作品研究内外部因素考察的架构。然而对于古代文本而言，作者个人身份的不确定性却为这一问题带来了更多的复杂性。就古代近东文士的创作来看，留存的文本往往是集体的、匿名的，他们常常不倾向于在作品中署上自己的名字，反而习惯于假托他人之名，因为他们对于伟大传统的认同与崇敬，远胜于对本人声名彰显的动机。因而，《塔纳赫》中那些"有名有姓"的书卷，如《约书亚记》《以赛亚书》等，表明的只是其书写的内容是与冠名人物有关的事迹或人物发出的话语，至于我们看到的最终文本，实际上多是由后世文士多次编纂的产物。在这一过程中，时代文化的特征、国家历史命运的变化、民族共同体面对的不同现实问题等，在文士阶层既承袭先知文学文类书写模式，又建构文本复杂的意识形态观念方面均会留下或深或浅的痕迹，需要从"作者"维度进行深入探讨。因而，本书从文士群体出发进行的研究，找到了希伯来先知文学研究的一个关键核心，不但提出了许多创新性的观点，也带来了诸多富于启发性的思考。

本书的学术贡献还在于文献的梳理与编译。为厘清古代近东文士文化与先知传统对希伯来先知文学的影响，书中引用了大量两河流域、埃及、赫梯及其他相关文献，涉及亚述学、埃及学、赫梯学等专业学科领域。若一博士在对这些专业领域知识研究的基础上，翻译了数量可观的古代近东预言文本。全书的参考文献近三百种，基本涵盖了所涉领域国际学界的重要资料和重要研究成果。这些相关文献的引入，必定能够为国内的相关研究的展开起到推动作用。

若一博士是一位性情敦厚、勤勉执着、能够坐得住的青年学者，博士毕业工作后发表的一系列颇具质量的成果已引起学界的关注。未来的学术之路可期，衷心希望他能随着后续研究工作的深入取得更大的成绩，为希伯来文学学术事业作出更大贡献。

王立新

2023 年初夏于深圳

目 录

引 言 1
 一、本书的研究范畴 4
 二、研究现状 6
 三、研究方法 8
 四、研究价值 10

第一章　古代近东文士的教育制度、社会身份与文献生产模式 14
 第一节　古代近东文士教育制度与相关文献 15
  一、文字系统与教育制度 17
  二、教育文献的基本类型 24
 第二节　古代近东文士的社会身份 57
  一、初级文士的社会身份 58
  二、高级文士的社会身份 64
 第三节　古代近东文士的文献生产模式 70
  一、史诗《吉尔伽美什》 71
  二、两河流域大洪水神话的流变 75

第二章　古代以色列文士的教育制度、社会身份与文献编纂模式......81

第一节　古代以色列文士教育制度......82
一、反映古代以色列文士教育制度的文献线索......82
二、古代以色列文士教育制度的建构......87

第二节　古代以色列文士的社会身份......91
一、王国时期以色列文士的社会身份......91
二、第二圣殿时期犹太文士的社会身份......94

第三节　古代以色列文士的文献编纂技法......99
一、词句的替换......100
二、段落的增删与次序调整......102

第三章　文士文化视阈下的古代近东先知文学......111

第一节　两河流域文献中的先知文学......112
一、两河流域先知文学的主要类型与作者身份......112
二、新亚述先知文学及其影响......118

第二节　古埃及文献中的先知文学......125
一、《占梦之书》......126
二、《易普威尔的告诫》......130

第三节　古代近东其他文明的先知文学......138
一、乌加里特占卜文献......139
二、赫梯预言文献......140

第四章　文士文化视阈下的希伯来先知文学成书进程......146

第一节　希伯来先知文学的范畴与文本状况......147
一、前先知书的范畴与文本状况......150

二、后先知书的范畴与文本状况...153
　　三、《塔纳赫》其他文本单元的相关情况...................................158
第二节　希伯来先知文学前先知书的成书...165
　　一、前先知书中反映文士技艺的文本证据...................................166
　　二、"申命派作者"的史料、文士技艺与神学理念.........................169
　　三、前先知书历史叙事传统的发生与演化...................................202
第三节　希伯来先知文学后先知书的成书...211
　　一、后先知书中反映文士技艺的文本证据...................................211
　　二、先知运动及其文本的收集整理...215
　　三、后先知书的编纂过程与神学理念...220

第五章　希伯来先知文学的编纂理念与文学价值...............................236
第一节　王国时期先知文学编纂者的理念...237
　　一、申命派作者的编纂理念..237
　　二、先知门徒文士的编纂理念...252
第二节　第二圣殿时期先知文学编纂者的理念...................................254
　　一、《以赛亚书》文士的编纂理念...255
　　二、《撒迦利亚书》文士的编纂理念..261
第三节　文士文化视阈下希伯来先知文学的文学价值.........................264
　　一、叙事单元的文学价值..264
　　二、宣讲单元的文学价值..270

结　论...274
主要参考文献...277
索　引...300
后　记...308

引 言

希伯来文学是学界对犹太古典文学的称谓，其核心文学经典便是《塔纳赫》，希伯来语为תניך（Tanakh）。这一典籍被基督教文化完全继承，在后者的体系中，《塔纳赫》被称为《旧约》（Old Testament），学术界也称其为《希伯来圣经》（Hebrew Bible）。因而，希伯来文学对西方世界而言，是其关键的精神、文化与文学来源。

近年来，随着国家"一带一路"倡议的稳步推进，中国与以色列在政治、经济、文化等方面的交往日益深入，两大文明主体在相互理解、相互认同与相互合作方面的需求更为迫切，而积极开展关于古代以色列文明历史及其核心典籍的研究，对推动中以文明深层交流互鉴、共同繁荣起着重要作用，这也是笔者希望本书的研究能够取得的社会效益。

本书的研究对象是希伯来先知文学，其主要范畴为《塔纳赫》中被称为"耐维姆"（נביאים）的八卷书——《约书亚记》《士师记》《撒母耳记》《列王纪》《以赛亚书》《耶利米书》《以西结书》《十二小先知书》，以及散见于其他书卷中的先知文学单元。希伯来先知文学借由基督教经典《圣经·旧约》的影响与传播，对西方文学与文化产生了极大的影响。先知文学成为了西方文学传统中的重要组成部分，先知文学中的典型人物——先知（נביא）更是成为西方文化传统中十分关键的英雄范式，其独立性与批判性特征对现代西方知识界产生着持续而深远的影响。

希伯来先知文学是古代以色列历史上重要思潮"先知运动"（约公元

前8世纪至公元前5世纪）的结晶，这一思潮以先知活动为主要形式，表达出以色列民族对以色列王国分裂、强敌入侵、国破家亡等悲惨境遇的深刻反思，对研究与理解以色列民族的历史、宗教、文学等具有重要意义。不仅如此，希伯来先知文学也对以基督教文化为基底的西方文学产生了极为深远的影响，其中的人物原型、情节母题与思想观念成为后者丰富的精神资源。因而对希伯来先知文学生成、演化的研究，其意义不言而喻。

作为先知文学的创作者与编纂者，古代以色列文士以其所传承的文士教育传统与思想观念为依据，采用丰富的文献编纂技巧，对古代以色列先知的诸多口头传统与其他书面史料进行汇集、撰写与编纂。因而，若要从源头上把握希伯来先知文学的成书模式、文本演化进程、文学特征与思想观念等方面的状况，文士文化的视阈是必不可少的。学界最新研究成果表明，古代以色列文士群体深受其文化母体——古代近东文士文化的影响，因此，本书亦将古代近东文士群体纳入研究视阈，使本书对于文士文化乃至希伯来先知文学的考察真正达到追根溯源的深度。

文士群体是古代文献的创作者，也是古代社会文字系统的开创者。人类文明传承的核心——书写能力（Literacy），是文士群体经过漫长的时间创造出来的，而书写能力的首要目的之一，也是便于进行教育活动。就目前学界掌握的文献而言，两河流域是最早被确认存在系统性、规范性书写与教育活动的地区之一，其文士创造出文字符号，并在此基础上发展出系统的字符表，使得语言与文字逐渐在教育过程中紧密结合，不但有助于提升培养后世文士的效率，也使得文字系统得到了长足的发展，为读写能力的社会性普及带来可能。古代迦南地区以乌加里特文士系统为典型，由于该地地处欧亚非大陆的十字路口，乌加里特文士发展出较为成熟的文字系统，且国际化程度较高，两河流域、安纳托利亚地区、埃及地区、塞浦路斯地区等文化在此汇聚，形成了较为发达的文化传统，其神话、史诗等主要文类与宗教模式，对古代以色列文士群体也产生了深远影响。总之，两河流域与古代迦南地区文士基本制度与社会文化状况研究，是揭示古代以色列文士群体基本状况与相关制度的重要参考。

论及古代文献，由于当时尚未形成近现代社会的版权制度，因而其作者的概念也与现代不同。就古代近东而言，除去王室记录、行政档案、契约卷宗等应用型文类外，其他文类（如神话、史诗、诗歌等）的作者大多倾向于匿名，或假托先人、权贵之名写作，而实际作者已难以详考。然而，这并非意味着无法探讨作者的相关问题。古代近东历史文献与《塔纳赫》是集体创作与编纂的产物，其文本的创作、演进与编辑，主要由古代近东社会中一个特殊的专业群体——文士群体（Scribes）完成。因而，文士文化研究（Scribal Culture）是近年来国际古代近东与圣经研究领域的一个新动向。从范围上看，文士文化研究主要包括以下方面：文士制度的建立与发展、文士教育、文士继承与创作文献的基本方法、文士文化及其社会影响，以及文士与社会主流意识形态之关联等。

在本书中，笔者将以古代近东与以色列文士文化为视阈，从文献创作者的角度对希伯来先知文学传统进行观照。笔者认为，作者系统是真正能够将文献传统繁多庞杂论题合理统一的关键，诸多在文献、历史、宗教、文学等研究领域的探索，最终都将汇集于文士文化研究的体系之中，建立起彼此的有机关联。

基于上述基本情况，本书的研究目标主要包括以下四个：

第一，通过掌握大量一手相关文献与最新研究成果，揭示古代近东与以色列文士阶层的基本全貌，着重对于该群体的教育制度、社会文化身份、文士技艺以及文献生产活动等关键问题进行探讨。在此基础上，以语言、文类、文本特征与意识形态观念等方面为依据，论述古代近东文士文化对以色列文士阶层的影响，并进而对以色列文士的教育制度、社会文化身份、编纂技艺及思想观念等问题进行研究。

第二，以古代近东与以色列文士阶层的建构成果为切入点，对希伯来先知文学的文献生成问题进行系统研究，对其中诸如先知文献的来源、口头传统记录整理、流派分歧、编纂方法与指导思想等问题进行详细论述，力图重构其生成、演化与最终定本的完整进程，其中特别关键的目标在于提出以色列文士对于既有文本与诸先知口头文本的书面转化与编纂的机制性理论。

第三，在揭示希伯来先知文学演化进程的基础上，对其文学相关问题进行深入探讨。一方面，将希伯来先知文学的相关问题置于古代近东这一视阈中进行观照，以期厘清其中诸多传统的真正源头与发展历程。另一方面，从作者系统，即文士文化的视角出发，探讨以色列文士如何在古代近东文化影响下，对希伯来先知文学形式与精神特质进行塑造，并最终发展出具有本民族特色的审美性与思想内容的，进而探讨这种继承与发展中蕴含着以色列民族何种深层的价值判断取向。

第四，本书也力图围绕研究视阈与主体，整理、译介更多重要的国外一手资料与研究成果。就目前国内研究状况而言，鲜有系统研究古代以色列文士文化相关问题的专门项目与成果；而对希伯来先知文学的相关研究，一方面仍主要倚重译本（如汉译本、英译本）而非希伯来原文（玛索拉文本），另一方面则仍以对表层文本的归纳与阐释为主要研究维度，对希伯来先知文学的文本演化、历史语境与思想史等方面的研究仍有较大空间。因而，本书中也对相关文献与研究成果进行了一定程度的梳理、翻译与评论，为国内相关学科的研究工作尽绵薄之力。

一、本书的研究范畴

第一，本书基于近年学界对古代近东文献破译与编纂的学术成果，对古代近东文士阶层的社会文化身份进行归纳。古代近东文明是希伯来文明的精神摇篮，因而，古代近东文士文化是研究以色列文士阶层的背景与基础。就古代近东文士文化这一研究视阈来说，具体而言，本书所涉及的

引 言

古代近东文明主要包括两河流域的苏美尔—阿卡德文明、黎凡特地区的乌加里特文明、西奈半岛的古埃及文明；本书所涉及的时间范围，是从公元前8世纪至公元前3世纪。在这些古文明的残存文献中，包含大量反映文士阶层的社会身份、教育、工作制度与思想观念的内容，例如，在20世纪末、21世纪初出土于两河流域巴比伦遗址的纳布（Nabu）神庙文献中，包含上千块反映文士教育内容的泥板，其中以学徒受训的书写习作为主。因而，对于古代近东文士社会文化身份的归纳具有可行性。

第二，本书根据现存的古代以色列文献记载对以色列文士阶层的社会身份、教育、工作制度与思想观念进行系统考察，特别是对文士教育与文献创作领域两者间的相互关联进行深入探讨。根据当前学界对于希伯来先知文学成书的考察，其中所涉及的书卷（《约书亚记》《士师记》《撒母耳记》《列王纪》《以赛亚书》《耶利米书》《以西结书》《十二小先知书》）与其他先知文学单元的成书年代区间约为公元前10世纪至公元前4世纪，该区间亦是以色列民族由建国、亡国被掳至归回重建的动荡历史时期。在这一时期所成书的先知文学中，有大量反映古代以色列教育制度与文士工作状况的先知书文本（如《撒母耳记》《以赛亚书》《耶利米书》等），这是本书对古代以色列文士阶层进行考证的重要文本依据。除此之外，通过与古代近东相关文献进行语言、母题、情节、人物等方面的比较研究，亦能够对以色列文士的相关状况进行更为全面的掌握。

第三，本书结合古代近东文献与现存古代以色列文献，对希伯来先知文学这一特殊文类进行系统研究，特别关注其记载的先知行为、口头文本的生成与古代近东宗教文献的内在关联与区别。例如，从宏观上看，先知这一身份及其行为在古代近东世界中是较为普遍的，这一身份及其行为方式与发源于古巴比伦的占卜文化传统密不可分。学界研究表明，两河流域诸城邦多有以占卜进行国事与个人决策依据的行为，其与该地区的宗教、城邦王权以及带有某种学术性的宫廷术士研究传统均有密切关联。然而，以色列先知活动与古代近东先知文献的明显区别在于，其内容更多体现出以色列一神教信仰的基本精神及其宗教观念，而对国家、社会、个人决策的应用性功能鲜有关注。要探究造成这种现象的原因，就必须结合古代以色列文士独特的历史语境与文化传统进行考证，其中需要着重分析以色列文士阶层对本民族先知口头文本的记录、誊写与传承等文献活动的基本模式。

第四，本书将对希伯来先知文学进行文本细读，在分析其发生、演化与定本进程的基础上，对希伯来先知文学的文学性、审美性、价值判断等相关问题进行研究。例如，希伯来先知文学在宏观文本结构上，通常呈现出散文体—诗歌体相结合的模式，散文体用以叙述先知活动的时空背景，而先知所发的"预言"则以希伯来诗歌体为文本载体。这种结构，一方面具有鲜明的民间文学特征（连环穿插式结构）；而另一方面，这些由文士精心搭建的历史时空框架与庄重严正的希伯来诗歌体预言，又显示出高度的文学技艺水平。从中可见，希伯来先知文学是文士群体在搜集先知口头传统的基础上，对其进行了精心的加工编纂，赋予其高度的文学审美性，并在其中融入了自身的价值取向后的产物。本书在深刻揭示希伯来先知文学成书机制基础上所做出的文学分析，将为目前学界对该研究对象的类型学、修辞学与文化诗学等研究进路带来更为深刻的洞见，使其能够做出更贴近古代以色列文化根源的合理阐释。

二、研究现状

从目前学界对古代近东（包括古代以色列）文士文化与希伯来先知文学的研究状况来看，国外学界掌握充实的一手文献、考古物证与其他材料，并且拥有较为深厚悠久的研究传统，其主要进路有三：一是以犹太教、基督教或其他古代近东宗教研究为基础的神学研究，二是以考古、古文字认读、文本考据为基础的文本批判研究，三是以出土文献、考古实物与其他文献为基础的古代近东文献与希伯来文学经典演化研究（具体研究成果请参看"参考文献"部分）。上述研究进路为本书提供了大量的一手文献与相关研究成果。目前，国外学界已在古代近东文士群体的文化状况建构方面取得了一定成就，如对古代两河流域著名史诗《吉尔伽美什》的版本与文士编纂的研究业已完整成熟（如 Jeffery H. Tigay, *The Evolution of the Gilgamesh Epic*, Illinois: Bolchazy-Carducci Publishers，2002）；在此基础上，从考古学等学科对古代以色列文士进行的重构也有颇多具有重要参考价值的专著（如 David W. Jamieson-Drake, *Scribes and Schools in Monarchic Judah, A Socio-Archeological Approach*, Sheffield: Almond Press，1991）。而对于希伯来先知文学的研究，国外学界从先知群体的发源到先知文学的诸多特征都有优秀的代表性著作（如 Brad E. Kelle & Bishop Mogen Moore, *Israel's Prophets and Israel's Past*, New York: T & T Clark，2006）。

然而，国外学界相关研究存在以下两个主要问题：第一，上述研究成果扎根于西方基督教学术传统之中，这种学术传统从本源上是出于对信仰与教义的维护，因而先天带有较多预设性结论，这就造成了该问题研究的人为困境。例如，对希伯来先知文学的作者问题的研究，很多西方学者正是出于宗教传统的考量，认为上述典籍的作者就是具体的先知，但由于缺乏根本性证据，从学术层面上难以考据出典籍的真正作者，使得研究陷入瓶颈。而本书因采用历史唯物主义这一基本立场，能够避免陷入上述困境，能够从文士这一集体作者的角度进行更为深入的研究。第二，国外学界由于学科划分过细，导致面对希伯来先知文学这一共同研究对象时，常常难以将多学科间成果有效统摄，形成合力。例如，历史学家往往集中于对"先知书"中某具体历史事件进行重构，版本学家倾向于依据语言等规则将文本分解为细碎的单元，宗教学家看重文本中的神学意义而忽略客观问题，上述研究者经常忽略一个事实，那就是：先知文学是以色列文士所编纂的复杂文本，是包含多种因素的综合性产物，单纯从某一角度出发对先知书进行分析性解构无益于学界对研究对象进行更为有效的研究。而本书的着眼点则在于"机制""模式""特征",而非细碎繁琐的诸多"事实"(这些"事实"在很多情况下是人为增加的),因而有助于推进学界对于希伯来先知文学的综合性评估。

国内学界目前对本书所涉及论域的相关研究与探讨尚少。一方面,对于文士文化的相关研究,国内学界正面论述较少,主要集中于世界史学科范畴内,且多为其他研究对象(如政治史、经济史、军事史)考察的"副产品",鲜有专门论述。另一方面,国内对希伯来先知文学的研究以业已定本的基督教旧约文本为主要对象进行评述与阐释,对先知文学进行综述性研究(如赵宁:《先知书启示文学解读》,宗教文化出版社2011年版),其他学者以希伯来原典为依据,对希伯来先知文学的成书年代与历史语境进行研究(如王立新:《古代以色列历史文献、历史框架、历史观念研究》,北京大学出版社2004年版),但尚未从文士阶层这一作者系统对其演化问题进行探讨。而对古代近东与希伯来先知文学间的关系的研究,国内学界亦鲜有涉及。上述研究状况表明,在文献占有、问题意识、研究进路等方面,国内学界相关研究尚有较大空间。

三、研究方法

本书是建立在古代近东文献、希伯来先知文学原文认读、批判与古代近东(包括黎凡特地区)历史及其文化语境之上的跨学科研究,主要涉及比较文学与世界史两个学科的相关专业进路。本书综合了类型学、文化诗学、文学人类学等研究方法,通过将希伯来先知文学置于其文化母体——古代近东的视阈之下,以文本细读过程中所产生的文本演进问题为纲,进行文章脉络与基本进路的建构。而这种研究进路,需要建立在熟知世界史学科对于古代近东与以色列历史研究的基础之上,唯有如此,方能确保文本阐释的合理性与确切性。因而,综合运用比较文学与世界史的研究方法

（如考古学、文字学、古典语言研究、文本批判、古代近东历史研究等），正是本书的基本进路；在此基础上，本书试图揭示希伯来先知文学传统的演化机制及与古代近东文学间的复杂关联。

就具体研究进路而言，值得特别一提的有以下四种：

1. 口头文学理论（Oral Tradition）。该理论主要围绕《塔纳赫》中的口头文本传统展开，并试图对该论域中的文本来源进行阐释（代表著作如 Eduard Nielsen, *Oral Tradition*, London: SCM Press, 1954）。该领域学者认为，文士阶层最早所接触的文本，就是各位先知的口头文学传统，其中既包括先知在公共场合的演讲，也包括先知门徒之间口耳相传的先知语录，这一点在先知文学中有诸多证据。文士阶层根据具体语境的需要，将先知文学的口头文本进行记录、整理、编纂，逐步使先知文学的书面形式定本，这正是先知文学的基本演化模式。因而，口头文学理论是本书的重要研究进路。

2. 文本批判（Textual Criticism），或称形式评断学。文本批判是兴起于19世纪中后期圣经文本研究领域的理论体系，旨在通过比对不同版本的文本形式特征（如语言、文风、叙事母题等）与其他特征（如文本的意识形态观念、可能的创作群体及其生活境遇等）来确定某文本传统的最初形态（代表著作如 Emanuel Tov, *Textual Criticism of the Hebrew Bible*, Minneapolis: Fortress Press, 1992）。也就是说，文本批判的根本任务是寻找构成当前文本形态的"母版"（Vorlage）。文本批判理论的优势在于对文本生成的层次（Strata）的洞见。具体到希伯来先知文学，其中很多看似风平浪静的历史叙事与先知的言行，在文本批判的研究视阈下，实则暗流涌动，这表明希伯来先知文学是经历文献编纂的产物，因而，文本批判研究方法是探讨该文类演化必不可少的进路。

3. 文化诗学（Cultural Poetics）。无论何种文学作品，都可以被视为意识形态作用下的产物，对希伯来先知文学而言也不例外，其为文士群体在特定文化场域中的文字产品。对于本书而言，这一理论视角最值得借鉴之处在于其所揭示的历史与文学在创作过程与机制上的一致性。具体到本书的研究对象，无论是古代近东历史文献，还是希伯来先知文学，都以真实的历史时空为叙事框架，以历史叙事为主要内容。学界基于考古挖掘、文字认读、文本批判等诸多研究领域的成果已经表明，这些文献的创作与编纂带有很强的意识形态观念主导性，这些所谓的历史实际上与文学并不能明确区分出所谓"前景"和"背景"的关系，文士阶层所编纂的希伯来先知文学在创作、编纂机制，乃至文类等文本形态方面，都难以用现代的"历史"抑或"文学"等范畴进行清晰划分，因而，文士文化是希伯来先知文学生成过程中应着重考察的对象。

4. 文士文化理论（Scribal Culture）。近二十年以来，对于古代近东（包括古代以色列）文献作者的研究进入了新阶段，学界逐渐认识到，尽管上述文献作者多为匿名，但能够从基于考古学、古典语言、古代史等学科的研究成果中证实文士阶层的存在，他们就是古典文献的创作主体。该研究进路的目的在于，能够根据现有的文本、考古物证等证据，全面重构古代近东（包括古代以色列）文士群体的文化状况，包括其社会身份、教育制度、工作方法、文化观念等属性，使得从作者系统对《塔纳赫》进行相关研究成为可能（代表著作如 David M. Carr, *The Formation of the Hebrew Bible*: *A New Reconstruction*, Oxford: Oxford University Press, 2011）。从文士文化的进路对希伯来先知文学进行剖析，能够有效地将学界现有的多领域研究成果统合起来，为该文类的生成、演化及其文学性等问题带来合理的切入点，以进一步推进相关学科的研究工作。

四、研究价值

本书的主要研究对象——古代近东、以色列文士与希伯来先知文学，在国外学界已有较为漫长深厚的研究史，其研究特点是：国外学者往往将

引 言

诸多具体的研究节点做得深入、细致；然而从整体上看，这些成果往往流于孤立、偏重纯粹"事实"的探究，却难以在此基础之上形成更为广阔灵动的学术联系。因而，目前国外学界相关领域的主要问题在于，需要在文学、历史学、神学等学科成果之间进行更为有效的统合。这样所导致的问题就是国外学者往往过于重视历史意义上的节点性"事实"，即在某些特定的历史时空，重构极为具体的人物言行或事件。但进一步讲，上述"事实"研究，有很大一部分实际上已经是几乎无法考证的"悬案"，在缺乏坚实的文本与考古证据支持的情况下，对某种事实的重构更多只能陷入假说之间的论战，而难以有进一步发展。

因而，对国外研究成果而言，本书的价值在于：要在充分掌握西方学界已有实证研究成果的基础上，力图跳出以追求"事实"为主导的窠臼，而以古代近东与希伯来先知文学文本为依据，将视野集中于从文士文化层面上探讨诸如"机制""倾向""主流""发展逻辑"等方面的问题。具体而言，希伯来先知文学究竟是如何脱胎于古代近东文化母体的？以色列文士是如何在古代近东文士文化的影响下进行具有本民族特色的先知文学编纂的？以色列先知口头传统是如何被文士继承、编纂的？先知文学究竟反映出古代以色列怎样的意识形态观念？应如何从文本演化的角度看待先知文学的文学性与审美性？就目前学界研究状况而言，唯有采用文士文化这一视角，方能提出并探求上述问题，一方面可以在很大程度上避免事实假说论战；另一方面，这些问题的答案可以为进一步探求具体事实提供更多的参考借鉴。

举例来说，希伯来先知文学中被称为"前先知书"的四卷分别为《约书亚记》《士师记》《撒母耳记》《列王纪》，上述书卷是希伯来先知文学与历史文学的代表性著作。国外学界围绕这四卷书的研究，多从以下三个方面展开：一是作者身份。学界关于四卷书具体作者的研究，绵延数百年之久，传统上认为作者就是各卷书中的诸先知，但这一说法从现代学术的分

11

析视角来看难以成立；而各卷书的作者究竟是哪位具体人士，由于缺乏圣经文本与其他文献的直接证据，至今仍无定论。二是历史重构。学界对于四卷书中所记载的历史事件进行了细致入微的重构，试图将其所发生的历史时空精确定位。然而这种重构在很大程度上亦无直接证据，因而只能由学者提出假说以待后世。三是宗教观念。前先知书中所反映的宗教观念，较为集中的便是以犹大王国耶路撒冷圣殿为唯一合法宗教场所的"中心敬拜"观念，学者通常认为这是古代以色列宗教向耶和华一神教转型的证据。然而，中心敬拜观念很可能只是其创作者文士群体的观念，而并非当时以色列民族的普遍观念。

上述三个研究方面发展至今，其内部已很难再有进一步突破，而三者之间亦因缺乏合理的链接点而相对孤立。然而，如果采用文士文化这一视阈，将前先知书的作者重构为文士群体而非具体人士，将其意识形态观念作为创作编纂前先知书及建构古代以色列民族历史的出发点，就不难发现这一研究视角的重要价值——其不但能够以文士作为上述研究方面的合理链接点，将其研究成果进行有效统合，而且能够避免由于直接证据不足而带来的研究瓶颈，对作者群体、历史叙述与思想观念等方面进行进一步的深入研究。而本研究视阈又因文士这一角度，从而能够与古代近东文献与文化研究相通，将古代近东文士文化与先知文学作为重要视阈加以引入，再使两者存在于一个更为广阔的比较视阈之下。

就国内学界而言，无论是对古代近东历史文化的研究，还是对希伯来先知文学的研究，在系统综合性方面的研究仍有巨大空间。一方面，从整体上看，国内学界对上述领域的研究所倚重的文献资料与学术成果，仍有待进一步与国际学界接轨。国内具备对研究对象原文进行认读与研究能力的学者较少，所掌握的文献大多是业已经过汉语译介的材料，这一状况在客观上限制了相关学者的研究程度。另一方面，国内学界对古代近东与以色列研究的成果主要集中于世界史范畴，其中对政治史、经济史、军事史等方面的研究尤为集中，而对于文学史、文化史、思想史等方面的成果相对不足，更鲜有对上述文本的文学研究（诸如文本演化、文学特征、审美特质）成果。

基于以上实际情况，本书以国际学界相关领域一手资料汇编与前沿性成果为依据，从文士文化的视角出发，对希伯来先知文学的相关问题进行研究。一方面，本书所采用与译介的文献资料集体系性、权威性、时代性与洞见性于一体，特别是对古代近东/以色列文士群体的文化状况考察的相关资料与研究成果，便于国内相关研究的进一步展开。另一方面，从文士文化角度对希伯来先知文学相关问题进行研究的视角，是从根源上探寻其文本演化、文本形态与思想观念的理想进路。本书亦期待能够将这种研究进路进行推广，为国内古代以色列文学与文献研究带来新的可能性。

另外要特别说明的是，由于本书所采用的文献资料，特别是古代近东原始文献，大部分没有汉译本，因此书中除注明出处的译文之外，其他文献均由笔者自行翻译，其中的专有名词（人名、神名、地名、概念等）尽量参照国内历史学、宗教学、文学等学科既有译法翻译，然不免存在疏漏，还望相关领域专家学者赐教。

总之，本书将以有机整体、联系辩证的方法理路，从文士文化这一角度去考察研究古代近东历史文化与希伯来先知文学间的深刻、复杂关联，力争得出新的认识与结论，并在该研究领域中有所发现、有所推进。

第 一 章

古代近东文士的
教育制度、社会身份与文献生产模式

古代近东文士的教育制度、社会身份与文本生产模式，为古代东方世界的文明发展带来了重要的推动作用，这其中又以两河流域的文士文化所产生的影响最为广泛和深远。从既有的文献状况来看，古代近东文士文化对以色列文士产生了重要影响，这些从文献的书写范式、语言现象、人物情节乃至思想观念上都能够得到证实（详见第二章）。因此，对于古代近东文士文化状况的系统考证，是建构以色列文士相关维度的基础。

引言中已提过，古代社会的文士阶层是以提供文书服务谋生的群体，这其中的核心就是熟练掌握其民族自身的文字系统，具备书写能力。古代近东拥有目前已知最古老的文字系统——楔形文字（Cuneiform），其根源可上溯至公元前四千纪的苏美尔。就古代文明范畴而言，文字系统的出现往往意味着该区域的文明程度已发展到相当的高度，因为产生文字系统至少需要具备以下基本条件：城邦、社会阶层、非农社会工种，在这样的条件下，社会中才有可能出现专门以书写为职业的群体——文士群体，他们的出现表明社会中对档案文献类服务的需要已成为基本需要，并且社会已能够积累足够的生产与消费资料供养这些非农从业者。君王对城邦的行政、宗教文化事务、经济活动等管理，以及社会其他阶层对上述活动的文书需求，是文士群体赖以存在的基础。

文字系统的运行需要专门的教育制度来维持。由于楔形文字系统十分复杂，并非当代读者熟悉的西方表音字母表系统、也非如汉语的表意文字

第一章　古代近东文士的教育制度、社会身份与文献生产模式

系统，而是介于二者之间，以特定字符表示音节，再由这些音节拼读出单词和语句，这些字符的数量有数百个之多，因而，若要熟练掌握这套书写系统，需要长时间的专业训练，而这种训练正是古代近东文士教育的主要内容。而在文士掌握读写技能之后，就要进行不同类型文书的书写实践，如王室档案、历史记录、宗教诗歌、文学经典、商业合同等，这就是古代近东文献中的多种文类之来源。

在文士学院完成了训练的学徒，就可以获得文士的头衔，投身到相应的社会工作之中，大部分文士受雇于政府和其他社会主体，为其提供多种文书和专业技能的服务，换取报酬。少数精英文士则能够成为高官或顾问，进入宫廷甚至王室的小圈子。总体上看，文士由于掌握了一项颇为特殊的专业技能——文字书写，而在社会中享有较高的名望。古代近东现存的书面文献，皆是出自文士群体的手笔，他们的教育内容不仅限于掌握文字书写的能力，而且包括诸如对智慧文学、神话史诗、王国历史、宗教诗歌等复杂文类的学习与研究，因而文士在社会工作中的文献生产活动所遵循的模式，其根源就是其接受的文士教育。

总之，对古代近东文士文化的相关维度进行的研究，是进一步研究以色列文士及其文献活动的基础。本章将结合相关文献与历史文化语境，系统考察古代近东文士的教育制度、社会身份与文献生产模式的相关问题。

第一节　古代近东文士教育制度与相关文献

在古代近东，文士群体是一个特殊的阶层，该群体以专门生产文字制品为职业。从本质上说，该群体的生产方式、组织形式以及传承模式，与其他诸多非农业生产职业都有高度相似性，如木匠、陶匠、纺织作坊等：在相对固定的场所，以师徒关系作为传承依据，进行其专业制品与服务的

劳作，以换取报酬。文士群体的诞生与发展，与上述职业一样，都是古代社会城镇化发展的产物，而相比于传统的手工业生产群体，文士群体出现时间更为晚近，规模也更小、更集中。G. 斯乔伯格（G. Sjöberg）曾提出过城镇化的十个标准：①

1. 专职技术人员的出现；2. 大规模密集人口；3. 专职技术人员创作的优秀作品；4. 书写与数字符号的出现；5. 拥有严密的、预测性的科学；6. 农夫上缴税负；7. 拥有长久固定居民所组织的社会；8. 公共纪念性作品；9. 对外贸易；10. 阶级社会。

由于农业生产力的进步，大量人口逐渐摆脱了耕作、饲养、游牧、采集等农牧业劳作，这些群体就是上述标准中所提到的专职技术人员，在城镇中从事更为复杂的商业活动，于是，对于城市商业经济与日常行政的管理工作，也使得社会需要该方面的专家，来颁布规范、执行管理、统计数据、记录档案，以及满足城市的文化生活需求，而这正是文士群体的主要职能所在。

正是这种需求，决定了文士群体与城镇统治者的密切关联——由统治者供养，协助其完成治理的工作。受教育是上流社会的特权，成为了社会阶层划分的重要分水岭，只有王族、朝臣、高官、财主才能付得起孩子接受文士教育的费用，是保持其后代继续占有上等社会地位的有效手段。除了属于皇亲贵戚的部分女性，其他女性一般不接受读写教育。

古代近东的文士教育，在既有的出土文献中有着大量的反映，这些文献中，一部分直接源自文士学院的教学内容（如字符表、词汇表、应用文模板等），另一部分则是有关文士教育相关内容的记载，存在于范畴更为广泛的文献记录之中（如档案、契约和其他文学类作品中）。本节将就相

---

① David W. Jamieson-Drake, *Scribes and Schools in Monarchic Judah: A Socio-Archeological Approach*, Sheffield: Almond Press, 1991, p.33.

第一章　古代近东文士的教育制度、社会身份与文献生产模式

关问题进行系统考察。

一、文字系统与教育制度

在古代社会，特别是公元前两千纪以前，由于尚未出现字母表系统，文士所用以书写的符号仍是自创的独立符号系统（Independent Semiotic System），不但极为复杂，而且与语言（音系）几乎没有关联，若未经多年的专业训练，根本无法识读与书写。以著名的文献《汉谟拉比法典》（*The Code of Hammurabi*）为例，该法典是由古巴比伦君王汉谟拉比（Hammurabi，约公元前1810年—前1750年）约于公元前1776年颁布的，整部法典用楔形文字刻在2米多高的石柱上（如图1-1所示），真品现藏于卢浮宫，往往被学界视为楔形文字学习和研究的范例。

图 1-1　汉谟拉比法典（现藏于卢浮宫）

石柱分为两个部分：顶端的浮雕和其下的法典正文。顶端的浮雕中可见两个人像，坐在右侧的就是太阳神沙玛什（Shamash），他伸出手，将权杖递出；站在左侧的就是汉谟拉比，他正在从太阳神手中接过权杖。而在巴比伦传统中，沙玛什也是公义之神，因而，浮雕所表明的意思也蕴含

17

了汉谟拉比所颁布的法典是代神行公义之含义，这些内容在法典中亦有表述。另外，浮雕的构图也经常用于表现国王与文士的关系，类似图像中，君王坐在右侧，文士站在左侧。

图 1-2　汉谟拉比法典顶部浮雕

浮雕下面的部分就是法典正文，是楔形文字文献的范本，其中，"汉谟拉比"这个名字的楔形文字形态为：

这一名词由五个字符组成，分别为：

ha　am　mu　ra　bi

这些字符本身又有一个或多个音值（Value），如：

am

bi, bé, pí, pé

因此，在上述五个字符组成的名词中，理论上可行的读法不止一种，

第一章　古代近东文士的教育制度、社会身份与文献生产模式

但究竟如何取舍，这就是文士根据所受教育所培养出的语感与文化背景知识来进行判断了。当然，对于君王的名字这种固定搭配，文士是烂熟于胸的，一般不会出错。

可见，楔形文字系统的复杂之处在于：其字符既不表音也不表意，甚至存在类似汉语中多音字的字符，然而阿卡德语本身是屈折语，其闪语家族其他成员（如希伯来语、亚兰语等）在吸收了腓尼基的字母系统之后，其文字系统基本上演变为音位文字（表音）。因而，楔形文字的读写就要经历两个转码步骤：从字符到音值，再从音值到语义，反之亦然。由于字符众多（数百个）、笔画复杂（一划至十划以上不等）、难以辨认，且字符的音值多变，很难掌握。而现代闪语，如希伯来语，因为使用了音位文字系统，字符（即字母）数量大为减少（22个）、笔画简洁（多为1—2笔即可写成），且转码过程更为直接，因而读写难度大大下降，使得读写能力的推广成为可能（如表1-1所示）。

表1-1　希伯来语字母表及其音值

א	ב/בּ	ג	ד	ה	ו	ז	ח	ט	י	כ/ך
[ʔ]	[b]	[g]	[d]	[h]	[w]	[z/ɖ]	[ħ/x]	[t]	[j]	[k]

ל	מ/ם	נ/ן	ס	ע	פ/פּ	צ/ץ	ק	ר	ש	ת
[l]	[m]	[n]	[ts]	[ʕ/ɣ]	[p]	[ts'/tʃ'/tɬ']	[k']	[r]	[ɬ/s/ʃ]	[t]

如果用希伯来文拼写"汉谟拉比"，字符很可能就是"המוראבי"，与楔形文字相比，其简易程度可见一斑。

如此复杂的楔形文字书写系统，的确是需要长年累月的专门训练才能掌握，因而当时社会上普遍并未将读写能力视为必备技能。这样，文士群体的规模往往较小，但具备较高的社会地位与收入水平，在古代社会是令人敬仰的文化精英群体。

就两河流域而言，由于有大量的出土文献作为研究依据，学界对于该

19

区域文士教育内容、课程设置以及培养体系进行了较为系统的研究。两河流域的文士教育目的颇为明确，就是要将年轻人训练为掌握特定行政与宗教仪式文本创作能力的文化精英。① 最早的教育场所被称为"泥板屋"（苏美尔语 *eduba*，阿卡德语 *bīt-tuppi*，house of tablet，因教学中最常用的练字工具"泥板"得名），而并非如近现代社会中的"公共学校"（Public School）。古巴比伦时期，这种教育场所都是私人性质的、接受王室管理的，而非一开始由王室兴办；但这种教育机构在古代两河流域的"黑暗时期"（公元前 1500 年—公元前 1000 年）消失了；从加喜特王朝末期开始，文士教育就逐渐普遍集中在神庙中的工坊（Workshop）进行了。②

泥板屋的开办者、也是教育者被称为"师父"（或"大师"，苏美尔语 *ummia*，阿卡德语 *tupšarru*），他们往往在自己的家中开办泥板屋，教育学徒，类似于我国的"私塾"。因而，泥板屋中的伦常，常以家庭关系作为类比。师父相当于父亲，学徒相当于儿子，彼此以父子相称，而学徒之间以兄弟相称。实际上，很多泥板屋的师父往往只教授自己的儿子，因而，泥板屋也具有了世袭性的传统。

泥板屋教育的核心是学习文字读写与其他相关技能，即所谓的"文士技艺"（Scribal Art），语言主要为阿卡德语。自古巴比伦时期，也包括古苏美尔语的学习。阿卡德语与苏美尔语，是公元前一千纪之前两河流域文士的必修课，前者作为其生活年代的通用语言，后者则是其宝贵文化遗产的载体。直到新亚述帝国在公元前 9 世纪以来对西部闪族国家的大规模征讨开始后，亚兰语逐渐成为帝国通用语，苏美尔语逐渐淡出。正如前文所述，彼时的书写系统尚属独立的楔形文字符号系统，因而难于掌握，师父对于文士学徒该方面的教育，主要通过要求学徒抄写与背诵种种字符、词

---

① David M. Carr, *Writing on the Tablet of the Heart: Origins of Scripture and Literature*, Oxford: Oxford University Press, 2005, p.20.

② Karel van Der Toorn, *Scribal Culture and the Making of the Hebrew Bible*, pp. 55–56.

第一章　古代近东文士的教育制度、社会身份与文献生产模式

汇表格(如字形、动词、名词、人名、句子、箴言)来进行学习。课堂上，师父带领学徒认读表格，并以学徒跟读、听写、单独背诵等方式检验其学习效果，学徒也在泥板上进行书写练习。大量学徒练习泥板的出土，表明了其对于书写技能操练与记忆的过程，如于上世纪70年代出土的巴比伦纳布神庙（Nabu Temple）的一千五百余块学徒练习泥板等。这些证据表明，书写能力的习得需要长年的刻苦积累。

除了最为基础的读写能力之外，文士技艺的另一重要方面便是背诵。这些背诵的内容，许多是具体实用文体范例，如王室诗歌、法律条文、行政公文、祭祀仪式等。这样做的目的，一方面是进一步巩固学徒的读写能力，另一方面也是为他们学成后投入工作实践打下基础。而对于少数最终能够具备较高水平的文士学徒而言，他们还背诵大量的古代文学与文化遗产，如著名史诗(《埃努玛—艾利什》《亚特拉哈西斯》《吉尔伽美什》等)、伟大先王的赞美歌与铭文等。有学者认为在公元前一千纪以前，相比于书写，背诵才是文士教育更为基础的能力。①

两河流域的文士基础教育可被分为两大阶段。初级阶段中，学徒主要在师父的带领下掌握读写的基本能力，抄写背诵字形与词汇表、学习较短课文的识读、背诵与书写。而当学徒完成了这方面的学习后，就可以进入高级阶段，展开更为自主、专精的学习。该阶段中，学徒不但要进一步记忆更为复杂的词汇表，还要学习更多方面的知识，如语法、法律、事务管理、数学、科学、音乐、历史等方面的文本，这些文本更长、更复杂，所涉及的范围也更为广泛。其所识记的大量文类模板，是其今后职业生涯中提供书写与朗读服务的基本功。而学徒在完成上述学习后，就做好了为一般行政部门或社会机构提供服务的准备。

---

① David M. Carr, *Writing on the Tablet of the Heart: Origins of Scripture and Literature*, pp. 25–26.

少数优秀学徒有资格在完成基础教育之后，接受高等文士教育。这些学徒将会直面古代两河流域最为精深的文化遗产，以过人的才能与毅力完成相关训练，如前文提到的伟大史诗传统、历史文献传统、王室与神庙敬拜文献，以及古巴比伦以来的学术传统，包括星象、占卜、观兆、驱邪、制药剂等内容。学徒根据自身的兴趣与实际情况，选择其所要专精的科目。为了通过最终的考核，学徒需要大量阅读相关文献、注释、阐释等，并掌握与之相关的实践操作能力。学习期间，学徒需要与专门的指导师父讨论，以便理解与掌握这些文献，最后顺利完成课程。而最终，大概只有一成的学生能进入上述最后的高阶学术课程，他们将面对由相关文士大师组成的委员会（puhur ummānī，Assembly of Masters）考核，如果通过，便能获得"参透所有智慧"的称号，以显明他们取得的文士、学者、智者与传统继承者的卓越成就。[1] 这些学徒，将进入其所在城邦的最顶层社会群体，成为国王顾问、王室学者或神庙祭司。

由于泥板屋主要得益于王室和神庙的资助，因而，两河流域培育文士的教育观念从一开始，便是服从于统治者的意识形态观念。这种教育与当今的教育理念截然不同，后者以提升个人文化水准为目的，促进与鼓励人们进行独立思考与追求个人梦想，完成自我实现。而古代两河流域的文士教育，学徒的最终目标是熟练记忆与继承集体性文化遗产，使自己成为该古老文化传统的一部分；而古老传统的核心，最终都归向对于诸神与君王的忠诚与敬畏。

正如大卫·卡尔指出的那样，古代两河流域文士教育的最终目标是"具备高等（苏美尔式）人格"。[2] 这种理想人格，与当代社会的基本理解不同，它并不追求个人价值、多样性与自由独立，而是将其定义为苏美尔

---

[1] Karel van Der Toorn, *Scribal Culture and the Making of the Hebrew Bible*, p. 59.

[2] David M. Carr, *Writing on the Tablet of the Heart: Origins of Scripture and Literature*, p. 31.

第一章　古代近东文士的教育制度、社会身份与文献生产模式

文化传统中的特定类型，典型的理想化身便是君王。他们是诸神垂青的人间权力代表，虔诚高贵，勇武过人，又充满智慧，对国家的顺治，显示出古代两河流域特有的宇宙观念——井然的秩序。此外，君王、王室及其治下的神庙，是文士的最大资助者，因而，文士教育所倡导的最终价值都与君王的意识形态观念紧密相连便也是情理之中的。

在文士教育的过程中，师父所教授的，不仅仅是有关读写的知识技巧，他们通过使学徒背诵大量经过有意筛选的文本，将学徒的个人情感、思考与文化背景逐渐抹消，使文士教育传统中的价值立场与观念得以传授。这其中既包括师父自己对文献与文化传统的理解，又包括对理想人格等传统观念的灌输。如前所述，古代两河流域文献基本上是紧紧围绕君王而作，从中即可看出君王这一理想人格在文士教育传统中的核心地位：君王不仅是统治者，也是至高无上的智者，他们作为人与神之间的界限常常是模糊不清的，诸多记载于《苏美尔王表》中的君王，都被视为神（典型代表如吉尔伽美什），因而文士对君王的顺从与热情讴歌，便也带有神圣的色彩。

相比于两河流域，古代黎凡特地区的文士教育规模较小，形成时期也较晚。然而由于其处于特殊地理位置，频繁的政治、经济与文化碰撞，促使这里较早开始形成字母书写系统，其优势在于，以数十个字母之间的拼写作为构成词汇的依据，因而学习与使用起来更为便利，不需要像两河流域文士那般，背诵多达 600 余个基本字符的词汇表，才能进行书写与认读。出土于乌加里特与其他黎凡特地区的大量书信表明，约在公元前两千纪晚期开始，该地区就已经形成并使用基于字母的楔形文字书写系统，文献内容以宗教、经济、外交、行政管理为主，仍属于王室与神庙文士的创作范围。因而学者推测，在新亚述帝国的征服到来之前，黎凡特地区的文士教育已形成相对统一的传统，可能拥有被称为"泛黎凡特文士学院"的教育体系存在。该地区出土的文献，无论从读写方式，还是在语言学与字

体学的相似性上，都高度引人注目，似乎都支持着这样的推测。① 这一教育系统，是对周边大国（如两河流域诸王国）的模仿，从这些大国的文士系统中不断借鉴吸收教育文本与模式。继承了古代两河流域文士教育传统的新亚述帝国，在公元前8世纪至前7世纪间，对黎凡特地区进行了大规模征服行动，同时也将其文士教育系统带入该地区，对该地区的文士教育产生了深远影响。

黎凡特地区文士教育的精华，在于神话与史诗的成就。关于柯尔图（Kirtu）、阿克哈特（Aqhat）、利乏音人的血脉（Bloodline of Rephaim）的神话传说，以及有关该地区主神的《巴力组诗》（Baal Cycle），都是出自神庙文士的优美诗作，特别是生活在乌加里特王朝公元前约14世纪中期的著名文士埃利米尔库（Ilimilku），由于其名字出现在多个史诗文献的结尾，因而被认为是这些史诗的整理者与书写者。这些史诗在语言、形式、韵律及母题上，都对《塔纳赫》产生了影响。

二、教育文献的基本类型

目前出土的古代近东文士教育文献中，除了有大量的学徒练习泥板（如字母练习、词汇表练习、名词练习等）之外，也有众多相对完整的内容，反映出文士教育的过程及其背后的文化观念。其中具代表性的，主要是以下几大类：教训（Instruction）、对话（Dialogue）、智慧文学（Wisdom Literature）以及学者信件（Scholar Letters），这四种文类最为直接生动地展示出师父的教育、文士训练的艰涩、头脑的机敏、文士学者的兴趣，以及他们所传承的文化理念。

---

① William M. Schniedewind, *How the Bible Became a Book*: *The Textualization of Ancient Israel*, Cambridge: Cambridge University Press, 2005, p. 47.

第一章　古代近东文士的教育制度、社会身份与文献生产模式

（一）教训

教训这种文类，是师父对诸种道理与观念的直接讲解，其形式多样、内容丰富，用以培养文士学徒的读写能力以及文化观念。教训既有叙事性较强的，也有对话性较为突出的，后者也往往被归为"对话"这一文类，将在下一小结进行详述。

以下这一则教训，其引言部分是关于两河流域伊辛王朝的乌尔—尼努尔塔（Ur-Ninurta，约公元前 1923 年—公元前 1896 年）的王权，后半部分是关于义人与恶人的教训：

在很久以前，在那遥远的日子里，在无数个漫漫长夜之后，在无数个漫长的年份之后，在大洪水荡平（大地）之后，有一个人被恩基赋予智慧，有一个人被尼萨巴①……这人从伊南娜那里得到……的教诲，为的是掌管苏美尔的秩序，为的是铲除邪恶，伸张正义，为的是护国安民，为的是巩固乌尔—尼努尔塔的牧者［身份］,［（尼努尔塔）］，埃舒美沙之王，生于尼普尔，苏恩的……，因此，［乌尔］—尼努尔塔的（王座）能够在尼普尔、他深爱的城中，自遥远的日子以来，安稳矗立，他自远古以来便将其建立，直到永远。

因而，这国子孙的日子应永不（止息），人若懂得敬畏神，他自己……［每日］他将献上祭品，他珍视神的"名字"，他让（空虚的）诅咒远离自己的家庭，敬拜场所之外，他也行正路，言谈举止虔敬得体，他的名必将愈加伟大，他必将延年增寿，即使他死去，人民也会一致传扬他的名。他的后裔必不断绝。

人若不懂敬畏诸神，不珍视他们的祷告，他轻视神，自己也必被

---

① 即 Nisaba，古代两河流域神话中的女神，掌管书写、学习等，是文士的保护者，其圣殿主要位于艾瑞什和乌玛两个城邦。

轻视，他将命不久长，他的遗产也必不被珍视。他的后裔必将断绝。人若不敬畏神，[谁曾]见过这样的人长命百岁？这就是关于……的教训。①

该教训中所体现出的文士教育观念颇为典型。从引言部分可以看出，该教训带有突出的王室意识形态，对君王乌尔—尼努尔塔王权的介绍，一方面表明其君权神授的来源，另一方面也揭示出前文所提到的"苏美尔式理想人格"：虔诚、以维护世间秩序为己任、惩恶扬善、保护人民，且充满智慧。后半部分关于义人与恶人的评论，从正反两个方面论述人应虔诚待神这一观念，而义人的部分，显然又是对引言的呼应，即：唯有像乌尔—尼努尔塔王这样敬畏诸神的君王，才是理想人格的典范。文士在学习类似教训的过程中，不但巩固了词汇句法的听说读写之基本能力，而且通过这则教训，掌握历史传统，培养虔诚忠实的品格，可谓一举多得。

除了两河流域之外，埃及的教训也颇具影响力。埃及拥有极为完善的文士制度，而从其中所存留下来的文献来看，教训（Instruction）是最为典型的文类之一，与《塔纳赫》关系最为紧密、也是学界常常进行比较研究的，就是《阿蒙—埃姆—欧佩的教训》（*The Instruction of Amen-Em-Opet*）。记载这一文献的纸莎草现存于大英博物馆，这则教训是以文士阿蒙—埃姆—欧佩的口吻对学徒所进行的教导，节选如下：

第一章：
你要侧耳听，听我说的话，
你要用心去理解这些话语。

---

① William W. Hallo, *The Context of Scripture: Volume 1*, Leiden and Boston: Brill, 2003, p. 570.

第一章 古代近东文士的教育制度、社会身份与文献生产模式

将这些话记在心间,十分必要,
那些忽略话语的人,必受损失。
让这些话存在你腹中的锦匣内,
这样它们就能成为你心中的金钥匙。
一旦出现话语的风暴,
这些话能够管住你的舌头。
如果你们肯花费时间用心记牢,
你们就会获得成功。
你们就会明白,我的话有如生命的宝藏,
你的身体就会在世上享有繁荣。

第二章:
不要去抢劫被欺压的人,
不要去欺辱残疾人。
不要把你的手伸向老人,
也不要在老人讲话的时候偷偷离去。
不要参与危险的差事,
也不要喜爱执行这差事的人。
不要为你攻击的人哭嚎,
也不要给他维护你自己利益的答复。
行恶之人,河岸也抛弃他,
他必被自己的洪水冲走。
北风也许能一时停息,
但那是为了孕育暴风雨,
雷声巨大,鳄鱼凶残。
口若悬河的人啊,你现在怎样?

27

他正在哭嚎，哀声及天。
哦，月亮啊，定他的罪吧！
这样我们就能把恶人带过来，
因为我们不能像他一样行事，
把他举起来，给他你的手，
将他留在神的臂膀中，
用你的面包喂饱他，
这样他就饱足，便会饱含羞愧。
另一样神所喜悦的好事，
就是在说话前就停下…

第十三章：
不要用笔杆子迷惑他人，
这是神所憎恶的。
不要做假见证，
也不要出言声援这样的人。
不要算计那些一无所有的人，
也不要书写虚假的话。
如果你发现穷人背负巨额债务，
就把这债务分成三份，
免去其中两份，仅留一份。
你便会找到生命的真谛，
你便能躺卧安睡，
直到天明，你会听到好消息。
称颂富有善心的人，
远胜过积攒在库房中的财富。

第一章 古代近东文士的教育制度、社会身份与文献生产模式

当心中欢喜，手中的面包，

也胜过愁苦的财富。

第十六章：

不要弄斜天平，或在砝码上动手脚，

不要篡改度量衡。

不要盼着做（简单）的土地测量，

而忽视测量国库。

那神猿坐在天平旁，①

他的心就是那条铅垂线。

哪位神像托特一样伟大？

他发明了天平和度量衡，并制造它们。

不要让你的砝码缺斤短两，

它们与神的意志密不可分。

第二十五章：

不要嘲笑戏弄盲人和聋哑人，

也不要伤害瘸子。

不要嘲笑落在神手中的人，

也不要对犯错的人怒目而视。

因为人本是陶土与稻草，

皆出自神的手。

神每天都破坏、建造人，

如果他愿意，他能造千万个穷人，

---

① 此处的神猿应是指测量之神、文士之神、智慧之神托特（Thoth）的一个形态。

也能造千万个长官。
当人命中的定数已到，
他将欢欢喜喜地西去，
那时他已在神的手中。

第二十八章：
不要指认在田里拾穗的寡妇，
也不要严厉地对待她的辩解。
不要无视抱着油坛的陌生人，
要在你同僚的面前给他两倍的份额。
神喜爱善待穷人的人，
更甚于荣耀那些上等人。

第三十章：
你们好好细读这三十章，
它们使人愉悦，它们教导众人，
它们是书中之书，
它们使无知者明理。
若在无知者面前朗读这书，
无知者就会因此得到洁净。
用这书填充你自己，将这书牢记在你心中，
成为能讲解这书的人，
能讲解这书的便为先生。
对于那些业务熟练的文士来说，
他将明白自己已能胜任朝政。

（落款：）

第一章　古代近东文士的教育制度、社会身份与文献生产模式

此书已完结，记录者：塞努，教父帕—缪之子。①

这则箴言，涵盖了文士学习中的诸多方面，除了基础的文士技艺训练（识记词汇、句式、典故等）之外，其中还包括了文士的伦理准则、美好品德、待人接物以及敬虔诸神等方面的内容。这些内容很好地界定出一个出色的埃及文士的基本标准，可谓文士学徒的金玉之言。《塔纳赫》中的智慧文学经典《箴言》与之有高度的可比性，如节选自第11章的段落：

诡诈的天平为耶和华所憎恶；公平的法码为他所喜悦。
骄傲来，羞耻也来；谦逊人却有智慧。
正直人的纯正必引导自己；奸诈人的乖僻必毁灭自己。
发怒的日子，资财无益；惟有公义能救人脱离死亡。
完全人的义必指引他的路，但恶人必因自己的恶跌倒。
正直人的义，必拯救自己；奸诈人必陷在自己的罪孽中。
恶人一死，他的指望必灭绝；罪人的盼望，也必灭没。
义人得脱离患难，有恶人来代替他。
心中乖僻的，为耶和华所憎恶；行事完全的，为他所喜悦。
恶人虽然连手，必不免受罚；义人的后裔，必得拯救。
妇女美貌而无见识，如同金环带在猪鼻上。
义人的心愿，尽得好处；恶人的指望，致干忿怒。
有施散的，却更增添；有吝惜过度的，反致穷乏。
好施舍的，必得丰裕；滋润人的，必得滋润。
屯粮不卖的，民必咒诅他；情愿出卖的，人必为他祝福。

---

① James B. Pritchard, *Ancient Near Eastern Texts Relating to the Old Testament* (*The Third Edition with Supplement*), Princeton: Princeton University Press, 1969, pp. 421–425.

> 恳切求善的，就求得恩惠；惟独求恶的，恶必临到他身。
> 倚仗自己财物的必跌倒；义人必发旺如青叶。
> 扰害己家的，必承受清风；愚昧人必作慧心人的仆人。
> 义人所结的果子就是生命树，有智慧的必能得人。

可见，《箴言》中所提到的，仍然是围绕智者（或文士）的品质、伦理乃至智慧展开的，并强调智慧是人的立身之本，亦是神圣的品格。这与《阿蒙—埃姆—欧佩的教训》有异曲同工之妙。

（二）对话

对话是一种以记录两人或多人间交谈的文体，这些对话被认为是教育的基本内容之一，起源于教授读写过程中，师徒间的提问与回答。学院对话很大一部分是在师徒间或学徒间展开，有的是师父对学徒的考核，有的则是讨论学业情况；另一部分则是在其他社会人士间展开，如主仆间、王臣间、家庭成员间等。这些对话往往是围绕一些经典主题展开的，如文士学习、伦理关系、智慧观念等，学徒在完成这些文本学习的同时，不仅巩固了文士技艺，而且进一步掌握了文士群体在处理人际关系时的应变能力，为今后的社会工作打下基础。

以下是一则常被学者用作研究的苏美尔文士对话记录，发生在以下情景中：学徒想要学习更高阶的文士技艺，因而对师父所背诵的教导进行反驳，以说服师父自己已具备足够的能力，展开进一步的学习。该对话以诗体展开，并包含了一些苏美尔文士群体的重要思想观念：

> （师父）："（大）学徒，过来，快到我这！我师父教授我的，我将教给你。我曾像你一样年轻，也有一位兄长，[师父] 从学徒中挑选我，交给我一项差事，尽管我紧张颤抖如摇摆的芦苇，但我接下了这项差事。我师父所说的 [话] 我始终记得，我没有……他对我的（工

第一章　古代近东文士的教育制度、社会身份与文献生产模式

作）很满意，我的谦卑使他愉悦，他说……我言听计从，且办事可靠。在他的教导下，只有傻瓜才能走向歧途。他教我如何在泥板上摆正手的位置，如何书写成行。他教授我如何出口成章，他向我展示了（最具智慧）的教导。他让我看到他的规矩，这些规矩曾使他自己无误地完成了工作。学习者应充满学习的热情，浪费时间是可耻的。懒惰的人亵渎了他的天职。人应该提升自己的知识，也应沉默如金。当人的知识臻于渊博显赫，其他人都会惊异地仰视他。不要荒废白日的光阴！不要在夜晚贪图休憩！立刻开始工作！［无论是已经学成的，还是］新学徒，都不能轻浮草率！……你的言语需谨慎。记住，不能轻信你尚未张开的双眼，① 否则你将大大轻视规矩，丢掉完人的荣耀。［谦卑的人］内心平和，他的罪便得赦免。所有人都视穷苦人的礼物为高尚。虽然他一无所有，却仍然跪下献上祭品的羔羊，向权势低头，我亦在其中，这使我满足！这些是我的师父教育我的，我将它们背给你听，切莫轻视它们！仔细听，用心记，这对你大有益处。"

学徒满怀尊敬地回答师父："您已背完如同咒语般的教导，以下是我对您那信口雌黄的'美好吟唱'的反驳。您不该让我一无所知，我只回答一次。我曾是一个糊涂小子，但我现在双目已开，我按照完人的标准行事。所以，您为何仍不停将规矩强加于我，待我好像一个懒骨头？听到您这些话的人一定会责骂我！您教授给我的文士技艺，我已经都返还给您了！您指定我照看您的家务，您不能因我一次的懈怠就指责我。我常常安排您府中的奴仆、女奴和其他人做事。我分配给他们食物、衣装与油料，使他们安心。我给他们的工作安排日程。人们说：不要跟着师父府中的仆人跑来跑去。但每天一早，我就跟着他们，如同一群羊。您命令我准备祭品；我当天就为您办妥。我

---

① 古代两河流域文士文献中常见表达，指还没有获得智慧的意思。

驾轻就熟地准备好献祭的羔羊和盛宴，以便您用来讨神欢心。那天您的神乘船而来，我使得场面风风光光。您打发我去田边，那工作多么辛苦。在与劳工的竞争之中，我日夜不得休息。农耕工人的儿子们都是熟练的农人，也是最健壮的。我使您的田地丰收，可人们只夸奖[您]！无论照顾耕牛的工作多么辛苦，我总是工作更多，它们的负担[……]。自我年幼以来，您一直看着我，鉴察我的言行。我犹如抛光的上等金属；[再没有]比我更好的工艺品。我不高谈阔论，因为那是您的错误。我等待您的答复。人若自轻自贱，定然无人重视。因此，我想要向您显明（我真正的价值）：我能学习新技艺！"

（师父）："原先，你还是个孩子。现在，抬起你的头！你的双手已变为成年人的手，现在去完成（你自己的）工作！接受这则祝福的祷告，[我将要宣告你的好]运。你的辩驳已穿透我的身心，宛如我喝下牛奶与油料。[你]无尽的工作[……]，愿好的结果常伴你左右，恶果[……]。愿诸先师智者（更加）激励你。在这间学堂，那首善之地，愿[……]。你的名字将在荣耀中被拣选，它的力量与优异[……]。牧童将为聆听你优美的歌声而[彼此争战]，连我自己也想为之奋战，我想[……]。师父将满心欢喜地祝福你。你是聆听我话语的青年，我心欢喜。师父已将尼萨巴的宝贵财富放在你手中，（这使你）能够进入尼萨巴的恩手之中，将你的头脑[升入]天庭！愿喜乐的心成为（你的）命运，愿失落的心[消散]。泥板屋（Eduba），所有智慧集中的地方，[……]。"①

师父在训诫徒弟的话语中，言明了文士教育的基本过程与方法：师父教导学徒进行学习的内容、技艺与观念，均是继承于自身师父的教导，教

---

① William W. Hallo, *The Context of Scripture: Volume 1*, pp. 590–592.

第一章 古代近东文士的教育制度、社会身份与文献生产模式

育就是代代相传的传统继承。口头教导仍占据文士教育中的主要地位，师父要求徒弟所记忆的，是他口传心授的内容，而非写在泥板上的书面文字。学徒的应答表明，文士教育仍是以家庭式教育为主，学徒跟从师父学习的同时，也要肩负起泥板屋的家务劳作。此外，"开眼""完人"等表达，便是上文中关于理想人格实现的常见套语，在两河流域文士文献中颇为常见。

另一则文士对话是在两学徒间展开的，其中叫作季瑞恩—以撒格（Girine-Isag）的学徒，是另一个叫作恩基—曼苏姆（Enki-Mansum）的学徒的师兄：

（季瑞恩—以撒格）："那么学友，今天我们要在泥板背面写什么呢？"

（恩基—曼苏姆）："今天我们课后一个字都不写！"

（季瑞恩—以撒格）："但是，师父一会儿知道了，就会大发雷霆，而这都要怪你！到时我们怎么向他交代？"

（恩基—曼苏姆）："那来吧，我想写什么就写什么，我来定内容！"

（季瑞恩—以撒格）："要是由你定内容，我就不是你师兄了！你为什么抢占我作为师兄的身份？我的文士技艺学得如此出众，没有比我这个师兄当得更好的了！你理解力差，又听不懂课，你不过是学院里的新手！你听不懂文士技艺，也不会讲苏美尔语！你的手如残废了一般，不配拿芦苇笔和泥板写字！（你的）手跟不上你的嘴。凭你还想成为我这样的文士吗？"

（恩基—曼苏姆）："我怎么就成不了你这样的文士？"（中间残缺、遗失）

（季瑞恩—以撒格）："你虽然抄下一块泥板，但你不懂它的意思。

你虽然写下一封信,但你也就这点能耐!去划分一块田呀,你根本做不来,去分配一块地呀,你连绳索和带子该怎么用都不懂。你不会在田里钉桩,你量不出地的形状。这样看来,有人被冤枉而起争执,你也无法将其平息,你却只会让兄弟相争。所有学徒里,(只有)你不配用泥板。你到底能干什么?谁能(告诉)我们呢?"

(恩基—曼苏姆):"我怎会一无是处呢?要是去划分田,我就能做到;要是去分配地,我就能干好,所以,当有人被冤枉而起争执,我就能平复他们的心和[……],兄弟之间就会和睦,他们的心[……]。"(中间残缺、遗失)

(季瑞恩—以撒格):"说起调配女织工每天的工作份额,以及铁匠师傅教给他学徒的工序,过程我都知道。我父亲说苏美尔语,我就是文士的儿子;但你是下贱人的儿子,你父亲是个蛮子。你不会造泥板,也不会捏练字板。你连自己的名字都不会写;你的手不配用陶泥。不要乱砍乱挥了,你当那是个锄头吗?聪明的蠢蛋,捂住你的耳朵,捂住!你能像我一样说苏美尔语吗?"

(恩基—曼苏姆):"你干嘛老对我重复'捂住你的耳朵,捂住'这句话?(中间残缺、遗失)你干嘛要这样做呢?你为什么欺负别人、不停羞辱别人呢?你在学院里大吵大闹!我已经一直在按要求教别人苏美尔语了,(中间残缺、遗失)即使是在很久之前,你还被打……,你也没有(这样)冲我喊叫!你怎么能对你的'师兄'这般傲慢无礼,又百般咒骂、羞辱?他比你更懂得文士技艺。"

师父得知一切后,眉头紧锁,(说道):"你们想干嘛就干嘛去吧!"

(季瑞恩—以撒格):"我要是真能想干嘛就干嘛,要是有像你一样的学友,敢攻评他的师兄,我就先拿戒尺打他六十下,再给他戴上脚镣,然后把他关在屋里两个月,这就是你(他)该受的刑罚!"

从这一天起,他们彼此(怒)目相对。谁要是待人刻薄,就必遭

第一章 古代近东文士的教育制度、社会身份与文献生产模式

受兄弟相争之窘境，就像恩基—曼苏姆和季瑞恩—以撒格一样。师父会明察秋毫，赞美尼萨巴！①

两学徒的争执围绕着两点展开，一是学院里的长幼尊卑，二是学徒的出身。上文中，作为年长的师兄，季瑞恩—以撒格绝不容许辈分不及他的学徒替他决定内容或其他事宜。而他在羞辱恩基—曼苏姆的时候，攻击后者相对卑微的出身。季瑞恩—以撒格以师兄与文士后裔的身份为骄傲，这与古代社会家族伦常相一致。而两学徒彼此争执的话语中，也展示出一些古代两河流域文士教育中的内容，如抄写课文、课后作业、烧制写字板、学习几何知识、测量与规划土地、分配规划其他手工业劳动份额等，当然最重要的，还有熟习与使用苏美尔语。最终，文末表明，这则对话本身就已经成为文士教育的一部分，不但作为一篇课文供学徒练习书写，还具备了教导意义：学徒间应和睦相处，不应刻薄吝啬，以免手足失和。

正如前文所论述的，对话的主体不限于学院内部人士。以下就是一则在主仆间展开的对话，文献名称为"悲观主义者的对话"或"热心奴隶的对话"，节选如下：

"奴仆啊，再来服侍我！"

"我在这，主人，我在这！"

"快去准备洗手用的水，我要给我的保护神献祭！"

"献祭吧，主人，献祭吧！为神献祭的人就能心满意足。正如放债一样，献祭就是让人利上加利。"

"不，奴仆，我绝对不给我的保护神献祭！"

"那就不要献祭，主人，那就不要！不然，你要让你的保护神像

---

① William W. Hallo, *The Context of Scripture: Volume 1*, pp. 589–590.

狗一样在后面追着你跑吗？他只是想要你的祭品，一尊用来还愿的像，以及其他的各样东西。"

"奴仆啊，再来服侍我！"
"我在这，主人，我在这！"
"我要作保人！"
"作保人吧，主人，作保人吧！那些作保人的，他自己的粮食分毫不少，但他能得到各种回扣。"
"不，奴仆，我绝对不作保人。"
"那就不要放粮，主人，那就不要！放粮出去就像是做爱，但收粮回来就像是生孩子。借粮的人，吃着你的粮，还要不停地诅咒你，之后让你无法靠自己的粮食获利。"

"奴仆啊，再来服侍我！"
"我在这，主人，我在这！"
"我要为自己的国家服役！"
"那就去服役吧，主人，那就去吧！那些为国效力的人，他的需求就被放在马尔杜克的篮子里了。"
"不，奴仆，我绝对不为国服役。"
"那就不要为国服役，主人，那就不要！去看看那些古代遗迹，在那好好转转！看看那些高处低处的遗骸！你还能分清哪些是孬种、哪些是良将吗？"

"奴仆啊，再来服侍我！"
"我在这，主人，我在这！"
"现在我问你，什么是好事？"

第一章　古代近东文士的教育制度、社会身份与文献生产模式

"好事就是找人打断你我的脖子，一起扔到河里。谁能顶天立地？谁又能一手遮天？"

"不，奴仆，我会杀了你，送你先上路。"

"不过我的主人不会比我多活三天。"①

这则对话是十分典型的为学院教学目的服务的文本，其特点是具有转折性，即：主人对于某件事情的态度会发生一百八十度的转折，这对于奴隶的反应能力与智慧程度是极高的考验——奴隶限于身份，不能反对主人，只能顺其意而发言，因此，对于主人前后完全不一致的言论，奴隶也要随之进行逢迎，但这种前后截然矛盾的奉承，又必须合情合理。通过学习这样的范本，文士学徒不但能够掌握词汇和句式，而且能够训练其敏捷的思辨能力和口才，这些都是文士技艺的内在要求。

正如引文中有关参军服役的对话中，主人如要参军，奴隶就从大义的角度对其进行赞许，言明为国尽忠之人，必得到神的嘉奖（"那些为国效力的人，他的需求就被放在马尔杜克的篮子里了"）；而主人突然又放弃参军的念头，奴隶便从个人安危与历史中人作为个体的渺小性这一角度赞同主人的选择：那些惊心动魄的古代大战，都是无数个体战死换来的结果，一旦抛尸沙场，无论生前的地位、品行、能力如何，都不过是一堆无人纪念的骸骨（"看看那些高处低处的遗骸！你还能分清哪些是孬种、哪些是良将吗？"）。因此，奴隶通过转换立场的方式，使得主人无论是否参军，都有充分的理由支撑。从某种意义上说，这也是文士阶层社会文化身份的缩影，对他们所服侍的对象而言（君王、高官、贵族、富商等），他们相当于具有专业技能的仆人，因而，化解服侍对象在决策过程中的负面情绪，正是文士的专长之一。学院中的文士学徒就是通过大量类似的文本，

---

① William W. Hallo, *The Context of Scripture: Volume 1*, p. 496.

一方面训练自己遣词造句的能力,另一方面也学习为人处事的技巧。

总之,对话文本是文士在学院中学习的重要文类,其起源于学院中师徒教学的场景,目的是帮助学徒识记词汇、例句,并学习待人接物的技巧,培养文士文化中重要的观念与旨趣。相比于对话文本,智慧文学则是学院中最集中展现文士思想能力与观念的课程,其思辨性与抽绎性更为高明,不但是文士文学的代表,也是世界文学宝库中的瑰宝。

(三)智慧文学

智慧文学(Wisdom Literature)是学界对一类文学的统称,这类文学以探讨思辨、伦理、言辞、哲理、人生与神圣智慧等主题为内容,其文体多样,主要包含寓言、语录、格言、教训、对话等形式。这类文学是文士教育中的重要课程,既能够帮助文士学徒进行词汇、句式等基础训练,也能够提高其遣词造句、谋篇布局的能力,更是古代文士群体思想世界与精神高度的集中体现。智慧文学这种文类广泛分布于古代近东诸文明的教育体系中,本书该部分将提供数则有代表性的智慧文学的案例,并对其进行分析,以阐明上述方面的特征。

赫梯(Hittite)帝国是古代近东的重要古国,位于安纳托利亚半岛(小亚细亚,今土耳其境内),兴盛时期约在公元前16世纪至前13世纪,对古代近东的文明进程产生了深远影响。其智慧文学也十分发达,以下是一组赫梯格言:

> 赫梯的一则格言这样说:"有一人被关在狱中五年,当狱卒对他说:'我们明天一早就释放你。'这人反而愁苦不堪。"
> 父罪子偿。
> 因为人性堕落,所以谣言不止。
> 诸神的旨意何其严苛!它虽不急于掌控,可一旦旨意降临,就无法摆脱!

第一章 古代近东文士的教育制度、社会身份与文献生产模式

鸟在巢中避险,巢就保护它的性命。

即使有些事胜券在握,但其他事定然不在掌控之中。①

这些格言涉及生活中的宗教、法律、伦理、人生观,以及人生境遇等方面,其以精炼的言语与恰到好处的故事来表达智慧的观念。不仅如此,格言中也常有引用(Citation)的现象(赫梯的一则格言这样说:"有一人被关在狱中五年,当狱卒对他说:'我们明天一早就释放你。'这人反而愁苦不堪"),表明其是被编纂的。文士群体收集与整理这些格言集,用以表达自身的种种智慧观念。

两河流域的智慧文学出产了大量优秀的文本。若以格言这一文类来看,苏美尔格言是这方面的重要代表。以下是一个较为庞大的苏美尔格言集,节选一部分:

既然你是一只提瑞格(TIRIGAL)鸟,我就让你吃饱。既然你是一只提瑞格鸟,我就让你喝足。你是我儿子,你的运气已经变了。

乌鲁克之主掌权,但安娜之女主掌管乌鲁克之主。

羞辱人的必被羞辱,嗤笑人的必被嗤笑。

出逃的女奴永远不得安睡。

摇头的人才能过河。②

傻瓜都有一张爱(吹牛)的嘴。

"我答应"不意味着"我已经答应了","事情办了"不意味着"这件事办好了",这是不变的道理。

山羊天生就熟悉旷野,哪怕它从来都没去过。

---

① William W. Hallo, *The Context of Scripture: Volume 1*, p. 245.
② 可能是指排队坐船,摇头是指发泄脾气,类似"会哭的孩子有奶吃"之意。

> 不管某件物品多么与众不同，它的外形却无法保持不变。
> 好话人人都爱听。
> 伤人的话好似四头牛才拉得动的重轭。
> 人口中所说的和手中所做的，是两码事。
> 好汉长在嘴上。①

从上述的文本可见，这些格言主要用于被引述，如"羞辱人的必被羞辱，嗤笑人的必被嗤笑""傻瓜都有一张爱（吹牛）的嘴""伤人的话好似四头牛才拉得动的重轭""山羊天生就熟悉旷野，哪怕它从来都没去过"等，其本身是一些精妙的比喻或对日常经验的总结，可以用于文章或日常演讲中，作为加强论述力度的重要支撑。除此之外，这些格言往往反映出苏美尔文化观念中的重要方面，如宗教观念：

> 乌鲁克之主掌权，但安娜之女主掌管乌鲁克之主。

这则格言是以乌鲁克城（Uruk）之主神安（An）与其妻子、安娜城（Eanna）的女主神伊南娜（Inanna）为内容，其所适用的场合是"男人背后有女人"之语境。

格言亦反映道德伦理的内容：

> 人口中所说的和手中所做的，是两码事。

简言之，这句格言的意思就是人往往说一套做一套，口头答应的与实际行动的，是不能完全一致的。

---

① William W. Hallo, *The Context of Scripture: Volume 1*, pp. 565–567.

第一章　古代近东文士的教育制度、社会身份与文献生产模式

必须指出的是，由于古代苏美尔文明的世界与现代世界间存在着年代、文化等方面的巨大差异，导致这些格言中的相当一部分十分难懂，如：

> 既然你是一只提瑞格（TIRIGAL）鸟，我就让你吃饱。既然你是一只提瑞格鸟，我就让你喝足。你是我儿子，你的运气已经变了。

此处，由于我们无法得知 TIRIGAL 的确切含义，因此，整条格言的逻辑看似十分晦涩。恐怕其确切含义与精妙之处，仍需更多其他文献的出土和支撑才能得到进一步破解。

格言这种文类，虽然广泛地反映出了文士阶层所涉及的智慧范畴，但由于其每一条都能独立成文的性质，导致其之间没有必要的逻辑关联，无法形成探讨更具深度问题的有利文类。而古代两河流域也流行着另外一种智慧文类，其类似于前文所讲述的对话体，但本质上是对某种现象层层深入的探讨与追问，这就是"神正论"（Theodicy），由于其与西方基督教神学体系中的神正论在本质上相通，因而学界也采取这一术语对其进行指涉。这种文类的特点就是从理性的角度探讨神的正义是否符合人的经验生活。其中最有名的当属巴比伦神正论，讲述的是一个受苦之人追问苦难根源的内容，《塔纳赫》中的《约伯记》正是以此为原型的，节选如下：

> 受难者：
> "哦，智者，[……]，过来，请和我说话，
> [……]，让我对你讲述，
> [……]，
> [我……]，遭受了巨大苦难，请让我常常赞美你，
> 那位和你善于沉思的人在哪呢？
> 谁的知识能够和你们相匹敌呢？

我无依无靠，心痛不已。
命运夺走父亲之时，我是最年幼之子。
我母亲生下了我，就远走他乡，一去不返。
我的双亲都离弃我，无人保护我！"

友人：
体贴的朋友，你的故事太悲惨了，
我亲爱的朋友，你让你的心灵难过，
你使得你令人敬佩的决定虚弱不堪，
你使得你光辉的表达变得惹人愤怒。
我们的父辈理所当然地都会死去，
我本人也终将跨过死亡之河，
正如我们的前辈一般。
当你通观所有人类，
穷人的儿子能取得进步，有人会帮助他变得富有，
但谁愿意帮助本已阔绰富足的人呢？
那些求神保佑的人就有了保护者，
崇拜女神的谦卑之人就能聚敛财富。

受难者：
我看遍了整个社会，启示却是自相矛盾的：
神从不阻挡恶魔的计划。
当初生的孩子们还在床上，父亲就拉船去运河。
长子像狮子般行动，
次子就满足于赶驴。
子嗣们在街上如商贩般喧闹，

第一章　古代近东文士的教育制度、社会身份与文献生产模式

幼子们为无赖提供饮食。
即便我跪在神的面前，我又能有何益处？
我现在不得不向下人鞠躬行礼！
那些乌合之众，像有钱有势的人一般嘲弄我。

友人：
专业的学者，学问大师，
你用你愤怒的思想亵渎了神。
神的意志远在天边，不可揣测，人无法理解。
在生育女神创造的所有生物之中，
为何后裔会完全不能匹配？
母牛所生的第一头牛是低贱的，
她之后的后代则会比它大一倍。
长子生来羸弱，
次子就成为武力高强的勇士。
即使有人要去求索神的意图，人们也无法理解。

受难者：
仔细听，我的朋友，听我接下来的话，
考虑我字斟句酌的言语。
人们称赞伟人的话，纵使他却精通谋杀，
却诽谤地位低下之人，即便他完全无罪。
人们真心尊重那本质败坏的恶人，
却弃绝那真心听从神意的人。
人们用纯金装满暴政者的金库，
却掏空乞丐的口袋，让他毫无生路。

人们支持恶贯满盈的暴政者,
却毁灭弱者,欺压无权无势的人。
对我而言,面对暴发户的骚扰,我毫无办法。

友人:
恩利尔,诸神之王,创造人类的神,
伟大的埃阿,赐下陶土的神,
女主玛米,捏制人型的神后,①
为人类降下胡话的神,
他们让人类陷入永远的谎言与虚妄之中。
他们对富人严肃地说:
"他是君王",他们说,"他大有财富。"
他们诽谤穷人是贼,
他们将恶意强加在他身上,他们密谋要杀死他。
他们使这人饱受邪恶折磨,因为他没有任何财富。
他们为他预备了可怕的结局,他们将他掐灭,如同余火。

受难者:
你真有同情心,我的朋友,关心我的不幸。
救救我,查看我的不幸,你会有所了解。
尽管我谦卑,渊博,常常哀求,
我还没有见到谁来帮助我。
我将静静地穿过城市的街道,
没有人听到我的声音,我一直低声讲话。

---

① 指两河流域神话中诸神用陶土造人的典故。

第一章　古代近东文士的教育制度、社会身份与文献生产模式

> 我将头低下，眼观脚下，
> 我身边的人无人夸奖我。
> 愿将我弃绝的神能给我帮助，
> 愿将我放弃的女神给我怜悯，
> 愿牧者沙玛什依其职责牧养他的子民。①

这篇神正论中，受难者通过与友人对话的形式，来表明人在处理生活与信仰关系的过程中，所经历的种种困惑与痛苦。而这其中的核心悖论，就是神似乎在现实生活中厌弃虔诚的义人，反而帮助唯利是图的小人。受难者反复讲述自身的处境——一个虔诚于神的可怜人，神不但没有使他兴盛发达，反而使其家破人亡、地位卑微。作为拥有智慧的人，受难者试图以理智去理解这种悖论，而与他对话的友人，则只是劝说他，造成这种悖论的原因，实际上是人无法从根本上理解神的意志，他反复强调"神的意志远在天边"，却又不断强调人应该顺应神的意图，因为违逆的后果是十分残酷的。因此，友人尽管亦对神意颇有微词，但他想要表明的意思是，既然人无力理解与反抗神意，那么便不妨逆来顺受，不要继续追问，也不要违逆，这就是人的命运。这是两河流域文学中普遍的观点。而受难者显然最后也接受了这一想法，并表达了对友人的谢意。

巴比伦神正论的母题，在著名的希伯来智慧文学《约伯记》中被借用，《约伯记》通过无端受难的义人约伯与三位友人、一位青年以及神的多轮对话，来探讨与巴比伦神正论中相似的悖论，那就是"义人受难"的困境。例如其中的一段，可与巴比伦神正论形成对照：

拿玛人琐法回答说：

---

① William W. Hallo, *The Context of Scripture: Volume 1*, pp. 492–495.

"这许多的言语岂不该回答吗?多嘴多舌的人岂可称为义吗?

你夸大的话,岂能使人不作声吗?你戏笑的时候,岂没有人叫你害羞吗?

你说:'我的道理纯全,我在你眼前洁净。'

惟愿神说话,愿他开口攻击你,

并将智慧的奥秘指示你;他有诸般的智识。所以当知道:神追讨你,比你罪孽该得的还少。"

……

约伯回答说:

"你们真是子民哪!你们死亡,智慧也就灭没了。

但我也有聪明,与你们一样,并非不及你们。你们所说的,谁不知道呢?

我这求告神,蒙他应允的人,竟成了朋友所讥笑的;公义完全人,竟受了人的讥笑!

安逸的人心里藐视灾祸,这灾祸常常等待滑脚的人。"

(节选自《约伯记》第11—12章)

琐法的言语中,充满了如巴比伦神正论中友人的论调:神意不可测,且不可抗拒、不容置辩,这才是智慧的真谛。但这样的回答,并没有解决约伯无罪而受罚的困惑,因此,约伯的论调仍在质疑为何"蒙神应允的人,竟成了朋友所讥笑的;公义完全人,竟受了人的讥笑",在这一点上,他与琐法已基本上失去了辩论的基础,因为两人各自所持的逻辑无法相互转化。

但《约伯记》中的关键之处在于,由于其秉持了以色列民族一神信仰的基本思想,因而最终的决定性力量——神,带有明确伦理与公义指向,并不像两河流域宗教文化中的情形——往往不能明确诸神的公义性。因

第一章　古代近东文士的教育制度、社会身份与文献生产模式

此，约伯最终见到了神，并与之对话，当他领悟到神的正义性与对人的超越性之后，其对义人受难的困惑在宗教启示心理的作用下，完全释怀了："我知道你万事都能做，你的旨意不能拦阻。谁用无知的言语使你的旨意隐藏呢？我所说的是我不明白的；这些事太奇妙是我不知道的。求你听我，我要说话；我问你，求你指示我。我从前风闻有你，现在亲眼看见你。因此我厌恶自己，在尘土和炉灰中懊悔"（伯42∶1—6）。这与巴比伦神义论中，受难者最终隐忍离去的结局是完全不同的。

此外，两河流域的箴言与劝诫也是十分丰富的。此处选译部分文本，以作案例。首先是一些箴言：

> 人不自强，就无收获。
> 人若无王管辖，谁为其主？
> 草原之上，野牛食草，家牛倒卧。①
> 我的耕地无人种植，有如无夫之妇。
> 当蚂蚁受到攻击，它们从不屈服，反而痛咬施害者的手。
> 陶匠的狗若进入烧窑，陶匠反要在窑中生火。
> 城门口判官房中的罪妇，她的话胜过丈夫的话。
> 人是神的影子，奴隶是主人的影子，但王国却是神的形象。②

此外，一则有关智慧的训导，节选如下：

> 作为一个智者，愿你的理智闪耀谦虚的光，
> 愿你的口舌有节制，保守你的言辞。

---

① 这条箴言的意思是入乡随俗。
② James B. Pritchard, *Ancient Near Eastern Texts Relating to the Old Testament* (*The Third Edition with Supplement*), pp. 425–426.

正如同人的珍宝，愿你的嘴唇高贵。

愿你憎恨侮辱他人，树立敌意。

不要出不逊之言，（不要提出）不可靠的建议。

凡行事丑恶的，必被唾弃。

不要急于站在公共集会前，

不要寻求争吵的场所。

因为一旦陷入争吵，你就必须给出立场，

被迫为别人作证。

他们会将你置于法律程序之下，

此事本与你毫无瓜葛。

当你看到争端，不要理会，径直走开。

然而，倘若这争吵与你有关，那么要熄灭这纷争的火焰，

因为争吵导致对正义的忽视。

不要诽谤，应言好话，

不要口出恶语，应该口出善言。

人若诽谤或口出恶语，

作为报应，沙玛什将在索取他的性命。

不要信口开河，要谨慎发言，

你心中的言语即使在你独处之时，都不会自己出声。

眼下你急急所言，很快你就想要收回，

你应该管束你的渴望信口开河的心。

每天都要恭敬你的神，

行献祭、祷告与合宜的熏香之礼。

你内心深处要时刻关心你的神，

这是应对神所行的合宜之礼。

第一章 古代近东文士的教育制度、社会身份与文献生产模式

> 祷告、奉献、伏服下拜,
> 这些礼节是你早晨应完成的,这样,你就能成大事,
> 有神相助,你就兴旺富足。
> 学习的时候,要仔细研读泥板。
> 敬重(诸神)带来平安,
> 献祭带来长寿,
> 祷告赦免罪恶。
> 敬畏神的人,不会被[他的神]厌弃,
> 崇敬安努纳奇的人必得长寿。①
> 拥有不出恶语的朋友与同志,
> 不说卑鄙的话,[只说]有益的话。
> 你若相信,则奉上……
> 你若受鼓舞,则[帮助]……②

可见,这些两河流域的箴言以智慧为中心,告诫文士在日常生活中所需要警醒、注意、热心或避免的诸多事宜。在上面这则箴言中,贞洁与虔诚得到了特别的强调,而事实上,这两点对于青年文士而言,往往是最频繁出问题的方面。

总之,智慧文学是古代近东文士文献中最为重要的文类之一,该文类贯穿文士的全部生涯,自其在学校中学习文士技艺开始,文士便从智慧文学中学习词汇、句式、文法;而智慧文学中的教训与典故,又是相伴文士一生的宝贵财富。因此,对智慧文学的研究,是重构文士文化的重要依据。

---

① 安努纳奇(Annunaki)是苏美尔神话中造人的神。
② James B. Pritchard, *Ancient Near Eastern Texts Relating to the Old Testament* (*The Third Edition with Supplement*), pp.425–427.

（四）学者信件

学者信件（Letters from Scholars）是文士文献中的重要类型，这些信件往往是已完成文士课程、拥有文士身份的学者所写的文本，且往往是这些学者上报君主的内容。因此，是掌握古代近东文士文化的重要参考。这些信件，主要由占星家（Astrologer）、脏器占卜家（Haruspices）、驱魔师（Exorcist）、医师（Physician）、祭司（Priest）等文士学者写成。学者属于文士中的高级群体，不同于负责普通日常生活与行政管理记录的文士，学者所关注的是更为抽象、形而上的学术问题，如星象、占卜吉凶、祛除邪灵、祭祀仪式等内容，因而，其拥有更为显赫的社会地位，往往成为王室朝廷的顾问，参与国事的决策。

首席文士纳布—泽鲁—雷希尔（Nabû-zeru-lešir）与伊沙尔—舒姆—埃瑞什（Issar-šumu-ereš）是新亚述帝国以撒哈顿、亚述巴尼拔时期的占卜家（公元前7世纪），其书信的基本内容是将占卜的解读报给君主，以供其制定国策。如一则关于国王替身（Substitute King）预示反叛的书信：

> 献给"农人"，我主：你的仆人纳布—泽鲁—雷希尔。愿我主健康，愿纳布和马尔杜克保佑我主，地久天长！
>
> 我在沙玛什面前，逐个记下并背诵所有征兆，无论是天上的、地上的，还是异常出现的。我们以酒供奉他们（国王与王后的替身），以净水清洗他们，以油膏涂抹他们；我烹饪鸟肉让他们吃下。阿卡德之王的替身在身上出现了征兆。
>
> 这替身大喊："你让国王替身登上王座，所为的是何种征兆？"他继续宣称："去和'农人'当面讲清楚，在［第……天的夜晚，我们正在喝］酒，沙腊亚收买他的仆人纳布—［乌沙利］，去询问尼卡—伊第纳、沙玛什—伊布尼和纳易得—马尔杜克，商讨逆反国家之事：

第一章　古代近东文士的教育制度、社会身份与文献生产模式

'将要塞逐个占领！'我们（严密）看守沙腊亚，他不应再属于'农人'的随从了。应审问他的仆人纳布—乌沙利，他将如实招供。"①

国王替身是古代两河流域的一种独特制度。这种制度建立在该区域文化对于占卜预兆的认知之上。当占卜文士认为君王面临凶兆、将被邪灵（Evil Spirit）侵害之际，便会从囚犯或其他下等人中挑选一人，作为国王的替身，使他登上王座，并按照国王的礼遇对待，这样，不但可以使真正的国王免受邪灵的侵扰，而且通过观察替身身上出现的征兆，文士还可以判断威胁的来源。因此，在这则书信中，首席文士纳布—泽鲁—雷希尔称君王（很可能是以撒哈顿）为"农人"（Farmer），而替身被按照君王招待，以达到迷惑恶灵的效果。不仅如此，纳布—泽鲁—雷希尔通过观察替身的变化，聆听替身的话语（这就是一种直白的"预兆"），得知朝中的沙腊亚与他人密谋造反，于是将主谋控制起来，审问为其办事的仆人，以将谋反者一网打尽。

除此之外，首席文士也负责为国家大事选择适宜的人物与日期，其依据仍然是占卜的知识。如这一封有关签署条约的信件：

献给我主我王：你的仆人伊沙尔—舒姆—埃瑞什。愿我主健康！愿纳布和马尔杜克保佑我主！

尼尼微、基立兹与阿贝拉的文士们（能够）签署条约；他们已经到来。（不过），亚述城的文士（尚未到来）。我主我王，你［知晓］他们是［圣职者］。

如我主我王恩准，就让那些已经到来的文士签署条约；尼尼微与

---

① Simo Parpola, *Letters from Assyrian and Babylonian Scholars*, Helsinki: Helsinki University Press, 1993, pp. 4–5.

卡拉的市民将很快得到自由，并且在第八日，于彼勒与纳布的神像之下签署条约。

另一个方案是，我主我王下令，让这些文士离去，各行其是，让他们暂时（自由）；让他们第十五日再返回，这样便可以同亚述的文士一起在彼勒与纳布的神像之下签署条约。

然而，根据有关尼散月（即一月）征兆的记载："人不应在第十五日起誓，（否则）将被神辖制。"（因此），文士们可以在第十五日［黎明］前来签约，（但）合约的正式签署应该在第十六日夜晚到来、在星辰升起之前完成。①

这封书信，是以文士与君王商讨与国内重要城市签署合约的时间与地点为内容的，书信中不但给出了理想的时间地点，还给出了备选方案及注意事项。这些注意事项，均是建立在文士对于星象与吉凶相关的认知的基础之上给出的。

而对星象的观测与记载，是诸如伊沙尔—舒姆—埃瑞什这类首席文士的核心工作之一，以下是一封关于星象观测与征兆的信件：

献给我主我王：你的仆人伊沙尔—舒姆—埃瑞什。愿我主我王健康！愿纳布［与马尔杜克］祝福我主我王！

关于［我主我王给我信中的问题］："［为何］你没有告诉我［真相］？［何时］你将（确切）告知我（一切）？"［阿淑尔、辛、沙玛什、彼］勒、纳布、［木星、金星、土］星、［水星、火星］、天狼星和［……］使我的证人，见证我［从未］不将真相［……］

言语［……］，我王我主，［……预兆出现］在天上，［……］木

---

① Simo Parpola, *Letters from Assyrian and Babylonian Scholars*, pp. 7–8.

第一章　古代近东文士的教育制度、社会身份与文献生产模式

星［……］后退［……］年，在我们之前，已经进［入了……］一千次。

当火星离开天蝎座，回转后再次进入天蝎座，其解释如下：

如果火星退行，进入天蝎座，那么不要忽视你的卫兵，国王不宜在凶日外出。

这一预兆不是源自文字记载，而是出自大师们的口头传统。

此外，如果火星从狮子座之首退行，并掠过巨蟹座和双子座，其解释如下：

国王对西部之地的统治将结束。

这不是源自文字记载，这也不是正典记载。其只适用于解释火星在上述空域退行所预示的恶果。而在其他空域，火星退行发生，则并无大碍，没有关于这种预兆的记录。

关于木星的情况如下：如果木星从狮子座之胸退行，则是凶兆。关于这种情形的记载如下：

如果木星越过轩辕十四（狮子座α星），在其前方出现，而轩辕十四原地不动，那么将有人起义，斩杀国王，并夺取王位。

该解释只适用于言明木星在上述空域退行所预示的恶果。而在其他空域，木星退行发生，则并无大碍，没有关于这种预兆的记录。关于这件事，或许我——王的仆人——（仍）活着的时候，应当面与你讲明。土星本月将"自我退行"。（不过）这必定不会产生凶兆。

至于我主我王之前写给我的："观测那个……"——我定会观测，并将其所有情况书写报告我主我王。①

由此可见，文士对星象的观测是与国运紧密相关的。观测的对象往往是那些夜空中最夺目的天体，如月球、五大行星（水金火木土）、黄道星

---

① Simo Parpola, *Letters from Assyrian and Babylonian Scholars*, pp. 8–10.

座、天狼星（大犬座α星）、轩辕十四等，根据继承于古代巴比伦的观星传统（口头与书面记载），文士将这些星象加以解读，并上报君主，以供其参考、制定政策。

除了日常的问政工作之外，身居高位的文士也常常书写奉承类的书信，来夸赞国王的美好品质。例如下一则，是首席文士称颂亚述巴尼拔工于言辞的书信：

> 我岂能不称赞那些让我主我王记住我的话语呢？
> 十字是纳布神的记号。我主我王知道，由于这个（关联），十字便是加冕君王的徽章。我主我王的言行，现在已完全配得上他的尊荣：这徽章已被立在'伊势努纳克之屋'。人们称赞说："这就是纳布神（的真身）。"
> ［关于］那些新写成的泥板，［君王］这样对我们说："［……］的谈话胜过［……］，这里还有很多空白，这里还有很多［……］。写下十句［……］然后拿给我，我将审阅。"［……］我持续留意我主我王写给我的指示。
> ［关于我王］我主写给我的信："现在他们在我家设立了十字，是否能使我的言辞更加睿智？"你必将如智者般言说无瑕的话语，你所说的话语，其品质由它的本质、……尊荣决定，它完全合宜，（这样的话语）焉能惹来争议？这话语岂不是我所熟习的文士技艺的典范吗？这话语岂能不被称赞？①

综上可见，文士书信主要用于文士工作的展开，其作者已是成熟文

---

① Simo Parpola, *Letters from Assyrian and the West*, Helsinki: Helsinki University Press, 1987, pp. 22–23.

第一章　古代近东文士的教育制度、社会身份与文献生产模式

士，甚至大师文士，因此，其语句流畅，逻辑清晰，具备很高的书写水平。不仅如此，这些书信的内容往往涉及国运、王权等国家重要方面，因而其集中体现了古代近东文士的意识形态观念，即以王权为核心的文士主义。

第二节　古代近东文士的社会身份

古代近东学徒为了取得文士的头衔付出了大量的心血，为了胜任社会上的各种文书服务及其相关工作，学徒们不但要精通文字的读写，而且要掌握各种文体的书写模板，并努力提升自身的诸种技能（如口才、计算、测量等），这些都被统称为"文士技艺"（Scribal Art）。只有当学徒完成了文士训练之后，他们才能在社会中开展自己的工作，实现自身的价值。不过，无论文士所从事的具体工作为何，文本生产仍是文士工作的核心。本章将考察古代近东文士的社会身份，并梳理高级文士处理经典文献的主要手段。

文士在经历了多年的专业学习后，主要为以王室为中心的国家或城邦政府机构服务。因此，古代近东的文士群体，始终是社会中的精英阶层，普遍享有较高的社会地位。正如前文所述，文士群体是古代社会政治经济水平发展到一定程度后，出于方便统治者进行国家或城邦管理的需求而诞生的特种从业人员，因此从整体上说，文士教育与工作制度基本上是被王室所垄断的。正如古代近东社会的经济、政治、宗教与文化均统一于王室统治的基本状况一样，文士群体的工作内容与思想观念都基本服从于王室的意识形态。不过正如前文已论述过的，文士教育分基础与高等两个阶段，绝大部分学徒只能完成前者，因而社会上的文士也大致分为初级与高级两个阶层。

57

一、初级文士的社会身份

在基础教育阶段,学徒除了最基本的读写能力训练外,将其余大部分时间精力用于实用技能与公文书写练习之上,如测绘土地、拟定预算、起草行政条例、交易记录、税款账务、编写名册等,为政府部门相关行政机构提供文书服务。除此之外,文士也为个人提供有偿服务,如代写书信、买卖契约等。所有这些文类,都是根据文士在学期间所熟习与背诵的大量相关模板书写而成,文士在写文时,参照记忆中的文书格式,将具体内容(如人名、时间、文书内容、数目、金额等)更改后写出,便完成了一份文书。因此,基本词汇表的记忆与模板的熟练应用,是所有文士的基本功,也是雇佣者最为看重的能力。根据出土文献,学徒的所学知识将面临考核。他们从学院毕业,还没有实现自己多年所学的目标,唯有找到合适的工作,才是其真正出路的达成。以下是一则两河流域学徒参加聘用考试过程的记载:

(考官与学徒):
"年轻人,[你是学徒吗?""是的,我是学徒。"]
(考官):
"你是学徒,那你会说苏美尔语吗?"
(学徒):
"是的,我会说苏美尔语。"
(考官):
"你这么年轻,是怎么学好苏美尔语的?"
(学徒):
"我一直认真聆听我师父的话语;所以我能回答您的问题。"
(考官):

第一章　古代近东文士的教育制度、社会身份与文献生产模式

"那好，你应该能回答我的问题，那你会写什么？"

（学徒）：

"我正等着您考我写字呢！我还有不到三个月[的时间]就毕业了，从 A-A ME-ME（初级字母表，笔者注）到[……]的苏美尔语和阿卡德语，我都会读会写。从 INANA-TEŠ2 的开头，到 LU2-šu '平原上的万物'的全文（均是词汇表，笔者注），我都会写。我可以给您写出字母和它们的含义，我也能给您读出发音。"

（考官）：

"好，跟我来！我不会考你太难的内容。"

（学徒）：

"就算是考我默写 LU2 的词汇表，我能将其中的 600 条内容都以正确顺序写出。我在学院的学习计划是这样的：每个月我休息三天，参加三次各种节假日，除了这些天，每个月其他 24 天，我都在学院学习。但我从不觉得漫长。每天同样的练习，师父都会让我做四遍。最终，我就牢牢记住了学过的文士技艺！所以我现在，就是解读课文、数学、制定预算的行家，精通所有文士技艺，会划线，写文章不丢字漏字……我师父欣赏（我）美妙的口才。（学院里的）友情十分美好。我自知自己的文士技艺已臻完美，没有什么能让我不安。我师父只需每次给我看一个字符，我就能按照记忆填补很多。在学院规定的期限中学习多年，我现在已经是苏美尔语、文士技艺、讲解课文与制定预算的专家了。我甚至会说苏美尔语。"

（考官）：

"也许吧，不过你并没有体现出苏美尔语的语感。"

（学徒）：

"我已经等不及要开始写泥板了，（像行家里手一般）；无论是测量一次谷物还是六百次谷物的泥板，无论是一舍客勒还是二十弥拿的

59

泥板，①我都能写。不管他们带来什么婚约或是合约，我都能指出规定的重量，上至一他连得。②此外，买卖房产、花园、奴隶、财务保证书、农民雇佣条约……种枣合约……收养合同，我都能写。"（中间残缺、遗失）

（考官或学徒，难以辨明）：

"我们同一年生日，我们是……，他和我［比试］过写泥板，我们都写了预算制定……，说起这预算……，这预算……，他不能像文士般理解账目……，课文的意义，文士技艺，写的字母也难以辨认。让他们争执吧。如果他赢了，他会拿走我的一切；但要是我赢了，我能得到什么？"（中间残缺、遗失）

"我们来大声咒骂对方吧！谁骂一句，对方就还一句！"③

学徒为了得到工作，向政府部分考官极力推荐自己的扎实功力，包括熟练背诵词汇表、精通种种文案写作、掌握财务预算能力等。从中可以看出，古代两河流域行政管理体系尚未进一步细化，合格的文士需精通所有相关技能（如土地测绘、数字运算、政府公文等）——即文士技艺——方能胜任工作。而从引文的上下文可以看出，中间残缺的部分，很可能表明一开始应考的学徒遇到了另一个学友，两人都为了能够被录用而彼此猜忌、鄙视甚至谩骂对方。这也说明，文士培养与工作环境也充满竞争。

初级文士所承担的工作，大多是应用文类的书写，这类文书往往只是对行政、法律或商业事务的记录，只包含具体事务涉及的要素，而没有其他内容。

行政记录往往是文士对于具体事务的记载，范畴涉及政府的人事、财

---

① 舍客勒（Shekel）和弥拿（Mina）都是重量单位，前者约合11.25克，后者约合600克。
② 他连得（Talent）也是重量单位，约合30千克。
③ William W. Hallo, *The Context of Scripture: Volume 1*, pp. 592–593.

第一章　古代近东文士的教育制度、社会身份与文献生产模式

政、基建等诸多方面。这类文献基本上以名单和表格为主，而无其他内容，对文士而言，是最为基本的文书工作。因此，这类文献一般仅仅具有史料价值，是重构该时期某方面历史所需的材料（如政治史、经济史等）。略举一例建筑进度报告如下：

沥青松散了——阿帕德（总督）。

1座塔（……）未移除；1道水渠，未竣工，沥青松散了——马扎姆阿（总督）。

1道水渠，未竣工，沥青松散了——阿舒尔·贝鲁·塔金。

3/4的通道；5座塔松动的横梁已修缮；[1道]水渠，未竣工，（破损）

［……］移除；沥青［……竣］工。（其余破损）①

法庭记录也是重要的行政文书，在法庭上，文士既是案件的记录者，也是见证人之一，起到公正的作用。完整记录并加盖印章的法庭记录，拥有法律效力。请看以下案例：

沙玛什—乌舒尔，西拉（与）基丁尼替的后裔，他的妻子，对尼努尔塔—依丁与卢彼勒提这样说："把你们的女儿阿凯提给我，让她做我的女儿。"

之后，尼努尔塔—依丁听从了他的话，（并）把自己的女儿，阿卡迪提，过继给了沙玛什—乌舒尔。沙玛什—乌舒尔出于自愿，将一件塔格库拉锦衣和一件施拉姆锦衣赠予尼努尔塔—依丁与卢彼勒提，作为额外的补偿。

---

① Simo Parpola, *Assyrian Prophecies*, Helsinki: Helsinki University Press, 1997, pp. 17–18.

无论阿卡迪提在哪里,她都是我们的女儿。

[……]……,在这种情况下,沙玛什—乌舒尔的家庭成员应提出声明,不向阿卡迪提说出如下话语:"阿卡迪提,你是我家的婢女。"阿卡迪提是自由身,无人拥有管辖她的权力,也无……否则他将返还[……]弥拿银子。

任何人[私自篡改这份]协议,都将遭受安努、恩利尔与埃阿,[这伟大诸神]对他的不可赦免的诅咒。

在此文件盖章的人(有):

舒玛,[……]的后裔

基内努阿,瑞姆特的后裔

尼努尔塔—穆金……尼努尔塔—阿—依丁的后裔

[……]基丁,阿黑沙的后裔

书记:阿—鲁穆尔,彼勒书努的后裔

(立于)苏穆达那什城

(立于)亚达月,十五日,以拦王哈鲁舒在位第十五年。①

在商业活动中,最为重要的文书就是契约,契约一般完整记录交易人、货物、金额与其他规约性条款,并最终附上证人的名单,具有完整的法律效力。同样地,文士既是契约的书写者,也往往是证人。由于古代两河流域的社会制度仍为奴隶制社会,因而,奴隶是重要的交易物,有关奴隶交易的契约在两河流域经济文书中占有相当的比重。案例如下:

大[衮—密尔西]之印,[被出售]奴隶的原主人。

---

① William W. Hallo, *The Context of Scripture: Volume 3*, Leiden and Boston: Brill, 2003, pp. 271–272.

第一章　古代近东文士的教育制度、社会身份与文献生产模式

伊曼努，女奴乌［……］妮，以及密尔西—乌里，总共三人。

舒玛—伊拉尼，皇家军团战车手，与大衮—密尔西订立契约，按照卡尔凯美什弥拿的标准，以三弥拿银子从后者手中买走上述三人。

款项已付清。奴隶已被购买并带走。不得反悔，不得申诉。

此交易完成后，任何人在任何时候抱怨或无故纠缠骚扰，无论是大衮—密尔西、他的兄弟、侄子，抑或是他的亲属，或任何其他掌权人，（倘若）提出与舒玛—伊拉尼就此交易进行申诉，则需大衮—密尔西的儿子（或）孙子向埃尔比勒的伊什塔尔支付［……］弥拿银子、一弥拿金子，并赔偿奴隶所有者十倍的违约金。他有权申诉，然而不会胜诉。

证人：阿达，文士；

证人：阿西—拉姆，同上；

证人：帕卡哈，村长；

证人：纳比—亚乌，战车手；

证人：彼勒—埃姆拉尼；

证人：宾—狄吉利；

证人：塔布—煞珥—伊煞珥；

证人：塔布尼，该契约的保存者。

埃波月，二十日，曼努基—阿淑尔—雷伊年。①

从上述文献不难看出，初级文士所担任的工作，十分类似于现代社会各种机构中的文书，工作内容以书写档案材料和行政记录为主，这正得益

---

① 新亚述官方所采用的纪年方式为"名年官表"（Eponym），即以宫廷中的重臣名字或头衔作为纪年的方式，如引文中的"曼努基—阿淑尔—雷伊年"，查找相应的名年官表，就能够知晓文献的具体年份。根据名年官表，引文所指的年份是公元前709年。引文出自 William W. Hallo, *The Context of Scripture: Volume 3*, pp. 258–259。

于其在文士学院中所接受相应技艺的教育和训练。

二、高级文士的社会身份

对少数完成了高等文士教育的学徒而言，他们则能够进入神庙或王室系统提供服务，成为名副其实的"上等人"。由于精通宗教仪式相关文献传统，很多学徒能够成为神职人员，如祭司，或为神庙的日常管理提供文书服务，如记录贡品、管理库房与财务、书写信件等。对古代近东社会，特别是城邦国家而言，神庙是其经济、宗教与文化中心，国家的重大节日与纪念活动往往在此开展，因而神庙文士往往还要具备出色的口头功力，如朗诵祈祷词、教义条例，以及诗歌吟唱等。公元前两千纪后期以来，神庙中也往往开设文士的工作间（Workshop），一方面，工作间是文士存放、查阅、创作神庙所需文本的场所，类似于后世的图书馆职能；另一方面，文士也在此进行研讨与辩论，以便更好地做好本职工作。

以下是出自神庙文士关于官员进贡食物的一则记录：

> 8盘蛋糕；12盘厚面包条；10筐韭菜；10筐大蒜；[10]筐红葱；[若干头]羊；[若干罐]啤酒；（损毁）；[小计]：来自杜尔—伊萨尔行省。
>
> 2盘蛋糕；3盘厚面包条；3筐韭菜；3筐大蒜；3筐红葱；5头羊；5罐啤酒；2贺梅珥干谷物；小计：来自巴拉特行省。
>
> 2盘蛋糕；3盘厚面包条；3筐韭菜；3筐大蒜；3筐红葱；5头羊；[若干罐]啤酒；[若干贺梅珥干]谷物；（损毁）；[若干]筐韭菜；5[筐大]蒜；6[筐红]葱；10头羊；10罐啤酒；2贺梅珥干谷物；小计：来自舒鲁尔—贝利—拉穆尔王储行省。
>
> 1盘蛋糕；1盘厚面包条；2筐韭菜；2筐大蒜；2筐红葱；2头羊；2罐啤酒；1贺梅珥干谷物；小计：来自卡—阿达德行省的赛—拉西。
>
> 1盘蛋糕；1盘厚面包条；[2]筐韭菜；（损毁）；[若干]筐红葱；5

第一章　古代近东文士的教育制度、社会身份与文献生产模式

头羊；8 罐啤酒；5 贺梅珥干谷物；小计：来自图利，村长。

总计：31 盘蛋糕；46 盘厚面包条；41 筐韭菜；40 筐大蒜；40 筐红葱；74 头羊；77 罐啤酒；25 贺梅珥干谷物；以上（这些项目），都已审核。（损毁）。塔姆兹月，28 日。①

除在神庙工作的文士外，受过"高等教育"的文士还会成为王室顾问，直接为王室成员甚至国王服务。除去为王室成员朗读书写公文、信件、条约等工作外，王室文士还要成为君王的谋士，通过占星、观兆、卜卦等方式，为君王的重大决策提供参考。不仅如此，君王与王室成员的身体状况、宗教事宜、日常生活等，也都需要文士为其提供上述方式的参考，这些属于古巴比伦学术传统范畴，是古代两河流域的"科学"。

以两河流域最广为人知的学术传统——占星（Astrology）为例，在其文化传统中，由于星体被神格化，②群星的运动轨迹与明暗状态被视为神谕的重要来源或重大事件的征兆。君王往往需要占星的报告来帮助其进行重大事件的决策，因而，宫廷中高级文士的重要工作之一就是观星并撰写报告。例如，前文提到过公元前 7 世纪前半叶宫廷的首席文士伊沙尔—舒姆—埃瑞什（Issar-šumu-ereš），其名下留下了数量可观的占星报告，其中一篇较为完整的，是关于西弯月（Sivan）③清晨月食的记录：

［如果在］西弯月第 14 天发生月食，月食中的（月）神东侧以上变黑、西侧以下清朗，并且在傍晚至午夜间刮起北风：你观测月食，

---

① F. M. Fales and J. N. Postgate, *Imperial Administrative Records: Part I*, Helsinki: Helsinki University Press, 1992, p. 168.
② 即将诸神对应天空中的星体，最著名的如沙玛什（Shamash）对应太阳、辛（Sin）对应月亮、伊施塔尔（Ishtar）对应金星等。
③ 在新亚述时期的历法中，西弯月（Sivan）是第 3 个月，对应公历为 5—6 月。

并留意北风;由此,乌尔和乌尔王应作出决策:乌尔王国将承受饥荒,死者众多;至于乌尔国王,太子将苦待国王,但沙玛什将捉住苦待国王的太子,太子将死在他父亲的衰宫之中;一位未被指定为太子的王子将得到王位。

[如果]一颗星在人马座中变暗,则木塔巴和巴比伦应做决策。

黎明发生月食,预示病人将康复,10个月内有效。

黎明意指埃兰;第14天意指埃兰;西弯月意指西部;北风意指阿卡德。

在西弯月第5天木星停在[……],那里太阳闪耀;[那时太阳]明亮,颜色发红,其升起的状态[完全理想]:[愤]怒的[诸神]将与阿卡德和解,[将会为阿卡德带来]丰沛的雨水、规律的汛期、充足的供应,①[天上的众神将各居其位],他们的圣殿将香火旺盛;(如果)木星在西弯月明亮:[阿卡德王将名满天下]。

如果木星[持续]明亮:国王安康,国家欢欣。

黎明发生月食[……]接触,并一起被看到:有人将会死亡,统治者将死去。

[如果](月亮)在凌晨发生月食,在早岗结束,②(且)北风刮起:阿卡德境内将有疾病痊愈的情况发生。

[如果月]食发生在南方,且北风刮起:埃兰(和)古提将倾覆:倾覆不会接近阿卡德。

如果月食发生,且北风刮起:诸神将对国家施恩。

如果西弯月中月亮暗淡:本年中阿达德将遭受毁灭。

如果西弯月中发生月食:将会爆发洪灾,洪水将淹没大地。

---

① 此处原文为"(仅仅)1升的量将(不得不)用1歌珥(Kor,古代近东计量单位,约220升)来购买"。

② 指上午之前结束。

第一章 古代近东文士的教育制度、社会身份与文献生产模式

如果西弯月黎明发生月食：国中废弃的神庙将接近太阳神。

如果西弯月第14天发生月食：一位著名的君王将驾崩，太子将继位，但将爆发冲突，政权不稳：将有人丧命。

如果西弯月第1—30天发生月食：阿卡德王黯然失色；将会发生大洪灾，阿达德的丰收将被摧毁；一支大军将会倾覆。如果你解读为国王、城市与人民的吉兆，将会发生大麦歉收……

如果西弯月的月食没有发生在指定的时间：宇宙之王将死去，阿达德将被毁灭；大洪灾将到来，阿达德将不再丰饶；军团大将将死去。

［如果木星］在凌晨的空中稳定：将与帝国君王和解。

来自［伊沙尔—舒姆—埃瑞什］。①

由此可见，宫廷首席文士会在向国王提交的占星报告中写明所有的可能性，并提供可能的意见供统治者参考。这些可能性（即占卜的卜辞）基本上沿袭了文士所接受的教育内容，宫廷中也往往有专门的资料馆，用于存放观星与占卜记录，供高级文士参考。

黎凡特文士的工作性质与两河流域文士类似，同时也享有很高的社会地位。在新亚述帝国征服黎凡特地区之前，该地区的诸城邦国家便已有文士群体的存在，只是规模较小，也不具备古巴比伦学术传统般完善的占卜体系。而新亚述帝国的军事扩张行动开始后，该地区文士的教育与工作内容深受其影响，一则叙利亚小国国王巴尔—拉吉伯（Bar-Rakib，约公元前744年—公元前727年在位）的铭文中，附有君王与文士的形象（如图1-3所示）。

---

① Hermann Hunger, *Astrological Reports to Assyrian Kings*, Helsinki: Helsinki University Press, 1992, pp. 5–7.

图 1-3　巴尔—拉吉伯（Bar-Rakib）与文士

从图 1-3 中不难看出，文士在君王面前聆听其话语，手中持有书写工具与书卷。图中的君王、文士形象，如君王的发髻、胡子、衣着等，都已与新亚述铭文浮雕中的君王十分相近，表明了后者对黎凡特地区文士制度的直接影响。这幅浮雕直观地展示出黎凡特王室文士的工作状况。

目前学界对黎凡特地区的文献也有一定程度的了解，相关学者也破译了数量可观的文献，占星、占梦、动物占卜、史诗、宗教诗歌、仪式、信件、行政记录、商业契约、条约等文书类型在黎凡特文献中也都存在。以下是一例有关对抗巫术的驱魔文献：

（巴力）将驱逐这位年轻人的诅咒者——
你魔杖的折磨，拉毗乌，
巴力，你魔杖的折磨。
因此，你应在咒术祭司开口之前离去，
正如烟雾离开烟囱，
正如毒蛇爬上柱子，
正如山羊跑向山石，

第一章　古代近东文士的教育制度、社会身份与文献生产模式

正如狮子奔向骗子。①

魔杖啊，你要听！

来吧，魔杖！

愿它反过来将你伤害，

废掉你的身体。

愿你食无面饼，

愿你饮无水杯，只能拼命挤干（水囊），

无论是在高处，

还是低处，

无论是在黑暗中，

还是在圣所中。

之后，（哈荣）将驱散下诅咒的巫师——

魔法师哈荣，

以及加尔姆，他的另一身份。

去吧，你将失败……

你会发现你的舌头打结，

你将被紧紧捆缚。

神曾给你穿衣，

但现在神已经将你剥光。

哦，凡人啊，持魔杖的人已下地狱，

哦，凡人啊，他已在虚弱中被放逐。②

---

① 这句的文化背景可能是指近东地区文化中普遍认为，骗子或其他渎神者将立刻被狮子咬死。相关文本在希伯来先知文学中也有互文，如《列王纪上》第 13 章中"伯特利的老先知"的典故。

② William W. Hallo, *The Context of Scripture: Volume 1*, pp.301–302.

很显然，这则驱魔文献的结构、文笔与思想与两河流域的相关文献十分相似，驱魔师（本身也可能就是文士）认为一位年轻人中了邪，是某个魔法师用魔杖施加的诅咒，因而驱魔师借乌加里特主神巴力之名，通过施咒的"凶器"——魔杖，反向诅咒施咒者，认为这样能够有效祛除中邪人的诅咒，并对施咒者带去惩罚。

在读写尚未普及的古代社会，文士群体由于其特殊的职业能力与社会地位，对文本传统形成了垄断。因此，一种专属于该群体的文化精英圈子，便也逐步生成、固化，该圈子只向受过训练、识文断字、理解宗教事务、学术传统的精英开放。文士群体所具备的文学传统、文士技艺、思想观念，是经典文本的汇集、传承与编纂的基本依据，可以说，诸如《埃努玛—艾利什》《亚特拉哈西斯》《吉尔伽美什》《塔纳赫》等脍炙人口的古代经典，就是在文士圈子中得以完成的。下一节中，将以著名的《吉尔伽美什》史诗正典化过程和两河流域大洪水神话的流变为例，详细分析文士群体继承与创造文本的基本模式。

第三节 古代近东文士的文献生产模式

前文已探讨过两河流域与黎凡特地区文士的教育、工作制度与社会文化地位。文士群体由于在其文化圈子中活动，因而，其所进行的文献继承与创作工作，都是在其深厚的传统中展开的。这里所提到的"创作"，并非如我们今天所理解的由独立作家进行自由写作的概念；相反，这种创作更接近于"生产、制作"的概念，一方面，大量文本实为口头文本，是文士根据实际情况需要，在自己多年所背诵的大量模板文本的基础上诵读而成，类似于民间艺人幼年所背诵的"套子"；另一方面，文字文本也是文士在工作间完成的，他们根据记忆，将不同

第一章 古代近东文士的教育制度、社会身份与文献生产模式

场合所需的文本，如王室铭文、赞美诗、信件、契约等制作完毕，再将其交付使用者手中。因而，当文字书写的能力仍完全集中在文士群体手中时，他们并不以个人自由写作作为工作的中心。这就导致古代社会经典文本生成与发展的过程极为缓慢，《塔纳赫》的文学传统亦是如此。本节以两河流域史诗《吉尔伽美什》（Epic of Gilgamesh）和大洪水神话（The Deluge Myth）为案例，分析在经典文本演进的过程中两河流域文士所进行的工作。这对分析《塔纳赫》相关的文士问题具有重大意义。

一、史诗《吉尔伽美什》

就目前学界掌握的考古资料而言，关于《吉尔伽美什》史诗的泥板已较为丰富，除去目前保存最为完整十二块泥板之外（主要出土于尼尼微亚述巴尼拔图书馆），零星出土于多地、由多种语言写成的史诗泥板也为数众多，这为学界探讨《吉尔伽美什》的成书过程，以及古代两河流域文士继承与创作传统的机制提供了重要依据。

学界将出土于尼尼微亚述巴尼拔图书馆的《吉尔伽美什》称为"阿卡德语标准版"（Standard Akkadian Version）或"巴比伦标准版"（Standard Babylonian Version），其完成年代大致在公元前668年至公元前627年，也就是新亚述君主亚述巴尼拔在位时期。这位君主修建了著名的亚述巴尼拔图书馆，收藏了大量泥板、铭文、棱柱碑等文献，《吉尔伽美什》也在其中。而根据其他文献，这一标准版本的史诗已经是历经漫长演化过程后所形成的经典版本。阿卡德语《吉尔伽美什》的发源甚至可向上追溯至公元前两千纪中巴比伦时期（约公元前1600年至公元前1000年），一些文献记载了《吉尔伽美什》部分内容，表明该时期内，史诗仍未完成其合并过程。而苏美尔语文献中，也有该史诗的故事，可追溯至公元前三千纪，接

近吉尔伽美什真实的在位时期。①

对《吉尔伽美什》的文本演进研究，学界的基本进路仍在于文本批判，即通过比对文本的形式异同，以评估其来源及演进历程。这种比对，既在标准版史诗内部进行，也在标准版与其他文本间进行，将其中在词语、句式、套语、情节、母题乃至观念上的异同进行系统化梳理，分析文本背后的传统与阶段来源。总之，《吉尔伽美什》是长达千年的文士编纂的成果，是目前学界对其的共识。

阿卡德语标准版《吉尔伽美什》的文本生成过程，大致经历如下阶段：苏美尔口头文本时期、苏美尔语文本传统时期、古巴比伦阿卡德语文本时期、标准版阿卡德语文本时期。需要指出的是，口头传统在整个文本演化的进程中，始终扮演着重要角色，书面文本往往只是充当文士学院学徒的书写背诵教程，以及口头传统的底本或大纲，其目的在于使后人更好地继承史诗的口头传统。因而，史诗的所谓作者，也就是古代两河流域的文士群体。

早在20世纪初，学者便提出构成《吉尔伽美什》史诗的不同传统，如莫里斯·加斯特罗（Morris Jastrow Jr.）认为，整部史诗是由吉尔伽美什冒险、恩启都冒险、大洪水与其他神话故事集合并而成，而从根源上，上述部分各自独立。克拉摩尔（K. N. Kramer）则证明了史诗的苏美尔来源，其基本论点是，虽然阿卡德标准版史诗出自苏美尔源头，但前者已是经过古巴比伦文士较大程度重构的成果，与苏美尔版本在情节、内容以及思想观念上已大有不同。总的来说，克拉摩尔认为，阿卡德标准版史诗是对其苏美尔源头的创造性调整（Creative Adaptions），前者仅仅在大致情节上与苏美尔来源一致，除此之外，其他方面已面目全非。而阿卡德标准版史诗其他看似与苏美尔传统无关的部分，最终也能追溯出种种苏美尔母

---

① Jeffrey H. Tigay, *The Evolution of the Gilgamesh Epic*, Illinois: Bolchazy–Carducci Publishers, 2002, pp. 10–13.

第一章 古代近东文士的教育制度、社会身份与文献生产模式

题，只是这些母题是有关吉尔伽美什史诗之外的其他故事。此外，如"吉尔伽美什、恩启都与阴间"（*Gilgamesh, Enkidu and the Netherworld*，第七块泥板）等部分，克拉摩尔认为是阿卡德文士的原创，其目的是为吉尔伽美什寻求不朽增加戏剧性动机。①

在苏美尔传统的基础上，史诗形成了诸多古巴比伦文本，这些文本又经历了文士漫长的统合（Integration）与编纂过程。统合文本并不仅仅是文士将不同的素材简单合并在一起，而是一个细致的再编写（Revision）过程，其间，不同材料被加以精心润色，使之能够成为一个整体，为一个共同的主题——吉尔伽美什——服务，而在此过程中文士匠心独运。学界在比对文献的过程中发现，文士会出于具体需要将所传承的文本进行灵活地调整，以满足其使用要求。这些需要，有些出于满足其背诵史诗的场合与受众，如国家重大节日祭典、王室成员聆听或教育学徒等；有些则是出于意识形态观念的目的，如服务于君王的政治需求、神庙中主神变更的宗教仪式需要等；甚至有些仅仅出于文士群体中的某些思想观念发生了变化。总之，由于文士对书写拥有垄断权，因而史诗传统的演化，就是文士思想观念演化历程的镜子。

例如学者将阿卡德语标准版《吉尔伽美什》与苏美尔文献对比后发现，前者的诸多关键性章节是为史诗的统一而添加的，这些内容主要围绕着恩启都的角色转化，如恩启都的来源、成为吉尔伽美什的朋友、吉尔伽美什对恩启都死亡的悲痛等。② 这些后世文士的添加内容，一方面使得史诗的逻辑更为清晰完整，使原本不属于吉尔伽美什传统的恩启都传统完美融汇到前者中；另一方面也反映出阿卡德文士与苏美尔文士在对待死亡、不朽与现世的不同观念，相比于关注吉尔伽美什本身事迹的苏美尔版本而言，

---

① Jeffrey H. Tigay, *The Evolution of the Gilgamesh Epic*, p.28.
② Jeffrey H. Tigay, *The Evolution of the Gilgamesh Epic*, p.46.

阿卡德文士更看重他们从吉尔伽美什的一生中所能读出的意义：探索人在已知死亡无可避免的前提下应该如何过好一生，这就是苏美尔文本所不具备的新意义。①

建立在《吉尔伽美什》史诗不同版本比对基础上的文本批判，也是研究探索古代两河流域文士继承与创作文本基本模式的宝贵案例。学者卡雷尔·范德尔图恩（Karel van Der Toorn）根据《吉尔伽美什》史诗与其他文献的研究，归纳出古代两河流域文士生产文字文本的六种主要方法（如表 1-2 所示）。②

表 1-2　古代两河流域文士的常用技法

方法	内容
1. 将口头传统写成文字（Transcription）	这种方式是文士将口头文本听写下来，而在听写之后，仍需要进行适应书面文体的调整，在古代近东，文士作为听写者最常见的文体就是书信，也包括民间故事传统的整理。
2. 创造新文本（Invention）	创造新文本的过程中，文士就扮演着作者的角色。但这种作者与现代意义上的概念不同，文士仅仅认为自己是在练习文学创作技法，通过活用他在学校习得的工具与技艺来达成。这样的文本往往具有以下特征：偏好传统术语、正式语言、引用、用典、展示学识。
3. 汇编已有的口头与书面文本的传统（Compilation）	汇编手法是基础的文士技能，其精义是"并列"（Juxtaposition），逻辑是"附加、集合而非区分主次、分析"，也就是将相关所有文本集合起来，而并不对其进行进一步加工。
4. 扩展已有文本（Expansion）	扩展文本是指文士用自己的新加入内容扩充已有文本，以达成充实文本内容、使文本逻辑合理化等目的。
5. 将已有文本根据新受众的需求进行调整（Adaptation）	文士将已有文本作为自己的范本，将其重写，为了适应不同受众的需要，文士可能作出多种调整，如变换词序、替换名词等。

---

① Jeffrey H. Tigay, *The Evolution of the Gilgamesh Epic*, p.54.
② 根据 Karel van Der Toorn, *Scribal Culture and the Making of the Hebrew Bible*, pp. 109–141 内容简化成表。

续表

方法	内容
6.将独立文本统合为更全面的文本（Integration）	文士将多个来源的文本传统编织起来，具体方法有：1. 将两者的构成元素拆解（Dissolve），然后将这些元素重组（Configurate）；2. 以其中一个文本为范本，将另一个文本作为补充要素，添加到范本中。

古代两河流域文士遵循着上述的文士技艺，进行文本的传承和创作活动。这方面的案例，还有著名的大洪水神话的流变过程。

二、两河流域大洪水神话的流变

《创世记》第6—10章所记述的大洪水神话，往往能给读者留下深刻的印象，其对后世文学与文化的影响广泛而深远。不过事实上，《创世记》中的大洪水神话却深受其两河流域原型的影响，在叙事框架与基本情节上都与之高度相似。但是《创世记》中的大洪水叙事，是古代以色列文士对其阿卡德版本的重构（主要见于《吉尔伽美什》），阿卡德版本又是阿卡德文士对更早期的苏美尔版本的重构。因而，在大洪水神话不同版本所显示出来的流变过程中，文士在其中发挥的作用举足轻重。

大洪水神话曾在两河流域广为流传，相关考古文献数目众多，特别是出土于亚述古城尼尼微（Nineveh）的亚述巴尼拔图书馆（Ashurbanipal Library），[1] 其中保存了大量有关大洪水神话的文献，是学界重构这一神话体系的重要依据。其主要版本见于该地区的神话《亚特拉哈西斯》（Atra-hasīs）与史诗《吉尔伽美什》（Gilgamesh）之中，这两部著作均起源于苏美尔文明，但其中的部分传统被其后世诸文明所继承与重构，得以延续。

上述著作中的大洪水神话，均拥有较为相近的框架、情节与人物形

---

[1] 该图书馆由新亚述帝国君主亚述巴尼拔（Ashurbanipal，668—631BCE）于在位期间所修筑，是目前古代近东考古领域最为重大的发现之一。

象。谈及大洪水的起源,《亚特拉哈西斯》将其归因于诸神对于人类的厌恶:

> 还未满一千二百年,大地扩大,人类越来越多,地上喧嚣、吼声不断,如同公牛般吵闹,主神被人类的噪声所烦扰。①

讽刺的是,诸神之所以要创造人类,是因为他们想要摆脱工作的枷锁,一心享乐;换言之,人类是诸神所创造出来的奴隶。而当人类繁衍生息、欣欣向荣之际,主神恩利尔(Enlil)却又嫌其吵闹,意欲除之而后快。正因为如此,恩利尔决心消灭人类,先后将饥荒、瘟疫、旱灾等降下人间,而这一计划中最具毁灭性的,便是大洪水。然而,恩利尔的计划却并没有得到诸神的一致认可,因为在造人与灭人这一过程中,恩利尔的行为多有不义,如为了造人,他与诸神谋杀了秦古(Qingu);眼下他又决意杀灭人类,导致大地与智慧之神恩基(Enki)采取了行动,他将大洪水即将到来的"天机"以梦的形式启示给人类的智者亚特拉哈西斯:

> 恩基开口,向他的奴隶(指亚特拉哈西斯,笔者注)说道:"你问:'梦的真意是什么?'遵行我要对你说的话:墙啊,听我说!芦苇墙啊,遵行我的话语!拆毁你的房屋,打造一条船,丢掉财产,保留性命!"……他打开了滴漏,将其灌满,他向亚特拉哈西斯宣告了第七天夜间大洪水将至的消息。②

亚特拉哈西斯在得到命令后,召集城中的长老,发动大家制造大船,

---

① W.G. Lambert, and A. R. Millard, *Atra-hasīs: The Babylonian Story of the Flood*, Oxford: The Oxford University Press, 1969, p.73.

② W.G. Lambert, and A. R. Millard, *Atra-hasīs: The Babylonian Story of the Flood*, pp. 89–91.

第一章 古代近东文士的教育制度、社会身份与文献生产模式

并收集地上的诸多生物进入其中。七天之后,大洪水如期而至:

> 大洪水[降临],向人们袭来,其盛势[如同庞大的军团]。在洪灾中,人们彼此不能相顾,陷入水中无法辨识。[大洪水]如公牛般嘶吼,狂风如叫驴般呼啸。黑暗[密布],不见天日。①

这场大洪水持续了七天七夜,其惨烈的程度甚至让诸神落泪,无言枯坐。除了亚特拉哈西斯船上的人们与生灵,世间其他活物被彻底灭绝。

大水退去,正当诸神为大洪水的残酷与大地的悲惨哀痛之际,亚特拉哈西斯在山上献祭,祭品的馨香被诸神们嗅到,他们"如苍蝇般"聚拢过来,并将祭品一扫而光。这时,生育女神宁图(Nintu)公开声讨恩利尔降大洪水灭绝人类的计划:

> 诸神之主安努何在?恩利尔也来享用祭品了吗?他们不经考虑就降下大洪水,意图将人类全部毁灭。你们都同意要带来毁灭,现在他们原本洁净的面庞已染上了污点。②

诸神开始了争论与抱怨。最终,人类由于亚特拉哈西斯的壮举而得以存活,亚特拉哈西斯也被赋予了永生,位同诸神。

两河流域的大洪水神话最迟在公元前7世纪已臻于完美,其主要依据是在出土于尼尼微亚述巴尼拔图书馆的阿卡德语标准版(Standard Akkadian Version)《吉尔伽美什》中,保存着高度完整成熟的大洪水叙事。这一版本的完成年代大致在公元前668年至公元前627年,也就是新亚述君

---

① W.G. Lambert, and A. R. Millard, *Atra-hasīs: The Babylonian Story of the Flood*, p. 95.
② W.G. Lambert, and A. R. Millard, *Atra-hasīs: The Babylonian Story of the Flood*, p.99.

77

主亚述巴尼拔在位时期，其发源甚至可向上追溯至公元前两千纪的中巴比伦时期（约公元前1600年至公元前1000年），是阿卡德、巴比伦、亚述文明对苏美尔大洪水神话继承与发展的结果。①

从连贯性上看，《吉尔伽美什》是《亚特拉哈西斯》的后续，讲述乌鲁克（Uruk，公元前三千纪的苏美尔城邦）君主吉尔伽美什的事迹。这一史诗共由十二块泥板组成；其中第十一块泥板的内容中，包含了大洪水神话的完整内容：好友恩启都（Enkidu）被天神处死，吉尔伽美什悲痛之余，也深切意识到自己必然会死亡的命运，于是他决心探求永生的奥秘，离开乌鲁克，漫游天下，希望找到大洪水中的幸存者乌塔—纳毗示提（Uta-napishti，亚特拉哈西斯在阿卡德传统中的名字），② 寻求永生。《吉尔伽美什》中的大洪水神话，框架完整，情节清晰，人物鲜明，这些都表明该神话体系已成为两河流域的文学经典。

乌塔—纳毗示提已经获得了永生，居住在遥远的地极，因此被称为"远方的乌塔—纳毗示提"（Uta-napishti the Distant）。他为吉尔伽美什讲述了大洪水的前因后果，其基本情节与《亚特拉哈西斯》相同：恩利尔不经诸神同意，便决心要降下洪水，埃阿（Ea，恩基在阿卡德文化中的名字）告知乌塔—纳毗示提大洪水将至的消息，他与家人带领人们造船，躲避洪水。七天后，洪水逐渐消退，乌塔—纳毗示提的船在尼姆什（Nimush）山搁浅，他先后放出鸽子、燕子与乌鸦，前两者因无地落脚而返回船上，而乌鸦一去不返，说明洪水已退。乌塔—纳毗示提在尼姆什山上献祭，诸神闻到了馨香便聚拢过来，经讨论：

---

① Jeffery H. Tigay, *The Evolution of the Gilgamesh Epic*, pp. 11-13.
② 乌塔—纳毗示提的名字由两部分构成，在阿卡德语中，乌塔（Uta）的原形是"寻到"（atû），纳毗示提（napishti）的原形是"生命"（napištu），因而该名字的含义为"寻到生命之人"。

第一章　古代近东文士的教育制度、社会身份与文献生产模式

  恩利尔进入船中，他握住我的手，将我带上甲板。他也将我妻子带上甲板，让她跪在我旁边，他摸着我们的额头，站在我俩中间，赐下祝福："过去，乌塔—纳毗示提是个凡人，但现在，他和他妻子都像我们一样，位列诸神！乌塔—纳毗示提应远离此地，让他们去诸河的河口居住！"①

  诸神指责恩利尔的一意孤行，并向他求情，使得恩利尔赐予乌塔—纳毗示提永生。他的一番话也使得吉尔伽美什意识到，乌塔—纳毗示提的永生是诸神所赐下的，而自己想要追求的永生是难以获得的。

  《吉尔伽美什》中的大洪水神话，浓缩了《亚特拉哈西斯》的全部精华，不过显然，苏美尔版本的大洪水神话在被后世文明接受的过程中，已发生了诸多变化。如苏美尔神话学权威 K.N. 克拉摩尔（K.N. Kramer）认为，虽然《吉尔伽美什》出自苏美尔源头，但前者已是经过古巴比伦文士重构的成果，总的来说，是对其苏美尔源头的创造性调整（Creative Adaption），前者仅仅在大致情节上与苏美尔来源一致，②但内容已多有不同。其最显著的文本差异，就是诸神与人物名称的变化，如恩基变为埃阿、亚特拉哈西斯变为乌塔—纳毗示提等，导致这些变化的根本因素就是苏美尔与后世文明在神谱与王表上的不同。

  两河流域大洪水神话的盛行，具有深刻的历史与政治意义。两河流域诸多历史文献中，都有关于大洪水事件的记载。例如在该地区早期重要文献《苏美尔王表》（*The Sumerian King List*）中写道："那场大洪水荡平了一切"，③其影响之大，乃至于整篇王表被这场洪水分为前洪水时期与后洪

---

① Andrew George, *The Epic of Gilgamesh*, London: Penguin Books, 2000, p. 95.
② Jeffery H. Tigay, *The Evolution of the Gilgamesh Epic*, p. 28.
③ Thorkild Jacobsen, *The Sumerian King List*, Chicago: The University of Chicago Press, 1973, p. 77.

水时期两个时代。前洪水时期，共有五城八王，这五个主要城邦分别是埃利都（Eridu）、巴德—提比拉（Bad-tibira）、拉拉克（Larak）、西帕（Sippar）和舒鲁帕克（Shuruppak）。而后洪水时期，苏美尔走上了由城邦并立向统一王国发展的道路。这些强权中，就有史诗《吉尔伽美什》的主人公吉尔伽美什，以及他的城邦乌鲁克；而乌鲁克又被乌尔（Ur）击败，这乌尔就是《创世记》中以色列民族始祖亚伯兰原本的居住地（吾珥）。也就是说，大洪水神话被与两河流域城邦争霸的历史进程紧密联系在了一起，凡涉及大洪水神话相关内容的文献，无论是历史记录、宗教典籍，还是文学著作，都具有高度的互文性，成为两河流域最为厚重的文化遗产之一。

从《吉尔伽美什》和大洪水神话的文本流变中我们不难看出，古代近东文士在对拥有悠久传统的文献进行传承的过程中，尽量保存其叙事原有的框架，但在此基础上将诸多细节进行修改，小到人物名称，大到添加或删除叙事模块，使其产生新的版本，这种版本往往就带有了强烈的文化意义。

两河流域先进的文化形态对古代近东产生了广泛的影响，特别是其文士文化，对诸多其他古文明的文士群体而言，是借鉴和学习的模板。作为和巴比伦、亚述同根同源的闪族兄弟，以色列人的文化建构更是深受前者的影响，在文士群体的相关问题上亦是如此。学界常常将希伯来精神（Hebraism）视为西方文明的重要源头之一，但实际上，希伯来文明亦有其源头。因此，在考察以色列文士群体的相关问题时，必须要将其文化母体的相关问题作为必要的视阈。

第 二 章

古代以色列文士的
教育制度、社会身份与文献编纂模式

现存的古代文献能够证明以色列文士群体的存在，以及他们对于古代以色列历史传统的继承与经典化进程。古代以色列文士在古代近东文士文化的影响下，吸收、借鉴其文献传统，结合自身的历史语境与生活境遇，将其熔铸为以色列民族代代相传的文学与文化传统，构成正典(《塔纳赫》)和其他典外文献的历史框架与精神支柱。

目前学界研究表明，以色列文士活动的规模化、体系化与文献创作的高产期，发源于公元前11世纪末至公元前10世纪初，也就是以色列王国时期。公元前8世纪末，北国以色列被消灭后，随着政治、经济、宗教文化中心的南移（至耶路撒冷）以及希西家、约西亚等君主的政治改革，南国犹大的文士活动进入新的活跃时期。巴比伦之囚时期以及归回时期，以色列文士创作活动虽陷入低谷，却也仍有进行。第二圣殿时期是古代以色列文士创作的又一活跃时期，随着犹太教的兴起与传播，其文学传统的余晖仍令人瞩目。可以说，以色列文士活动兴起于君主制下的王国时期，与王权联系颇为紧密；然而，不同于古代近东其他文明，以色列文士尤其深受宗教意识形态的影响，这种宗教意识与君主制始终保持着相对距离，以至于当王权被彻底消灭后，宗教意识形态观念足以支撑其文士群体的文本创作，甚至对王权进行彻底的批判与反思，最终成为犹太教这一民族宗教的核心思想。

第一节　古代以色列文士教育制度

有关古代以色列文士的教育制度状况，目前学界是根据《塔纳赫》与古代近东相关历史文献进行重构的。学界认为，以色列文士教育制度在很大程度上借鉴甚至适用古代两河流域、黎凡特等地区的相关制度。特别是在以色列联合王国建立以来，其文献传统深受乌加里特文士系统影响的特征已被学界关注。而新亚述帝国的征服，一方面在客观上促进了以色列与犹大的城镇化进程，使文士教育逐渐发展起来。另一方面，其本身所继承与发扬的阿卡德文士教育体系，也影响着包括南国犹大在内的黎凡特诸国。犹大王国时期，以色列文士教育制度已发展到相当高度，并能够在面对国家灭亡、民族被掳后归回的重大挑战时，绵延不绝，具有强大的生命力。

一、反映古代以色列文士教育制度的文献线索

从《塔纳赫》与其他相关文献的线索中可以建构出古代以色列文士的相关状况，本书将在第四章进行详细的梳理，此处先进行线索的概述。

首先从词源上看，圣经希伯来语涉及文士教育的关键概念词汇，与两河流域的阿卡德语和黎凡特地区的乌加里特语具有高度相关性，诸多著名学者，如阿尔布赖特（W. F. Albright）、雷尼（A. F. Rainey）等，曾就此做过大量对比研究（如表2-1所示）。[①]

[①] 参见 David M. Carr, *Writing on the Tablet of the Heart: Origins of Scripture and Literature*, p.59。

第二章 古代以色列文士的教育制度、社会身份与文献编纂模式

表 2-1 希伯来语和其他闪语的名词对照

名词举例	希伯来语	其他闪语
师父	'oman	ummia/ummānu（阿卡德语）
学徒	limmudim	Lmdm（乌加里特语）
学院	bet-sepher	bīt-tuppi（阿卡德语）

上述词汇，在词根（如"师父""学徒"的希伯来语与阿卡德语/乌加里特语）、名词构成（如"学院"，希伯来语直译为"House of Scroll"，阿卡德语直译为"House of Tablet"）等方面具有切实的相近性。

其次，在《塔纳赫》先知书、特别是后先知书篇目中，所记载的先知与门徒的关系，与阿卡德教育制度具有相似性，即在固定的学房，以师父—学徒的关系教授文士（或先知）技艺。例如早在士师时代末期至王国时代初期，撒母耳就已经创立了类似先知学院的制度，自己作为师父，教授学徒先知传统：

> 有人告诉扫罗，说大卫在拉玛的拿约。扫罗打发人去捉拿大卫。去的人见有一班先知都受感说话，撒母耳站在其中监管他们。打发去的人也受神的灵感动说话。（撒上 19：19—20）

引文中的撒母耳显然是作为指导者，在固定的教学地点拉玛（Ramah），以小规模口头授课的形式，训练其门下的学徒。这种做法，与前文所论述的两河流域学院中师父教授学徒口头传统等文士技艺的教育过程相仿。学者普遍认为，撒母耳是以色列先知运动的创始者，其重要贡献不仅在于他为以色列立王并严加监管，还在于他创立了先知的教育、生活与社会活动的准则，形成了先知文化圈子。[1] 这种先知的教育方式，是古代以

---

[1] 詹正义：《天道圣经注释撒母耳记上（卷二）》，香港天道书楼 2001 年版，第 134 页。

色列文士教育的重要反映。类似的典型案例大量见于《撒母耳记》与《列王纪》中，如在先知以利亚与以利沙的师徒关系中，两人以父子相称；以利亚被接上天，以利沙便成为了师父的继承者，得其真传，而又继续培养先知门徒（详见《列王纪下》第2章）。不仅如此，该文本中亦表明伯特利（Bethel）和耶利哥（Jericho）都有先知门徒，且颇具规模，说明先知学院这一制度在王国时期已较为普遍。

后先知书如《以赛亚书》中也流露出先知的教育状况，如：

> 你要卷起律法书，在我门徒中间封住训诲。（赛8∶16）

可见，相比于撒母耳时代，读写的培养也成为先知教育的重要组成部分，先知的学徒不但要接受口耳相传的传统教育，也要学习读写的能力，以便进一步理解与传播先知传统。

除先知书外，智慧文学也是对古代以色列文士教育的重要反映。其中，《箴言》《传道书》从题材上看，是师父对于学徒的训诫，而《约伯记》则是典型的两河流域文士教育中的"学院对话"文体，其原型属于苏美尔—阿卡德的文士文献传统。《箴言》虽在开篇交代"以色列王大卫儿子所罗门的箴言，要使人晓得智慧和训诲，分辨通达的言语"，但这一文体仍属于学院中的智慧文学，很可能是归在所罗门名下的文士教育课本之一。《箴言》通篇以父子作为人称出现，事实上也可以被视作师徒，因《塔纳赫》中，师徒间也以父（אב）与子（בן）相称。而君王所罗门作为智者的代表，也符合前文所探讨的两河流域文士的意识形态观念传统。值得注意的是，《箴言》中常常出现的训诫套语，都是与口传心授紧密相关的，如：

> 我儿，你若领受我的言语，存记我的命令，侧耳听智慧，专心求聪明。呼求明哲，扬声求聪明，寻找他如寻找银子，搜求他如搜求隐

第二章 古代以色列文士的教育制度、社会身份与文献编纂模式

藏的珍宝,你就明白敬畏耶和华,得以认识神。(箴2:1—5)

我儿,不要忘记我的法则。(或作指教)你心要谨守我的诫命。因为他必将长久的日子,生命的年数,与平安,加给你。不可使慈爱诚实离开你。要系在你颈项上,刻在你心版上。(箴3:1—3)

"领受""存记""听""不要忘记""谨守""系在颈项上,刻在心板上"等表述,都是师父要求学徒遵行自己所传授的"言语""命令""法则""教训",对比第七章中两河流域文士对话中的师徒对话,即可明显看出两者的相近性。

《约伯记》则被学者认为,其原型属于两河流域文士智慧文学范畴,一些学者,如克拉摩尔(S. N. Kramer)甚至直接将其称为"约伯母题"(Job motif)。苏美尔文献中有一则名为"某人与他的神"(Man and his God)的文本,讲述的是一个受难的年轻人对神所说的话语,节录如下:

这位年轻人,他从不行欺诈,然而,……疾病,痛苦的折磨,……他身上,命运……靠近他……痛苦……遮蔽他,……将他交在恶灵手中……他(向神)愤怒地诉说自己的痛苦,泪流满面……

"我是一个明理的青年,(然而)无人尊敬我,我诸事不顺,我正直的话语一直被曲解为谎言,行欺骗的人(以)南风笼罩我,我(被迫)服侍他。不尊敬我的人在你面前羞辱我。

你总是一点点地加重我的痛苦,我进家门,心情沉重,我这个青年,出门上街,心情低落,我正直勇武的牧羊人对我生气,敌视我,我的牧马人寻求邪恶力量对抗我,我却并非他的敌人。我的伴侣对我撒谎,我的朋友对我真诚的话语以谎言相对。行欺骗的人谋害我,(而)你,我的神,却不挫败他的诡计。你夺走我的智慧,恶人来谋害我,你对我发怒,并为我设下邪恶害我。我是聪明人,却为何被愚

蠢的小子们捆缚？我是明理的人，却为何被无知的人算计？……

我的神啊，大地的白昼阳光普照，我的白昼却一片黑暗，美好明亮的日子已经……就如……泪水、哀痛、愤懑、绝望将我填满，苦痛将我胜过，我（除了）哭泣，（什么也不能做），命运在（恶魔）手中，……我，夺走我生命的气息，恶毒的病魔在我体内（沐浴），我道路上的痛苦，[我的……]的邪[恶]……（中间损毁）

我的神啊，你是生我的父神，[抬起]我的脸，像无辜的牛犊，在……的遗憾中呻吟。你要离弃我、使我任人宰割多久呢？像一头公牛……你不保护我，要（到何时呢）？"

那些智者们，他们说出正确（又）直白的话语：'从没有无罪的人出其母腹，……自古以来无罪的劳动者就不存在。'……

这人的痛哭被他的神听见，神使得充满这人身心的哀伤与悲痛平复。这人在祈祷中所说的话虽语无伦次，但甚为正直，神接受了这些话语。神让……平息，神……他的血肉，神将手从恶毒的话语中撤出，他拥抱……那些伤人心的话语……，神赶走了那伸展羽翼的、萦绕着这人的病魔。神也驱逐了那猛打这人的……，并反转了原根据神的判决而加在这人身上的（恶）运。神将这年[轻]人的痛苦变为喜乐，在他身边安排了……善灵……（作为）守望者（与）卫士，交给他……和善的保护精灵。①

这则文献也让人联想到上一章中所提到的《巴比伦神义论》（详见第一章第一节中的相关文本），而《约伯记》无论是在人物形象、情节还是文风上，都与上述文本具有高度的近似性，如义人约伯无端受难、约伯对

---

① James B. Pritchard, *Ancient Near Eastern Texts Relating to the Old Testament* (*The Third Edition with Supplement*), pp. 589–591.

第二章 古代以色列文士的教育制度、社会身份与文献编纂模式

神的申诉、约伯三友人与年轻人以利户的"智者"形象的介入、神最终使约伯的苦痛终结等。上述智慧文学的例子表明古代以色列文士的教育，在一定程度上吸收与传承了两河流域的文士教育传统。

二、古代以色列文士教育制度的建构

笔者根据《塔纳赫》与其他经外文献，以及学者的相关研究，试图重构古代以色列的文士教育状况。在王国时期之前，没有充分文献证据表明以色列民族具有类似古代两河流域、乌加里特王国般的文士教育系统。其文献与传统的继承，很可能仍如《申命记》与前先知书中所呈现的那样，由少部分专职人员（如民族首领、族长、祭司等）进行口传心授；而文字的书写可能在极小的范围中，由极特殊的人员进行，例如妥拉中提到的神赐给摩西的两块法板，这也是以色列前王国时期屈指可数的书写行为。① 除民族律法等意识形态传统之外，也存在大量民间口头文本，主要以神话、英雄传说、民间故事、寓言等为内容。这些文本与传统，也伴随着以色列民族的发展历程传承下来。

《塔纳赫》首次明确记载文士群体的存在，是在大卫建国之后，设立了其官僚机构，其中包括了"史官"与"书记"（见撒下8:15—18）。这"史官"（מזכיר）与"书记"（סופר），都是专职从事文字记录工作之人，其地位如同元帅、祭司长，是大卫官僚机构中最位高权重的官员之一。这一记录可以表明，文士群体在公元前11世纪末的以色列，已是具备体系性的王室部门。为满足国家所必须的经济行政管理、宗教仪式、外交贸易等需求，古代以色列文士很可能会遵循或借鉴两河流域及黎凡特地区的文士

---

① 关于法板的书写问题，有学者甚至认为，凡谈及"书写"而非"聆听""背诵"的内容，都是后世书写体系成熟后，由文士添加的，典型论述如 William M. Schniedewind, *How the Bible Became a Book: The Textualization of Ancient Israel*, pp.121–127。笔者不排除这种可能性，但无论如何，书写在前王国时期的以色列应属少见。

教育模式。这一点在前文中已进行过论述。

王国时期的以色列文士教育，同样是在王室的支持下开展的，其最终目的也在于为王室提供服务。其开展形式，可以类比两河流域的泥板屋，在家庭式的教育场所中展开，师父与学徒同样形成父子般的关系，以某些课程文本为基础，展开文士技艺的教学。

类似于两河流域的文士教育制度，以色列文士教育也分为两个阶段。在初级阶段，学徒学习基本的字母读写、词汇表的背诵、应用文体书写，以及口头传统的相关训练。学徒通过师父的反复操练，以求快速清晰熟练地完成相应任务。而在高级阶段，学徒则要深入研读背诵以色列经典文本，并进行传承与创作，因而有学者认为《塔纳赫》很有可能是第二圣殿时期以色列文士在传承已有文献的基础上写成的课程文本，其根本目的之一便是进行文士教育。① 参照两河流域文士教育制度可以推断，这些能够完成高等文士教育的学徒，很可能最终会成为为王室与圣殿直接提供服务的群体。而完成初级阶段的文士，则从事政府部门的一般档案记录工作，或成为私人的雇员，为其提供书信、契约等文书服务。

结合学者 A. 拉麦尔（A. Lemaire）的观点及现有的考古文献，② 笔者认为王国时期以色列文士教育的整体走向经历了大致四个阶段：

1. 前王国时期至王国初期（如公元前 13 世纪至公元前 10 世纪），以色列文士教育主要从黎凡特地区的文士学院中继承了大量文献传统与文化遗产，这些学院零散分布于该地区的主要城市，如亚弗（Aphek）、基色（Gezer）、米吉多（Megiddo）、示剑（Shechem）、耶路撒冷（原名耶布斯）等。两河流域与乌加里特文士教育的影响已被上述文士学院吸收与接受，这构成以色列文士教育的基底。

---

① Karel van Der Toorn, *Scribal Culture and the Making of the Hebrew Bible*, p.101.

② David W. Jamieson-Drake, *Scribes and Schools in Monarchic Judah: A Socio-Archeological Approach*, pp. 11-12.

第二章　古代以色列文士的教育制度、社会身份与文献编纂模式

2. 大卫—所罗门时期（公元前10世纪至公元前9世纪），大卫和所罗门开始系统创立王室管辖下的文士学院。所罗门死后，国家分为北、南二国，北国由于国力更为强盛，陆续在其主要城市示剑、得撒（Tirzah）、撒玛利亚（Samaria）等地出现更多文士学院。南国文士学院在规模与发展速度上都逊于北国。

3. 公元前8世纪以后，随着黎凡特地区字母表书写系统的发展与成熟，书写逐渐走出王室文士的独占状态，文士学院范围进一步扩大。

4. 公元前722年，北国以色列被新亚述帝国消灭，大量北国文化精英涌入南国犹大，致使文士教育中心南移。犹大独存时期，其文士教育制度已较为规范成熟，其中心位于耶路撒冷。其文士的教育范围，也从王室的独占状态中挣脱出来，圣殿与民间组织也具有了培养文士的机构。然而，王国时期的文士教育，仍是以王室意识形态为主导。

公元前586年，新巴比伦王国消灭南国犹大，造成以色列文士教育系统的大规模瘫痪。考古证据表明，公元前6世纪的犹大地区几乎没有任何新建的基建项目进行，也没有明确证据表明此处以色列文士的活动迹象。[1] 甚至整部《塔纳赫》对巴比伦之囚时期的描述都极为稀少、笼统，这都表明该时期内，以色列文士教育系统可能仅仅在极小规模的范围中，主要以口头方式进行文献传承。波斯帝国时代，犹大遗民返回耶路撒冷，记载于《以斯拉—尼希米记》中的部分内容，为归回时期的以色列文士教育活动提供了一些参考。例如，当第一批犹大遗民返回耶路撒冷后：

> 约萨达的儿子耶书亚和他的弟兄众祭司，并撒拉铁的儿子所罗巴伯，与他的弟兄，都起来建筑以色列神的坛，要照神人摩西律法书上

---

[1] David W. Jamieson-Drake, *Scribes and Schools in Monarchic Judah: A Socio-Archeological Approach*, pp. 103–104.

所写的，在坛上献燔祭。他们在原有的根基上筑坛，因惧怕邻国的民，又在其上向耶和华早晚献燔祭。又照律法书上所写的守住棚节，按数照例献每日所当献的燔祭。……匠人立耶和华殿根基的时候，祭司皆穿礼服吹号，亚萨的子孙利未人敲钹，照以色列王大卫所定的例，都站着赞美耶和华。他们彼此唱和，赞美称谢耶和华说，他本为善，他向以色列人永发慈爱。他们赞美耶和华的时候，众民大声呼喊，因耶和华殿的根基已经立定。（拉3：2—4，10—11）

可见，虽历经数十载的流亡生涯，以色列的领袖，如祭司、高官等，仍能够读懂摩西的律法书，并遵照相关仪轨进行敬拜，表明以色列文士教育，特别是民族宗教方面，尚未中断。而以斯拉，根据《以斯拉—尼希米记》，是摩西的兄弟、大祭司亚伦的子孙，"他是敏捷的文士，通达耶和华以色列神所赐摩西的律法书"（拉7：6）。不仅如此，他一方面"定志考究遵行耶和华的律法，又将律例典章教训以色列人"（拉7：10），另一方面能够阅读波斯王亚达薛西的谕旨（拉7：11—25），表明以色列文士教育已经朝着新方向转型：由王国时期以王室为中心、以王国内部事务为内容的文士教育，向以民族宗教事务为中心、并接受外民族文士教育的模式发展。前文已经论述过，波斯时期的官方语言已是亚兰文，从巴比伦前往耶路撒冷的以斯拉能够熟练掌握摩西律法传统与波斯官方公文的阅读与书写，就是归回时期至第二圣殿时期以色列文士教育的范例。

第二圣殿时期，由于大卫王室的影响力早已随着百年之久的颠沛流离而在犹大遗民中淡出，文士教育的需求者与组织者的角色便落在了以第二圣殿为中心的祭司群体手中。文士教育以犹太教传统的继承与发展为中心，《以斯拉—尼希米记》与《历代志》可以被视为该时期祭司群体教育制度下的文士创作的精华。这两卷书，特别是《历代志》，相比于其所继承的文献传统，特别突出强调了"利未人"（Levites）的重要性，其主要

第二章　古代以色列文士的教育制度、社会身份与文献编纂模式

职责包括：为民众进行妥拉的讲解、作为宗教仪式的带领者、负责公民事务的组织与记录，以及维持圣殿及其相关活动的顺利开展。这些职责，都要在以第二圣殿为中心的文士教育课程完成的前提下，才能够胜任。

古代以色列文士教育的两个转向，即从北国中心转为南国中心、从以王室为中心转为以宗教为中心，是以色列民族颠沛流离的历史遭遇所带来的后果。尽管如此，以色列文化传统仍未中断，这都得益于以色列文士的工作成果——对以《塔纳赫》为中心的文献传统的继承。

第二节　古代以色列文士的社会身份

学界一致认为，相比于两河流域和黎凡特地区，古代以色列文士群体的规模较小，即便是在文献大量产出的王国时期与第二圣殿时期，其文士群体也并非庞大。与之形成对比的是，新亚述帝国、新巴比伦帝国、波斯帝国等政治实体，不但拥有强大的国力，而且拥有广阔的疆域与大量的人口，导致这些国家对内对外的种种繁琐事务数量难以计数。对上述霸权而言，它们对文士群体有较为旺盛的需求，也拥有雄厚的财力予以支持。然而反观以色列王国以及后来的撒玛利亚与犹大省，其国家疆域较小，国力不甚强盛，对大规模的文士群体既没有需求，也无能力支持。因而，相比于两河流域等地区往往拥有数个高水准文化中心的状况，目前学界能够证实的犹大地区的文士活动中心，仅有耶路撒冷一处，其余文士活动的据点零散分布在其他地区。这一中心紧紧围绕着大卫王室与圣殿展开活动，古代以色列历史文学传统就是在这一中心得以传承与发展的。

一、王国时期以色列文士的社会身份

王国时期的以色列文士群体在构成上并不单一，主要能够分为以下几

个群体：

1. 宫廷文士：为以王室为核心的宫廷提供文书服务，以记录档案、读写书信（包括外交书信等）、参谋顾问、修史以及教育王室成员等方面工作为主。

2. 圣殿文士：为第一圣殿（所罗门圣殿）提供文书服务，以记录档案、编订宗教文本、书写祭祀用文献等方面工作为主。

3. 行政文士：为国家机构提供文书服务，以记录档案、发布政策法规、税务档案管理等相关工作为主。此外，行政机构的文士还会负责将国家的书面文本（如规章制度等）向广大不具备读写能力的国民进行宣读与解释的工作。

4. 学院文士：这些文士往往会开办文士学院来培养文士群体。在此基础上，学院文士也会对各种文献传统进行研究与汇总，其不同于宫廷文士与圣殿文士之处在于，学院文士往往是以对文献本身的兴趣作为动力，而具有了相对独立于国家意识形态的思想观念。

5. 其他文士：文士群体中，亦有不属于上述任何一个国家机构或民间组织的文士存在，这些文士在民间接受雇佣，为民众提供诸如拟定商业契约、代写书信、统计数据、丈量土地、管理产业等服务。①

上述五大文士群体中，往往以宫廷文士、圣殿文士的社会影响力最大，然而，学院文士在文献传承方面的贡献最大。原因不难理解，宫廷文

---

① 上述文士群体的区分，主要源自对《塔纳赫》中不同文类的分析得出：1. 就宫廷文士而言，诸如《列王纪》《历代志》等文本中，有王表（《列王纪》通篇是以以色列、犹大王国国王表为基本框架的）、君王书信（如王下10耶户的书信）、外交记录（如王下20:12—19）等文本，这些都是出自宫廷中专门文士之手；2. 就圣殿文士而言，诸如《诗篇》等诗歌集都是圣殿文士整理用作宗教仪式的圣歌集；3. 就行政文士而言，诸如各种表单（如王下24:13—16）等都是其记录工作的范畴；4. 就学院文士而言，诸如《箴言》《传道书》《约伯记》等智慧文学主要出自这些对学问和智慧感兴趣的文士之手；5. 就其他文士而言，带有鲜明民间传说色彩的人物传记（如《士师记》）、诗歌（如《雅歌》）等，主要是这些民间文士整理的。

士、圣殿文士的存在严重依赖国家的供给。一方面,其自身所从事的文士工作需积极配合国家及其宗教指导思想的需要,因而带有较为突出的程式化特点,而这些文献的生命力较弱,原因就在于,其如果脱离了特定的国家行为,就丧失了存在的意义。另一方面,宫廷文士与圣殿文士的命运,与国运紧密相连。一旦国运衰微乃至国家灭亡,这两股文士力量便急剧衰微以致消失。

相比于宫廷文士与圣殿文士,学院文士由于拥有相对独立于国家资助的收入来源(办学院、承接其他社会委托等),因而在连贯性上更为持久,在国家灭亡的情况下,学院文士仍能够独立存在。如巴比伦之囚之后,以色列已无国家建制,然而其文士传统并未中断,直到第二圣殿时期又得以复兴,其所依靠的主要就是学院文士的传承。不仅如此,学院文士在整理与保存文献传统的过程中,更少受到国家意识形态的干预,而得以从学者的兴趣出发,保存历史、文学、宗教文化的精华,形成相对独立的思想传统。

王国时期,文士的主要工作就是完成基本的行政、法律、宗教方面的具体公文档案。除此之外,由于相比于两河流域地区拥有大量富商与其他产业生产者的情况,以色列和犹大地区经济与人口规模都太过于狭小,因而文士群体几乎不可能仅从事私人雇佣活动维持生活。因此,该时期的文士群体严重依附于王室政府部门、圣殿和其他成规模的社会群体的雇佣和供养。[1] 因此从整体上说,王国时期的以色列文士很多是"公家人",在社会中承担文书与其他相关工作,一部分文士能够依靠其较高的出身和出众的能力成为王室要员(如大卫王专门任命的"史官"和"书记")或圣殿官员(如祭司和圣乐人员),其他文士则在国家机构或其他社会团体中负责文书撰写、档案管理等工作。

---

[1] Karel van Der Toorn, *Scribal Culture and the Making of the Hebrew Bible*, p.82.

特别值得一提的是，除了书面文本的生产与管理活动外，古代以色列文士的工作还包括朗读。"读"（קרא）一词在希伯来语中，最早的意思是"大声朗读、宣告"，而到了第二圣殿时期的希伯来语中，才有现代意义中默读文献的意思。以前先知书为例，其中多有该词的使用案例，如：

> 随后，约书亚将律法上祝福，咒诅的话，照着律法书上一切所写的，都宣读了一遍。摩西所吩咐的一切话，约书亚在以色列全会众和妇女，孩子，并他们中间寄居的外人面前，没有一句不宣读的。（书8：34—35）

> 大祭司希勒家对书记沙番说，我在耶和华殿里得了律法书。希勒家将书递给沙番，沙番就看了。书记沙番到王那里，回覆王说，你的仆人已将殿里的银子倒出数算，交给耶和华殿里办事的人了。书记沙番又对王说，祭司希勒家递给我一卷书。沙番就在王面前读那书。王听见律法书上的话，便撕裂衣服。（王下22：8—11）

引文中的"宣读""看了""读"等词汇，都是קרא这个词，特别是约西亚王聆听书记沙番读律法书这一案例，清晰表明以色列文士朗读这一工作内容：将书面文本在众人面前朗读出来，使人们明白其内容。而这也间接证明笔者在中编中所谈到的申命历史采用宣讲形式的原因：流亡时期以色列文士很有可能要通过大量朗读来向公众传递信息。

二、第二圣殿时期犹太文士的社会身份

第二圣殿时期，客观上来说直接反映文士社会身份的文献较少，但从既有的文献来看，此时的文士仍基本继承了王国时期的相关制度，文士的社会身份仍然是政府官员、圣殿人员、文书、学者等。相比于王国时期，

第二章 古代以色列文士的教育制度、社会身份与文献编纂模式

第二圣殿时期由于缺乏政治的独立性，行政系统中的文士往往具备了双语能力（母语和帝国通用语），政治上的忠诚已属于外邦统治者。因此，从犹太社群内部的文化影响力上来看，圣殿人员及其文士占据了更为中心的地位，这也是为何第二圣殿时期成书的希伯来文献往往呈现出更为强烈的宗教意味。在本书的探讨范围中，第二圣殿时期的相关情况主要反映在波斯时期（公元前538年—公元前330年）和希腊化时期（公元前330年—公元前30年），以下分别进行具体探讨。

在波斯时期，原犹大王国成为了帝国的行省，在波斯行政体系的管理下运行，圣殿则作为行政管理的重要一环，一方面承担了重要的行政职能（如税收、宗教事务管理等），另一方面也成为犹太社群区域自治的中心。此时的犹太文士主体是波斯政府在犹大省各个层级的官员，具体来说，在行省管理的中下层以及第二圣殿中，犹太文士负责行政事务，处理财务事务，负责所有的档案记录工作，并负责征收税款，其中既包括上缴帝国的部分，也包含犹太人给圣殿所缴纳的什一税。犹太文士的其他职能包括读写族谱和其他记录，抄写诗歌、民族历史和律法的书卷，在小范围内教导祭司和利未人读写知识等。

而对于胜任高官的、具有较大社会影响力的文士，往往出身于名门望族，其中很多是祭司或利未人出身，处于该层面的文士官员在某种程度上参与帝国治理国家的工作，如精通帝国法律，协助其制定政策等。任高级官员的犹太文士往往还会兼具学者、智者的身份，研究民族的各种历史书卷、法律和科学等文化遗产，以斯拉就是这种文士的典型代表。[①] 不过在该时期，除了帝国官僚系统和圣殿系统中的文士之外，几乎没有文献反映出独立文士群体的存在。

[①] Christine Schams, *Jewish Scribes in the Second-Temple Period*, Sheffield: Sheffield Academic Press, 1998, pp. 309–311.

文士文化与希伯来先知文学研究

在希腊化时期，希腊文化的大量涌入对犹太文士的身份、功能和数量影响较大。该时期内，犹大省先后成为托勒密埃及王国和塞琉古王国的行省，并取得过短暂的独立（哈斯蒙尼王朝，公元前160年—公元前63年），但该时期文士的社会身份却是在托勒密埃及的影响下产生了较大变化，并一直延续下去。托勒密的君主托勒密二世（公元前285年—公元前246年）进行的改革使得国家的官僚机构得到强化，客观上对读写记录和文官的需求大增；由于犹大省的行政统治由直接对朝廷负责的王族官员担任，耶路撒冷与亚历山大城的关系颇为紧密。上述政策使得一批新兴的乡镇文化精英出现，其中就有犹大文士，其在乡镇层级担任官员，熟练掌握自家方言和希腊文，因而文士在圣殿和耶路撒冷之外开始增加。这些文士官员的职责主要包括：书写保管档案，进行税务管理，代表基层村民与上层沟通等。

此外，随着商品经济的发展，城镇中非农从业者的数量开始增加，这使得有更多社会群体开始具备独立的经济和社会地位。而希腊化时期书面记录和文献的重要性也得到加强，读写系统的普及使得书面文本成为日常社会生活与经济活动中不可缺少的一环，这些因素都导致拥有独立经济来源的文士群体开始出现。此外，希腊文化始终提倡对哲学、历史、科学等知识进行探讨和辩论，这种文化气息也对耶路撒冷等犹大城镇产生了影响，因此，民间开始出现以探讨智慧为兴趣的学院及其文士，其代表人物就是著名的便西拉（Ben Sira）。[①]

该时期的圣殿文士仍然履行着其行政和文化职能，除波斯时期圣殿文士的职能之外，希腊化时期的圣殿文士加大了对犹太教的阐释和宣传工作，其主要方式之一就是进行大量书面文本的撰写工作。正典《塔纳赫》中诸多带有强烈宗教色彩的书卷（如《以斯拉—尼希米记》《历代志》

---

① Christine Schams, *Jewish Scribes in the Second-Temple Period*, pp. 312–314.

第二章　古代以色列文士的教育制度、社会身份与文献编纂模式

《诗篇》等）都是在该时期成书的。① 此外，圣殿文士的朗读工作仍在继续，如《以斯拉—尼希米记》中的以斯拉、尼希米和利未人，作为文士、高官与祭司，他们的重要职责之一便是向归回者宣读摩西律法及相关教训，如：

> 到了七月，以色列人住在自己的城里。那时，他们如同一人聚集在水门前的宽阔处，请文士以斯拉，将耶和华借摩西传给以色列人的律法书带来。七月初一日，祭司以斯拉将律法书，带到听了能明白的男女会众面前。在水门前的宽阔处，从清早到晌午，在众男女，一切听了能明白的人面前读这律法书。……他们清清楚楚地念神的律法书，讲明意思，使百姓明白所念的。
>
> 省长尼希米和作祭司的文士以斯拉，并教训百姓的利未人，对众民说，今日是耶和华你们神的圣日，不要悲哀哭泣。这是因为众民听见律法书上的话都哭了。……
>
> 次日，众民的族长，祭司，和利未人都聚集到文士以斯拉那里，要留心听律法上的话。……从头一天，直到末一天，以斯拉每日念神的律法书。（节选自《尼希米记》第 8 章）

引文中可见，以斯拉等人在公共场合向百姓宣读律法书，讲解教义。犹大遗民在经历了漫长的流亡生活之后，不但忘记了摩西律法的具体内容，很多犹大遗民甚至已不懂自己的民族语言——希伯来语，转而使用波斯的官方语言亚兰语。这就是为何引文中反复讲到"听了能明白""使百姓明白"（明白，原形为 בין）等内容，"明白"首要的意思在于文士先将希伯来文版的摩西律法口译为亚兰文，使百姓明白其内容，而后才是进一

---

① Christine Schams, *Jewish Scribes in the Second-Temple Period*, pp. 315–316.

步解释其意义与内涵。虽然以斯拉等人的故事发生在波斯时期，但其成书于希腊化时期，因而其作者对文士的理解直接反映在以斯拉等人物的塑造上。这种读写—翻译—讲解的模式，是第二圣殿时期文士工作的主要方式。甚至直到耶稣的时代，对文盲率较高的地区（如村镇）来说，犹太文士的社会身份仍包含所谓的"律法师"，即向人们讲解圣经及其律法的含义的专业人士。对于广大村镇地区和城市中的文盲群体而言，其主要需通过文士的讲解来了解民族文化和律法。这种情形见于《新约》福音书中的描述，其中常提到的"文士和法利赛人"，就是文士担任圣经讲解职能的反映。①

　　总之，以色列文士是社会中的文化精英群体，在文化领域拥有着极高的权威。在王国时期，文士群体为中央集权的王室政府及其治下的圣殿体系服务，在书写能力尚未普及的时代，是以色列古代文献最集中的创作者。而在王国破亡后的巴比伦之囚时期、归回与第二圣殿时期，随着王室控制力的消亡，祭司成为帝国治下犹大遗民的实质领导者，文士群体便以圣殿为中心，一方面整理、继承已有的文献传统，并在其基础上进行发展。另一方面，文士群体也更多服务于犹太教的传播与发展活动，他们研习希伯来文，并将其在口头上或书面上翻译为波斯官话亚兰语，便于犹大人的理解与学习。正是得益于文士群体，《塔纳赫》与古代以色列历史文学传统方得以成书与形成。

---

① 《新约》福音书反映的主要是第二圣殿时期末期耶路撒冷的社会生活状况，在经历了希腊化时期（公元前330年—公元前30年）之后，该地区的犹太社群主要由撒督该派、法利赛派、艾赛尼派等派别掌握，法利赛派是其中的重要派别，是第二圣殿时期之后拉比犹太教主体的前身。从福音书中的记录来看，法利赛人与圣殿祭司有所区别，其主要社会身份是面向广大社群的律法讲解者，也进行圣经抄写和其他相关的记录工作，因而常常与"律法师""文士"等头衔并存。在福音书的说法中，法利赛人出于对耶稣教义讲解与活动的敌意，也常常对其进行刁难乃至迫害，使之成为基督教文化中带有负面色彩的人物群体。

第二章　古代以色列文士的教育制度、社会身份与文献编纂模式

第三节　古代以色列文士的文献编纂技法

对以色列文士群体编纂文献技法的重构，主要依靠对比平行文本，对不同版本的差异进行考察。《塔纳赫》是一部历经漫长编纂年代而成书的作品，因而其中诸多文本之间有着鲜明的互文关系，其中甚至能够明显看出不同年代的编纂者处理文本的各种手段。因此，考察这些文本，提取其中的细微差别及其成因，就是归纳以色列文士编纂技法的最佳手段，其背后自然也反映出不同文士群体所持的意识形态观念。

和古代近东文士相仿，以色列文士似乎也不倾向于进行大量原创工作，其新文本的生成，主要是对既有文本的继承，在此基础之上，进行规模不等的编纂工作，小到个别词句的替换，大到打破原有文本的结构，将某些段落甚至章节重新排列。就编纂手法来说，艾萨克·卡里米（Isaac Kalimi）系统归纳出十余种文士常用的技法，常见的方式主要有补充添加（Completion and Addition）、替换（Interchange）、删除（Omission）、整合（Harmonization）等，[①] 文士使用这些手段，对既有文本进行词句替换、插入评论、删除、插入新传统、调整文本次序、重构叙事等工作，使之成为符合文士心意的新文本。

前先知书《撒母耳记》《列王纪》和"凯图维姆"中的历史书卷《历代志》是考察相关问题的很好案例，原因在于，上述两者存在大量的平行文本，且成书时间相差了数百年，[②] 这为研究以色列文士的编纂技法和理念提供了鲜活的样本。除此之外，由于《历代志》在《塔纳赫》中成书较晚，其中也汇集了其他传统中的文本（如后先知书、其他"凯图维姆"的书卷等）。

[①] See Isaac Kamili, *The Reshaping of Ancient Israelite History in Chronicles*, Winona Lakes: Eisenbrauns, 2005.

[②] 《撒母耳记》和《列王纪》大约成书于公元前6世纪，《历代志》约成书于公元前3世纪。

因此，本节将聚焦《历代志》的相关情况，来分析以色列文士的编纂技巧。

一、词句的替换

词句替换是以色列文士对文本进行加工的最小单元，文士常常通过替换个别语句的方式，对其所继承的文本进行编纂，传达出编纂者微妙的思想倾向。虽然词句替换的情况往往会被受众忽略，但其意义却并不轻微；以色列文士深谙"微言大义"之道，这些被替换的词句背后往往蕴含着观念的巨大差异。可对比以下3个案例。

表2-2 替换词句的案例

第一组	非利士人将偶像撇在那里，大卫和跟随他的人拿去了。（撒下 5：21）	非利士人将神像撇在那里，大卫吩咐人用火焚烧了。（代上 14：12）
第二组	这样，扫罗和他三个儿子，与拿他兵器的人，以及跟随他的人，都一同死亡。（撒上 31：6）	这样，扫罗和他三个儿子，并他的全家都一同死亡。（代上 10：6）
第三组	他仆人亚伯拉罕的后裔，他所拣选雅各的子孙哪，你们要记念他奇妙的作为和他的奇事，并他口中的判语。（诗 105：5—6）	他仆人以色列的后裔，他所拣选雅各的子孙哪，你们要记念他奇妙的作为和他的奇事，并他口中的判语。（代上 16：12—13）

第一组是来自《撒母耳记》和《历代志》的平行文本，讲述的是大卫称王之后与强敌非利士人的大战，结局是非利士人大败，以色列人大胜而归（详见《撒母耳记下》第5章和《历代志上》第14章）。此处的平行文本中，《历代志》的编纂者（学界一般称其为"历代志作者"，Chronicler，后文均以此为准）修改了两处词语，将"偶像"改为"神像"，将"拿去"改为"焚烧"。这样不起眼的改动，反映出历代志作者不同于前先知书编纂者"申命派作者"（Deuteronomist）的宗教观。[①]《历代志》中非利士人所撇下的，希伯来语原文为אֱלֹהִים，意为"神"，而《撒母耳记》中非利士

[①] 有关申命派作者的相关问题，在本书第四章第二节有详细讨论。

第二章　古代以色列文士的教育制度、社会身份与文献编纂模式

人撒下的是 עצב，意为"偶像"。历代志作者将"偶像"修改为"神"，加强了对敌人大败与信仰异神的嘲讽意味。此外，《撒母耳记》中说大卫将非利士人的偶像"拿去了"（נשא），而并未明确交代大卫如何处理这些偶像；但在《历代志》中这一动词变为"焚烧了"（שרף），这一改动明确了大卫不拜偶像、销毁异神崇拜的行为，使大卫在这一事件中的正统性与公义性无懈可击，这是对第二圣殿时期祭司群体对宗教纯洁性强调的体现。①

第二组仍然是《撒母耳记》和《历代志》的平行文本，讲述了扫罗王及其家室与随从战死的事件（详见《撒母耳记上》第31章和《历代志上》第10章）。对于阵亡者的描述，《撒母耳记》中讲得很具体，包括扫罗王、三位王子（约拿单、亚比拿达、麦基舒亚）以及亲卫队和随从。但除此之外，扫罗仍有其他的子嗣和追随者，主要是王子伊施波设和元帅押尼珥，伊施波设在扫罗死后，由押尼珥辅佐登基，并与篡位者大卫作战（详见《撒母耳记下》第2—4章）。但是在《历代志》中，阵亡者却变成了"扫罗和他三个儿子，并他的全家"，并在后文中绝口不提伊施波设的相关事件，"提前宣布了"扫罗家的全灭。究其原因，在有关大卫的传统中，历代志作者始终致力于将大卫塑造成无可挑剔的典范，这种意图在《历代志》中非常明显。为达此目的，历代志作者删去了大部分有关扫罗的记述，只留下二十多节的内容（代上9∶35—10∶14），并让其早早死在非利士人手中，甚至未留子嗣，为的是将接下来的篇幅都用来记述大卫的丰功伟绩。

第三组是诗歌"颂赞之歌"的平行文本，该诗歌分别收录在《诗篇》和《历代志》中，被认为是大卫所作。《诗篇》的编纂者一般被认为是圣殿的乐官，其收集大卫等诗人所作的诗歌，并加以谱曲和编排，使之成为

---

① 参见张若一：《论"历代志作者"文士群体的教育制度、文献编纂模式及其思想观念》，载《基督教学术（第二十四辑）》，上海三联书店2020年版，第12页。

圣殿宗教活动的重要环节。"颂赞之歌"在《撒母耳记》中并未出现，其背景是大卫称王之后，将神的约柜（即装有西奈山法版的圣柜）搬入耶路撒冷，在搬运仪式上，大卫和祭司高唱此歌。此处的平行文本中，历代志作者将原本的"他仆人亚伯拉罕的后裔"改作"他仆人以色列的后裔"，两处虽均指以色列人，但以色列实际上就是雅各的别名，是雅各在与神摔跤（详见创 32∶22—32）之后所得的祝福之名，也是以色列民族名称的由来。历代志作者此处的改动，实际上将《诗篇》105 首中所强调的古代先祖的传承关系（亚伯拉罕是以色列人的首位始祖，是雅各的祖父）抹去，而以同位语的关系（以色列的后裔——雅各的子孙）来强调以色列子孙纯正的血统，而这一点是第二圣殿祭司群体极为看重的方面。

以色列文士将其所继承的文献替换个别词句，生成了新的文本。这种情况的出现，在少数情况下可能是文士在文本传承的过程中出现了误听、误读、笔误等差错，但更多情况下是文士的有意为之，出于文士在不同历史语境下对文本的目的性继承，个别词句的修改所反映出的是其背后意识形态观念的变化。

二、段落的增删与次序调整

除词句的替换，以色列文士也会进行更大规模的编辑工作，即段落的增删与次序调整。增加原文本中没有的段落，或删去原文本中的特定段落，以及将原有文本各单元间的词序进行重新排列，是以色列文士依据自身思想观念所进行的文本生成活动，常见的手法主要有插入评论、删除段落、插入新传统、调整次序等。

插入评论是以色列文士常用的编纂方式，即在原文献中写入新的评论性内容。相比于替换词句，评论是较为直接地表明其观念的方式了。评论的方式有两种，一是文士直接表明观点，二是借叙事中的人物（如先知等）之口间接表达意见，如：

第二章　古代以色列文士的教育制度、社会身份与文献编纂模式

> 这样，扫罗死了。因为他干犯耶和华，没有遵守耶和华的命。又因他求问交鬼的妇人，没有求问耶和华，所以耶和华使他被杀，把国归于耶西的儿子大卫。（代上 10：13—14）

> 先知以利亚达信与约兰说："耶和华你祖大卫的神如此说：'因为你不行你父约沙法和犹大王亚撒的道，乃行以色列诸王的道，使犹大人和耶路撒冷的居民行邪淫，像亚哈家一样，又杀了你父家比你好的诸兄弟。故此，耶和华降大灾与你的百姓和你的妻子，儿女，并你一切所有的。你的肠子必患病，日加沉重，以致你的肠子坠落下来。'"（代下 21：12—15）

扫罗之死与犹大国王约兰的叙事，在《撒母耳记上》第 31 章与《列王纪下》第 8 章中，并没有任何对其下场的评述；而在《历代志》中，历代志作者对其分别加入直接评论与间接评语，鲜明地表明了其立场。

就扫罗来说，扫罗的失败在《撒母耳记》中主要被归因于其性格的问题：扫罗刚愎自用，自我中心，又嫉贤妒能。扫罗先是不顾先知撒母耳的管教，严重干犯神意（详见《撒母耳记上》第 15 章），又在对阵非利士巨人歌利亚的战役中一度失利，但少年大卫凭借机智和勇敢将巨人斩杀，这在扫罗心中就埋下了仇恨的种子（详见《撒母耳记上》第 17 章）。此后扫罗的精神愈发狂躁，屡次试图斩杀大卫，又因无法获得神谕而进一步干犯律法（即引文中"求问交鬼的妇人"，见《撒母耳记上》第 28 章），最终在众叛亲离之窘境中死于战场。申命派作者有血有肉的人物塑造，到了《历代志》中被压缩殆尽。不仅如此，历代志作者为了进一步凸显宗教意味，将扫罗写成违背神意而遭受重罚的"反面典型"，将惨剧原本复杂的因素直接简化为"干犯耶和华"。因而，王位被大卫（耶西的儿子）夺取，就被改写为顺理成章之事。这些观念，都是通过历代志作者所加入的评论性段落达成的。

103

犹大国王约兰的叙事,在《列王纪下》第8章第17—24节中有简要的记录,约兰在位期间,遭遇了附属国以东和立拿的背叛,但《列王纪》中并未记录其他细节,包括约兰之死。而历代志作者则插入了一则评论,用以解释约兰之死,这评论是借先知以利亚的信来讲明的(即引文部分),其极为明确地指出,约兰因违背神意、作奸犯科而必然不得好死("肠子坠落下来")。而后,历代志作者加入了约兰死于肠子坠落的描述,与之呼应("这些事以后,耶和华使约兰的肠子患不能医治的病。他患此病缠绵日久,过了二年,肠子坠落下来,病重而死",代下21:18—19)。此处不难看出,相比于《列王纪》仅仅记述了约兰之死的结果,历代志作者将约兰之死归结为神的惩罚,鲜明地体现出其对宗教有效性的强调之意。如同扫罗文本的处理方式一样,历代志作者将约兰塑造成反面典型,借先知之口表明了自身对约兰生平的看法。

全新文本传统的插入,亦是以色列文士常用的技法,在后世文士所创造的文本中,往往会出现之前文本里所不具备的文本传统。这里的文本传统,主要是指包含了固定语词、情节、人物、观念等内容的固定说法,往往源自某些特定时代、群体和观念,因被并入既有文献而得以存留。由于新传统的插入,原文本的意思就会被改变。请看以下两组案例。

表2-3 新文本传统插入的案例

| 第一组 | 不可杀人。不可奸淫。不可偷盗。不可作假见证陷害人。不可贪恋人的房屋,也不可贪恋人的妻子,仆婢,牛驴,并他一切所有的。(出20:13—17) | 不可杀人。不可奸淫。不可偷盗。不可作假见证陷害人。不可贪恋人的妻子。也不可贪图人的房屋,田地,仆婢,牛,驴,并他一切所有的。这些话是耶和华在山上,从火中,云中,幽暗中,大声晓谕你们全会众的。此外并没有添别的话。他就把这话写在两块石版上,交给我了。(申5:17—22) |

第二章　古代以色列文士的教育制度、社会身份与文献编纂模式

续表

第二组	耶和华又向以色列人发怒，就激动大卫，使他吩咐大卫去数点以色列人和犹大人。大卫就吩咐跟随他的元帅约押说，你去走遍以色列众支派，从但直到别是巴，数点百姓，我好知道他们的数目。（撒下 24：1—2）	撒旦起来攻击以色列人，激动大卫数点他们。大卫就吩咐约押和民中的首领说，你们去数点以色列人，从别是巴直到但，回来告诉我，我好知道他们的数目……神不喜悦这数点百姓的事，便降灾给以色列人。（代上 21：1—2，6）

第一组案例是《出埃及记》和《申命记》的平行文本，相比于《出埃及记》，《申命记》的成书年代较晚（约公元前 7 世纪后半叶），其编纂者就是上文提到的申命派作者。该文本是西奈之约（十诫）的后半部分，其语境是以色列人出埃及后，由摩西带领前往西奈半岛的西奈山（也称何烈山）领受上帝的神圣律法。此处，申命派作者在《出埃及记》的文本基础上，加入了申命派作者独特的宣讲传统，即以摩西等领导人向以色列会众宣讲律法和宗教准则为中心的套语系统，用以强调以《申命记》为中心的律法文本的核心地位。《申命记》以摩西第一人称的视角，重新回顾以色列人出埃及的过程，并将其重心置于摩西重申诫命之上。因而，《出埃及记》中的史诗色彩就过渡为《申命记》中的律法色彩。

为达到这一目的，申命派作者在《出埃及记》原有的文本中插入摩西的讲话，引文"这些话是耶和华在山上，从火中，云中，幽暗中，大声晓谕你们全会众的。此外并没有添别的话。他就把这话写在两块石版上，交给我了"，其中所强调的"话"（דבר）是《申命记》的高频词汇，亦是宣讲传统的关键词。这一传统的插入，使得西奈之约从《出埃及记》中的一个历史事件变成了《申命记》中摩西宣讲律法的一部分，这正是申命派作者的编纂意图所在。

第二组反映的是大卫因数点以色列人而干犯上帝。在《塔纳赫》中，除在《民数记》中，数点百姓（מנה）的行为往往被视为罪恶，原因在

105

于：数点人数一般是为了征税或征兵，因而律法规定，数点人数一定要有一个正确的动机和目的（见出 30∶12），否则就会因诸如自负、大意等原因干犯神意。① 此处平行文本的区别在于，历代志作者加入了"撒但"（שטן）这一传统，② 说是撒旦"激动大卫"去数点百姓，而非《撒母耳记》中的耶和华。撒旦传统多见于成书较晚的书卷中（如第二圣殿中后期的《约伯记》），其明确地将违抗神命的各种超自然主体统一为一个具有人格的恶灵，即撒旦。历代志作者在此将促使大卫作恶的原因归于撒旦而非耶和华，是想要尽量避免《撒母耳记》中令受众困惑的表述，从而彰显神对以色列人的慈爱，以及为大卫所犯的恶行开脱。

以色列文士有时插入新传统的篇幅会较为庞大，使原文本得到极大的扩充。这种情形虽相对稀有，但其效果是极为明显的，甚至有"篡改历史"之嫌。最典型的案例就是有关第一圣殿建造的历史。根据《列王纪》的表述，第一圣殿是大卫之子所罗门全权建造的，从建殿的筹备，到具体工程的实施，以及制度的建立、人员的选拔和指派，都由所罗门完成，而与大卫基本无直接关系（见王上 5—8）。显然，历代志作者对此是难以满意的，因为第一圣殿的宗教意义以及相关的祭司制度，是第二圣殿时期耶路撒冷祭司团体正统性的来源，而备受推崇的圣王大卫竟然与其无关，在服务于第二圣殿祭司群体的历代志作者看来是荒谬的。

因此，为了使大卫与所罗门圣殿建立关联，历代志作者在《历代志》中插入了全新的传统——"大卫筹建圣殿"，《历代志上》第 22 章至 29 章用长达七章的篇幅，将第一圣殿从所罗门的独自功劳转变为大卫与所罗门共同进行的伟业，所罗门甚至只是将大卫的设计与筹备在多年后实现而已。其具体方法就是，将所有所罗门的筹备工作都归在大卫的名下：大卫

---

① 参见梁洁琼：《天道圣经注释撒母耳记下》，香港天道书楼 2009 年版，第 686 页。
② 对于此处"撒但"的传统与理解，具体内容可参见区应毓：《天道圣经注释历代志上（卷二）》，香港天道书楼 2010 年版，第 345—346 页。

第二章 古代以色列文士的教育制度、社会身份与文献编纂模式

预备石料、金银铜铁、香柏木等建材,又嘱咐以色列的众首领要帮助所罗门完成这一工程,甚至亲自嘱咐所罗门要如何工作(代上 22)。此后,大卫又订立了圣殿中神职人员的人事制度与编制(代上 23—27),并且举办了隆重的建殿献礼仪式,在为建造圣殿做足了一切准备之后,大王寿终,由所罗门接手圣殿的建筑工作。

历代志作者插入如此篇幅的新传统,其意图已颇为鲜明,就是要赋予大卫这一民族榜样以宗教上的绝对虔敬性,使之成为完美的虔诚之君,而非仅限于表现他在治国理政和军事活动上的功绩。对于历代志作者所处的时代而言,圣殿与祭司团体才是一切的核心,而非已经逝去的以色列王国。因而,大卫虽不是圣殿的真正建设者,却也至少应是这一计划的提出者和筹备者,这样才符合犹太教立场下大卫应有的明君形象。

除插入新文本之外,删除段落也是以色列文士常用的编纂手法,其目的在于将之前传统中有悖于自身观念或产生文本语句、叙事以及逻辑歧义的部分删除,使之通顺协调,以传达出文士所想要表达的观念。类似的案例仍以历代志作者对大卫记述的加工为典型案例(如表 2-4 所示)。

表 2-4 平行文本案例

| 耶和华的约柜进了大卫城的时候,扫罗的女儿米甲从窗户里观看,见大卫王在耶和华面前踊跃跳舞,心里就轻视他。……大卫回家要给眷属祝福。扫罗的女儿米甲出来迎接他,说:"以色列王今日在臣仆的婢女眼前露体,如同一个轻贱人无耻露体一样,有好大的荣耀阿!"大卫对米甲说:"这是在耶和华面前。耶和华已拣选我,废了你父和你父的全家,立我作耶和华民以色列的君,所以我必在耶和华面前跳舞。我也必更加卑微,自己看为轻贱。你所说的那些婢女,她们倒要尊敬我。"扫罗的女儿米甲,直到死日,没有生养儿女。(撒下 6:16—23) | 耶和华的约柜进了大卫城的时候,扫罗的女儿米甲从窗户里观看,见大卫王踊跃跳舞,心里就轻视他。(代上 15:29) |

这组平行文本的语境是大卫在称王之后,将神的约柜迎接到耶路撒冷,其间,根据《撒母耳记》的说法,大卫欣喜至极,以致在众人面前"如

107

同一个轻贱人无耻露体"，引来了扫罗的女儿、大卫的妻子米甲的嘲弄。米甲不但表达了对大卫的不满，而且还详细说出了大卫不雅的具体行为。然而这些内容在《历代志》中，均被完全删去。这里不难看出历代志作者的编纂意图，一则想要维护大卫的光辉形象，任何不利于这一初衷的文本都会被删去；二则要削弱扫罗家族的存在感，使受众形成一种不同于前先知书中的刻板印象，即扫罗及其全家因干犯上帝而被速速灭亡。

出于类似的目的，历代志作者甚至进行了更大规模的段落删除工作，原本存在于《撒母耳记》和《列王纪》中的一些完整的叙事甚至被整体删去，最典型的就是记载于《撒母耳记下》第11—12章的"大卫与拔示巴"的叙事。在《撒母耳记》中，大卫展现出了许多人性的弱点，好色和滥用职权是其中颇为重要的方面。在大卫与拔示巴的叙事中，大卫偶然看到美艳的女子拔示巴，便垂涎其美色，利用君王的职权将其引诱至宫中欢爱，全然不顾拔示巴是有夫之妇的事实。不料事后拔示巴怀孕，大卫怕丑事败露，就将拔示巴的丈夫、军官乌利亚从火线调回，暗示他回家与拔示巴亲近。但乌利亚是一个以大局为重的军人，他认为前线军兵正在艰苦作战，自己不能贪图享受，于是并不归家。大卫于是狠下心，将一封密令借乌利亚之手交到前线元帅约押，命其支派乌利亚攻坚，并将其手下撤出，暗害乌利亚。乌利亚最终因此阵亡，大卫便将拔示巴纳入后宫。当然，这种肮脏的勾当最终使大卫遭到神罚，他和拔示巴的孩子在痛苦中夭折。

尽管该叙事中，大卫因犯罪付出了代价，并潜心悔改，从某种意义上说也树立起了榜样，但显然，这种描述大卫用权术暗害义人只为通奸的行为，是历代志作者所难以接受的。因而在《历代志》中，该叙事被完整地删去了。这种编纂的力度，在《撒母耳记》《列王纪》和《历代志》的平行文本关系中并不多见。

调整文本次序往往涉及更广范围的文本编纂，是文士较大规模汇编或创造新文本的手段之一，其具体手段就是将原有文本进行拆解，将其中某

第二章 古代以色列文士的教育制度、社会身份与文献编纂模式

些部分重新组合,这样的重新排列无疑将改变原文本的表达效果与思想观念,从而表达编纂者自身的思想意图。如所罗门修筑圣殿的叙事中,历代志作者将《列王纪》中的文本顺序变换,将原本并不属于修筑圣殿的部分(王上10∶26—29)前提,并入所罗门修筑圣殿的叙事中(代下1∶14—17)。该部分内容如下:

> 所罗门聚集战车马兵,有战车一千四百辆,马兵一万二千名,安置在屯车的城邑和耶路撒冷,就是王那里。王在耶路撒冷使银子多如石头,香柏木多如高原的桑树。所罗门的马是从埃及带来的,是王的商人一群一群按着定价买来的。从埃及买来的车,每辆价银六百舍客勒,马每匹一百五十舍客勒。赫人诸王和亚兰诸王所买的车马,也是按这价值经他们手买来的。

《列王纪》中,这段文本所处的位置,属于所罗门完成圣殿建设后,对其富强与兴盛的记载。申命派作者借此表明,所罗门的富强成为后文中其骄傲自大、行拜偶像和多神崇拜之恶事的起点,这是以色列王国分裂、后被各个击破的根源之一(见王上11),带有强烈的讽喻意味。而历代志作者将其置于所罗门修筑圣殿之前,这就赋予上述文本传统更为突出的宗教性——所罗门权力与财力的强大,恰是修筑圣殿的有利条件与良好基础,这是其父亲大卫给他留下的必要条件,所罗门将借此完成修筑圣殿的伟业。这种调整,使得该文本在《列王纪》中的讽喻作用得到了扭转,成为将所罗门塑造为虔敬宗教事务形象的重要抓手。

正是基于对上述主要编纂方法的灵活运用,以色列文士对所继承的文本进行了大量的重构工作。这种重构,是基于其所继承文本传统的改写,使之成为全新的文献。

古代以色列文士群体随着王国的建立而制度化,其教育制度、工作内

容、社会身份和文献编纂模式基本沿袭了古代近东的文士文化模式。就本书的考察时期而言，以色列文士经历了国家的建立、毁灭和故乡社群重建的历史过程，其主导思想也经历了由国家中心主义向宗教中心主义转向的过程，这一点在先知文学的编纂中有着微妙和广泛的体现。总之，正是在以色列文士群体的努力下，希伯来文学经典才得到了系统完整的传承。

第 三 章

文士文化视阈下的古代近东先知文学

通过前两章的分析我们已经知道，古代近东文士是该地区现存文献的创作者，其教育制度、社会身份与文献生产都是有迹可循的，古代的既存文本大多都是出自文士之手，本书要重点考察的文学类型——先知文学（Prophetic Literature）也不例外。我们知道，希伯来先知文学通过犹太教的《塔纳赫》和基督教的《旧约》对世界文学产生了深远的影响，在世界文学领域中，以赛亚、耶利米、以西结、但以理、何西阿、阿摩司、约珥、约拿、撒迦利亚等先知的名号十分响亮，对其先知言行的记录亦成为后世犹太文学乃至西方文学中常见的用典来源。但正如前文所提，希伯来文学传统也并非无源之水、无根之木，其根基是古代近东、特别是两河流域的文本传统。因此若要系统理解希伯来先知文学的沿革与特征，对古代近东先知文学的考察就必不可少。

由于受到犹太教与基督教的广泛影响，人们所熟知的"先知文学"，一般是指《塔纳赫》或旧约中的先知书部分。然而，随着现代学术，特别是古代近东研究的蓬勃发展，学界得以发掘出大量古代两河流域、埃及以及其他古代近东文明中的古典文献。这些文献中包含了大量的类似《塔纳赫》先知书中的文类，但若论及成书年代，后者远远早于前者。学界意识到，先知文学并非古代以色列的独创文体，而是在古代世界十分普遍的一种文学类型。古代以色列文士在广泛吸收了古代近东先知文学成果的基础上，对其进行民族文化的观念性重构，使其最终成为我们今天所熟知的希伯来先知文学。而由于多数书写文献未能幸存、又丢失了口头传统的传承，古代近东先知文学长时间被埋没在废墟与瓦砾中，大量失传，被人们所遗忘。直到19世纪，随着西方世界对古代近东地区考古研究工作的不断展开，古代近东文明中的先知文学得以重见天日。学界对该区域先知文学的研究为进一步探讨希伯来先知文学的来源、语言流变、价值观念、艺术特色等方面带来了全新的可能性。

第一节 两河流域文献中的先知文学

作为古代以色列文明最重要的文化母体，两河流域诸文明拥有着丰富的先知文学。考古学者目前已在该区域挖掘出了大量的泥板、铭文等相关文献，先知文学在其中占有可观的比例。准确地说，两河流域的先知文学并非与希伯来文本中的先知文学是严格对应的，两者在作者身份、领域范畴、文本结构、语言风格等方面皆有差异。然而，两河流域的先知文学是希伯来先知文学的原型，后者的基本面貌是取自前者的。因而，在对希伯来先知文学进行考察前，势必要对两河流域的先知文学进行探讨。

一、两河流域先知文学的主要类型与作者身份

两河流域先知文学的主要类型包括预兆的记录、占梦和相面等，事实上都属于某种意义上的占卜活动。预兆记录是先知文学重要的原型，事实上，先知行为的基本原理，就是对某种现象的神圣化解读，以期言明其背后蕴含着怎样的神意，作为国家、社会与个人决策的基础。因此，当人们面临关键抉择之时，必然会问征兆与解读，这也是《塔纳赫》中常提到的"观兆"（Omen）。该类型记录在两河流域文献中拥有大量的例证，其文本

第三章 文士文化视阈下的古代近东先知文学

结构往往是以"如果……那么……"的语义逻辑为核心，而预兆的来源也往往是五花八门，主要包括对祭品、怪胎、星象、居住环境、梦境、面相等现象的归纳与解读。

一般而言，两河流域现存先知文学的作者大多是受雇于王室和神殿的高级文士，其身份可能是占卜师、驱魔师、占星术士，以及皇家顾问。他们的主要工作就是通过特定的手段主持观兆仪式，并将其现象记录下来。之后，他们根据自身从文士训练中所学到的相关知识对现象进行解读，得出结论，并将其报告给决策者（如国王、大祭司、元帅等），供其参考。因此从本质上说，两河流域先知文学的属性，实际上就是受过相应训练的高级文士所进行的观测记录，只不过这种记录往往由于和国家政策或宗教方针紧密相关，因而带有重大的时代意义。从这些记录中，我们不仅能够窥见古代两河流域高级文士的知识系统，而且能够从中发掘出诸多对具体事件的呼应。以下就对上文所列举的两河流域先知文学的主要类型进行相应分析。

首先是高级文士在献祭仪式上对祭品（主要是动物）某些特征的描述以及结论，如：

> 如果在"安乐"的位置出现字符 Hal，那么阿卡德的统治将终结。[1]
> 如果整个肝脏都显出异常，那么这就是阿卡德王将遭受灾难的预兆。
> （献祭时）如果羊咬了它的右脚，那么敌人将不断对我国进行突袭。[2]

---

[1] 此处的 Hal 指的是该语音的楔形文字形态。
[2] William W. Hallo, *The Context of Scripture: Volume 1*, p. 423.

此外，其他现象也常被视为重要的征兆，如：

> 如果（我将油扔到水中），油散作两部分，那么病人将无药可救；开赴前线的军队将无人生还。①

以及有关怪胎（往往指羊、牛之类的牲口）的征兆：

> 如果怪胎没有右耳，那么国王的统治将会终结，他的宫殿将被摧毁，他将被城中的长老抛弃，他将不再有任何顾问，土地的秉性将会改变，国内的牲畜将会减少；你（指国王）将成为敌人的阶下囚。
>
> 如果怪胎没有左耳，那么表明主神已听到国王的祈祷，国王将攻占敌人的国土，敌人的宫殿将被摧毁，敌人将不再有任何顾问，你（指国王）将减少敌国的牲畜，敌国君王将向你求情。
>
> 如果怪胎的右耳是裂开的，那么此牛棚将被摧毁。
>
> 如果怪胎的左耳是裂开的，那么此牛棚将被扩大，敌人的牛棚将被摧毁。
>
> 如果怪胎左侧有两个耳朵而右边没有，那么敌人将占领你的边塞，你的对手将胜过你。
>
> 如果怪胎的双角都长在右边，那么国王的军队将会扩充。
>
> 如果怪胎的双角都长在左边，那么敌人的军队将会扩充。
>
> 如果羊角从前额长出，那么此羊圈将被摧毁。②

另外，有关天象的预兆也是十分重要的内容：

---

① William W. Hallo, *The Context of Scripture: Volume 1*, p. 423.
② William W. Hallo, *The Context of Scripture: Volume 1*, p. 423.

第三章　文士文化视阈下的古代近东先知文学

如果尼散月发生月食且为红色，那么人民将兴盛富足。①

观兆范畴中甚至也有关居住环境的探讨，类似于我国所讲的"风水"：

如果一座城市的垃圾坑是绿色的，那么该城市将欣欣向荣。
如果城中有长胡子的女人，那么国家将陷入困境。
如果神庙中宴会的置办井井有条，那么这一家将事事顺利。
如果神光顾某人家的宴会，那么这家人遭受持久的动乱与争吵。
如果人们在房子或墙上看见糖浆，那么这房子将会被摧毁。
如果有人家中有黑色霉菌，那么这人家中很快要有大生意，这家人将富有。
如果有人家中生了绿色红色霉菌，那么家主将死去，人亡家破。
如果一条蛇从右向左从人前爬过，那么这人将有好名声。
如果一条蛇从左向右从人前爬过，那么这人将有坏名声。
如果人们看见某人家里有白猫，那么这家人将陷入困难。
如果人们看见某人家里有黑猫，那么这家人将有好运。
如果人们看见某人家里有红猫，那么这家人将发财。
如果人们看见某人家里有花猫，那么这家人将不会兴盛。
如果人们看见某人家里有黄猫，那么这家人将会交一整年的好运。②

除了上述对一般现象的观察和记录之外，占梦也是两河流域先知文学

---

① William W. Hallo, *The Context of Scripture: Volume 1*, p.424.
② William W. Hallo, *The Context of Scripture: Volume 1*, p. 424.

的重要元素。在两河流域乃至其他古代文明体系中，梦境普遍被认为带有神圣的预示性，因而其受重视的程度不容小觑。以下是一则出土于马里（Mari）的案例：

> 致我王：你的仆人伊图尔—阿斯度。今天，我将此泥板献上给我主，一位来自沙卡的人，名叫马利克—大衮，对我这样说："我梦见，我被和另一人一同派往马里，此人来自北部的撒加拉屯要塞。在路上，我进入了特尔卡，径直前往大衮的神殿，并拜倒在地。我一拜倒，大衮便开口对我说：'亚麦特人的诸王与他们的军队，是否与前来的吉姆里—利姆（即马里王，笔者注）和平相处？'我回答：'他们没有和平共处。'在我离开神殿之前，大衮又对我说：'为何吉姆里—利姆的使者没有不间断地到我这里来？为何他没有将全部情况向我完整报告？如果他之前一直能做到，那我早就会将亚麦特人的诸王交在他的手中了。现在，我派遣你，你去向吉姆里—利姆讲明：派遣你的使者到我这里，呈上完整的报告，若如此，我必将亚麦特的诸王煮沸在渔夫的吐沫中，让他们屈服于你。'"
>
> 这就是此人的梦中所见。因此我将此情况写给我主；我主应因此梦而行事。此外，如果我主愿意，我主应向大衮尽数报告情况，并不断派遣使者到大衮面前。那个做梦人本要前往大衮神殿献亡者牺牲之礼，我将他拦下。此外，由于此人十分可信，我就没有将他的头发或衣角割下带来。[1]

马里是两河流域早期的重要城邦，位于幼发拉底河中游沿岸、今叙利

---

[1] James B. Pritchard, *Ancient Near Eastern Texts Relating to the Old Testament* (*The Third Edition with Supplement*), p. 623.

亚境内。马里遗址于20世纪30年代由法国考古队率先发掘，其鼎盛时期约在公元前19世纪至前18世纪，后被著名的古巴比伦君主汉谟拉比征服。马里遗址出土了约两千块泥板，其中包含了带有先知文学色彩的内容，这则文献以书信的形式讲述了带有鲜明先知色彩的内容。

写信之人伊图尔—阿斯度的身份很可能是君王身边的高级顾问，专司占卜等事宜。他将一件要事上奏，内容就是：一个名叫马利克—大衮（意为"大衮是王"）的朝圣者，深受写信人信任，他将自己所做梦的梦境讲述给写信人，被写信人认为是一个重要的征兆，因为在梦境中，马利克—大衮来到了大衮的神庙，并听到了大衮有关马里君主的抱怨，此抱怨事关国运。因此，马利克—大衮向伊图尔—阿斯度禀报了这一梦境，后者认为这是极为重要的征兆，因此上书君主，陈明过程与利弊，劝解马里君王应重新恢复对大衮及其神庙的虔敬与供养，否则将败于敌国之手。

最后，面相也是文士观兆的范畴之一，如同我国民俗中的"相面"，是日常占卜工作的重要组成部分：

> 如果一颗痣的颜色太白，那么这人将陷入贫穷，极为［……］。
> 如果一颗痣的颜色太绿，那么这人将陷入贫穷，极为［……］。
> 如果一颗痣的颜色太红，那么这人将发财。
> 如果有人的外套残破奔拉且布满白色瑕疵，那么这就是一件穷相的外套。
> 如果屋中的墙上布满白色（斑点），屋主必死于非命。①

从这些丰富的文献可以看出，两河流域的文士对预兆的总结与解读涉及日常生活的方方面面；不仅如此，这些预兆文献的书写，都是建立在归

---

① William W. Hallo, *The Context of Scripture: Volume 1*, p. 426.

纳的基础之上的，文士群体并非迷乱且无理的巫婆神汉，而是秉承着因果律的基本逻辑，如实记载曾经发生的各种事件及其可能涉及的表征，再将两者以因果的方式进行串联。例如前文中的一条记载："如果神庙中宴会的置办井井有条，那么这一家将事事顺利"，[1] 具有能力将家中神庙的宴会举办得合宜得体、面面俱到，就从侧面证明了这家人在财力与人力上的雄厚实力，自然更有可能过得事事顺利。只不过，这种因果律的背后，没有近现代科学理性的观照，而无法做到高度精确。

不可否认的是，在两河流域的先知活动中，其信息无不源于神的维度。而在这个意义上，所谓"先知"与现代汉语语境中人们对先知的理解不同，后者往往广泛地指涉那些能够作出有效预测的人，其信息来源不一定源自神，而更偏向于某种个人能力。而两河流域语境中的先知，则主要强调从神得到信息并将其宣告给人，因此，其核心是宗教与神圣君主的意识形态。上述文献中，大量有关预兆与结果间因果律的归纳与表述，更多源自多神教乃至万物有灵论的意识形态。

二、新亚述先知文学及其影响

新亚述时期的先知文学文献则更为丰富，作为古代近东地区数一数二的强大帝国，新亚述的文献数量众多，种类丰富，且因继承了深厚的巴比伦文明传统，其先知文学的基本格式、类型与模式，都具有突出的典型性。请看以下这一案例，是有关新亚述君主以撒哈顿（Esarhaddon，在位年代为公元前680年—公元前669年）的先知预言，节选如下：

［以撒哈］顿，万邦之王，不要惧怕！［倾］听那吹向你的风，我

---

[1] William W. Hallo, *The Context of Scripture: Volume 1*, p.424.

第三章 文士文化视阈下的古代近东先知文学

将以之说给你听，毫无……你的众敌，如同西弯月的狂风般嚎叫，①将从你的脚前逃之夭夭。我是伟大的女神，我是阿贝拉的伊施塔尔，我将在你的脚前将敌人毁灭。我向你所说的每句话，你怎么能不仰赖呢？我是阿贝拉的伊施塔尔。我将等候你的敌人，我将把他们交在你手中。我，阿贝拉的伊施塔尔，将会在你前后保佑你：不要惧怕！你处在重生之国：（无论）我站立（或）坐下，我都在哀痛之国。

（预言）出自阿贝拉的女子伊施塔尔—拉他西雅特之口。

亚述之王，不要惧怕！我已将亚述之敌置于死地。

（残缺）

（预言）出自阿贝拉的女子辛琪沙默尔之口。

我为我王以撒哈顿欢呼，全阿贝拉都在欢呼！

（预言）出自群山之城达拉胡亚的女子利姆—阿拉特之口。

以撒哈顿，不要惧怕！我，彼勒神，对你言说。我加强了你的心梁，如同生养你的母亲一般。六十位伟大的神与我一道保佑你。月神辛站在你的右边，太阳神沙玛什站在你的左边。六十位伟大的神环绕着你，准备与你一同作战。不要依赖人的力量！调转你的眼目看着我！我是阿贝拉的伊施塔尔，我已说服阿舒尔为你助力。自你幼年，我便供养你。不要惧怕，起来赞美我！以往哪一次敌袭是我没有觉察到的呢？未来正如过去一样！我是纳布神，泥板与木笔之主，起来赞美我！

（预言）出自阿贝拉的女子巴雅之口。

哦，以撒哈顿，亚述之王，我是阿贝拉的伊施塔尔。在阿舒尔、尼尼微、卡拉、阿贝拉，我将赐给以撒哈顿地久天长。我是你伟大的保护者。我是你亲切的领袖，我在诸天中用金钉将你安置在王位上，

---

① 西弯月（Sivan），亚述历法中的 3 月，约相当于公历的 5—6 月。

使你的统治地久天长。我使得以撒哈顿、亚述之王面前的钻石闪耀，我像珍惜自己的冠冕般保护他。"哦，王啊，不要惧怕，"我对你言说，"我从未弃绝你。"我赐予你信心，我不会让你丧失荣耀。带着我作出的保证，你跨过大河。哦，以撒哈顿，正统之子，女神宁利尔的后裔，英雄！我将用我的双手，亲自碾碎你的敌人。以撒哈顿，亚述之王……（中间难以辨认）。以撒哈顿在阿舒尔，我赐给你地久天长。以撒哈顿，在阿贝拉，我的仁慈就是你的盾牌。以撒哈顿，（正统）之子，女神宁利尔的后裔，你的心是睿智的。我大大喜爱你……①

上述预言的目的十分明显：亚述宫廷的高级文士为了突显新王以撒哈顿的正统性，于是从各处采集女先知的预言，表明以撒哈顿是诸神垂青的天选之子，将大有作为。通过女先知来传达某种信息的文学模式，在希伯来先知文学中也有互文，最著名的应属前先知书文本《列王纪》中的女先知户勒大（Huldah）所作的有关律法书和犹大君王的相关预言（见王下 22：14—20）。

以下这一组涉及君王更迭的预言也十分典型，节选如下：

一位君主将会兴起，并掌权十八年。

国家将会平安，国家之心将会喜悦，人民将［安享富］足。

众神将为国家的利益出谋划策，国家［将］风调雨顺。

……（缺损）

畜牧之神与谷物之神将为国家带来丰收。

降水将会丰沛，国家的人民将庆祝大典。

---

① James B. Pritchard, *Ancient Near Eastern Texts Relating to the Old Testament* (*The Third Edition with Supplement*), pp. 449–450.

第三章 文士文化视阈下的古代近东先知文学

但统治者将在叛乱中死于刀剑之下。

一位君主将会兴起,他将掌权十三年。
以拦将会反叛阿卡德。
阿卡德的战利品将被夺取。
(以拦)将摧毁诸神的神庙,阿卡德的沦陷将不可避免。
反叛、混乱与灾祸将在国内发生。
一个可憎(之人),卑贱之徒,无名之辈,将兴起。
他将称王,登上王座,他将以刀兵杀灭诸领主。
阿卡德半数的军队将被杀灭在图普利阿什的峡谷,
他们的尸体将铺满平原与山丘。
国中的百姓将遭受巨大饥荒。

一位君王将会兴起,[他将掌权] 三年。
剩下的人 [将会] 死去,埋入尘土。
诸城将会破败,房屋也将 [荒废]。
叛变、毁灭将会发生,……
从敌人的国家降临到阿卡德,……
埃库尔和尼普尔的圣物将 [被带到敌国]。
……尼普尔……
这位君王 [将] 用刀剑 [击败] 亚摩利国。

一位君王将会兴起,他将掌权八年。
诸神的神庙将从废土上 [兴起]。
伟大诸神的圣所将被 [重新安置] 回原位。
国家将降水 [丰沛]。

121

> 那些曾看到暴行的人……
>
> 富足将遍布街道，……富足……
>
> ……将拜倒在孩子面前，伸出他的手。
>
> ……母亲将对女儿讲出正确的话……
>
> （其余无法辨认）[1]

除了单纯预告君王兴衰的内容外，先知预言也具有十分强烈的现实性政治色彩，是君王问政、进行国家重大决策的关键依据之一，其往往与占卜行为紧密相关；而占卜过程中，亚述的高级文士又以通过观察牲畜的内脏（如羊肝）状态来对君主的咨询进行解答，如以下案例：

> ［沙玛什，伟大］的［神］，对我的问询，请赐予［我］一个肯定的答复！
>
> ［卡什塔］利图，卡尔喀什的城主，他写信给马米提［阿舒］，［一个］米底［城主］，内容如下："让我们一起行动，［摆脱亚述的掌控］。"
>
> 马米提［阿舒］会听从卡什塔利图吗？他会顺从吗？他会欣然接受吗？他会在今年敌对亚述之［王］以撒哈顿吗？伟大的诸神［知晓］这一切吗？
>
> 米底城主马米提［阿舒］对［亚述之王以撒哈顿］的敌意，是否能够在一个［有利的条件下］被写成［条约、被确认执行吗］？……
>
> （残缺）
>
> 我求问你，沙玛什，伟大的主，［米底城主］马米提［阿舒］，是否将会与［卡尔喀什的城主卡什塔］利图达成协议？

---

[1] James B. Pritchard, *Ancient Near Eastern Texts Relating to the Old Testament* (*The Third Edition with Supplement*), pp.451–452.

第三章 文士文化视阈下的古代近东先知文学

他（是否）现在正在［……］去与卡什塔利图达成协议的路上？他（是否）将［敌］对亚述之王以撒哈顿？

请你在这头山羊中显现，请你将明晰的回答、［利好］的消息、吉利的兆头以你伟大的神力（放在）这头羊中，［让我能够看到（它们）］。

愿（这则询问）达到你伟大神力的面前，哦，沙玛什，伟大的主，愿你赐下预兆作为回答！①

不难看出，这则占卜文献中的内容是关于新亚述帝国君王对于国际局势的求问，出自主持这一仪式的宫廷顾问之手。文献中提到的两个城邦之主似乎在密谋缔结反亚述同盟，想要一起摆脱亚附属国的地位。周边附属小国达成同盟，反抗亚述的附属国地位，是新亚述帝国经常要面对的局势。因此，新亚述君王的一项重要使命就是定期率军征讨。在出征讨伐之前，有文士主持占卜活动窥探神意并进行报告，是君王决策的重要依据。这则占卜文献就是以此作为背景的。

总体来说，两河流域地区的先知文学是一脉相承的，亚述时期的文本是其典型代表，拥有得到文士群体连贯继承的语言、神谱、占卜方式以及文献类型传统，对希伯来先知文学产生了深远的影响。关于更为详尽的案例分析，将在第四章进行展开。此处仅举一例，证明两者间的有机关联。

在属前先知书范畴的《撒母耳记》中，记载了一个在整部《塔纳赫》中都极为少见的案例，即"扫罗求问女巫"：

那时撒母耳已经死了，以色列众人为他哀哭，葬他在拉玛，就是

---

① Ivan Starr, *Queries to the Sungod: Divination and Politics in Sargonid Assyria*, Helsinki: Helsinki University Press, 1990, p. 46.

123

在他本城里。扫罗曾在国内不容有交鬼的和行巫术的人。非利士人聚集,来到书念安营;扫罗聚集以色列众人,在基利波安营。扫罗看见非利士的军旅就惧怕,心中发颤。扫罗求问耶和华,耶和华却不藉梦,或乌陵,或先知回答他。扫罗吩咐臣仆说:"当为我找一个交鬼的妇人,我好去问她。"臣仆说:"在隐多珥有一个交鬼的妇人。"

于是扫罗改了装,穿上别的衣服,带着两个人,夜里去见那妇人。扫罗说:"求你用交鬼的法术,将我所告诉你的死人,为我招上来。"妇人对他说:"你知道扫罗从国中剪除交鬼的和行巫术的。你为何陷害我的性命,使我死呢?"扫罗向妇人指著耶和华起誓说:"我指著永生的耶和华起誓:你必不因这事受刑。"妇人说:"我为你招谁上来呢?"回答说:"为我招撒母耳上来。"妇人看见撒母耳,就大声呼叫,对扫罗说:"你是扫罗,为甚么欺哄我呢?"王对妇人说:"不要惧怕,你看见了甚么呢?"妇人对扫罗说:"我看见有神从地里上来。"扫罗说:"他是怎样的形状?"妇人说:"有一个老人上来,身穿长衣。"扫罗知道是撒母耳,就屈身,脸伏于地下拜。

撒母耳对扫罗说:"你为甚么搅扰我,招我上来呢?"扫罗回答说:"我甚窘急,因为非利士人攻击我,神也离开我,不再藉先知或梦回答我。因此请你上来,好指示我应当怎样行。"撒母耳说:"耶和华已经离开你,且与你为敌,你何必问我呢?耶和华照他藉我说的话,已经从你手里夺去国权,赐与别人,就是大卫。因你没有听从耶和华的命令,他恼怒亚玛力人,你没有灭绝他们,所以今日耶和华向你这样行,并且耶和华必将你和以色列人交在非利士人的手里。明日你和你众子必与我在一处了;耶和华必将以色列的军兵交在非利士人手里。"

扫罗猛然仆倒,挺身在地,因撒母耳的话甚是惧怕。那一昼一夜没有吃甚么,就毫无气力。妇人到扫罗面前,见他极其惊恐,对他说:"婢女听从你的话,不顾惜自己的性命,遵从你所吩咐的。现在求你听婢女的话，容我在你面前摆上一点食物，你吃了可以有气力行路。"扫罗不肯，说："我不吃。"但他的仆人和妇人再三劝他，他才听了他们的话，从地上起来，坐在床上。妇人急忙将家里的一只肥牛犊宰了，又拿面抟成无酵饼烤了，摆在扫罗和他仆人面前，他们吃完，当夜就起身走了。（撒上28：3—25）

这一案例在《塔纳赫》中之所以极为罕见，就是因为其形式与以色列一神教观念的冲突极为强烈，甚至在原文中都有这样的表述："扫罗曾在国内不容有交鬼的和行巫术的人"。不过，文士在此处正是因为要表现扫罗在宗教观念上的"悖逆"，才将这一段文本编写下来。从中我们可以看到，与上一则新亚述占卜文献类似，由专业人士通过召唤某位拥有超自然力量的位格（可以是沙玛什神，也可以是阴间的鬼魂撒母耳）来求问国家前途，这是扫罗求问女巫这则叙事的核心结构。只不过，这种方式在《塔纳赫》的先知文学中，被统一在以色列一神教观念及其书写方式的框架之中——那些具有积极意义的人物及其行为，不存在求问耶和华神之外的情况；而那些被赋予消极意义的人物及其行为，则正好相反。因此，正是这样的文本，反而较为鲜明地保留了源自新亚述先知文学原型的痕迹。

第二节 古埃及文献中的先知文学

作为古代近东重要的文明主体，古埃及拥有相当完备的文献系统。本节中对古埃及时间范畴的定义，主要是指希腊化时期之前，即公元前4世纪前的古埃及文明。古埃及文明体系不但拥有发达的文献系统，而且也有完整的文士阶层及其文化圈子。这些对研究古代以色列文士及其相关问题都有很好的借鉴意义。就先知文学而言，古埃及文献中也存在该文类或

文士文化与希伯来先知文学研究

其重要原型，其具体类型也和两河流域等地区基本相似，包含占卜、观星、驱魔等内容。相比于两河流域，古埃及的先知文学似乎更偏向于对清晰归类的追求和对历史趋势的探讨，其精神内涵与希伯来先知文学常有互文。

本节将分析两个古埃及先知文学的文本，并与希伯来先知文学单元进行比对。

一、《占梦之书》

爱尔兰都柏林彻斯贝弟博物馆（Chester Beatty Library）收藏的《占梦之书》（*Dream Book*）是现存最古老的解梦书，其起源大约可上溯至第12王朝（公元前2000年—公元前1786年），馆藏手抄本的年代为第19王朝（公元前1259年—公元前1189年），隶属于宫廷高级文士。① 正如前文所述，占梦在古代近东拥有着非凡的政治、宗教与文化意义，因而，古埃及的占梦书亦是其先知文本的重要组成部分，是由相关高等文士所记录的。这部《占梦之书》以"如果一个人看见自己在梦中"为开头，其基本结构为：梦境——判定吉凶——解释，十分类似于词典等工具书，共11列（column）。其中所记录的梦境及其阐释，与希伯来先知文学形成了生动的互文，此处节选具有代表性的2—3列（吉兆）和7—8列（凶兆）的文本。

> 如果一个人看见自己在梦中：
> 射击目标。[吉兆。]预示将遇到好事。
> 向丈夫[提到]他的妻子。吉兆。预示附身的恶魔将退去。
> 他的阴茎不断增大。吉兆。预示发财。
> 手中[持]弓。吉兆。预示将从（最）重要的职位中得到赏赐。

---

① See William W. Hallo, *The Context of Scripture: Volume 1*, p. 52.

痛苦地死去。吉兆。预示父亲死后已得复活。①

看见天神。吉兆。预示粮食充足。

口中塞满泥土。吉兆。预示得到镇民的供养。

吃驴肉。吉兆。预示升迁。

吃鳄鱼肉。吉兆。[预示]得到官家俸禄。

向窗外望。吉兆。预示他的祈祷能够被神听到。

得到莎草种子。吉兆。预示他的诉求能被听到。

看到自己站在房顶。吉兆。[预示]能找到好东西。

[看到]自己陷入哀痛。吉兆。预示发财。

头发不断变长。吉兆。预示发生愉悦之事。

得到白饼。吉兆。预示发生愉悦之事。

喝酒。吉兆。预示活在真相之中。

和母亲交媾。吉兆。[预示]所有亲戚都听命于他。

和姐妹交媾。吉兆。预示财运将至。

得到人头。吉兆。预示他将口若悬河。

喝温酒。凶兆。预示感染脓血症。

嚼黄瓜。凶兆。预示逢人便起争执。

吃鲈鱼肉片。凶兆。预示落入鳄鱼之口。

照镜子。凶兆。预示另娶妻室。

神吹散眼泪。凶兆。预示争斗将至。

看到对自己施咒。凶兆。预示生财困难。

和女人交媾。凶兆。预示哀痛将至。

被狗咬。凶兆。预示将被魔法缠住。

---

① 此处可能是指人死之后成功通过了奥西里斯主持的阴间审判,在来世复活,得到永生。

被蛇咬。凶兆。预示争执将至。

称重大麦。凶兆。预示争执将至。

在莎草纸卷上写字。凶兆。预示神将审判他的罪过。

搬家。凶兆。[预示]重病。

被人施咒。凶兆。预示哀痛将至。

当船上的舵手。凶兆。预示官司必败。

卧榻着火。凶兆。预示休妻。

被角戳破。凶兆。预示将出谎言。

看到被困住的鸟。凶兆。预示破财。

看见阴茎僵硬。凶兆。预示他的敌人将取胜。

凝视深井。凶兆。预示牢狱之灾。

身上起火。凶兆。预示丧命。

牙齿脱落。凶兆。预示子孙丧命。

看到侏儒。凶兆。预示将折损半条命。

搬运神殿物资。凶兆。预示眼睁睁地看着自己的财产充公。①

希伯来先知文学单元中，不乏与埃及占梦文献形成互文的篇章，其中最著名的应属《创世记》中约瑟占梦的叙事。约瑟是以色列族长中的第四代，是雅各（即以色列）的儿子，擅长占梦，因遭嫉妒被兄长卖到埃及为奴，后又因占梦的能力获得青睐，最终成为埃及的宰相。《创世记》第40—41章集中描绘了约瑟的占梦叙事，如在第40章中，埃及法老的酒政和膳长和约瑟被关在同一座监牢中，二人各做一梦，难以理解，约瑟便为其一一解释，且都应验。

---

① William W. Hallo, *The Context of Scripture: Volume 1*, pp. 53–54.

酒政的梦如下：

我梦见在我面前有一棵葡萄树，树上有三根枝子，好像发了芽、开了花，上头的葡萄都成熟了。法老的杯在我手中，我就拿葡萄挤在法老的杯里，将杯递在他手中。（创40：9—11）

约瑟解梦：

你所做的梦是这样解：三根枝子就是三天，三天之内，法老必提你出监，叫你官复原职，你仍要递杯在法老的手中，和先前作他的酒政一样。（创40：12—13）

膳长见约瑟解梦有道，也说了自己的梦：

我在梦中见我头上顶著三筐白饼，极上的筐子里有为法老烤的各样食物，有飞鸟来吃我头上筐子里的食物。（创40：16—17）

约瑟的回答是：

你的梦是这样解：三个筐子就是三天。三天之内，法老必斩断你的头，把你挂在木头上，必有飞鸟来吃你身上的肉。（创40：18—19）

最后，约瑟的解梦都应验了（创40：20—22），并且靠着后来为法老解梦的功劳，得到赏识，避免了埃及的饥荒，最后官拜宰相（创41）。这种被掳到埃及、为埃及人解梦的情节，反映出希伯来先知文学对埃及先知文献元素的吸收和借鉴。

二、《易普威尔的告诫》

除占梦文献外,古代及先知文学中,也有以智者的口吻发表对人世的看法及其告诫的文本,其形式与思想内涵与希伯来后先知书呈现出高度的互文性。一篇被称为《易普威尔的告诫》(*The Admonitions of Ipuwer*,后简称《告诫》)的文本,约作于古埃及第一中间期(公元前2181年—公元前2040年),以皇家宫廷议会的一位智者的讲话为内容,以诗歌为文体,共分为6篇,出自埃及文士之手。这篇文献,无论是从叙事方式、具体内容,还是批判性,都与后先知书形成了极为鲜明的互文。此处节选两篇(诗一和诗五)。

时代的灾祸

引子

门卫说道:"我们去掠夺吧,……"
洗衣工拒绝扛起他的衣篓[……]
[捕鸟人]排成阵列,准备开战,
三角洲的[居民]拿起盾牌,……
男人视他的儿子如敌人,……
有德之人为国家发生的事件而哀痛,
各地的外邦人自诩埃及人。……

诗一

哀哉,人们脸色惨白,
那些祖先曾预言的事已经发生,……
哀哉,[……],国家遍布匪帮,
农夫要持盾种地,……

第三章 文士文化视阈下的古代近东先知文学

哀哉，尼罗河泛滥成灾，无法耕作，
众人都说："我们不知道国家发生了什么。"
哀哉，女人们无法生育，不能怀孕，
因这国内的局面，克努姆神停止了工作。①
哀哉，穷人反而成了财主，
连之前买不起鞋的人都发了财。
哀哉，河中到处是尸体，
河流成了墓地，坟墓成了河流。
哀哉，高贵的人哀伤，低贱的人却欢喜。
每座小镇都在说："让我们驱逐权贵吧！"
哀哉，人们活像朱鹭，污泥遍布大地。
甚至没有一件衣服洁白如新，未受泥染。
哀哉，大地上人们的命运如同陶匠的转轮，
盗贼反成财主，[富人反成]盗贼。……

哀哉，河流成血，但人们也只能饮下，
人们彼此畏缩，站在水后发渴。
哀哉，城门、立柱与城墙在燃烧，
只有法老宫殿的高墙耸立……
哀哉，鳄鱼大快朵颐，
因人们绝望无助，自投鳄口……
哀哉，烧焦的人……人们路过，无人认得，
他夫人的儿子，成为他佣人的儿子。

---

① 克努姆神（Khnum）是古埃及神话体系中尼罗河的神，主要掌管为河流下游带来肥沃的泥土。

哀哉，沙漠遍布国土，

各省百废待兴，

外族入侵埃及……

哀哉，[金字塔]的建筑者[已沦为]农夫，

曾在神圣树皮间工作之人，如今被其所[累]。①

哀哉，如今再无人向北行船，前往贝鲁斯，

我们还怎么获得香柏木，为木乃伊提供棺椁呢？

祭司们与他们的祭文一同下葬，

[首领们]用他们的香膏防腐，

至于克里特，他们再未到来，黄金紧缺……

哀哉，由于内战，上埃及[的领主]已不再纳税，

粮食、煤炭紧缺……

国库为何空虚？

当贡品送到法老面前，他兴高采烈。

看哪，异邦都在[说]："这是我们的水源！这是我们的财产！"

我们无能为力，一切皆无。

哀哉，欢乐已被消灭，[无人再]寻欢作乐。

大地之上，悲痛与哀伤混合，……

诗五

不要忘记［……］漫没，

那身体在痛苦之中的人……

不要忘记……熏香料，

---

① 该句较为难解，其意思可能是指曾经的葬礼工作者因缺少材料而停工，转为农夫。

第三章　文士文化视阈下的古代近东先知文学

在清晨将水坛加满。

不要忘记［带来］肥胖的（r）鹅、（trp）鹅和（st）鹅，①

用来向诸神献祭。

不要忘记用泡碱漱口和备好白面包，

人们要在净头的日子（做好这些事）。②

不要忘记立好旗杆，雕刻石碑，

大祭司要清洁祭坛，

要将神殿用石膏涂抹，（洁白）如奶。

不要忘记为神殿备好香膏，

为的是要献上面包祭品。

不要忘记遵守规条，调整日期，

将进入祭司房间的不洁者赶走，因为这是错误的行为……

不要忘记宰杀公牛……

不要忘记应洁身前来……

人们都不敬拜……瑞神，瑞神本命令［……］敬拜他……

看哪，他为何要造人？

那怯懦之人混在暴虐之人中，

他的心冰冷。

人们说："他是众人的牧人，他的心中绝无恶灵。"

他的牧群稀少，（但）他一整天都在聚集牧群，

（因为）他们的心中有火。

他本应察觉他们初代的本性，

---

① 此处"鹅"的品种名称不明。
② 此处"净头"意为将头浸湿，是祭司清洁自身的仪式的一部分。

他本应击打恶灵。

他本应挺身而出，

他本应将他们的后裔也一并消灭。

但人们仍盼望繁衍生息，

悲伤笼罩大地，苦难无处不在……

纷争已经来临，

矫正邪恶的人，自己却屈服于邪恶。

他们的时日中没有领导者，

今天领导者又在哪里？

他是否已陷入沉睡？看哪，他的力量已消失不见。

……

权柄、智慧与真理与你同在，

但你还是为国家带来了混乱和骚动的喧嚣。

看哪，人人互相攻击，

只因大家都遵守了你所下达的命令。

若三人一同行走，

最终只剩两人，

因为多数杀害了少数。①

牧人渴望死亡降临牧群吗？

你的命令却使之发生。……

是你的所作所为带来了这一切，

你谎话连篇。

大地荒草遍野，人们饥馑而死，

在活人中没有人被指名。

---

① 指三人中的两人谋杀了另一人，表明国家陷入多数人暴政而无法律保障公义的局面。

第三章 文士文化视阈下的古代近东先知文学

多年以来，纷争不断，

有人被刺死在自家屋顶……

哦，你若能从中体察到一丝一毫的苦难，

你就会说……①

对比《以赛亚书》中的段落，两者间的互文关系十分鲜明，如《以赛亚书》第24章：

那时百姓怎样，祭司也怎样；仆人怎样，主人也怎样；婢女怎样，主母也怎样；买物的怎样，卖物的也怎样；放债的怎样，借债的也怎样；取利的怎样，出利的也怎样。

地必全然空虚，尽都荒凉。因为这话是耶和华说的。

地上悲哀衰残，世界败落衰残，地上居高位的人也败落了。

地被其上的居民污秽，因为他们犯了律法，废了律例，背了永约。

所以地被咒诅吞灭，住在其上的显为有罪。地上的居民被火焚烧，剩下的人稀少。

新酒悲哀，葡萄树衰残；心中欢乐的俱都叹息。

击鼓之乐止息，宴乐人的声音完毕，弹琴之乐也止息了。

人必不得饮酒唱歌；喝浓酒的，必以为苦。

荒凉的城拆毁了，各家关门闭户，使人都不得进去。

在街上因酒有悲叹的声音，一切喜乐变为昏暗，地上的欢乐归于无有。

城中只有荒凉，城门拆毁净尽。

在地上的万民中，必像打过的橄榄树，又像已摘的葡萄所剩无几。

---

① William W. Hallo, *The Context of Scripture: Volume 1*, pp. 94–97.

……

到那日，耶和华在高处必惩罚高处的众军，在地上必惩罚地上的列王。

他们必被聚集，像囚犯被聚在牢狱中，并要囚在监牢里，多日之后便被讨罪。

首先，两者在一些具体表述上，使用了相近的意象、词语或修辞手法，如《告诫》中描写国家悲惨状态的表述："哀哉，欢乐已被消灭，[无人再]寻欢作乐"，在《以赛亚书》中亦有呼应："在街上因酒有悲叹的声音，一切喜乐变为昏暗，地上的欢乐归于无有"。

此外，两者都不吝笔墨，描摹陷入灾难之中的国民的悲惨状况，如《告诫》中：

哀哉，河流成血，但人们也只能饮下，
人们彼此畏缩，站在水后发渴。
哀哉，城门、立柱与城墙在燃烧，
只有法老宫殿的高墙耸立……
哀哉，鳄鱼大快朵颐，
因人们绝望无助，自投鳄口……
哀哉，烧焦的人……人们路过，无人认得，
他夫人的儿子，成为他佣人的儿子。

在《以赛亚书》中：

那时百姓怎样，祭司也怎样；仆人怎样，主人也怎样；婢女怎样，主母也怎样；买物的怎样，卖物的也怎样；放债的怎样，借债的也怎样；取利的怎样，出利的也怎样。

地必全然空虚，尽都荒凉。因为这话是耶和华说的。

地上悲哀衰残，世界败落衰残，地上居高位的人也败落了。

地被其上的居民污秽，因为他们犯了律法，废了律例，背了永约。

所以地被咒诅吞灭，住在其上的显为有罪。地上的居民被火焚烧，剩下的人稀少。

最后，两者在针对当权者或君主的态度上，都是激烈的批判口吻，如在《告诫》中：

> 权柄、智慧与真理与你同在，
> 但你还是为国家带来了混乱和骚动的喧嚣。
> 看哪，人人互相攻击，
> 只因大家都遵守了你所下达的命令。
> 若三人一同行走，
> 最终只剩两人，
> 因为多数杀害了少数。
> 牧人渴望死亡降临牧群吗？
> 你的命令却使之发生。
> ……
> 是你的所作所为带来了这一切，
> 你谎话连篇。

《告诫》中君主的核心问题在于渎职：

> 纷争已经来临，

矫正邪恶的人，自己却屈服于邪恶。
他们的时日中没有领导者，
今天领导者又在哪里？

《以赛亚书》中所提到的，亦是从神的角度对君王和执政者展开的审判：

到那日，耶和华在高处必惩罚高处的众军，在地上必惩罚地上的列王。

他们必被聚集，像囚犯被聚在牢狱中，并要囚在监牢里，多日之后便被讨罪。

这种审判，是出于其暴虐的行为所带来的严重后果。

总之，《告诫》反映出古埃及文士对于社会公平正义的关切，这种关切以强烈的批判性为基调，并建立在宗教立场之上。这一点与《以赛亚书》的文笔相通。正如前文所论述的，古代近东的文士群体是社会中的知识阶层，相比其他群体，他们对社会状况及其问题往往有着更为敏锐的感知，因而在其文本中，文士关注社会公义沦丧的问题，并为其发声，认为这种错误的根本是出在当权者枉顾神所赋予的使命而恣意妄为。

第三节　古代近东其他文明的先知文学

前两节主要论述了古代近东两河流域与古埃及文明中的先知文学。在古代近东其他文明体系中，先知文学也是广泛存在的。其中，以黎凡特地区的乌加里特文明与安纳托利亚地区的赫梯文明为代表。这两个文明在古代近东的历史上也扮演过重要的角色,拥有成熟的文士系统,并与两河流域、古埃及和其他近东文明交往甚密,因而,无论是文士传统,还是先知文学传统,乌加里特与赫梯都与其他地域高度相通。

一、乌加里特占卜文献

乌加里特文明的现存文献中,先知文学的数量占一定比例,其功能也与两河流域的该文类相类似,即通过对某些自然或社会现象的解读找寻其背后可能蕴含的预兆,作为进一步决策的依据,这其中,又多见以牲畜、星象为考察对象的文本。

以下是一系列有关占卜羊羔怪胎的文献,节选如下:

> 说到羊群中的母羊,[当]它们下崽时,(如果是一颗)石头,国中将有多人死去。
>
> (如果是一片)木头,要仔细看[……]出生地点,这群羊将要[……]
>
> (如果胎羊)光滑(无)毛,国中将发生[……]
>
> 而且,如果[胎羊没有……],国家将被灭亡。
>
> [……],国中将遭饥荒。
>
> (如果)胎羊没有[左]大腿,国王将[……]他的敌人。
>
> (如果)胎羊没有[左]小腿,国王将[……]他的敌人。
>
> 如果胎羊的舌头[……],国家将四分五裂。
>
> (如果)它的[……]长在太阳穴里,国王将与敌人和解。①

此外,有关月相的预兆也是占卜文献的重要内容,如:

---

① William W. Hallo, *The Context of Scripture: Volume 1*, pp. 288–289.

如果是新月时段发生［……］，将有贫困。

当月亮升起时，如果是红色，（本月）将繁荣兴旺。

当月亮升起时，［如果］是黄绿色，［……］，牲畜将灭亡。①

如果对比两河流域的相关文献就不难看出，乌加里特的先知文学在内容、形式和思想内核上都与之颇为相似，这就是两河流域的占卜传统对黎凡特地区影响的反映。

二、赫梯预言文献

在赫梯文明的观念之中，诸神的不悦是绝大部分厄运的来源，因此，赫梯人发展出其自身的与神沟通、询问神怒原因，乃至与神"讨价还价"的占卜系统。这种文献，与前文所述的预言文献相呼应。如以下这一案例：

至于说到陛下（可能是图哈利亚四世）重病这件事，难道你们没有［……］，［哦！］阿鲁什纳城的［诸神］，因为被激怒［而在陛下身上降下重病吗？诸神啊，如果你们对此愤怒，那么就让第一个内脏占卜结果为有利、第二个占卜结果为］不利吧！第一个结果：有利。第二个［结果］：不利。

至于说到陛下的重病的确与你们的愤怒有关，哦，阿鲁什纳城的诸神，你们是否因神庙而愤怒？（如果是），就让占卜结果为不利吧！……结果为不利。

诸神啊，如果你们仅仅是因为神庙（的某些事情）而愤怒，但与陛下毫无关系，那么就让占卜结果为有利吧！……结果为不利。

至于说到你们，哦，阿鲁什纳城的诸神，确实因陛下的事而感到

---

① William W. Hallo, *The Context of Scripture: Volume 1*, pp. 290–291.

愤怒,那么是否因为王后(可能是普度赫帕)在你们面前诅咒了阿玛塔拉?是因为阿玛塔拉自己开始关心诸神的事情,但没有往来奔走(服务诸神吗)?还是因为阿玛塔拉的儿子自己穿着由母亲保管的盛装、被召入宫吗?神啊,如果你对此愤怒,那么就让占卜结果为不利吧!……结果为不利。

神啊,如果你仅仅为此而愤怒,那么就让鸭子内脏的结果为有利吧!结果为不利。

至于说到结果再次为不利,那么你们愤怒的原因是否因为马拉说了如下话语:"王后在守护神的陵寝为自己打造了一顶金冠。在梦中,阿鲁什纳的诸神要求王后将金冠献上,但王后不从。她把金冠藏在财宝库的储藏室中,并在其中命人另外打造了两顶银冠献给阿鲁什纳城的诸神。只要她不将金冠献给诸神,这件事就会给王后招来祸患,结果她被逐出王宫。之后,王后从乌图利给陛下写信道:'那顶诸神在梦中要求我献上的金冠,现在财宝库的储藏室中。其中剩下的(来自制造者的)用于嵌入的金片与贵重的宝石现在阿杜普利华服的箱子中。把这些都交给诸神吧!'"他们找到了金冠,旁边还有一只金隼、一串(由)贵重宝石(制成的)葡萄、八块玫瑰石、十个(……)钮子,以及贵重宝石制成的眉毛与眼睑。之后,他们将这些珍宝带到了守护神的陵寝、王后的雕像前。但是他们没有找到(本应该)在阿杜普利华服的箱子中用于嵌入的金片。(至于)那两顶王后为了(兑现诺言)而打造的银冠,他们只发现了一顶,然后献给诸神。但人们没有发现(另一顶)银冠。你们是否因为人们如是说而愤怒:"从众神的家什中无论发现什么,都必须要献给诸神,不能(用其他的东西)交换替代"?抑或是因为我们对金隼、宝石葡萄、八块玫瑰石、钮子、眉毛与眼睑,以及这些东西被带到守护神的陵寝、王后的雕塑前这些事一无所知?(又或是)他们没有找到用于镶嵌的金片?哦,诸神啊,如果你们是为这事愤怒，那么就让占卜结果为不利吧！……结果为不利。

哦，诸神啊，如果你们仅仅为此事而愤怒，而非其他事情，那么就让占卜结果为有利吧！……结果为不利。

由于占卜结果屡次不利，（那么是否）因为公主殿下（可能是图哈利亚四世的妻子，巴比伦公主）秘密地将阿玛塔拉［带进］王宫？哦，诸神啊，如果你们是为此事愤怒，那么就让占卜结果为不利吧！……结果为不利。

我们尚未调查阿玛塔拉的证词，不知其是否为真，或（如何被证实）。这件事还没有被放在预兆中被询问。如果现在出现的征兆是这个原因导致的，那么就让占卜结果为不利吧！……结果为不利。①

在上述过程中，最后得到确认的是，众神确实是因为人们在守护神陵寝中犯了罪（Offense）而愤怒，接下来就是通过问卜的方式向诸神讨价还价，寻求处理的方法。

至于说到人们确实在守护神陵寝中犯下了罪，那么人们是否应该继续向诸神献上贵重的宝石（作为礼物）？哦，诸神啊，如果你们已经恩准，那么就让鸭子内脏的占卜结果为有利吧！结果为不利。

那么他们是否应该连同黄金和宝石一起献上？哦，诸神啊，如果你们已经恩准，那么就让鸭子内脏的占卜结果为有利吧！结果为不利。

哦，诸神啊，你们是否想要一件华服？（如果是的话），就让鸭子内脏占卜的结果为有利吧！结果为不利。

他们是否应该献上黄金、宝石与华服作为（礼物）？哦，诸神啊，

---

① William W. Hallo, *The Context of Scripture: Volume 1*, pp. 204–205.

如果你们已经恩准,那么就让鸭子内脏的占卜结果为有利吧!结果为不利。

那么他们是否应该继续献上一件华服和一个人祭作为礼物?哦,诸神啊,如果你们已经恩准,那么就让鸭子内脏的占卜结果为有利吧!结果为不利。

至于说到人们必须献上一件华服(作为礼物)的事实,那么他们是否仅需要献上一件?哦,诸神啊,如果你们已经恩准,那么就让鸭子内脏的占卜结果为有利吧!结果为不利。

那么他们是否需要献上一件华服与一块头巾?哦,诸神啊,如果你们已经恩准,那么就让鸭子内脏的占卜结果为有利吧!结果为不利。

那么他们是否需要献上一件华服、一块头巾以及一件女用基南塔(Kinanta)外袍?哦,诸神啊,如果你们已经恩准,那么就让鸭子内脏的占卜结果为有利吧!结果为有利。①

从文献来看,这一"讨价还价"的结果是向诸神献上一些华丽的衣服为礼品以求诸神息怒,最终达到治愈国王重病的目标。

不难发现,《塔纳赫》中诸多带有占卜性质的文类,其逻辑与具体形式都与之高度相近。例如《民数记》中有关试验"疑妻不贞"的条例:

耶和华对摩西说:"你晓谕以色列人说:'人的妻若有邪行,得罪她丈夫,有人与她行淫,事情严密瞒过她丈夫,而且她被玷污,没有作见证的人,当她行淫的时候也没有被捉住,她丈夫生了疑恨的心,疑恨她,她是被玷污;或是她丈夫生了疑恨的心,疑恨她,她并没有被玷污。这人就要将妻送到祭司那里,又为她带着大麦面伊法十分之

---

① William W. Hallo, *The Context of Scripture: Volume 1*, pp. 205–206.

一作供物，不可浇上油，也不可加上乳香，因为这是疑恨的素祭，是思念的素祭，使人思念罪孽。

祭司要使那妇人近前来，站在耶和华面前。祭司要把圣水盛在瓦器里，又从帐幕的地上取点尘土放在水中。祭司要叫那妇人蓬头散发，站在耶和华面前，把思念的素祭，就是疑恨的素祭，放在她手中。祭司手里拿着致咒诅的苦水，要叫妇人起誓，对她说：若没有人与你行淫，也未曾背着丈夫做污秽的事，你就免受这致咒诅苦水的灾。你若背著丈夫，行了污秽的事，在你丈夫以外有人与你行淫，（祭司叫妇人发咒起誓，）愿耶和华叫你大腿消瘦，肚腹发胀，使你在你民中被人咒诅，成了誓语。并且这致咒诅的水入你的肠中，要叫你的肚腹发胀，大腿消瘦。妇人要回答说：阿们！阿们！

祭司要写这咒诅的话，将所写的字抹在苦水里，又叫妇人喝这致咒诅的苦水，这水要进入她里面变苦了。祭司要从妇人的手中取那疑恨的素祭，在耶和华面前摇一摇，拿到坛前。又要从素祭中取出一把，作为这事的记念，烧在坛上，然后叫妇人喝这水。叫她喝了以后，她若被玷污得罪了丈夫，这致咒诅的水必进入她里面变苦了，她的肚腹就要发胀，大腿就要消瘦，那妇人便要在他民中被人咒诅。若妇人没有被玷污，却是清洁的，就要免受这灾，且要怀孕。

妻子背著丈夫行了污秽的事，或是人生了疑恨的心，疑恨他的妻，就有这疑恨的条例。那时他要叫妇人站在耶和华面前，祭司要在她身上照这条例而行，男人就为无罪，妇人必担当自己的罪孽。'"（民5：11—31）

引文中体现出十分明显的占卜逻辑，即根据特定规程引出征兆，并对其进行评判。具体来说，就是祭司（占卜者）让被疑不贞洁的女子手持占卜信物"疑恨的素祭"，并把掺入帐幕地上尘土的"圣水"给她喝下，之后观兆并作出评判:"她若被玷污得罪了丈夫,这致咒诅的水必进入她里面变苦了,她的肚腹就要发胀,大腿就要消瘦,那妇人便要在他民中被人咒诅。若妇人没有被玷污,却是清洁的,就要免受这灾,且要怀孕。"其中的基本逻辑与赫梯占卜文本是高度相通的。

从本章的分析中可以看出,古代近东各个主要文明所流传下来的占卜类文献以及先知文本,在思维方式、观察方法、操作流程乃至具体的文字书写上都有高度的相通性。对于浸润在古代近东文明滋养之中的希伯来先知文学来说,上述方面所受到的直接或间接影响都是较为鲜明的,这对下一章对希伯来先知文学的相关研究而言是至关重要的基础。总而言之,希伯来先知文学作为文士群体在特定历史文化条件下的产物,其自身的诞生和发展绝不是孤立的,古代近东文士文化传统与占卜文献的相关传统,是其所借鉴、传承与改写的素材与根基。

第 四 章

文士文化视阈下的希伯来先知文学成书进程

希伯来先知文学是《塔纳赫》中最引人注目的文类之一，为西方文学提供了大量的典故与人物原型，其本身也是兼具高度文学性与思想性的佳作。在传统的宗教观念中，希伯来先知文学被认为是出自各大先知的手笔（如以赛亚、耶利米、以西结等）。19世纪以来，随着西方圣经研究的学术性和批判性的提升，先知书作者不再被简单认定为某些先知的独创作品，对神学传统观念的解构和文本的肢解也使得探讨其作者相关问题成为了飘忽不定的假说论争。但从前三章的论述我们知道，文士群体是文献的真正生产者，先知文学亦是出自文士群体之手。不仅如此，作为文化母体的古代近东诸文明保留了丰富的先知文学篇章，为系统探讨希伯来先知文学的相关问题提供了必要的前提。基于上述基础，本章将从作者系统对希伯来先知文学的成书过程进行建构。

希伯来先知文学是《塔纳赫》的重要组成部分，主要集中在"耐维姆"中的八卷书（《约书亚记》《士师记》《撒母耳记》《列王纪》《以赛亚书》《耶利米书》《以西结书》《十二小先知书》）中，也散见于其他书卷（如属于"妥拉"部分的《创世记》、"凯图维姆"部分的《历代志》等）。先知文学的基本范式，就是以先知事迹与言语为中心，兼及历史叙事、宗教条例、传统诗歌等内容。

尽管从文献与传统来源的角度上看，希伯来先知文学与古代近东其他文明的先知文献有着千丝万缕的联系，但不同于古代近东其他文明中的先知文学文本,希伯来先知文学最大的特点就是具有连贯而系统的历史脉络,并能够与其他历史与宗教文本形成紧密互文,这一特点是古代近东文献所不具备的。具体来说,这种特征主要表现在以下两个方面:

第一,从希伯来先知文学的主体,也就是"耐维姆"的八卷书来看,其中所涉及的诸多先知,是按照古代以色列民族发展的历时顺序出现的。这种逻辑不是以宗教重要性的轻重作为先知出场次序的依据,而是以历史发展的顺序来安排,因此,先知书本身就是以色列历史的一部分。

第二,在"耐维姆"的文本世界中,编纂者极为讲求先知预言的可信性,因为这被看作辨别真假先知的核心标准(如《申命记》第18章第22节:"先知托耶和华的名说话,所说的若不成就,也无效验,这就是耶和华所未曾吩咐的,是那先知擅自说的,你不要怕他")。因此,"应验"就是希伯来先知文学中先知言行的重中之重。为了考察某位先知的言语是否应验,就必然要引入历史的维度;而先知的预言在历史的进程中得到了证实,就是希伯来先知文学的深层叙事动力,因为根据犹太宗教观念,真先知的言行必然出自耶和华,必然要应验。

在此意义上,本章将主要考察两个方面的问题,一是希伯来先知文学的基本范畴,二是先知文学的成书问题,这其中涵盖文士群体的编纂模式、常用的文学技法、所秉持的思想观念等,这些都将被置于历史文化语境中加以考察。

第一节　希伯来先知文学的范畴与文本状况

希伯来先知文学是独具特色的文学类型,其以以色列历史上著名的先知人物为中心,记述他们的言语与行为,并在此过程中,将耶和华独一神的启示融汇其中,将先知塑造为神的使者、神谕的传达者以及神圣历史的见证人。"先知"一词在《塔纳赫》中有多种形态，如反映较为早期以色列社会生活的书卷《撒母耳记》中，先知撒母耳又被称为"先见"（רֹאֶה）或"神人"（אִישׁ הָאֱלֹהִים），而非人们更为熟知的"先知"（נָבִיא），而先知这一词的复数形式"נביאים"正是《塔纳赫》的"耐维姆"一词，即"诸先知"，因而被称为"先知书"。"先见"一词的动词原形是"ראה"，本意为"看"，而"神人"一词的直译就是"属神的人"（Man of God），这些称呼表明在前王国时期的以色列民众中，还没有明确的先知这一概念，如根据《撒母耳记上》第9章的说法，先知撒母耳被人们赋予了多种称呼（如"先见""神人""先知"），带有些许人类早期社会中类似萨满（Shaman）的职分，如帮人占卜寻物并收取费用、掌管献祭等活动。这表明，以色列社会早期的先知是一种特定的职业。

自撒母耳开始，先知逐渐成为一支社会力量。他们形成团体，在民间享有一定的宗教威望。这股来自民间的社会力量，在王国时期对以色列的君主制有重要的制衡作用。从《列王纪》中的记载来看，先知对君主的指控与批评（如先知以利亚对亚哈王的指责，见《列王纪上》第17—18章）足以对后者的统治产生严重的影响。反映这一时期的《塔纳赫》文献中，主要将先知称为"נביא"，该词的动词原形是"נבא"，本意为"宣告"，因而，先知在希伯来文化语境中，更强调其宣告者的身份，而非拥有未卜先知的"超能力"。这些宣告，主要就是指先知将神谕传讲给众人。

根据犹太文化传统，希伯来先知文学的主体是被称为"耐维姆"的八卷书，即：《约书亚记》《士师记》《撒母耳记》《列王纪》《以赛亚书》《耶利米书》《以西结书》和《十二小先知书》。而这八卷书又能够细分为两个部分："前先知书"与"后先知书"。不过，在基督教文化传统之中，先知书的范畴为《以赛亚书》《耶利米书》《以西结书》《但以理书》《何西阿书》《约珥书》《阿摩司书》《俄巴底亚书》《约拿书》《弥迦书》《那鸿书》《哈巴谷书》《西番雅书》《哈该书》《撒迦利亚书》和《玛拉基书》，其中前四

第四章 文士文化视阈下的希伯来先知文学成书进程

卷被称为"大先知书",后十二卷被称为"小先知书",而《约书亚记》《士师记》《撒母耳记》《列王纪》被归为"历史书"。也就是说,基督教的旧约传统没有将犹太文化传统中的前先知书视为先知书,却将《但以理书》(在《塔纳赫》中属于"凯图维姆")视为一卷大先知书,但以理在犹太文化传统中被视为"士师"而非先知。可见,尽管两者在宗教文化观念上拥有近似的理解,文献也基本相同,但其细微之处的观念差异还是较为明显的。本书所采用的研究视角,是以犹太文化为基准的,因而,行文中所采用的概念体系与思想观念,按照犹太传统文化的视域展开。

除了"耐维姆"这八卷书之外,先知文学也散见于其他书卷之中,这些文本单元往往可能源于某些零散的传统,因而被整合在《塔纳赫》不同的部分。就整体而言,《塔纳赫》的叙事框架虽是按照历时顺序进行的,但是,其叙事的中心仍然是人物。而围绕人物的文本传统,往往包含了多种文类,如史诗、诗歌、传记、语录、教训、先知/占卜文学等等,因此,《塔纳赫》中重要的历史人物文本单元中,往往存在着零散的先知文学内容。这些文本也在本章所要研究的范畴之中,如关于古代以色列中心人物之一摩西的记述中,就有典型的先知文学单元:

> 摩西牧养他岳父米甸祭司叶忒罗的羊群。一日,领羊群往野外去,到了神的山,就是何烈山,耶和华的使者从荆棘里火焰中向摩西显现。摩西观看,不料,荆棘被火烧著,却没有烧毁。摩西说:"我要过去看这大异象,这荆棘为何没有烧坏呢?"耶和华神见他过去要看,就从荆棘里呼叫说:"摩西!摩西!"他说:"我在这里。"神说:"不要近前来,当把你脚上的鞋脱下来,因为你所站之地是圣地。"又说:"我是你父亲的神,是亚伯拉罕神,以撒的神,雅各的神。"摩西蒙上脸,因为怕看神。(出3:1—6)

在摩西被神选召的叙事中，神降下了异象，这异象就是先知文学中极具代表性的书写模式。[①]而从文本的分类上看，《出埃及记》属于"妥拉"，即"律法书"部分。可见，希伯来先知文学的单元散见于《塔纳赫》的各个部分之中。

总的来说，后先知书似乎更能代表希伯来先知文学的特征，因为这些先知书是围绕着具体先知的生平、言语与行为而展开的，最能够体现希伯来先知文学的核心特征。这些先知也被称为"文献先知"（Literary Prophets），因为学界一般认为，后先知书以先知的名字来命名（如先知以赛亚与《以赛亚书》），表明围绕某些具体先知的师徒制度与文献传统业已成熟。这些先知的门徒将师父的言行生平记录成册，其中就有文士阶层的贡献（如《耶利米书》中的巴录）。而这些文献又被当时或后世的文士群体进行汇集整理，编撰成书。后先知书在很大程度上，是先知的传记与教训合集。

相比之下，前先知书则更像是编年史，按照历史发展的顺序来进行记述，特别是《列王纪》，其基本体例就是脱胎于新亚述时期亚述帝国的官史体例"编年史"（或称"年鉴"，Annals），而对于先知言行与生平的记载，是被文士在编纂的过程中镶嵌在编年史的框架之内的。因此，相比于后先知书，前先知书更像是历史书，而非先知的传记。

一、前先知书的范畴与文本状况

正如前文所述，前先知书由《约书亚记》《士师记》《撒母耳记》《列王纪》四卷组成，这四卷书是《塔纳赫》中最为出众的历史文学，但相比之下，其作为"先知文学"的属性似乎并没有特别突出。根据犹太文化传

[①] 张若一：《"以马内利"的兆头——希伯来圣经异象的形式特征、建构类型及拯救意义》，《国外文学》2016年第3期，第34—41页。

第四章　文士文化视阈下的希伯来先知文学成书进程

统，这四卷书的作者分别是约书亚（作《约书亚记》）、撒母耳（作《士师记》《撒母耳记》）和耶利米（作《列王纪》）。即使如此，这四卷书也不像后先知书那样，带有极为清晰的个人边界与特色，而基本上是历史书的写法。

约书亚、撒母耳和耶利米固然都是重要的先知型人物，但这四卷书中并未完全以他们的事迹为一切内容：《约书亚记》是一部承上启下的书卷，上承反映摩西时代的书卷《申命记》，下启反映以色列人初定居迦南的士师时代的书卷《士师记》，这样一来，《约书亚记》中约书亚的生平与言行就被赋予了特定的历史任务。

《士师记》则是一部带有一定循环历史书写色彩的"英雄传说"。该书卷围绕着"士师"这一以色列民族历史上重要的英雄形象，记述了以色列民族在尚未建立君主制的情形下，在这些临时崛起的战争首领的带领下击退外族奴役的战争历程。整部《士师记》是士师们的群像，其中的士师固然带有先知的色彩，但其并非纯粹的先知；也没有哪一位士师或先知在该书卷中占据明显的中心地位。整部书卷更多像是全景展现一个时代风云人物的通史。

《撒母耳记》这卷书从名称上看，似乎应该是以先知撒母耳为中心，然而整部《撒母耳记》中有关撒母耳的记述大约只占全书篇幅的1/3。这卷书中被后人更广为传颂的人物，却是扫罗和大卫。撒母耳在全书中，起到了膏立以色列最初的两位君主、培养了一大批先知的作用。《撒母耳记》中有较多关于撒母耳生平、言语与行为的记载，但主要集中在书卷的前半部分，而后半部分的《撒母耳记》则主要记载了扫罗称王、大卫取而代之并建立以色列王国，以及建国后的一系列历史事件。因此，整部书卷也可以视为以色列王国的诞生史。

《列王纪》是前先知书中历史意味最为浓厚的书卷。整部《列王纪》的框架就是建立在以色列—犹大王国官史基础之上的。《列王纪》记载了以色列王国自大卫以来到犹大末代君主西底家在内的四十余位君王的传记。这种史书体例，在整部《塔纳赫》中显得独具一格。《列王纪》中也记载了诸多先知的言行，最著名的莫过于以利亚（如王上 17）、以利沙（如王下 2）、以赛亚（如王下 19）等。然而，正如前文所云，这些先知的事迹是镶嵌在书卷史书体例框架中的"宝石"，但无论从篇幅上，还是叙事的重要性上，都不具备明显的中心性。

从作者的角度看，当代学界认为，前先知书的作者是由一群被命名为"申命派作者"的文士群体编纂完成的，学界普遍认可 20 世纪中叶由德国学者马丁·诺特（Martin Noth）及其后继者所建构的"申命历史"（Deuteronomistic History）与"申命派作者"（Deuteronomist）的基本框架。该理论认为，自《申命记》《约书亚记》《士师记》《撒母耳记》至《列王纪》这横跨八百余年的历史，均是由一位作者或一个作者群体编纂而成，被称为"申命派作者"，其处在王国时期中后期的犹大王国，其史料文本是前文所探讨的古代以色列口头文本集以及南北两国的历史档案。而申命派作者与申命历史的名称则是源自这几卷书中鲜明的意识形态观念，它们主要来自《申命记》。[1] 可见，申命历史成书的基本过程在编纂者某种特定旨趣的指导下，对所掌握的文献进行汇集、加工、整理、删改甚至改造，使其成为完整的体系而完成的。有关具体相关问题的详细论述，将在后文展开。

---

[1] 诺特的主要观点见 Martin Noth, *The Deuteronomistic History*, Sheffield: JSOT Press, 1981, pp. 1-4，其理论经过诸如 F.M. 克罗斯（F. M. Cross）、鲁道夫·斯曼德（Rudolf Smend）等学者的发展与完善，颇具影响力。诺特认为申命史家是一位编纂者，前先知书也是由其一手完成的。F.M. 克罗斯认为申命史家是一个群体，其创作存在两个阶段，第一阶段的内容反映了自摩西至犹大国王约西亚改革间的历史，第二阶段的工作反映了自王国灭亡至流亡时期的历史，详见 F. M. Cross, *Canaanite Myth and Hebrew Epics: Essays in the History of the Religion of Israel*, Cambridge: Harvard University Press, 1997, pp. 274–289。

第四章　文士文化视阈下的希伯来先知文学成书进程

二、后先知书的范畴与文本状况

后先知书包含四卷书:《以赛亚书》《耶利米书》《以西结书》《十二小先知书》,其均是紧密围绕先知生平与言行而展开的,而在这其中,先知的言说,也就是所谓的预言,又是重中之重。通观四卷后先知书,其结构主要由诗歌体构成,这些诗歌体就是先知长篇大论的预言;而这些预言,被包裹在简短的散文体语句之中,这些语句的功能基本上是叙事性的,用以介绍先知的身份、活动的时间以及具体的历史处境。以《以赛亚书》第一章为典型案例,节选如下:

当乌西雅、约坦、亚哈斯、希西家作犹大王的时候,亚摩斯的儿子以赛亚得默示,论到犹大和耶路撒冷。

天哪,要听!地啊,侧耳而听!因为耶和华说:我养育儿女,将他们养大,他们竟悖逆我。

牛认识主人,驴认识主人的槽;以色列却不认识,我的民却不留意。

嗐!犯罪的国民,担著罪孽的百姓;行恶的种类,败坏的儿女!他们离弃耶和华,藐视以色列的圣者,与他生疏,往后退步。

你们为甚么屡次悖逆,还要受责打吗?你们已经满头疼痛,全心发昏。

从脚掌到头顶,没有一处完全的,尽是伤口、青肿与新打的伤痕,都没有收口,没有缠裹,也没有用膏滋润。

你们的地土已经荒凉,你们的城邑被火焚毁,你们的田地在你们眼前为外邦人所侵吞。既被外邦人倾覆,就成为荒凉。

仅存锡安城(注:"城"原文作"女子"),好像葡萄园的草棚,瓜田的茅屋,被围困的城邑。

> 若不是万军之耶和华给我们稍留余种，我们早已像所多玛、蛾摩拉的样子了。
>
> 你们这所多玛的官长啊，要听耶和华的话！你们这蛾摩拉的百姓啊，要侧耳听我们神的训诲！

从案例中可见，先知书一开篇，往往是有关先知的简介，包括先知的活动年代、身份与预言的内容，如以赛亚："当乌西雅、约坦、亚哈斯、希西家作犹大王的时候，亚摩斯的儿子以赛亚得默示，论到犹大和耶路撒冷"。之后是先知对该内容的预言。而这些预言，往往包含了对预言对象的评判，常见的包括以色列/犹大的国民、周边地区的国民，乃至王国时期最为强大的外敌亚述、埃及、巴比伦等。这就是希伯来先知文学最为常规的结构与内容模式。

除了作为主体部分的预言之外，后先知书也往往包含了对先知的事迹与行为的记载。有趣的是，这些内容常常与前先知书的记载形成互文。仍以《以赛亚书》为例，犹大王国君主希西家在位时，曾面临过亚述帝国围困耶路撒冷、犹大王国险些灭国的困境，这段历史在《列王纪》中有记载：

> 希西家王十四年，亚述王西拿基立上来攻击犹大的一切坚固城，将城攻取。……亚摩斯的儿子以赛亚就打发人去见希西家说："耶和华以色列的神如此说：'你既然求我攻击亚述王西拿基立，我已听见了。'耶和华论他这样说：'锡安的处女藐视你、嗤笑你；耶路撒冷的女子向你摇头。你辱骂谁？亵渎谁？扬起声来，高举眼目攻击谁呢？乃是攻击以色列的圣者！你藉你的使者辱骂主，并说：我率领许多战车上山顶，到黎巴嫩极深之处；我要砍伐其中高大的香柏树和佳美的松树；我必上极高之处，进入肥田的树林。我已经在外邦挖井喝水；

第四章 文士文化视阈下的希伯来先知文学成书进程

我必用脚掌踏乾埃及的一切河。'耶和华说:'我早先所做的、古时所立的,就是现在藉你使坚固城荒废,变为乱堆,这事你岂没有听见吗? 所以其中的居民力量甚小,惊惶羞愧。他们像野草,像青菜,如房顶上的草,又如未长成而枯乾的禾稼。你坐下,你出去,你进来,你向我发烈怒,我都知道。因你向我发烈怒,又因你狂傲的话达到我耳中,我就要用钩子钩上你的鼻子,把嚼环放在你口里,使你从你来的路转回去。'以色列人哪,我赐你们一个证据:你们今年要吃自生的,明年也要吃自长的;至于后年,你们要耕种收割,栽植葡萄园,吃其中的果子。犹大家所逃脱余剩的,仍要往下扎根,向上结果。必有余剩的民,从耶路撒冷而出;必有逃脱的人,从锡安山而来。耶和华的热心必成就这事所以耶和华论亚述王如此说:'他必不得来到这城,也不在这里射箭,不得拿盾牌到城前,也不筑垒攻城。他从哪条路来,必从那条路回去,必不得来到这城。'这是耶和华说的。因我为自己的缘故,又为我仆人大卫的缘故,必保护拯救这城。"

当夜,耶和华的使者出去,在亚述营中杀了十八万五千人。清早有人起来一看,都是死尸了。亚述王西拿基立就拔营回去,住在尼尼微。(节选自《列王纪下》第18—19章)

《以赛亚书》第36—37章则几乎是上述引文的平行文本了,两者所记述的内容乃至具体语句都十分相似,是极为引人注目的互文。

不仅如此,《以赛亚书》中著名的神谕"以马内利的兆头"(《以赛亚书》第7章),是以赛亚对希西家的父亲亚哈斯王所说的,背景仍然是外国军力(北国以色列与亚兰)即将攻破耶路撒冷(详见《以赛亚书》第7章)。

上述文本单元表明,《以赛亚书》很可能有与《列王纪》相平行的文本传统,两者在基本内容上可能高度一致,只是各有侧重而已。

相比前先知书,由于后先知书的笔力几乎完全集中在这些文献先知的身上，因此，后先知书中先知的个人形象往往得到更为集中的塑造，因而更为立体丰满，更具个人魅力。例如，大先知以赛亚、小先知阿摩司和约拿，这三位先知尽管拥有相同的使命，即为神宣讲神谕，但这三位先知的形象完全不同。

以赛亚是祭司出身，因而侧重在言行中强调献祭方面的内容，如：

你们所献的许多祭物与我何益呢？公绵羊的燔祭和肥畜的脂油，我已经够了；公牛的血，羊羔的血，公山羊的血，我都不喜悦。你们来朝见我，谁向你们讨这些，使你们践踏我的院宇呢？你们不要再献虚浮的供物。香品是我所憎恶的；月朔和安息日，并宣召的大会，也是我所憎恶的；作罪孽又守严肃会，我也不能容忍。你们的月朔和节期，我心里恨恶，我都以为麻烦；我担当，便不耐烦。"（赛1：11—14）

而相比之下，阿摩司是农人出身，因而其预言中常有大量的农牧生产生活内容，如：

耶和华如此说："牧人怎样从狮子口中抢回两条羊腿或半个耳朵，住撒玛利亚的以色列人躺卧在床角上，或铺绣花毯的榻上，他们得救也不过如此。"（摩3：12）

你们说："月朔几时过去？我们好卖粮；安息日几时过去？我们好摆开麦子。"卖出用小升斗，收银用大戥子，用诡诈的天平欺哄人，好用银子买贫寒人，用一双鞋换穷乏人，将坏了的麦子卖给人。（摩8：5—6）

而至于约拿，他不像以赛亚和阿摩司等先知一样英勇传道、仗义执言，反而却挖空心思，逃避神赋予的使命：

第四章 文士文化视阈下的希伯来先知文学成书进程

> 耶和华的话临到亚米太的儿子约拿,说:"你起来往尼尼微大城去,向其中的居民呼喊,因为他们的恶达到我面前。"约拿却起来逃往他施去躲避耶和华。下到约帕,遇见一只船要往他施去,他就给了船价,上了船,要与船上的人同往他施去躲避耶和华。(拿1:1—3)

究其原因,是因为尼尼微是亚述的首都,而亚述就是给以色列民族带来空前灾难的新亚述帝国,其于公元前722年消灭了北国以色列,并多次围困南国犹大。在这样的民族情绪面前,约拿竟一改先知在人们认知中欣然领受神命的印象,反而逃跑企图躲避使命。

因此,从文学角度来看,后先知书在塑造先知形象的力度上,较前先知书更胜一筹。后先知书的旨趣不在于记述历史,而在于记录先知的言行,表明神通过这一特殊群体想要使以色列人归正的意图。

在此有必要简述一下后先知书各书卷的成书年代与作者问题。关于这一问题,学界倾向于认为,后先知书的作者问题相比前先知书的"申命派作者"更为复杂。具体而言,后先知书所反映的,乃是更为丰富的文献传统来源的汇集范畴。几乎每一位文献先知,本身都具有相对独立的文献传统,而这些文献传统的背后,又有着更为复杂的文本谱系。例如,《以赛亚书》的文献来源,与《何西阿书》的文献来源必定曾经是彼此独立的——以赛亚是南国犹大后期的先知,而何西阿则是北国以色列后期的先知,两者在时间、地域与文化范畴上都相去甚远。不仅如此,《以赛亚书》明显是经过不同年代的人陆续编纂而成的,目前学界认为,《以赛亚书》至少可以区分为三个作者——"第一以赛亚"(赛1—35)、"第二以赛亚"(赛36—55)和"第三以赛亚"(赛56—66),而其中只有第一以赛亚的部分可能是以赛亚先知本人生平的直接反映,其他部分是后世编者通过其他史料(如《列王纪》)与文献传统,甚至是自行增补上去的。而这些编纂活动,由以色列/犹大文士完成,从以色列王国时期,很可能一直延续到希腊化时期。①

三、《塔纳赫》其他文本单元的相关情况

除了上述八卷属于"耐维姆"的先知书之外,《塔纳赫》中也有一些分散于各部其他书卷之中的先知文学单元。这些先知文学单元往往出现在《塔纳赫》集中反映重要历史人物的部分之中,穿插在"妥拉"与"凯图维姆"的各卷文集之中。这些先知文学单元,有一部分是以较为完整的先知文学结构出现,其他则仅仅具备先知文学的某些要件,并不是特别完整。而这些文学单元又往往较为分散,篇幅有限,难以一一穷举。因此,本节将选择其中最具代表性的篇章进行分析。

在"凯图维姆"中有一卷篇幅较长的书卷,名为《但以理书》,是除去"耐维姆"八卷书之外带有最为鲜明希伯来先知文学特征的书卷。而前文已经提到,在基督教文化传统之中,《但以理书》本身就被视为先知书,且但以理与以赛亚、耶利米和以西结被视为四大先知。在犹太传统之中,《但以理书》被视为"凯图维姆"而非"耐维姆",有一个至关重要的原因,就是但以理本人在犹太文化中被视为"士师"而非先知。不过,如果对比希伯来先知文学的整体特征来看,《但以理书》仍然能够被视为较为出色的先知文学书卷。

《但以理书》拥有明确的时间框架,这一事件框架是以散文体来进行叙述的。其开篇便说:

> 犹大王约雅敬在位第三年,巴比伦王尼布甲尼撒来到耶路撒冷,将城围困。主将犹大王约雅敬,并神殿中器皿的几份交付他手,他就

---

① 有关后先知书中先知的活动参考年代,参见王立新:《古代以色列历史文献、历史框架、历史观念研究》,北京大学出版社 2004 年版,第 86 页。

158

第四章　文士文化视阈下的希伯来先知文学成书进程

把这器皿带到示拿地，收入他神的庙里，放在他神的库中。王吩咐太监长亚施毗拿从以色列人的宗室和贵胄中带进几个人来，就是年少没有残疾、相貌俊美、通达各样学问、知识聪明俱备、足能侍立在王宫里的，要教他们迦勒底的文字言语。（但1：1—4）

因此，但以理正是被掳走的犹大人中的精英。他所活跃的场所，不在以色列社群之中，反而是在异乡巴比伦的宫廷里。除此之外，但以理得到启示的方式，在《但以理书》中被以"占梦"与见"异象"的叙事手法加以呈现，而这些相比希伯来先知文学的总体特征，似乎与之前章节所涉及的古代近东其他文明（如巴比伦—亚述、埃及、赫梯等）更为相近。毕竟从时空范畴上看，但以理的故事主要发生在巴比伦宫廷，而长久以来，继承自古巴比伦的学术传统中，占梦、观星与记述奇异现象的文献就是重中之重。

相比于《塔纳赫》中的其他先知文学，特别是"耐维姆"中的八卷书，《但以理书》带有较为鲜明的世界主义与末世主义的色彩。

一方面，但以理在书卷中的形象，相比于"耐维姆"中的诸先知，已经不再带有极为强烈，乃至与异族水火不容的民族主义色彩。他先后两次为尼布甲尼撒二世占梦，并恭敬谦卑地服侍这位将南国犹大消灭的君王——前提是尼布甲尼撒不干涉他们的信仰自由。而在面临异国君王的宗教迫害时（如《但以理书》第3章、第6章），以但以理为首的犹大流亡者不卑不亢，且没有表现出其他《塔纳赫》书卷中对异族强烈的复仇、清算等情绪（如《约拿书》中约拿的表现）。相反，他们力图在保障自身信仰生活与生命安全的基础上，与异族人和睦共处，并通过自身的言行，使他们相信世界上的"真神"只有耶和华一位。这就是《但以理书》中的世界主义色彩。

另一方面，《但以理书》中带有极为强烈的末世主义色彩。这一点在

《但以理书》的第7—12章中被表现得淋漓尽致。该部分中包含了四个令读者瞠目结舌的"异象",且这些意象中包含了关于末世审判的内容。如《但以理书》第7章的部分内容:

> 巴比伦王伯沙撒元年,但以理在床上做梦,见了脑中的异象,就记录这梦,述说其中的大意。但以理说:
> "我夜里见异象,看见天的四风陡起,刮在大海之上。有四个大兽从海中上来,形状各有不同,头一个像狮子,有鹰的翅膀。我正观看的时候,兽的翅膀被拔去,兽从地上得立起来,用两脚站立,像人一样,又得了人心。又有一兽如熊,就是第二兽,旁跨而坐,口齿内衔著三根肋骨,有吩咐这兽的说:'起来吞吃多肉。'此后我观看,又有一兽如豹,背上有鸟的四个翅膀;这兽有四个头,又得了权柄。其后,我在夜间的异象中观看,见第四兽甚是可怕,极其强壮,大有力量。有大铁牙,吞吃嚼碎,所剩下的用脚践踏。这兽与前三兽大不相同,头有十角。我正观看这些角,见其中又长起一个小角,先前的角中有三角在这角前,连根被它拔出来。这角有眼,像人的眼,有口说夸大的话。
> 我观看,见有宝座设立,上头坐著亘古常在者,他的衣服洁白如雪,头发如纯净的羊毛,宝座乃火焰,其轮乃烈火。从他面前有火,像河发出,事奉他的有千千,在他面前侍立的有万万。他坐著要行审判,案卷都展开了。
> 那时我观看,见那兽因小角说夸大话的声音被杀,身体损坏,扔在火中焚烧。其余的兽,权柄都被夺去,生命却仍存留,直到所定的时候和日期。我在夜间的异象中观看,见有一位像人子的,驾著天云而来,被领到亘古常在者面前;得了权柄、荣耀、国度,使各方、各国、各族的人都事奉他。他的权柄是永远的,不能废去,他的国必不

第四章　文士文化视阈下的希伯来先知文学成书进程

败坏。"

这则异象中的形象是如此惊心动魄，以至于连得到启示的但以理本人都"惊惶、脸色也改变了"。而其中最引人注目的，莫过于那位"亘古常在"的审判者："他的衣服洁白如雪，头发如纯净的羊毛，宝座乃火焰，其轮乃烈火。从他面前有火，像河发出，事奉他的有千千，在他面前侍立的有万万。他坐著要行审判，案卷都展开了。"不难猜测，这位审判者就是神耶和华。而出现在最终审判中的"人子"："驾著天云而来，被领到亘古常在者面前；得了权柄、荣耀、国度，使各方、各国、各族的人都事奉他"，就是犹太文化中著名的弥赛亚。神的最终审判带来了弥赛亚，弥赛亚要在地上兴起永恒的国度，拯救犹太人，这也被视为人类历史的终结，即末世。这种强烈的末世主义色彩，对后世基督教的末世论产生了深远的影响，如新约中的《启示录》，无论是从形象上，还是从结构上，乃至于对末世审判的整体观念上，都可以从中发现以《但以理书》为中心的希伯来先知文学的影响。

除了《但以理书》之外，《塔纳赫》中的其他先知文学单元相对分散，但其中仍有较为典型的篇章。如《创世记》中，就有较多典型的先知文学单元，这些先知文学往往集中以异象，特别是梦境，作为书写方式，向接受神谕的以色列先祖们传达神的意图。其中颇具代表性的，如约瑟的梦境：

> 以色列原来爱约瑟过于爱他的众子，因为约瑟是他年老生的；他给约瑟做了一件彩衣。约瑟的哥哥们见父亲爱约瑟过于爱他们，就恨约瑟，不与他说和睦的话。
>
> 约瑟做了一梦，告诉他哥哥们，他们就越发恨他。约瑟对他们说："请听我所做的梦：我们在田里捆禾稼，我的捆起来站著，你们的

161

捆来围著我的捆下拜。"他的哥哥们回答说:"难道你真要作我们的王吗?难道你真要管辖我们吗?"他们就因为他的梦和他的话,越发恨他。后来他又做了一梦,也告诉他的哥哥们说:"看哪!我又做了一梦,梦见太阳、月亮与十一个星向我下拜。"约瑟将这梦告诉他父亲和他哥哥们,他父亲就责备他说:"你做的这是甚么梦!难道我和你母亲、你弟兄果然要来俯伏在地,向你下拜吗?"他哥哥们都嫉妒他,他父亲却把这话存在心里。(创37:3—11)

这里约瑟的梦境是有关自己和家人关系的预兆。而在约瑟的叙事中,由于他遭到哥哥的嫉恨而被卖到埃及为奴,却最终依靠占梦和其他过人品质成为了埃及的宰相。他的家人因迦南大旱,无奈去埃及买粮,最终以外邦游民的身份觐见约瑟,这也应验了约瑟梦中的预兆。

约瑟被卖往埃及为奴,最终使他摆脱了奴隶身份的也恰好是解梦。《创世记》第40章与第41章中,约瑟的两次解梦,使他得以解除了冤屈,成为法老的宰相。如第41章中:

过了两年,法老做梦:梦见自己站在河边,有七只母牛从河里上来,又美好又肥壮,在芦荻中吃草。随后又有七只母牛从河里上来,又丑陋又乾瘦,与那七只母牛一同站在河边。这又丑陋又乾瘦的七只母牛吃尽了那又美好又肥壮的七只母牛。法老就醒了。他又睡著,第二回做梦:梦见一棵麦子长了七个穗子,又肥大又佳美,随后又长了七个穗子,又细弱又被东风吹焦了。这细弱的穗子吞了那七个又肥大又饱满的穗子。法老醒了,不料是个梦。到了早晨,法老心里不安,就差人召了埃及所有的术士和博士来;法老就把所做的梦告诉他们,却没有人能给法老圆解。

约瑟对法老说:"法老的梦乃是一个,神已将所要做的事指示法

第四章　文士文化视阈下的希伯来先知文学成书进程

老了。七只好母牛是七年；七个好穗子也是七年。这梦乃是一个。那随后上来的七只又乾瘦又丑陋的母牛是七年；那七个虚空、被东风吹焦的穗子也是七年，都是七个荒年。这就是我对法老所说：神已将所要做的事显明给法老了。埃及遍地必来七个大丰年；随后又要来七个荒年，甚至在埃及地都忘了先前的丰收，全地必被饥荒所灭。因那以后的饥荒甚大，便不觉得先前的丰收了。至于法老两回做梦，是因神命定这事，而且必速速成就。所以法老当拣选一个有聪明有智慧的人，派他治理埃及地。法老当这样行，又派官员管理这地。当七个丰年的时候，征收埃及地的五分之一，叫他们把将来丰年一切的粮食聚敛起来，积蓄五谷，收存在各城里作食物，归于法老的手下。所积蓄的粮食可以防备埃及地将来的七个荒年，免得这地被饥荒所灭。"

从上述文本可以看出，正如前文所论述的，古代近东文明普遍将占梦视为严肃的学问，需要专业的宫廷顾问（术士和博士），而这些人正是前文中所论述的高级文士。约瑟凭借着上帝的恩典，就具有了这种过人的能力，从而将梦境的真正含义告诉了法老，使埃及躲过了大饥荒。也正因为如此，法老认为约瑟是有神相助（尽管埃及的信仰是多神传统，掌管占梦等事宜的神往往是托特神），使他高居宰相之位。这部分就是较为典型的先知文学单元。

同属于"妥拉"部分的《民数记》中，还记载了一位异族先知巴兰的叙事。巴兰是摩押王所招的先知，其本意是受摩押王的雇佣前去诅咒以色列人，但耶和华神却亲自多次临到巴兰，使他最终认识到以色列人在耶和华的带领下势不可挡，因而退去（详见《民数记》第24章）。

巴兰此次发预言，在《民数记》中直接表述为"神的灵就临到他身上"，这是先知文学，特别是后先知书中最为常见的表明先知身份的套语之一。该套语的核心词就是"临到"（היה），被神的灵或神的话临到，是先知蒙选召、发预言的根本原因，往往被放在先知文学单元乃至整部先知书的最前面，用以表明该先知所言的都是出自神的授权，如：

> 便雅悯地亚拿突城的祭司中，希勒家的儿子耶利米的话记在下面。犹大王亚们的儿子约西亚在位十三年，耶和华的话临到耶利米。（耶1：1—2）

> 当乌西雅、约坦、亚哈斯、希西家作犹大王，约阿施的儿子耶罗波安作以色列王的时候，耶和华的话临到备利的儿子何西阿。（何1:1）

> 耶和华的话临到毗土珥的儿子约珥。（珥1：1）

异族先知巴兰受到神的灵的感动之后，便"题起诗歌"，而我们知道，典型的希伯来先知文学的结构，就是在散文叙事框架之后，以诗体作为先知预言的主体。而更进一步，巴兰的这些预言，无论从语言风格上、内容上还是神学思想上，都与后先知书中的先知预言高度相近，如以平行体结构诗句（"他蹲如公狮，卧如母狮，谁敢惹他？凡给你祝福的，愿他蒙福；凡咒诅你的，愿他受咒诅"）、大谈以色列出埃及的历程及其前景（"神领他出埃及，他似乎有野牛之力。他要吞吃敌国，折断他们的骨头，用箭射透他们"），以及大大称颂以色列的神耶和华（"如接连的山谷，如河旁的园子，如耶和华所栽的沉香树，如水边的香柏木"）等。

"凯图维姆"中也有先知文学单元。除去与《撒母耳记》《列王纪》等相平行的《历代志》，以及前文谈到的《但以理书》之外，先知文学单元较为少见，但与先知文学传统元素相关的文本却有据可循。例如，在希伯来文学诗歌门类的代表——《诗篇》之中，与大卫身边的先知拿单有关的传统，就出现在《诗篇》51首之中，节选如下：

［大卫与拔示巴同室以后，先知拿单来见他。他作这诗，交与伶长。］

神啊，求你按你的慈爱怜恤我，按你丰盛的慈悲涂抹我的过犯！

求你将我的罪孽洗除净尽，并洁除我的罪！

……

神啊，求你为我造清洁的心，使我里面重新有正直的灵。

不要丢弃我，使我离开你的面；不要从我收回你的圣灵。

求你使我仍得救恩之乐，赐我乐意的灵扶持我；

我就把你的道指教有过犯的人，罪人必归顺你。

神啊，你是拯救我的神，求你救我脱离流人血的罪，我的舌头就高声歌唱你的公义。

主啊，求你使我嘴唇张开，我的口便传扬赞美你的话。

该诗所涉及的典故，出自前先知书《撒母耳记下》第 12 章，概括来说，就是大卫看上了有夫之妇拔示巴，他与拔示巴通奸，并用奸计将拔示巴之夫乌利亚害死，迎娶拔示巴。这件事导致神的愤怒降临在大卫一家身上，使大卫与拔示巴的儿子被击杀。在此之前，先知拿单就发预言痛斥了大卫的恶行。这是《塔纳赫》中著名的先知典故。而这首诗以大卫听闻先知预言后痛哭流涕、意欲悔改为主题所作，其虽是以大卫的口吻发言，但其中所涉及的关键概念，如"正直的灵""使我嘴唇张开"等，却是出自先知文学传统的套语。

第二节　希伯来先知文学前先知书的成书

犹太传统文化，特别是拉比犹太教传统（以《塔木德》为基本准则）

的观点认为，"耐维姆"的各卷都有确切的作者，其他先知文学单元由于分属不同的书卷，因此也各有其确切的作者（如《出埃及记》中先知文学单元，其作者被认为是摩西）。就"耐维姆"而言，前先知书的四卷，作者分别是约书亚（《约书亚记》）、撒母耳（《士师记》《撒母耳记》）和耶利米（《列王纪》）。然而，犹太文化传统对先知文学的作者问题的认识，似乎并不能完全令人信服，而只是出于宗教权威性的考虑，将书卷作者"分配"到各卷的。例如《撒母耳记》，该书卷第一部分（即《撒母耳记上》）第 25 章第 1 节就记载："撒母耳死了，以色列众人聚集，为他哀哭，将他葬在拉玛，他自己的坟墓里。"但该书卷的第一部分后面的内容以及整个第二部分（即《撒母耳记下》）却在讲述撒母耳故去后，大卫如何最终建立以色列王国等。因而，至少我们可以断定，整部《撒母耳记》不可能完全是由撒母耳一人完成的。

因此可以断定的是，前先知书绝非一时一人而为，乃是一个漫长的编纂过程的产物。而这一编纂过程，主要得益于文士群体的参与。概括来说，文士群体对先知的言行进行记录与整理，将其汇编成集。而这些集子又经历了后世文士的不断汇集与编纂，根据其具体的需要进行增删、修改等工作，使其成为最终定本的书卷。从整体上看，前先知书的编纂时间大致始于以色列王国时期，终止于希腊化时期。

一、前先知书中反映文士技艺的文本证据

本书第三章已经分析过以色列文士群体的基本状况，包括其社会文化身份以及文献编纂模式等。前先知书的文献中留下了较多显明文士使用其习得的文士技艺来进行文献编纂的证据。这些证据主要包含以下类别：

a. 具体语词：某些语词揭示了文士编纂文献时可能采用的具体方法。

b. 文学类型：某些特定的文学类型是专属于文士群体的专业范畴，因而能够证明文士群体参与了文献编纂。

c. 文士身份：某些特定的官职或头衔证明了文士群体在当时社会中的存在并揭示了其社会身份地位。

d. 文士活动：某些文本单元中还记载了其他文士活动的证据，证明文士群体的确切性。

现将前先知书中反映文士技艺的主要文本证据整理如表4-1所示。

表4-1　前先知书中文士技艺的文本证据

章节	证据	说明
书1∶8	这律法书	成文文本是文士编纂的
书8∶32—34	将摩西所写的律法抄写在石头上；宣读	写、读都是文士的工作
书10∶13	写在雅煞珥书上	文士的工作内容
书12—19	其中8章的内容（约书亚分配土地）	属于名单（Name List）这一文士文体
士3∶2	又知道又学习	文士的教育方式
士5	本章的内容（底波拉之歌）	属于最古老的诗歌体，是文士习得的诗歌题材
撒上10∶25	国法、又记在书上	文士的工作内容
撒上14∶47—52	扫罗的王权与家眷	属于名单（Name List）这一文士文体
撒上19∶20	有一班先知都受感说话，撒母耳站在其中监管他们	可能是文士学徒训练的雏形
撒下1∶18	这歌名叫弓歌，写在雅煞珥书上	雅煞珥书可能是文士整理的诗歌集
撒下8∶16—17	作史官、作书记	文士被大卫王授予官方头衔与职位的证据
撒下11∶14	大卫写信	君王写信，往往是君王口述，文士记录写成
撒下20∶24	作史官、作书记	文士被大卫王授予官方头衔与职位的证据
撒下22	大卫的凯歌（即诗19）	文士在编辑文本时相互参照与引用的证据
撒下23∶8—39	大卫的勇士	属于名单（Name List）这一文士文体
王上2∶3	摩西律法上所写的	摩西律法的书面文本是文士完成的

续表

章节	证据	说明
王上 4：1—19	所罗门的臣仆（其中有任命书记与史官的语句）	属于名单（Name List）这一文士文体，文士被授予的官衔
王上 4：32	他作箴言三千句，诗歌一千零五首	所作的是文士常用文类
王上 11：41	写在所罗门记上	文士在编辑文本时相互参照与引用的证据
王上 14：19，29（《列王纪》中有大量相同的表述，不再一一单列）	写在以色列诸王记上、写在犹大列王记上	文士在编辑文本时相互参照与引用的证据
王上 19：19—21	以利沙被先知以利亚选为徒弟	可能是文士学徒训练的雏形
王上 21：8	写信	文士的工作内容
王下 2	写明以利沙是以利亚的先知门徒	可能是文士学徒训练的雏形
王下 4：38	先知门徒	可能是文士学徒训练的雏形
王下 6：1	先知门徒	可能是文士学徒训练的雏形
王下 10：1	耶户写信	文士的工作内容
王下 11：12	将律法书交给他	摩西律法的书面文本是文士完成的
王下 12：10	王的书记	文士被授予的官职
王下 14：27	将以色列的名从天下涂抹	文士技艺的反映
王下 17：27，37	指教、写的律法	文士教育的反映
王下 18：18	书记、史官	文士被授予的官职
王下 19：14	接过书信来、展开	文士的工作内容
王下 20：12	送书信	文士的工作内容
王下 22	约西亚发现律法书、宣读	有关文士官职头衔、文士教育与社会工作的重要章节

二、"申命派作者"的史料、文士技艺与神学理念

在前先知书作者的研究领域，学界已有较为充分的探讨，这种探讨往往围绕前先知书的作者身份以及文本的历史性内容展开。国际学界对此已有一种基本假设，前先知书是由一群名为"申命派作者"（Deuteronomists）的文士编纂完成的，他们由于与《塔纳赫》的律法书卷《申命记》（Deuteronomy）关系密切而得名。在接下来的部分，将围绕这一基本假设，对前先知书进行系统考察。具体思路如下：

首先，探讨以色列王国时期古代地中海文化圈的两大帝国——新亚述帝国与新巴比伦帝国的史料传统，包括其文献的基本类型、文本特征、生成过程、编纂群体及其意识形态观念。

其次，对于马丁·诺特等学者提出的古代以色列"申命历史"进行详细考察，对其文献类型、文本特征、生成过程以及编纂主体申命派作者的生活背景（Sitz im Leben）、文本技法、继承的传统及其意识形态观念进行深入探讨。

最后，考察在新亚述、新巴比伦历史文献视阈下，前先知书的独特性及其形成机制。

作为古代迦南地区延续了四百余年的王国，以色列/犹大王国正如新亚述帝国与新巴比伦王国一样，也拥有较为完善的历史记载体系。根据《塔纳赫》记载，早在以色列联合王国初创时期，大卫就任命过"史官"（מַזְכִּיר）[①] 和"书记"（סוֹפֵר）[②]，专司记录历史、管理档案（如《撒母耳记下》8:16—17）。此外，《塔纳赫》中的部分线索，也表明王国时期的以色列/犹大有官方的历史文献，例如《列王纪》中常有这样的语

---

① 该词的词根为 זָכַר，原意是纪念，此处为该动词的分词形式，意为"史官"。
② 该词的词根为 סָפַר，原意为记录、数算，此处为该动词的分词形式，意为"书记"。

句:"某某君王其余的事,都写在以色列诸王记/犹大列王记上。"① 这些语句表明,除《塔纳赫》中流传下来的历史文本之外,王国时期也存在着其他的历史记录。不过遗憾的是,这些经外的历史文献都没有得以保存,以至于如今,唯有《塔纳赫》是学界重构以色列古代历史最为直接的文献。

学界一般认为,古代以色列历史著作的成书主要经历了三个阶段(如表 4-2 所示)。

表 4-2 古代以色列历史著作成书阶段

阶段	历史年代	历史著作
第一阶段	公元前 7 世纪末期至公元前 6 世纪中叶	《约书亚记》《士师记》《撒母耳记》《列王纪》
第二阶段	公元前 5 世纪至公元前 1 世纪	《以斯拉—尼希米记》《历代志》《马加比一书》《马加比二书》
第三阶段	公元 1 世纪	《犹太古事记》《犹太战记》

在上述三个阶段中,第一阶段是真正意义上古代以色列历史文学传统的开端。目前尚无有力证据表明在此阶段之前,古代以色列历史文献经历过任何系统的整合;而正是经历了这一阶段的编纂,读者才得以完整了解古代以色列历史的主线。

成书于这一阶段的四卷书,由于与古代以色列宗法经典《申命记》(Deuteronomy)关联紧密,② 学界将其统称为"申命历史"(Deuteronomistic

---

① 值得注意的是,官话和合本圣经的翻译并未将其希伯来原文的语义充分展露出来,其原文的句式本为反问句,即"某某君王其余的事,不是都写在以色列诸王记/犹大列王记上吗?"这样的句式表明了类似"以色列诸王记""犹大列王记"历史文本存在的真确性。

② 这些关联,主要在文本形式和思想观念两方面凸显,详见后文的分析。

History），它们构筑了自民族形成初期至"巴比伦之囚"①时期连贯的历史，其涉及的时间跨度长达八百余年（约公元前14世纪初至公元前586年）。不同于前文涉及的以口头传说为底本所汇编的摩西五经，申命历史具有甚为突出的历史性。一方面，其中所记载的诸多事件均可以被考古物证和其他经外文献所证实；而另一方面，申命历史带有清晰的历史意识，其编纂者有意识地对所掌握的文献资料进行汇编、整理，在最大程度尊重资料与史实的前提下，成功构建出完整的古代以色列通史，并将其置于自身历史观念的统摄之下，使之具有鲜明的价值立场。总之，申命历史由于其完整连贯的通史属性与突出的历史意识性，被现代学者视为世界古代文明中历史建构的典范。

例如在20世纪神学与圣经历史研究领域享有盛名的德国学者冯拉德（Gerhard von Rad）认为，即便是对于现代西方历史学家而言，它们"仍然是古希腊史家与圣经历史家的继承者与学徒"；②不仅如此，以色列历史著作带有清晰的"历史意识"（Historical Sense），这使得其从古代近东文化母体中脱颖而出。具体而言，冯拉德认为，第一，"历史性思维"（Historical Thinking）就是以色列民族意识的组成部分，这集中表现在旧约叙

---

① 巴比伦之囚（The Babylonian Captivity /Exile）这一历史概念专指犹大王国被新巴比伦王国消灭后，犹大国民中的精英被掳至巴比伦、沦为亡国者的事件。公元前586年，新巴比伦国王尼布甲尼撒二世（Nebuchadnezzar II，公元前605年至公元前562年在位）攻陷耶路撒冷，拆毁圣殿，并将犹大王国大批官员、百姓、祭司等掳走，只留下最底层的民众从事农耕等苦劳，详见《列王纪下》第22章内容。据《以斯拉—尼希米记》记载，直到波斯帝国时期，居鲁士大帝（Cyrus the Great，公元前550年至公元前529年在位）于公元前538年降诏，犹太人才被准许回归，进行耶路撒冷城墙与圣殿的复建工作。

② Rad, G. von, *The Problem of the Hexateuch and Other Essays*, Translated by E. W. Truman Dicken, Edinburgh and London: Oliver and Boyd, 1966, p.166.

事中大量存在的"溯源传说"（Etiological Legend）这一文类上，① 早在真正意义上的历史著作诞生之前，以色列民族就发展出大量较为发达的溯源传说，用以解释古迹、城镇、家族、习俗等来历；② 这些溯源传说旨在为以色列民族提供大量的追溯性回答，以满足该民族对于过往的追问；最终，溯源传说不但保留了以色列民族早期的集体记忆，而且使追溯过去成为重要的民族文化精神，为后世发展出成熟的历史学奠定了基础。

第二阶段，古代以色列历史学家发展出简明、流畅、稳健的文风，最大程度避免了对关键事件、人物以及态势的夸大描写。冯拉德认为，这不仅是后世西方诗学的典范，也能够以最精简的语言完整呈现出所有要点，使读者在留下深刻印象的同时不游离于主要信息之外。这表明，古代以色列历史家的书写带有极为明确的目的性，而绝非史料的单纯堆砌。

第三阶段，古代以色列历史家始终以明确的一神论观念统摄其著书过程，而这种连贯明晰的价值判断标准带来的是严密的"因果链条"（Chain of Causality），③ 该链条就是古代以色列史家用以重构民族历史的规律性原则，是一种明确的历史观念。总之，冯拉德认为，正是上述这些因素，赋予了古代以色列历史以清晰的历史意识。这种历史意识既能够满足以色列民族探求自身过往的需求，也能够被用于归纳与反思一系列政治事件的前

---

① 溯源传说/神话（Etiological Legend/Myth）是西方古典学术语，特指揭示某些自然或社会现象起源的传说或神话，不同于其他神话传说仅在一般意义上对神或英雄的事迹进行讲述，溯源传说/神话旨在对上述现象的本源进行探究与辨析，并最终提出在一定程度上能够自洽的解释。因而，其溯源性决定了该类型神话传说的思辨性与逻辑性。

② 如《创世记》中，族长雅各将与神摔跤的地点命名为"毗努伊勒"（希伯来文פְּנוּאֵל，意为"神的面"），因为传说中认为，他在此处见了神的面，并与之角力（见《创世记》第32章）。又如《约书亚记》中记载，约旦河附近有一地名为"亚割谷"，"亚割"（עָכוֹר）希伯来文意为"患难、连累"，其名称来源是相传以色列人曾在此遭受族人亚干所犯罪的牵连，之后此人被领袖约书亚处置。类似的溯源传说在《塔纳赫》中俯拾皆是。

③ Rad, G. von, *The Problem of the Hexateuch and Other Essays*, p.170.

因后果，使民族的集体记忆与经验连缀为一，成为有机整体。简而言之，这是有意识地重构民族过往的知识建构行为，也正符合现代历史学家对于"历史"这一概念所达成的广泛共识。

除冯拉德外，以色列著名圣经学者、历史学家卡苏托（U. Cassuto）也充分认可古代以色列历史的独特性与重要性。卡苏托认为，以色列民族创造出世界上最早的历史著作："以色列是世界各文明种族中最早开创历史学的民族，这种历史学与当代学界公认的历史学概念完全一致，这是被当代历史学家所公认的事实。"[1] 他认为，以色列历史著作甚至远远早于希腊历史学家希罗多德的《历史》："人们习惯上认为，生活在公元前五世纪的希腊人希罗多德是历史之父；然而，古代以色列历史文学却早于希罗多德数个世纪便存在。"[2] 卡苏托对古代以色列历史著作的肯定，虽在一定程度上带有自身的民族偏见，但从彼时的古代地中海文化圈尚未摆脱以神话、传说等文类讲述过往阶段的状况来看，确也言之成理。总之，古代以色列历史著作的经典性与重要意义已无需赘述。

学界对《约书亚记》《士师记》《撒母耳记》和《列王纪》四卷书的研究已有甚为漫长的历史，然而，对这四卷书成书过程的研究，直到20世纪中期才有较为系统的理论被提出，并得到认可。这就是德国学者马丁·诺特（Martin Noth）提出的"申命历史理论"（Deuteronomistic History）。在他之后，大量学者在其基础上，对该理论进行修正与发展，时至今日，申命历史理论仍是古代以色列历史文献研究领域广为接受的理论。

（一）申命历史理论综述

按照犹太教传统，《约书亚记》《士师记》《撒母耳记》和《列王纪》

---

[1] U. Cassuto, *Biblical and Oriental Studies: Volume 1*, Jerusalem: The Magnes Press, 1973, p.8.

[2] U. Cassuto, *Biblical and Oriental Studies: Volume 1*, Jerusalem: The Magnes Press, 1973, p.8.

173

四卷书被列为"先知书"（נביאים）中"前先知书"这一大类。① 可见，从犹太文化传统看来，上述四卷书被视为其宗教信仰观念的重要载体。而按照基督教传统，上述文献被归为"历史书"之列，这种分类法更凸显了该四卷书的历史性。从内容上看，这些书卷记载了以色列民族自出埃及进入迦南地到犹大王国灭亡间的历史，跨度八百余年（约公元前14世纪初至公元前586年）。这些书卷以民族领袖为线索，将以色列历史上的重要时期串联起来，构成古代以色列历史的基本脉络。当代学界对其的重构，也基本上沿袭了该四卷书所提供的断代方式，将该时期划分为迦南时期—士师时期—王国时期—巴比伦之囚时期。不难看出，该四卷书显著的历史性早已被学界察觉。

不过这四卷书的成书问题，在很长一段时期内都没有令人满意的答案。按照宗教文化传统，这四卷书的作者都是民族史上的重要先知，如《撒母耳记》的作者是撒母耳，《列王纪》的作者是耶利米等。② 然而，这样的看法似乎并不能令人信服。例如，《撒母耳记上》第25章第1节记载了先知撒母耳的过世，但后文的大量内容都是撒母耳死后发生的，因而很难认为整部《撒母耳记》都是出自撒母耳之手。《塔纳赫》中的类似情况还有很多，典型的如最前面的五卷书——《创世记》《出埃及记》《利未记》《民数记》和《申命记》，传统认为，这五卷书的作者被认为是摩西，因而被称为"摩西五经"（Pentateuch）。然而，五经中的诸多细节表明，这五卷书并非出自摩西之手。早在17世纪，荷兰学者斯宾诺莎就在其名著《神学政治论》中揭示了这一现象。③ 此外，正如前文所分析的，作为一

---

① 《塔纳赫》中，先知书这一大类共包含8卷书，分别为《约书亚记》《士师记》《撒母耳记》《列王纪》《以赛亚书》《耶利米书》《以西结书》和《十二小先知书》，其中前四卷被称为"前先知书"，后四卷被称为"后先知书"。
② 参见 J. Alberto Soggin, *Introduction to the Old Testament: From its Origins to the Closing of the Alexandrian Canon*, Louisville: Westminster/ John Knox Press, 1989, p.239。
③ 见斯宾诺莎：《神学政治论》，温锡增译，商务印书馆1997年版，第129—136页。

第四章　文士文化视阈下的希伯来先知文学成书进程

部拥有漫长成书历史的古典文献,《塔纳赫》各篇章的完成也很难被认为是由一位作者在一段时期内完成的。因此,该四卷书的作者与成书过程,不是简单将某位先知视为作者就能概括的。

随着学界对圣经研究的进一步深入,更多学者开始重新探讨《约书亚记》《士师记》《撒母耳记》和《列王纪》的作者问题。由于这些文献的实际作者匿名,学者只得通过寻找间接证据来推测这些文本的来源。其中,在对四卷书的语文形态、词汇来源、文体风格以及思想观念研究所得出的成果基础上,学界逐渐形成了对其作者来源的推测。目前学界认为,这四卷书与《申命记》中的宣讲叙事风格和律法观念十分接近,于是推断,其作者很可能与《申命记》(Deuteronomy)有较为紧密的联系。例如,摩西·韦恩菲尔德(Moshe Weinfeld)认为,该四卷书的作者是"申命学派"(Deuteronomistic School)的成员;他在其重要著作《〈申命记〉与申命学派》(*Deuteronomy and the Deuteronomistic School*)中对此展开了论述。①

20世纪40年代,德国学者马丁·诺特(Martin Noth)对于这四卷书的作者问题做了进一步研究,并系统提出了"申命历史理论"(Deuteronomistic History)。诺特的理论主要在他的专著《申命历史》(*The Deuteronomistic History*)②中展开。诺特认为,"前先知书"与《申命记》的部分内容是由一位"申命派作者"(Deuteronomist)完成,因而其著作被命名为"申命历史"(Deuteronomistic History)。

在《申命历史》的绪论部分,诺特便反复强调该汇编(Compilation)的整体性和统一性:"申命派作者的著作,我们必须首先发现(Discover)

---

① "申命学派"(The Deuteronomistic School)被认为是犹大王国末期至巴比伦之囚时期的学者群体,也被学界认为是《申命记》的作者,因其在《申命记》中的观点及其在解经、编写历史、传承宗教传统等过程中对《申命记》观念的严格贯彻而得名,典型论述见 Moshe Weinfeld, *Deuteronomy and the Deuteronomistic School*, Winona Lakes: Eisenbrauns, 1992。

② Martin Noth, *The Deuteronomistic History*, Sheffield: JSOT Press, 1981.

其文本实体的统一性（Unity）"；"我们无需再一次详考（前先知书中）哪些部分出自'申命派作者'之手，既有的文本批判研究成果已提供了大量共识；相反，我们需要将上述所有的部分视为一个整体来展开研究。在很多情况下，这些部分已被证实为申命历史框架的组成部分，该框架将诸多上古传统汇集统合起来。"① 综上，诺特认为，《约书亚记》《士师记》《撒母耳记》《列王纪》是申命历史的主要内容，这部分的编辑被他称为申命派作者（Deuteronomistic Author, Dtr.），因为其语言与思想和摩西五经中的"申命律法"（Deuteronomic Law）及其宣讲形式十分接近。正是这样一位或一群编辑，抱有强烈的意识形态目的，以一种神学历史阐释（Theological Interpretations of History）的精神将既有史料汇编起来。②

为了证明申命历史框架的完整自洽性，诺特提出了两方面证据：首先，最直接、最可靠的依据是其语言细节的证据（Linguistic Evidence），那些"最直白、未经任何特别加工润色、旧约中最简明的希伯来文"，就是申命历史框架的语言特征，这些表达形式统一、重复固定短语、句式的文本，十分易于辨认。进一步而言，申命派作者使得民族领袖常常发表长短不一的演说（Speech），这些演说将事件赋予相关性，不仅如此，申命派作者还通过这些演说来劝诫、规训读者的行为。这些语言细节，在诺特看来，都"有力证明申命历史的统一性与自洽性"。③

另一重要证据，就在于其思想观念的统一性。诺特认为，申命历史中包含了单一统合的神学历史阐释元素，因而，这些构成元素之间呈现出主题高度相关的聚合性关系。④ 也就是说，四卷前先知书显示出统一的意识形态主导性。不同于《塔纳赫》其他部分，前先知书中的意识形态与历史

---

① Martin Noth, *The Deuteronomistic History*, p.2.
② Martin Noth, *The Deuteronomistic History*, p.4.
③ Martin Noth, *The Deuteronomistic History*, p.6.
④ Martin Noth, *The Deuteronomistic History*, p.6.

第四章　文士文化视阈下的希伯来先知文学成书进程

这一主题紧密结合，旨在以历史证明神的存在与作为，以及本民族与神之间的互动关系。这也是申命历史完整自洽的另一重要证据。

诺特认为，此前的文本批判研究之所以未能揭示申命历史框架的合理性，是因为过于倚重"六经说"（Hexateuch），即将《约书亚记》与摩西五经视为一体，并称为六经。在他看来，申命派作者不仅仅是编辑者，也是历史作者，他通过精妙构思的框架将大量风格、传统迥异的材料高度统一地汇集起来。其基本方法是将掌握的史料重新编写，为彼此孤立的文本书写叙事性衔接，使之成为一体；根据自身已有的基本价值立场，谨慎筛选史料，并将其编排、填充至申命历史框架中。这样一来，申命派作者所完成的，不仅是一部历史汇编，更是有态度、有立场的历史学著作。①

最后，关于申命派作者的创作时代，诺特将其推断为公元前6世纪中，也就是南国犹大灭亡、巴比伦之囚刚刚开始的时期。诺特认为，古代以色列历史终结于此，后流散时期的历史著作与申命历史间的区别清晰可见，其主要原因有二：一是前者在内容、形式与著史动机等方面都与申命历史截然不同；二是从犹大国王约西亚（Josiah，公元前640—公元前609年在位）在申命历史中所占的重要地位看，申命派作者的律法观和敬拜观都与约西亚改革紧密相关，暗示其犹大王国末期的生活背景。②

马丁·诺特的贡献在于，第一次系统提出了关于前先知书作者身份较为可靠的理论。申命派作者和申命历史的历史性也得到了学界的正视。诺特的理论揭示出，申命历史是在以色列民族特殊历史时期，由精通民族口头传统、史料文献与信仰律法观念的文士编纂而成的，申命派作者在重构民族过往的过程中，既进行了历史规律的探求，又对自身民族存在的种种问题进行了深刻批判与反思，并期待以此来指导眼下的生活。显然，这种

---

① Martin Noth, *The Deuteronomistic History*, pp. 10–11.
② Martin Noth, *The Deuteronomistic History*, pp. 79–83.

对民族过往的批判性重构，正符合当代学者对历史学家的定义。① 学界目前也广泛接受诺特的"申命历史"以及"申命派作者"这两个概念。

诺特的理论甫一提出，便引来了学界的质疑。首先，诺特对于申命派作者历史观念的态度似乎过于"消极"：他认为，申命派作者将眼前所遭遇的国破家亡的历史状况，视为民族历史的终结，这是由于民族悖逆耶和华神的律法而招来的惩戒。申命派作者对于"未来"并不关心，其将摩西时代视为神赋予律法的时代，同时也是秩序的时代，该时代因第一圣殿被毁而最终结束，这是申命派作者所揭示的历史逻辑所导致的必然结果。其生活背景被申命派作者视为历史真正的终结，因此，申命历史中并无"未来"这一维度，其兴趣仅仅在于过去与当下。② 但是反对他的学者，典型代表如冯拉德（von Rad）和伍尔夫（Hans Walter Wolff）等，认为诺特对于关键文献的理解不够到位，例如《列王纪》中，事实上包含了对未来的期许、神的慈爱与重返犹大的积极论述，而并非如诺特所言。③

更为关键的是，诺特坚持认为，申命历史仅仅经历过一次编纂过程便完全成书。正如前文所言，他以申命历史高度的统一性（Unity）作为申命历史一次成书的重要依据。然而，这恰恰是诺特被学界集中质疑的论点。就历史叙事形态而言，同为申命历史，《士师记》是较为典型的循环历史，其历史叙事结构按照十分工整的悖逆—呼求—得救—悖逆的循环线索展开；而其他书卷，如《撒母耳记》等，则是线性历史叙事结构，即历

---

① 柯林武德在《历史的观念》一书中，系统探讨了其对历史哲学这一论题的深刻认识，在第五编中，更是进一步抽绎历史的本体、想象、证据等原则性问题，对于历史学家，柯林武德所提出的关键词包括"反思""重行思想""批判思维""重行创造"等，而这些都是申命派作者所具备的品质。参见柯林武德：《历史的观念》，何兆武、张文杰译，商务印书馆1997年版，第290—457页。
② Martin Noth, *The Deuteronomistic History*, pp. 97–99.
③ Mark O'Brien, *The Deuteronomistic History Hypothesis: A Reassessment,* Switzerland: Biblical Institute of the University of Fribourg, 1989, pp.1–5.

史的走向按照单一的发展逻辑进行。这样的文本症候表明,申命历史很可能不只经历单一的编纂过程。此外,诸多的文本细节证据以及神学理念的差异表明,申命历史必定经历过多次编纂。①

此后,学界对马丁·诺特所提出的理论进行了大幅度的修正与完善,这些工作主要集中在探讨后期申命历史的编纂状况以及申命历史的文献来源这两大领域。就前者而言,学界普遍认为,诺特所提出的申命派作者只完成了申命历史的最初部分;而整部申命历史的成书,又经历了后世的编纂。而这些后世编者的状况,以及与申命派作者的关联,正是该领域学者所关心的重要课题。

关于这方面的研究,主要有两大学派,一是"施门德学派",代表人物是德国学者鲁道夫·施门德(Rudolf Smend);二是"克罗斯学派",代表人物是美国学者弗兰克·摩尔·克罗斯(Frank Moore Cross)。施门德学派主张,申命历史的完成经历了三个主要阶段,均是在巴比伦之囚时期完成,其基本史实和主体部分在流亡初期由一位申命历史家完成(Deuteronomistic Historian, DtrH),此后,又经由两位编者——申命—先知书编辑(Deuteronomistic Prophetic Redactor, DtrP)和申命—律法编辑(Deuteronomistic Nomistic Redactor, DtrN)——最终编纂完成。顾名思义,申命—先知书编辑在申命历史学家工作的基础上,编入先知预言式内容与传统的预言式叙事,而申命—宗法编辑则是在申命历史学家的文本中编入诸多与律法有关的内容。②

克罗斯学派则认为,申命历史经历了两个主要成书阶段,第一阶段,由一位历史学家(Dtr 1)在犹大国王约西亚在位期间完成了申命历史的主体部分,而第二位编纂者(Dtr 2)在公元前550年前后拓展了第一位历

---

① Mark O'Brien, *The Deuteronomistic History Hypothesis: A Reassessment*, pp. 5–6.
② 关于该学派的观念综述,参见 Walter Dietrich, *Die Entstehung des Alten Testaments*, Stuttgart: W. Kohlhammer, 2014, pp. 183–185.

史学家的工作，完成了整部申命历史。①

申命历史的史料来源问题，同样是诺特理论的短板，他对《约书亚记》中的传说进行了研究后认为，在申命派作者之前，《约书亚记》就以较为自洽的整体存在着，② 然而他并未进一步考察其他申命历史的文本。学界对于前申命派作者历史文献的看法，目前有两种主要认识，一种观点认为，前申命历史文本编辑活动（Pre-deuteronomistic Layer of Redaction）分别见于《约书亚记》《撒母耳记》和《列王纪》各卷中，彼此间可能并无太多关联；而另一种观点则认为，可能在申命派作者之前，就存在着类似申命历史这样的汇编底本，申命派作者则是在此基础上进一步将其完善的。前一种观点的代表学者如沃尔夫冈·海西特（Wolfgang Richter）、希尔家·威博特（Helga Weippert）等；后一种观点代表人物包括约雅斤·胥浦豪斯（Joachim Schüpphaus）、安东尼·坎贝尔（Antony F. Campbell）等。学界的相关研究，进一步完善了诺特所提出的申命历史理论。

总之，尽管申命历史理论在诸多细节上仍具有争议性，然而就目前而言，申命历史理论仍是探究古代以色列历史文献相关问题最基础、最理想的理论。学界已基本接受了这一理论体系，一些重要术语及其范畴（如"申命历史""申命派作者"等）也成为了学界探讨该部分历史书卷时的基本概念。

（二）申命历史的文本特征及其传统

尽管学界已广泛接纳申命历史在世界史学史上的重要地位，然而其与西方传统意义上的古典史学著作，特别是古希腊罗马史学著作相比，无论

---

① 关于该学派的主要观点，参见克罗斯的论文:《论〈列王纪〉的主题与申命历史结构》（F. M. Cross, "The Themes of the Book of Kings and the Structure of the Deuteronomistic History"），载《迦南神话与希伯来史诗：以色列宗教历史论文集》（F. M. Cross, *Canaanite Myth and Hebrew Epic: Essays in the History of the Religion of Israel*, pp. 274–289）。

② Martin Noth, *the Deuteronomistic History*, p.36.

第四章 文士文化视阈下的希伯来先知文学成书进程

是其文本特征、史家所蕴含的基本精神还是其背后的意识形态观念，都有较大区别。总体而言，申命历史的语言风格更偏向宗教讲义，其语言简练、叙事性强，散文体与诗体并存，且训教意味浓重。相比之下，古希腊罗马史著文风严谨，叙事性较强，但常被史家的考据、推理或罗列文献等内容中断；此外，其中鲜有训教性内容，不凸显某种宗教或其他意识形态观念，以中立性、客观性、研究性见长。正是由于这样一种状况，在一些西方历史学家看来，古代世界真正意义上的历史著作应从希罗多德开始，而将古代以色列历史与其文化母体——古代两河流域历史文献视为一种"准历史学"，未能充分意识到古代以色列历史的重要性所在。①

从文本形态上看，申命历史中存有较多的宣讲套语和长篇的布道辞，这些部分以颇具宗教意味的民族领袖讲话，作为其历史的重要内容，举例如下：

> 撒母耳对百姓说："从前立摩西、亚伦，又领你们列祖出埃及地的是耶和华。现在你们要站住，等我在耶和华面前对你们讲论耶和华向你们和你们列祖所行一切公义的事。从前雅各到了埃及，后来你们列祖呼求耶和华，耶和华就差遣摩西，亚伦领你们列祖出埃及，使他们在这地方居住。他们却忘记耶和华他们的神，他就把他们付与夏琐将军西西拉的手里，和非利士人并摩押王的手里。于是这些人常来攻击他们。他们就呼求耶和华说，我们离弃耶和华，事奉巴力和亚斯他录，是有罪了。现在求你救我们脱离仇敌的手，我们必事奉你。耶

---

① 这方面的典型代表是柯林武德，参见柯林武德：《历史的观念》，第43—48页。有趣的是，前文谈到了柯林武德对于历史学标准的探讨，而当我们详细考察申命历史的时候，不难看出，申命历史恰恰基本符合这些条件。柯林武德将古代以色列史著归为准历史学，符合其所在时代学界对以色列历史的基本认识。不过，随着圣经历史研究与历史学研究的发展，古代以色列历史的重要性逐渐得到更为准确的认识。

和华就差遣耶路巴力，比但，耶弗他，撒母耳救你们脱离四围仇敌的手，你们才安然居住。你们见亚扪人的王拿辖来攻击你们，就对我说，我们定要一个王治理我们。其实耶和华你们的神是你们的王。现在，你们所求所选的王在这里。看哪，耶和华已经为你们立王了。你们若敬畏耶和华，事奉他，听从他的话，不违背他的命令，你们和治理你们的王也都顺从耶和华你们的神就好了。倘若不听从耶和华的话，违背他的命令，耶和华的手必攻击你们，像从前攻击你们列祖一样。现在你们要站住，看耶和华在你们眼前要行一件大事。这不是割麦子的时候吗？我求告耶和华，他必打雷降雨，使你们又知道又看出，你们求立王的事是在耶和华面前犯大罪了。"于是撒母耳求告耶和华，耶和华就在这日打雷降雨，众民便甚惧怕耶和华和撒母耳。（撒上 12：6—18）

这段选文所反映的，是以色列民族史上第一位君王扫罗被先知撒母耳膏立的情形。申命历史对这一段史实的记载，以先知撒母耳长篇的演说为重要载体。撒母耳不但表明，君王的合法性需要宗教领袖的首肯，而且在之后的嘱咐中，又回顾了古代以色列历史。

申命历史拥有鲜明的宣讲形式，学界也有一定程度的探讨，不过多停留在现象概述的层面。在众多有代表性的著作中，学者使用多种术语对申命历史的宣讲形式进行指称，如马丁·诺特在《申命历史》中称其为"演讲"（Speech），[1] J.阿尔伯特·索金将其概括为"宣教性的"（Homiletical）、"教理问答性的"（Catechetical），[2] 约翰·凡·赛特斯在其著作《追溯历史：古代世界历史学与圣经历史的源头》中以"教导性"（Didactic）指称其

---

[1] Martin Noth, *The Deuteronomistic History*, pp. 5-6.
[2] J. Alberto Soggin, *Introduction to the Old Testament: From its Origins to the Closing of the Alexandrian Canon*, p.227.

第四章 文士文化视阈下的希伯来先知文学成书进程

叙事形式。① 上述研究对申命历史的文本形式进行了一定程度的探讨,然而,这些探讨仍是基于圣经研究领域,特别是文本批判研究领域对"文类"(literary genre)问题的兴趣,而非对申命历史宣讲形式本身的深入探讨。②

申命历史中大段的宣讲单元,是申命派作者为民族领袖编纂的讲义,逻辑清晰,语言精练,极具表现力。其中最为引人注目的文本现象,就是重复(repetition)。这些被有意重复的内容,既承载了申命派作者的重要观念,也便于宣讲,是建构宣讲形式的主要方式。③ 具体而言,其宣讲形式具备以下两个特征,其得益于申命派作者对民族的演说传统与律法传统的传承。

首先,申命历史的宣讲具有完整统一的框架,其形式为民族领袖在公共场所向会众发表演说,这源于以色列民族的"演说传统"(Oration Tradition),该传统是古代以色列民族领袖管理民众、维持社群秩序的重要手段。具体来说,以色列民族的演说传统发端于族长时代(Patriarchal Period),成熟于摩西时代,带有明显的上古色彩。在古代以色列,文字系统尚未普及,族长制是社群的主要组织形式,家族首领对成员的公开训话是家族管理的基本方式。而到了摩西时代,以色列民族初步形成了超越家族范围的社会制度。该社会现象在《出埃及记》与《申命记》中都有体现,表现为摩西为管理民众而选立官长(שׂר),他们大事呈报摩西,小事

---

① John van Seters, *In Search of History: Historiography in the Ancient World and the Origins of Biblical History*, New Haven and London: Yale University Press, 1983, p.221.
② 相关领域学者认为,划分文类是文献考据的基础,如亚历山大·洛菲(Alexander Rofé)认为明辨不同文类是厘清文献诸多来源的前提,参见 Alexander Rofé, *Introduction to the Literature of the Hebrew Bible*, Jerusalem: Simor LTD., 2009, p.42。
③ 罗伯特·阿尔特在其著作《圣经叙事的艺术》中系统归纳了圣经文本中的重复现象(repetition),并进行了详细分类与阐述,参见罗伯特·阿尔特:《圣经叙事的艺术》,章智源译,商务印书馆2010年版,第130—131页。

183

自行管理（见《出埃及记》第 18 章第 13—26 节），尽管摩西将管理和诉讼工作分配了下去，但其仍是以口头教训的基本方式断案、培养人才、申明法度。根据《出埃及记》等文献，以色列民族长年流散在外，居无定所，组织涣散、情况复杂，为了有效维持社群的稳定，贯彻迁往迦南的既定目标，公众宣讲必不可少。如《出埃及记》第 16 章中提到，民众在旷野中因缺食少水而发生骚乱，摩西、亚伦召集民众，发表演说，稳定民心：

> 摩西对亚伦说，你告诉以色列全会众说，你们就近耶和华面前，因为他已经听见你们的怨言了。亚伦正对以色列全会众说话的时候，他们向旷野观看，不料，耶和华的荣光在云中显现。耶和华晓谕摩西说，我已经听见以色列人的怨言。你告诉他们说，到黄昏的时候，你们要吃肉，早晨必有食物得饱，你们就知道我是耶和华你们的神。（节选自《出埃及记》第 16 章）

可见，正是这一篇篇宣讲，多次将以色列民族从混乱崩溃的边缘挽救回来。直到以色列王国时期，演说传统仍有强大的生命力。

这种演说传统在《申命记》中展现得最为明显。该经卷的主体部分由摩西的三篇演说组成，每一篇都按照固定的叙事框架展开（如表 4-3 所示）。①

表 4-3　以色列演说传统的叙事框架

阶段	宣讲前	宣讲中	宣讲结束
内容	简要记述演说的背景	演说的主要内容，包括对听众的训诫、劝勉、教谕等	言明演说的结果，如立约、筑坛、取得战绩等

而申命派作者则以《申命记》为范本，借鉴了其基本叙事框架，用以书写申命历史。以《约书亚记》第 8 章为例，民族领袖约书亚带领以色列

---

① 典型案例，参见《申命记》第一至四章。

第四章　文士文化视阈下的希伯来先知文学成书进程

人过约旦河向迦南进驻,① 他对百姓的宣讲,通过以下框架展开:宣讲前,交代约书亚召集听众的背景是即将进攻艾城;宣讲过程中,申命派作者只记述约书亚的讲演内容,却不记述听众的反应,以表明约书亚的权威;宣讲结束后,申命派作者强调其结果,听众照约书亚所言而行,攻占了艾城,并为此役筑坛,再度宣读律法。

其次,这些宣讲内容都紧密围绕着以色列民族独一神信仰展开,反复提及耶和华与以色列人的圣约关系,而这正是以色列民族"律法传统"(Torah Tradition)的精髓。② 从根本上说,以色列民族的身份认同确立于以"十诫"(Decalogue)为核心的"圣约"(ברית)之上:神从世间万民中拣选以色列为圣民,其依据是祂对亚伯拉罕的应许(见《创世记》第15章)。神对亚伯兰的拣选,以"立约"这一形式确定下来。从《塔纳赫》看,以色列民族身份的确立,就是在这些不断立下的条约中被确立起来。《出埃及记》中的西奈之约,则是整部《塔纳赫》中最重要的圣约(详见《出埃及记》20:1—21)。

这种圣约本质上类似于古代近东文献中的"条约"(Treaty,阿卡德文 *Adê*,希伯来文 עדות),因而同样具有约束力。③ 通观《出埃及记》《利未记》《民数记》和《申命记》中的圣约,不难看出其条例分明、刑罚清晰的律法色彩。④ 这种将信仰与法律高度融汇的宗教观念,是以色列民

---

① 在古代以色列历史语境中,"迦南"(כנען)这一概念拥有较为明确的时空范畴,一般指公元前两千纪晚期至公元前一千纪早期的黎凡特(Levant)地区,在《塔纳赫》中的地理空间表述详见《民数记》第34章第3—12节。

② 需要指出的是,以色列民族文化中的"律法"并非现代意义上的法律与法制,而是指其民族信仰中的教法。

③ 关于该方面研究的杰出成果,参见 Dennis J. McCarthy, *Treaty and Covenant: A Study in Form in the Ancient Oriental Documents and in the Old Testament*, Rome: Biblical Institute Press, 1978。

④ 如《出埃及记》第20—23章、《利未记》第11—15章、《民数记》第15章、《申命记》第14—25章等。

族信仰的重要特征。滥觞于《申命记》的神圣报应观念正是这一特征的典范。

申命派作者并没有止步于对上述两大传统的继承，而是将其推向新的高峰，方法是将其纳入历史的维度。他们精心构筑了民族领袖代际框架，将掌握的史料整合为首领代代相继的时间系统，并将所有重要的讲义置于其中，使民族历史具有了连贯性。在每个历史拐点上，申命派作者都会编排民族领袖发表演说，用以强调或重申神圣报应这一观念的有效性，如进攻迦南之前约书亚的演说（《约书亚记》第1章）、兴起士师基甸之前先知的演说（《士师记》第6章）、以色列要求立王前后撒母耳的演说（《撒母耳记上》第12章）等等。

总之，作为试图挽救民族厄运的学者群体，申命派作者相时而动，以自身对民族信仰与文化传统的继承与发扬为基础，用行之有效的方式重构民族历史。这种宣讲形式，也使得申命派作者能够自如地表达观念，对民族过往进行评判。

（三）申命派作者对古代诗歌文献的继承与发展

上一节中，笔者已提到关于王国时期历史文献文体的转向问题，即文本从诗歌体向散文体的转化。近年来，学界对早期希伯来诗歌在王国时期被汇编成本，乃至最终被申命派作者并入申命历史之中的研究日渐丰富。这些成果揭示出申命派作者手头史料的另一重维度：早期民族诗歌传统与其所掌握的王国时期王室档案构成了其编纂申命历史的主要组成部分。

目前学界认为，以下章节很可能是申命派作者对古代诗歌传统的直接继承，并在此基础上将其安插在其历史叙事散文单元之中，这些诗歌保留的单元相对集中完整，具有重要价值（如表4-4所示）。

表 4-4 《申命记》和前先知书中的主要诗歌单元

篇名	章节	成书大致年代①
摩西之歌	《申命记》32：1—43，33：1—29	约公元前 11—10 世纪
底波拉和巴拉之歌	《士师记》5：2—31	约公元前 12 世纪
大卫的哀歌	《撒母耳记下》1：19—27	约公元前 10 世纪
大卫的凯歌	《撒母耳记下》22：2—51	约公元前 9—8 世纪
大卫的遗言	《撒母耳记下》23：1—7	约公元前 9—8 世纪

从方法论上，学界主要以对诗歌的正字法（Orthography）与语言学形态（Linguistics）分析，将之与其他古代以色列或其他民族出土文献相比对，从而推测出这些诗歌的大致年代。除去上述相对完整的诗歌单元之外，申命历史中还可能存留其他古代诗歌的片段。不仅如此，申命历史中的一些套语所提到的文献，也暗示了其古代诗歌传统的来源，如"雅煞珥书"，《撒母耳记下》第 1 章第 17—18 节这样说：

> 大卫作哀歌，吊扫罗和他儿子约拿单，且吩咐将这歌教导犹大人。这歌名叫弓歌，写在雅煞珥书上。

可见，"雅煞珥书"是古代以色列一部重要的诗歌总集，然而遗憾的是，在《塔纳赫》中并未完整保留。

申命派作者对所继承诗歌的选取和编辑，是为自身的史著服务的。总体上讲，申命历史中古代诗歌的文类、题材以及内容，并不完全重叠；相

---

① 关于成本年代的依据，主要来自 Mark S. Smith, *Poetic Heroes: Literary Commemorations of Warriors and Warrior Culture in the Early Biblical World*, Michigan/Cambridge: William B. Eerdmans Publishing Company, 2014; 以及 F. M. Cross & D. N. Freeman, *Studies in Ancient Yahwistic Poetry*, Michigan: Wm. B. Eerdmans Publishing Co. and Dove Booksellers, 1997。

反，表4-4中所列举的诗歌，恰恰涵盖了多个主要类型，其内容也与申命派作者将其置于的上下文十分贴切。这表明，申命派作者对古代诗歌传统的选取十分谨慎。

申命派作者通过将严格筛选的诗歌置于其散文体单元关键位置的方法，来继承这些古代传统。这一基本方法，类似于上文中所论述的处理民族领袖宣讲演说的技法，其目的在于：一方面，使民族中的经典诗歌得以在其历史散文叙事中存留；另一方面，这些很可能在当时以色列社会中耳熟能详的诗歌，也能为申命历史增添可读性与权威性。而最终，申命派作者使这些诗歌服务于申命历史的重构与传播，目的也在于传达其自身的意识形态观念。

首先，上述诗歌都有其各自所适用的特定场合。摩西的两首诗歌，分别用于在公开场合赞美神与祝福会众；底波拉之歌则是典型的战争诗歌，用于战后的庆祝与纪念仪式；大卫的哀歌用于凭吊阵亡的英雄将士，其凯歌与遗言是个人在不同场合下对神的王室赞美诗（Royal Hymn）。申命派作者根据其叙事的需要，选取所需题材中最为理想的代表性诗作，使之与具体的语境相配合，营造出令人动容的表达效果。以大卫的哀歌为例，根据《撒母耳记下》第1章，这首诗歌是在大卫得知扫罗与约拿单惨死之后，哀痛至极所作，他所哀悼的不仅是自己的岳父与挚友，更是为以色列英雄之死而痛心：

> 以色列阿，
> 你尊荣者在山上被杀。
> 大英雄何竟死亡！
> 不要在迦特报告，
> 不要在亚实基伦街上传扬，
> 免得非利士的女子欢乐，

免得未受割礼之人的女子矜夸。

基利波山哪，愿你那里没有雨露，

愿你田地无土产可作供物，

因为英雄的盾牌，在那里被污丢弃。

扫罗的盾牌，仿佛未曾抹油。

约拿单的弓箭，非流敌人的血不退缩。

扫罗的刀剑，非剖勇士的油不收回。

扫罗和约拿单，

活时相悦相爱，死时也不分离。

他们比鹰更快，比狮子还强。

以色列的女子阿，当为扫罗哭号。

他曾使你们穿朱红色的美衣，

使你们衣服有黄金的妆饰。

英雄何竟在阵上仆倒！

约拿单何竟在山上被杀！

我兄约拿单哪，我为你悲伤！

我甚喜悦你，你向我发的爱情奇妙非常，过于妇女的爱情。

英雄何竟仆倒！

战具何竟灭没！（撒下 1：19—27）

从诗歌体裁上看，这首哀歌是非常典型的"气纳体"（קינה），① 是凭吊场合下常见的诗体。除此之外，诗歌中的平行体（Parallelism）结构十分

---

① "气纳体"又称"吐纳体"，是希伯来诗歌中常见的哀歌体，其利用诗歌节奏与停顿，再现人因哀伤而泣不成声的状态。除此处所引的"弓歌"之外，《耶利米哀歌》也是典型的气纳体诗歌集。

工整，这些均是希伯来古老诗歌的主要特征。① 申命派作者将这样一首情真意切的哀歌置于扫罗与约拿单阵亡之后，成功表现出大卫对扫罗与约拿单的复杂情感，以及其自身对以色列英雄殒没的痛惜之情。②

其次，申命派作者对于古老诗歌传统的继承，也往往表现在对于诸多不同诗歌底本的合并、改编乃至重构之上，以表达自身的意识形态观念。以底波拉之歌为例（士5：2—31），学界认为，这首诗歌是经历了多次的合并、润色与编纂后，被置于《士师记》第5章。其依据主要在于文本的正字法与互文性研究。例如，从第4—5节神的显现的套语与古老诗歌《诗篇》第68首第8—9节的比对可以发现，两者在希伯来语的形态与主要意象上均十分接近：

耶和华阿，你从西珥出来，由以东地行走。那时地震天漏，云也落雨。山见耶和华的面就震动，西乃山见耶和华以色列神的面也是如此。（士5：4—5）

那时地见神的面而震动，天也落雨。西乃山见以色列神的面也震动。神阿，你降下大雨。你产业以色列疲乏的时候，你使他坚固。（诗68：8—9）

有学者推测，申命派作者将《诗篇》第68首第8—9节的传统进行了继承与拓展，其目的显然是要特别强调神是耶和华（Yahweh），而并非其

---

① F. M. Cross & D. N. Freeman, *Studies in Ancient Yahwistic Poetry*, pp. 18–21.
② 扫罗之于大卫，既是君王、岳父，也是追杀者，大卫为躲避扫罗的戕害，常年在外流窜；而面对扫罗之死，大卫则是哀痛以对，这使得读者对于大卫的形象形成了积极的印象。

第四章　文士文化视阈下的希伯来先知文学成书进程

他。① 对于申命派作者而言，强调这一点是非常重要的神学主张，因其观念中的集中敬拜，就是建立在"耶和华的名停留在所罗门的殿中"这一基础之上（详见王上 8—9）。不仅如此，以色列民族早期传统中，事实上对神名的称呼并不统一，前文中提及底本说的基本模块中，称呼神为"耶和华"的 J 本与"埃洛希姆"的 E 本并存，便是很好的例证。因此，强调神是耶和华，实则出于名称、神学传统与敬拜方式统一的要求，这也是申命派作者的主要观念之一。

除此之外，在底波拉之歌中，存在着引人注目的人称转换现象，即第一人称与第二人称的交替出现，如：

我要向耶和华歌唱，我要歌颂耶和华以色列的神。（士 5：3）

底波拉阿，兴起。兴起。你当兴起，兴起，唱歌。亚比挪庵的儿子巴拉阿，你当奋兴，掳掠你的敌人。（士 5：12）

第 3 节中，"我要歌唱"的希伯来文（אָנֹכִי אָשִׁירָה）是第一人称阴性单数形式，而第 12 节中"你当兴起"的希伯来文（עוּרִי דְּבוֹרָה）则是第二人称阴性单数祈使式，原文应译为"愿底波拉你兴起"。而事实上，前者的第一人称形式相比于后者，属于更为古老的希伯来文形式。这说明了诗歌是经历过不同年代的编纂过程而得以成形的。该诗歌被认定为属于更为古老的部分，包含了大量有关以色列十二支派以及战争记述的传统，如：

---

① Mark S. Smith, *Poetic Heroes: Literary Commemorations of Warriors and Warrior Culture in the Early Biblical World*, p.238.

有根本在亚玛力人的地,从以法莲下来的。便雅悯在民中跟随你。有掌权的从玛吉下来。有持杖检点民数的从西布伦下来。以萨迦的首领与底波拉同来。以萨迦怎样,巴拉也怎样。众人都跟随巴拉冲下平原。在流便的溪水旁有心中定大志的。你为何坐在羊圈内听群中吹笛的声音呢?在流便的溪水旁有心中设大谋的。基列人安居在约旦河外。但人为何等在船上?亚设人在海口静坐,在港口安居。西布伦人是拚命敢死的。拿弗他利人在田野的高处也是如此。君王都来争战。那时迦南诸王在米吉多水旁的他纳争战,却未得掳掠银钱。(士5∶14—19)

而在底波拉之歌中,这些支派均在诗歌的开头被统称为"以色列"(如第2节、第7节),可见申命派作者试图将曾属于不同社会群体的传统合并的意图;不仅如此,将耶和华强调为以色列的神,也赋予战争的胜利以宗教意义。在此过程中,申命派作者将以色列的神置于中心位置,因而,底波拉的这场胜利不再是一个单独的事件,而是庆祝一系列有关民族早期记忆的口头传统汇编。申命派作者的意图在于,其试图表明早在士师时代,以色列民族就是在独一神耶和华的带领下团结一致、同仇敌忾的,只有耶和华才是唯一的神,是所有以色列支派共同的神。这亦是申命派作者的重要神学关切。

综上,申命派作者对早期诗歌的汇编,同样是出于其编纂申命历史的需要。其对以色列民族诸多早期传统的继承与发展,均建立在自身的意识形态观念上。正是出于这种观念性指导,申命派作者在其史著中对民族过往的反思与批判才得以确立。

(四)申命派作者的批判精神

申命派作者反思与批判的主要对象是以色列君主制。对于这一点,学界评述较多,多数学者能够从相关文献中捕捉到申命派作者对于君权的

第四章 文士文化视阈下的希伯来先知文学成书进程

基本态度。不过，这些论述大多围绕申命历史的意识形态观念而展开，却并未对其所蕴含的批判精神进行系统深入的考察。① 这种批判精神并非凭空出现，而是对民族传统的继承发展。该批判传统，可以追溯至早期希伯来传说与史诗，其矛头集中在对罪恶的声讨之上。② 申命派作者的批判精神，正是建立在这种传统之上，不过其现实性与深刻性却大为增强。

申命派作者的批判，并非完全出于对当政者政绩的不满；他们所批评的，是民族对"正道"的悖逆，而这种悖逆，在君主制这一政体中达到顶峰。其主要原因是：在君主制度下，世俗权力对民族信仰的管束最为严酷。一方面，君主制度的建立使得以君主为首的世俗力量具有了空前的权

---

① 该方面的研究成果颇丰，恕难穷举。近年来的代表性论述中，布瑞特勒在其著作《古代以色列历史的创作》（Marc Zvi Brettler, *The Creation of History in Ancient Israel*, London: Routledge, 1995）第 6—7 章谈到《撒母耳记》与《列王纪》中的意识形态观念，并进一步揭示了其作者的著史方式、技法、理念等相关问题。布瑞特勒虽谈及了申命派作者对于古代以色列君主制的态度，以及他们是如何在宗教、传统、君主制等观念影响下著史的，却没有对申命历史的批判精神进行深入分析。又如国内学者王立新在专著《古犹太历史文化语境下的希伯来圣经文学研究》第 4 章提出，《撒母耳记》中反映出的君主观念是一种"有限君权"（第 120 页），并详尽梳理了这种观念的来源；而对于申命历史的批判精神只是简要谈及，并未进一步展开论述。笔者认为，无论是进一步考据申命派作者身份，还是有针对性地探索申命历史乃至古代以色列文献意识形态观念的发展逻辑，对申命历史批判精神的透彻分析都是不可或缺的。这种批判精神，既是文类考据的重要依据，也是申命派作者思想观念的集中体现，前者是文本批判领域的重要标准，后者是以色列民族思想史的重要内容。

② 这种批判传统，将种种罪恶归结为人对神的悖逆，这种观念在摩西五经中可以找到有大量例证。如《创世记》第 4 章中，该隐因神未能看中自己献上的贡品而发怒，神则对他说："你若行得不好，罪就伏在门前"（第 7 节）。又如《出埃及记》第 32 章中，神将律法赐给摩西，然而过程中，以色列人铸造金牛犊并下拜，这是对十诫中"不可雕刻、跪拜偶像"律例的严重违背，摩西评判道："这百姓犯了大罪，为自己作了金像"（第 31 节），并代表以色列人向神求情赎罪。不难看出，在以色列民族的观念中，罪恶从本质上就是人对神的悖逆，因而对其展开的批判入木三分，毫不留情。

力；自大卫以来，国家的宗教首脑就由君主任命。① 不仅如此，据《列王纪》的记载，大卫之后的王国时期，多数祭司与部分先知团体已成为君主国家机构的一部分，难以对君权产生有效制衡。② 另一方面，王国时期的多神崇拜状况很可能更甚于建国之前。国家的建立，势必需要更加频繁的对外交流，而这却导致了多神崇拜的泛滥与以色列独一神信仰的沦丧。从《列王纪》对所罗门的记载看，这位将以色列推向全盛顶峰的君主也是导致国家多神崇拜盛行的"罪魁祸首"（详见《列王纪上》第 11 章）。在他之后，众多以色列君王甚至转而敬拜迦南地区的其他神祇。此外，迦南宗教的信仰观念与仪轨也向以色列传统信仰中渗透，使后者遭受巨大冲击。③

---

① 例如，当大卫称王后，他任命"亚希突的儿子撒督和亚比亚他的儿子亚希米勒作祭司长"（《撒母耳记下》第 8 章第 17 节）。大卫的这一举措不但开以色列历史上世俗领袖任命宗教领袖之先河，而且这种双祭司长制度是制衡宗教权力的巧妙手腕。这些举措，使得大卫王室对宗教事务拥有实际管理权。

② 需要特别指出的是，先知团体被纳入王室管理体系是以色列王国对宗教事务拥有实际管理权的重要标志。在以色列历史中，"先知"（נביא）最初是那些在民间从事诸如占卜、解梦等工作的人，兼司传教、阐释教义等职务，此时的"先知"仍被称为"先见"（ראה）。而据《撒母耳记》记载，自撒母耳开始，先知逐渐成为一支社会力量，他们形成团体，在民间享有一定的宗教威望。这股来自民间的社会力量，对以色列的君主制有重要的制衡作用。从《列王纪》中的记载来看，先知对君主的指控与批评（如先知以利亚对亚哈王的指责，见《列王纪上》第 17—18 章）足以对后者的统治产生严重的影响。因而，先知团体被纳入王室管理体系，足以显示以色列王国对民间信仰力量的管制。

③ 克罗斯在论文《王国时期的王权意识：有限圣约与永恒之约》（F. M. Cross, "The Ideologies of Kingship in the Era of the Empire: Conditional Covenant and Eternal Decree", 载《迦南神话与希伯来史诗：以色列宗教历史论文集》, *Canaanite Myth and Hebrew Epics: Essays in the History of the Religion of Israel*, pp.219–273）中详细论述了所罗门王对迦南宗教的吸收与继承。首先，以色列民族至为重视的圣殿传统是在继承了迦南神庙二元对立的象征原型（Typology）基础上发展而来的：圣殿的建立是神秘创造的见证，它与大卫王室一起被固定在（Fixed）"创造秩序"（Orders of Creation）中，因而永久坚立；此外，所罗门的智慧传统也是源自迦南，他像外国的宫廷首脑（特别是埃及和腓尼基）一样，在敬拜传统中强调"普世与包容"（Cosmopolitan and Tolerant）的智慧；更重要的是，所罗门允许外来神及其敬拜仪式在耶路撒冷存在。参见 pp.237–241。

第四章　文士文化视阈下的希伯来先知文学成书进程

按此逻辑，在民族信仰归正这一问题上，君主制成为了最大障碍。正如前文所述，申命派作者编写历史的出发点"出于为北、南二国的倾覆提供神学解读的需求"，① 这种解读，不但着眼于指出倾覆的原因，更在于找到民族归正的途径，那就是：必须让人们充分认识到以君主制为代表的世俗权力对信仰的消极影响，从而放弃对国家幻境的执念。

申命派作者以神圣报应观念为理论武器，对君主制展开批判。从根本上说，申命派作者对君主制似乎从未抱有积极看法，从撒母耳被迫为以色列立王的演讲中可见一斑：

> 管辖你们的王必这样行：他必派你们的儿子为他赶车、跟马，奔走在车前；又派他们作千夫长、五十夫长，为他耕种田地，收割庄稼，打造军器和车上的器械；必取你们的女儿为他制造香膏，作饭烤饼；也必取你们最好的田地、葡萄园、橄榄园，赐给他的臣仆。你们的粮食和葡萄园所出的，他必取十分之一给他的太监和臣仆；又必取你们的仆人婢女、健壮的少年人和你们的驴，供他的差役。你们的羊群，他必取十分之一，你们也必作他的仆人。（《撒母耳记上》第 8 章第 11—17 节）

而借神之口，申命派作者道出了以色列人急于立王的根由："因为他们不是厌弃你，乃是厌弃我，不要我作他们的王。"（《撒母耳记上》第 8 章第 7 节）。可见，申命派作者始终认为君主制有违信仰的本意，该制度本质上就是对神的悖逆。即便如此，神仍然按照神圣报应的基本原则，默许了以色列建立君主制。不过申命派作者认为，君主制使得君主成为民族

---

① Lothar Perlitt, *Bundestheologie im Alten Testament*, Neukirchen-Vluyn: Neukirchener Verlag, 1969, p.7.

的全权代表，使得他们的个体效用被无限放大，导致其行为足以对民族命运产生决定性影响。于《列王纪》中所记载的种种恶行，如多神崇拜、拜偶像、鱼肉百姓、篡位弑君等，都是君主的个人行为，却使神的愤怒与惩罚降临在整个民族上，这是神圣报应观念的典型体现，如：

> 因犹大王玛拿西行这些可憎的恶事，比先前亚摩利人所行的更甚，使犹大人拜他的偶像，陷在罪里，所以耶和华以色列的神如此说：我必降祸与耶路撒冷和犹大，叫一切听见的人无不耳鸣。(《列王纪下》第 21 章第 11—12 节)

除了惩罚，神圣报应也包含了另一维度：蒙福，但前提是君主必须遵守圣约与律法，顺服神。因而，申命派作者所描述的国王也并非皆是恶王，① 如耶户、约阿施、希西家、约西亚等，申命派作者称赞他们"行耶

---

① 从《列王纪》的记述来看，北国以色列的国王几乎都是十恶不赦的昏君，而南国犹大的情况则不同，不但有明君，而且昏君的作恶程度也远不及北国。其原因主要在于申命派作者对南国的偏袒。北国早于南国一百多年毁灭，且奉行与南国不同的敬拜方式（如铸造金牛犊、设邱坛祭司等），这在申命派作者看来就是悖逆神与律法的严重罪孽（以耶罗波安为典型，见《列王纪上》第 12 章），因而，北国早早破灭的命运与其所谓对神的"犯罪"被申命派作者赋予了因果联系，即北国的沦亡是神圣报应的必然结果。为了使这一观点更加可信，申命派作者在建构北国历史的时候，有意识地更多选取甚至少量杜撰对北国君主不利的史料，使之传达"出悖逆神必遭灭亡"的信息。此外，由于申命派作者仅仅采用捍卫信仰的立场来评判君主的优劣，导致君主的其他政绩，如经济、社会、军事等方面的成就，被忽略，以至于其对多数君主的评价有失公允。典型案例如北国国王暗利（Omri），在《列王纪上》第 16 章第 21—28 节的记载中被描述为数一数二的恶王；然而现代学者在重构暗利的执政事迹之后，却倾向于认可暗利的重要历史地位，参见 J. Alberto Soggin, *Introduction to the Old Testament: From its Origins to the Closing of the Alexandrian Canon*, pp. 181-182。而南国犹大由于是圣殿的所在地，王室成员也大都是大卫的血脉，因而申命派作者对其给予了更多宽容与同情。但是，这并不意味着申命派作者从根本上支持南国犹大的君主统治，至多只能被视为出于对大卫血脉与圣地耶路撒冷的情感偏袒。

第四章　文士文化视阈下的希伯来先知文学成书进程

和华眼中看为正的事"(如《列王纪下》第22章第2节等);相应地,他们就蒙神保佑(如《列王纪下》第18章第7节等)。但必须指出的是,这些明君的出现,并不能代表申命派作者对君主制大加赞扬;相反,这恰好表明了申命派作者的批判立场。他们的事迹主要在于光复民族信仰,以南国君主约西亚为代表(公元前640年—公元前609年在位),他推行了废除异教崇拜、守逾越节、消灭偶像的改革,总之一句话:"尽心、尽性、尽力地归向耶和华,遵行摩西的一切律法"(《列王纪下》第23章第25节)。只是,我们并未看到关于约西亚在治国理政方面的任何记载。而最后,约西亚惨死沙场,申命派作者将其归结为前任君主玛拿西的恶劣影响(《列王纪下》第23章第26节)。在他们看来,在君主制度下,即使有屈指可数的明君为政,仍无法从根本上扭转以色列民族因悖逆而招致的厄运。

至此,申命派作者已通过其批判性史著表明,"神圣报应"绝非一条单纯的宗教文化观念,而是带有某种客观性的历史规律。这条历史规律是申命派作者著史、评史的依据,成为他们历史观念的集中体现。也正是这种观念,赋予了申命历史深刻的批判性。

(五)申命派作者的历史观念及其局限性

学界对申命历史观念已有较充分的研究,并形成主要共识,认为该观念将历史视为一场"神圣审判"[1],是以色列民族在神之下生存经验的展开。[2] 总之,学界仍将其视为一种类似柯林武德所指出的"神权历史学",[3] 尽管申命历史具有较为可靠的真实性,但申命派作者著史的根本立足点仍

---

[1] John van Seters, *In Search of History: Historiography in the Ancient World and the Origins of Biblical History*, p. 239.

[2] Eric Voegelin, *The Collected Works of Eric Voegelin, Volume 14: Israel and Revelation*, Columbia and London: University of Missouri Press, 2001, p. 182.

[3] [英]柯林武德:《历史的观念》,何兆武、张文杰、陈新译,北京大学出版社2010年版,第43—48页。

在民族过往对耶和华一神信仰的见证意义，而非在于求索精准史实、还原历史本真面目。

尽管笔者基本认可上述共识，但是，这不足以说明申命派作者历史观念的全部内涵，我们从其中还能看到另一重维度：申命派作者认为，历史的走向固然由神决定，然而，历史的主体——以色列民族——却并非是毫无自由的；相反，蒙受特殊恩典而被神拣选的以色列民族，在看似固定的历史轨迹中具备一定程度上的选择权——他们可以守约，从而得到神的赐福；也可以违约，受到神的惩罚。换句话说，在很大程度上，以色列民族可以决定自己的命运。这种命运，不仰仗于他们自己的艰苦奋斗、聪明才智、敢想敢为等民族品质，不取决于他们在具体历史语境下的行为与决策，而仅仅在于他们的人生态度。

如前文所言，正是由于以色列人独尊耶和华，才使得其民族身份确立，这也是《申命记》的精义。在这个意义上，申命派作者将以色列人与耶和华神在西奈山订立盟约视为民族历史真正意义上的开端，也认定西奈之约是毋庸置疑的历史事实。在圣约面前，以色列人若顺服，也就等于做出了正确的选择，兴旺发达便与之同在。而以色列人也可以选择悖逆，这样一来，民族的苦难也就随之到来。因而，这样一种历史观念，实质上将民族历史的动因归结为他们在圣约面前作出的选择，从而将历史的逻辑从经验世界的因果律转化为宗教伦理。因而，在以色列民族历史进程中，人并非处于完全被动的状态，而是被赋予自由选择的权利。也正因为如此，人也要为自己的行为承担完全的负责。换句话说，小到个人，大到全民族，其所处境遇就是他们的选择所带来的后果：他们对圣约的态度决定了其自身的命运。

这种观念在《士师记》中表现得十分突出，这卷书记载了以色列民族早期部落联盟时代的历史内容，学界称其为"士师时代"（约公元前13世

第四章 文士文化视阈下的希伯来先知文学成书进程

纪至公元前 11 世纪)。① 申命派作者将这段历史以悖逆—受难—呼求—得救—悖逆的重复主题模式重构,成为该卷的叙述框架。根据《士师记》,领受圣约的以色列民族来到迦南地,却没有一贯遵行圣约。他们选择"行耶和华眼中看为恶的事",招致神的惩罚,使自身陷入异族的侵略与奴役中。而当以色列民族在苦难之下改变态度,向神呼求,神就兴起士师拯救他们脱离凶恶,使他们重新安居乐业。典型案例如士师基甸的事迹等(见《士师记》第 6—8 章)。尽管真实的历史情况很可能是,作为外来者的以色列民族陷入了与当地原住民以及"海上民族"(Sea People)的拉锯战,战争与和平时代交替出现;② 然而申命派作者却试图以此表明,民族对信仰的态度,决定了他们的前途:他们若选择离弃信仰,灾难便如期而至;他们若选择悔改归正,拯救也就来临。神圣报应是永恒有效的。

在这一前提之下,申命派作者的历史观念在其著作中被塑造成客观的历史规则,其客观性体现为:第一,圣约本身具有无可置疑的真确性,其有效性与权威性无人可以质疑与挑战。第二,神圣报应是一条铁律,不以人的意志为转移,在神的掌管之下,万事万物都按照神圣报应的规则运行,"顺昌逆亡"的效果是完全可信的。可见,申命派作者认为,以色列

---

① "士师"的希伯来文原文是 שופט,是动词 שפט(审判、评判)的主动分词形式,本意为"行审判的人",《圣经(和合本)》参照周礼官制,将其译为"士师",士师司掌狱讼、刑罚等事务。两者虽在职分上有相通之处,但实为完全不同的概念。相比之下,天主教汉译本《圣经》(香港:思高圣经学会印发,2003 年)将其译为"民长",则更贴近原意。
② 学界研究表明,公元前 13 世纪至公元前 11 世纪的古代迦南地区战乱不断,由于强有力的帝国纷纷衰落(如埃及)或消亡(如赫梯),此地陷入失序状态,以色列民族很可能就是趁此空隙入驻该地区的。然而,他们很快也陷入了连绵的战争状态。此时他们的敌人不但有该地区复杂的原住民群体,还有以非利士人(Philistine)为代表的"海上民族"。这些与之征战的民族名称,很多都被记载于《士师记》中。关于这段历史,参见 Gösta W. Ahlström, *The History of Ancient Palestine,* Minneapolis: Fortress Press, 1993, pp. 217–390;关于该时期前后古代迦南地区考古学概况,参见 Beth Alpert Nakhai, *Archaeology and the Religions of Canaan and Israel,* Boston: American Schools of Oriental Research, 2001。

民族的兴衰，正是取决于他们对神的态度；作为见证，民族历史的走向证实了这种历史观念的正确性。因而，申命派作者不是以经验逻辑看历史，而是从民族信仰的视角，将历史视为人在神圣报应面前的教科书。

正是在这个意义上，我们才能够彻底理解申命派作者采用宣讲形式的原因及其批判精神的根源。申命历史的宣讲形式，是申命派作者在后王国时期向百姓表明其历史观念的最佳手段。而他们对民族历史的深刻批判，也颇有"恨铁不成钢"的意味。在他们看来，民族的兴旺并不是遥不可及的。相反，事实上甚至可能只是"举手之劳"，只要选择顺服圣约、敬拜神，一切问题便能迎刃而解。然而，以色列民族却不能理解与遵行，转而顽固地选择堕落之路。这种对民族执迷不悟的痛恨，也在申命派作者的批判中被表达得淋漓尽致。

申命历史观念的局限性是十分明显的。

一方面，这种历史观念过于强调"意义"，而在相当程度上忽略了"事实"。尽管申命历史塑造了以色列古代史的线性时间思维与完整连贯的民族代际更迭谱系，但是，其重构过程中很少显露出申命派作者对史料真确性的考据：申命派作者并没有像古罗马史学家希罗多德、修昔底德那般在著作中探讨史料的来源与重构的依据。[①] 相比于考证具体史实，申命派作者似乎更重视事件的意义。这种态度可以从《列王纪》等著作中的特定程式化表述中窥见，如"耶罗波安其余的事，他怎样争战，怎样作王，都写

---

① 这一点只需要与希罗多德、修昔底德的著作进行简要对比，即可明确。例如同样是对战争的记载，《列王纪下》第17章讲述了北国以色列被新亚述帝国以武力消灭的事迹（公元前722年），其中申命派作者只是将其所重构的历史呈现出来，没有任何关于史料来源的介绍与评述。然而，希罗多德在其著作《历史》的第一卷中谈及希腊波斯战争开端的时候，详细考察了史料的各方来源，并以诸如"根据有学识的波斯人的说法""与希腊人不同，根据波斯人的说法"等表述（参见［古希腊］希罗多德：《历史》上册，王以铸译，商务印书馆2016年版，第1—3页），显明他对多方史料的整理与考证的过程。而修昔底德更是在《伯罗奔尼撒战争史》中讲："在叙事方面，我决不是一拿到什么材料就写下来，我甚至不敢相信自己的观察就一定可靠。我所记载的，一部分是根

第四章　文士文化视阈下的希伯来先知文学成书进程

在以色列诸王记上"（列王纪上第14章第19节）等。① 这种偏重阐释的意义而轻视事实考据的态度，使得申命历史在部分史实上模糊不清，甚至以超自然现象代替史实的记述，无形中折损了申命历史的史料价值。②

另一方面，申命派作者的历史观念仍非出自人本主义立场。在申命历史中，人虽具有一定程度的选择自由，但其地位始终都是相对次要的、被

据我亲身的经历，一部分是根据其他目击者向我提供的材料。这些材料的确凿性，我总是尽可能用最严格、最仔细的方法检验过的。……我这部没有奇闻轶事的史著，读起来恐怕难以引人入胜。但是，如果研究者想要得到关于过去的正确知识，借以预知未来（因为在人类历史的进程中，未来虽然不一定是过去的重演，但同过去总是很相似的），从而认为我的著作是有用的，那么，我就心满意足了。"（[古希腊]修昔底德：《伯罗奔尼撒战争史》，徐松岩译，上海人民出版社2017年版，第71—72页）。相比于希罗多德、修昔底德的史学著作，申命历史的史学价值就稍逊一筹。

① 按照《列王纪》的体例，几乎每一任君王的结语部分都包含"（该王）其余的事都记在以色列诸王记（或犹大列王记）上"的表述。这样的表述意味着，在申命派作者所生活的年代，记录南北两国君主事迹的档案文献已经存在，不但在详实程度上胜过《列王纪》，且根据希伯来文原文的反问句式（直译句式应为"难道某某君王的事不是记在以色列诸王记（犹大列王记）上吗"，而圣经官话和合本并未将此反问句型译出）可推断，这些史料广为人知。从申命历史的内容来看，申命派作者并未质疑这类文献的真实性，而是近乎全然接受；其兴趣在于评述与阐释，而非考据。类似案例还有《约书亚记》和《撒母耳记》中多次提及"雅煞珥书"（希伯来原文为 סֵפֶר הַיָּשָׁר，意为"公义之书"），可参见《约书亚记》第10章第13节与《撒母耳记下》第1章第18节的相关内容。

② 如《列王纪下》第19章中记载了新亚述君王西拿基立（Sennacherib，公元前705年至公元前681年在位）于公元前701年围攻耶路撒冷，后惨败退兵的内容。按照《列王纪》记载，西拿基立退兵是因为耶和华的使者一夜之间在亚述军营中杀死十八万五千人（《列王纪下》第19章第35—36节）。而按照亚述方面的文献，西拿基立甚至没有围困耶路撒冷，而只是攻占了犹大的46座要塞和小镇，并获得大量战俘和战利品。在收到当时犹大君王希西家（Hezekiah）的贡品后，西拿基立自行率军离开。考虑到当时新亚述帝国与犹大王国的军事力量与综合国力的悬殊对比，笔者认为亚述文献的记述更贴近真实情况。申命派作者将西拿基立的撤军原因归结为希西家蒙神眷顾，并书写为神的使者击杀亚述军队以致其撤退，从重构历史真实状况的角度看似乎难以成立。关于西拿基立公元前701年西征的文献内容，参见 Mordechai Cogan, *The Raging Torrent: Historical Inscriptions from Assyria and Babylonia Relating to Ancient Israel*, Jerusalem: Carta, 2015, pp. 120–133。

动的，其价值也必须依存信仰的维度才具有意义。以"智慧"这一品质为例，申命派作者认为，人的智慧完全源自神，其终极意义也在于为神所用。除此之外，不存在真正的智慧。在《列王纪上》第三章中，申命派作者以智慧之君所罗门为典范，表明了这一观念。

因此从本质上讲，申命历史观念仍止步于神权史观，而没有发展为具有高度思辨性与人本性的历史哲学。申命派作者所宣讲的，是一部在神意下展开的民族史；其所批判的，也是一切违背神意的思想与行为。这种局限性客观上也限制了犹太史学传统的进一步发展。

三、前先知书历史叙事传统的发生与演化

前文就古代两河流域、黎凡特地区以及以色列民族的历史、文献以及文士文化传统进行了详尽的论述。借助这一综合视阈，笔者将在本节中，按照时间顺序探讨古代以色列历史文学传统的发生与演进问题。笔者认为，古代以色列历史文学传统脱胎于古代近东历史文献与文士文化传统，是以色列民族在前者的影响下，借鉴其文类风格、文学母题、意识形态观念与先进制度，根据自身所处的历史文化语境，继承与发展以色列民族传统，最终发展出以《塔纳赫》前先知书为典型代表的以色列历史文学传统。

从创作动机上看，《塔纳赫》的总体目的之一在于"教育"，一方面作为文士技艺的教材，另一方面也作为文士对整个民族的宗教与文化教育的经典，如大卫—卡尔所言：

> 最早关于希伯来圣经功能的文献显示，其被用作教育的语境之中。早期犹太会堂主要是教育机构，而圣经则首先是最为重要的神圣教具，用来教育犹太青年（大部分是男性）。①

---

① David M. Carr, *Writing on the Tablet of the Heart: Origins of Scripture and Literature*, p. 111.

第四章 文士文化视阈下的希伯来先知文学成书进程

因而,其历史文学传统亦是服务于这一目的;但其特异性在于,如果说妥拉是从直接列出以色列民族宗教的种种教义,从而对民族进行正面教化的话,那么历史文学传统是以民族过往为例,从侧面甚至反面证明妥拉律法内容与律法精神的确切性与重要性,侧面是指民族历史是上帝以圣约拣选以色列人并与之同在的见证,而历史也为民族提供了诸多可追随的人物范式,使律法教化变得生动具体;反面则是指以色列民族史上的重大灾难,如混乱的士师时代、北国以色列与南国犹大的灭亡,都是以色列人背弃律法所招致的后果。这些灾难应作为反面教材,使以色列人谨守圣约与律法。

正如前文所述,《塔纳赫》的成书过程大致经历了口头传统、选集汇编、文士整理与编纂、成书、正典化数个阶段,《申命记》、前先知书、《以斯拉—尼希米记》与《历代志》的发生与演进过程亦是经历了上述阶段,笔者将其划分为口头传统时期、王国时期与后王国时期。

口头传统时期是以色列历史文学传统的开端,可谓以色列历史文学传统的素材库。然而,由于缺少直观证据,我们难以详尽描述早期口头传统的具体内容。前文中已经论述,《塔纳赫》中的诸多古老诗歌是其口头传统的活化石,反映出前王国时期以色列民族的生活、战争、集会、宗教活动等内容。其中提到的诗集,如雅煞珥书（希伯来原文为 סֵפֶר הַיָּשָׁר，意为"公义之书"）等,就是对于这些口头诗歌的选集。除此之外,神话、史诗、英雄传说等文类也蕴含在口头传统中,流传于古代以色列民族之中。

王国时期,国家行政管理、宗教事务与对外交流的需求,促使王室设立系统完善的官方文士体系,以色列书写文献传统开始大量出现。尽管王国文士的主要工作内容是行政文书、王室与圣殿档案等文类的书写,但由于国家与宗教事务对于回顾民族过往也有需求,如国家庆典、民族节日等场合的宣讲等,因而,文士对于既已存在的口头传统与零星的文本也进行整理,一方面作为文士教育的材料,另一方面也作为根据不同场合需求进

203

行文本创作的底本。以色列历史文学传统因而得到较为系统的整理，以书写文本的形式得以保存。例如《箴言》第25章第1节说道：

> 以下也是所罗门的箴言，是犹大王希西家的人所誊录的。

其中，"誊录"的希伯来文原文为עתק，本意为移动，引申为誊写，这表明王国时期的以色列文士已有将多种不同来源文献抄写、汇编为新文献的行为，尽管这一行为很可能仅在王室或圣殿文士中小规模进行。

笔者认为，对古代以色列历史文学传统以书写文本形式出现具有关键性影响的因素主要有三：一是北国以色列的灭亡，以及随之而来的北国文化精英逃往南国犹大；二是耶路撒冷的快速城镇化进程；三是南国犹大的政治改革。北国的灭亡使得以色列历史上一直存在的南北分离的状况被打破，北国传统大量进入南国，为文士创作活动带来了素材与动机，特别促成了先知书、祭司仪式文本以及前申命历史著作的出现。耶路撒冷城镇化的加快，使得该城市成为整个南国真正的经济、政治、文化中心，是犹大文士聚集与创作的物质与社会基础。而南国犹大的两次重大政治改革：希西家改革与约西亚改革，是促使以色列民族史上首次大规模文本生产活动的决定性因素。希西家对复兴大卫—所罗门时期王国的辉煌这一改革初衷，促进了文士对古代传统文本的汇编工作（如《箴言》25∶1所反映的内容）；约西亚则立志恢复古老的以色列传统，特别是关于前王国时期以色列民族共同流连旷野的摩西—约书亚与士师时代的文化遗产，因而其改革与《申命记》的诞生有着极为密切的关联。

《申命记》与申命历史主要底本的产生，是该时期文士对历史文学传统创造的重要行为。不难看出，《申命记》是基于《出埃及记》《利未记》与《民数记》等文本的共有传统，对民族历史、宗教、文化文献的系统重构，其编纂者根据既有的文献，以摩西训诫以色列人的视角，将出埃及的

第四章 文士文化视阈下的希伯来先知文学成书进程

历史重新讲述,并抽绎出其中的关键要素,使之成为《申命记》的核心内容。

学界一般认为,《申命记》本身是长期文士编纂活动的产物,记载于《列王纪下》第 22 章的 "律法书" (סֵפֶר הַתּוֹרָה) 中,有可能是该书卷的主要部分,申命派作者又在此基础上进行编纂,成为新的版本。卡雷尔—范德尔图恩认为,《申命记》的初版完成于约公元前 620 年,以 40 年为周期,经历了三次编辑过程。参考巴比伦—阿卡德文士修订《吉尔伽美什》的模式,《申命记》也会在新旧版本的边际处显露出编辑的痕迹,其文本中所能够辨析的三个开头(Rubrics,分别是申 1∶1,4∶44,4∶45)与结尾(Colophons,分别是申 28∶69,29∶28,34∶10—12),表明其经历了三次修订,因而,《申命记》可能由四个版本组成,范德尔图恩称之为"圣约版""妥拉版""历史版"与"智慧版"(如表 4-5 所示)。[①]

表 4-5 《申命记》可能的四个底本

底本	内容与范围
圣约版(Covenant Edition)	以申 4∶45 为开题,以申 28∶69 为结尾,中间没有第 5 章
妥拉版(Torah Edition)	原基础上,以申 4∶44 为开题,加入第 5 章作为该版本的第一部分
历史版(History Edition)	上述基础上,加入第 1—3 章内容,以申 1∶1 为开题,加入第 27、31—34 章
智慧版(Wisdom Edition)	上述基础上,加入第 4 章,但没有新加入开题

笔者认为,除去具体的版本名称与修订内容,范德尔图恩的理论基本上反映出《申命记》的编纂过程,特别是"历史版"的修订,事实上与申命派作者对其与申命历史的编纂时间与范围较为吻合。而《申命记》的初版,也就是范德尔图恩所说的"圣约版",完成于南国犹大约西亚改革

---

① Karel van Der Toorn, *Scribal Culture and the Making of the Hebrew Bible*, pp. 150–152.

时期。之所以强调这一版本为"圣约版",是因为其内容是遵循古代近东条约这一文体的基本模式写成的,即序言、条款、祝福与诅咒。① 圣约版《申命记》也正是以此为结构的,其序言为申 4：45—49 和申 6：1—9,祝福与诅咒为申 28：1—68,其余为具体条款。其中所涉及的历史文献传统,在《出埃及记》《利未记》《民数记》中也多有反映,甚至有诸多经文几乎一字不差,表明创作其初版的文士,正是以这些既有文献传统为依据,书写《申命记》。

《申命记》的诞生,与约西亚改革密切相关,其中所显露的意识形态,虽仍如古代近东文士作品一样,具有鲜明的王室烙印,但事实上已开始向宗教重心偏移。这与约西亚改革的背景,甚至约西亚本人的出身密切相关。《列王纪下》第 21—22 章记载了亚们被刺杀、约西亚继承王位的过程,表明约西亚的父王亚们死于宫廷暗杀。约西亚登基时年方八岁,他是被一群"国民"所立的,希伯来文原文为 וַיַּמְלִיכוּ עַם-הָאָרֶץ אֶת-יֹאשִׁיָּהוּ,意为"这地的民使约西亚成为国王"。也就是说,约西亚的统治事实上是在"这地的民"(עַם-הָאָרֶץ)的扶持甚至控制下的,这很可能是其改革的根本动机。考察约西亚改革的具体内容,基本上是以宗教改革为主,包括重申圣约与仪式、废除异教崇拜的形式与内容,以及命令守逾越节(详见《列王纪下》第 23 章)。纵览古代近东世界明君,甚至以色列王国的缔造者大卫与鼎盛君王所罗门,几乎没有哪一位仅仅是以宗教改革便名垂青史的。对于上述君王而言,宗教虔敬仅是其美德之一,其真正的功绩仍在于军事、经济、政治领域的成就。

不仅如此,约西亚的改革措施从整体上而言,一是要将国家的宗教纯洁化、中心化,即将圣殿之外所有的敬拜场所与形式全部消灭。二是要光

---

① 相关对比研究,参见 Moshe Weinfeld, *Deuteronomy and the Deuteronomistic School*, pp. 59–189。

复古代宗教传统，如重新守逾越节，这些举措事实上都是有利于宗教力量梳理其对国民的权威性。而约西亚改革的直接原因，正是在圣殿中发现了律法书，即《申命记》或其主要部分，根据《列王纪下》第22章，这也是在大祭司希勒家的主张下促成的。因而我们不难推断出，促使约西亚改革的势力，很可能就是圣殿祭司群体。而《申命记》作为其改革的纲领，其中所讲述的核心内容，也恰好是重申诫命，光复信仰传统，并使之中央统一化。创作《申命记》的文士，很可能就是在祭司群体的资助下完成了这卷书。其意识形态观念的中心，已开始从王室向以宗教迁移，例如其中谈到宗教力量对君王的控制：

> 只是王不可为自己加添马匹，也不可使百姓回埃及去，为要加添他的马匹，因耶和华曾吩咐你们说，不可再回那条路去。他也不可为自己多立妃嫔，恐怕他的心偏邪。也不可为自己多积金银。他登了国位，就要将祭司利未人面前的这律法书，为自己抄录一本，存在他那里，要平生诵读，好学习敬畏耶和华他的神，谨守遵行这律法书上的一切言语和这些律例，免得他向弟兄心高气傲，偏左偏右，离了这诫命。这样，他和他的子孙便可在以色列中，在国位上年长日久。（申17：16—20）

其中，特别是君王要从祭司处抄录律法书平生诵读，直接表明了宗教力量对君王的制约力量。属于祭司群体，而非王室或政府群体的文士，则在其中扮演了重要角色。因而，这便是约西亚改革时期《申命记》的初版成书的原因——文士在祭司群体的授意下，为被祭司势力所操控的约西亚书写改革纲领。而民族的历史文学传统为《申命记》提供了重新阐释历史与律法的素材。

在此基础上，申命派作者的文士活动不但重构了民族历史，也将《申命记》纳入其重构视野中，为其添加了开题（《申命记》第1—3章）与结尾（《申命记》第27章、第31—34章），使之成为申命历史的重要组成部分。如第2章所述，申命派作者在神圣报应的观念指导下，对民族历史进行反思性重构。相比于《申命记》初版文士所持有的观念，他们对诸位君王毫不留情的评判，连大卫、所罗门等都不例外，甚至直接判断某王是罪大恶极的（如王上14：33—34，16：34，王下13：2，16：2—4等），这些都表明申命派作者显然已在很大程度上摆脱了王室的意识形态观念，转而形成了某种在一定程度上具有普适性标准的价值立场，这种价值立场显然与民族宗教观念更为接近。范德尔图恩甚至更是将其称为"历史学家"，他们受过神职教育，然而他们的求知欲强，也尽量避免了说教性写作，相比于传教者，他们更像现代意义上的作家。①

申命派作者的编纂方式，可以从《申命记》与《出埃及记》《利未记》《民数记》的比对中得见。总体上看，申命派作者是通过诸多手法，将已有素材整合到自身的书写框架与观念设置中的，而并未大规模创造新文献。平行文本上的变化，往往是出于整合而非原创。请看以下案例的对比：

你若买希伯来人作奴仆，他必服事你六年，第七年他可以自由，白白地出去。他若孤身来，就可以孤身去，他若有妻，他的妻就可以同他出去。他主人若给他妻子，妻子给他生了儿子或女儿，妻子和儿女要归主人，他要独自出去。倘或奴仆明说，我爱我的主人和我的妻子儿女，不愿意自由出去。他的主人就要带他到审判官那里（"审判官"或作"神"，下同），又要带他到门前，靠近门框，用锥子穿他的耳朵，他就永远服事主人。人若卖女儿作婢女，婢女不可像男仆那样

---

① Karel van Der Toorn, *Scribal Culture and the Making of the Hebrew Bible*, p.162.

出去。主人选定她归自己，若不喜欢她，就要许她赎身，主人既然用诡诈待她，就没有权柄卖给外邦人。主人若选定她给自己的儿子，就当待她如同女儿。若另娶一个，那女子的吃食，衣服，并好合的事，仍不可减少。若不向她行这三样，她就可以不用钱赎，白白地出去。（出21：2—11）

你弟兄中，若有一个希伯来男人或希伯来女人被卖给你，服事你六年，到第七年就要任他自由出去。你任他自由的时候，不可使他空手而去，要从你羊群，禾场，酒榨之中多多地给他。耶和华你的神怎样赐福与你，你也要照样给他。要记念你在埃及地作过奴仆，耶和华你的神将你救赎。因此，我今日吩咐你这件事。他若对你说，我不愿意离开你，是因他爱你和你的家，且因在你那里很好，你就要拿锥子将他的耳朵在门上刺透，他便永为你的奴仆了。你待婢女也要这样。你任他自由的时候，不可以为难事，因他服事你六年，较比雇工的工价多加一倍了。耶和华你的神就必在你所作的一切事上赐福与你。（申15：12—18）

两段涉及希伯来奴仆的条例，两者的基本规定是一致的。然而相比于《出埃及记》，此段《申命记》的上下文主要强调的是同胞之间应相互善待，特别应怜悯穷人（见申15：7—11），因而，《申命记》作者将《出埃及记》对应文本的一些细节删去，又添加上新的内容，以达到这一目的。不仅如此，《申命记》作者还将这部分材料在《出埃及记》中的顺序进行了调整，在《出埃及记》中，这段引文出自摩西第一次领受法板之后的教训（出20，第二次领受法板在出34）；而在《申命记》中，这段引文则出现在摩西重新领受十诫之后（申10）。从中我们可以发现，对于共有的文献底本，创作《申命记》的文士使用了替换词句、删除、插入新传统、调整文本次序等编纂技艺，使新文本成为传达自身观念的载体。

上述例子也表明，《塔纳赫》中的诸多篇目，很可能共享同样的"文库"，即学界常提的母本（Vorlage）。这些文本传统由文士群体所保存，也是他们进行新文本创作的素材库。申命历史中虽并未大规模提及，但多处文本保留着这些素材的残影。目前申命历史中明确提到的，有雅煞珥书、以色列诸王记、犹大列王记。这些文献，有的是诗歌集，如雅煞珥书，有的是王室档案，如以色列诸王记、犹大列王记。早期民族诗歌、北国与南国的王室档案等，为申命派作者进行创作提供了丰富的素材。申命派作者的重构，是以色列历史文学传统的重大发展。其目的不仅仅在于表明申命派作者及其资助者的意识形态观念，更在于教育。正如前文所述，申命派作者的活动时期处于犹大王国末期至流亡时期，新巴比伦王国将犹大王朝消灭殆尽，以第一圣殿为中心的文教系统更是遭到毁灭性打击。而申命历史的意义，一方面使得民族文化传统在文士群体中得以存留，是后世文士习得希伯来语与宗教文化经典的范本；另一方面，文士群体也将其内容以口头形式向民众传播，使民族文化的火种不灭，从而延续以色列民族的文化命脉。

从目前学界所掌握的证据看，巴比伦之囚与归回时期，犹大遗民的文士除了将已有的历史文献进行修订之外，并没有新历史文学文献的创作工作。直到第二圣殿时期，历代志作者所作《以斯拉—尼希米记》与《历代志》，是以色列历史文学传统的延续。然而，前文中已经论述过，历代志作者所创作的，已是带有明显宗教色彩的历史重构，其首要目的是服务于第二圣殿犹太教的发展。因而，历代志作者将以色列历史文学传统，视为其宣讲宗教观念的素材，并将其中诸多重要人物，如大卫、所罗门与其他部分南国犹大君王神圣化、完美化，删除其行为中的劣迹，或添加内容使人物形象扭转，从而作为宣教的案例。波斯帝国的统治彻底终结了以王室为中心的圣经文学传统，祭司掌握了耶路撒冷犹太社群的领导权，创作与编辑圣经文本的权力也被移交到了祭司势力下的文士手中。祭司们再也不关心大卫子孙称王的问题；相反，第二圣殿的中心地位、祭司群体的利益与仪轨的正统性方是其兴趣所在。① 前文中《历代志》与《撒母耳记》《列王纪》的比对，已充分说明了这一问题。以《塔纳赫》为核心的古代以色列历史文学传统，在第二圣殿时期，便也迎来了它的终结。

第三节 希伯来先知文学后先知书的成书

与前先知书的情况相似，后先知书也是文士编纂的产物。两者的区别在于，如果将前先知书类比为历史书，那么后先知书则可被视为语录，因为后先知书的主要篇幅都是对先知言语的记录，且大部分属于直接引语，而不像前先知书中的情形，以历史为主线，将先知及其言行安排其中。因而，后先知书的成书过程要相对简单，一言以蔽之，就是由先知身边的文士记录其言行，然后汇编成集，再经过后世文士的编纂成书。

一、后先知书中反映文士技艺的文本证据

与前先知书的情况相同，后先知书中也有大量的文本证据表明后先知书的编纂进程，特别是文士群体在其中所起到的关键作用，典型的证据如表 4-6 所示。

表 4-6 后先知书反映文士技艺的文本证据

章节	文本证据	说明
赛 1∶10	要侧耳听我们神的训诲	听训诲是文士训练中的重要环节
赛 3∶13	耶和华起来辩论	辩论是文士训练中的重要环节

---

① William M. Schniedewind, *How the Bible Became a Book: The Textualization of Ancient Israel*, p.165.

续表

章节	文本证据	说明
赛8:1、2、16	拿人所用的笔,写上……;记录这事;你要卷起律法书,在我门徒中间封住训诲	写、记录、律法书等都是文士训练中的重要环节;门徒是对训练中文士的称呼
赛10:19	能写其数	文士的基本技艺
赛14:4	你必题这诗歌论巴比伦王	文士的基本技艺
赛19:11	智慧人	文士群体常以此自称
赛26:9	学习公义	文士的训练过程
赛28:9—10	他要将知识指教谁呢?要使谁明白传言呢?是那刚断奶离怀的吗?他竟命上加命、令上加令,律上加律、例上加例,这里一点、那里一点。	指教:文士训练的重要过程;律上加律、例上加例:文士编纂文献的基本方式之一
赛29:11—12	所有的默示,你们看如封住的书卷,人将这书卷交给识字的说:"请念吧!"他说:"我不能念,因为是封住了。"又将这书卷交给不识字的人说:"请念吧!"他说:"我不识字。"	书卷、念、识字:文士训练的有关过程
赛30:8	现今你去,在他们面前将这话刻在版上、写在书上,以便传留后世,直到永永远远	文士撰写文献的方式
赛36:3	史官、书记	文士被赋予的头衔
耶1:1	记在下面	文士的基本技艺
耶8:8	文士的假笔舞弄虚假	对文士的直接书写
耶17:1	犹大的罪,是用铁笔、用金钢钻记录的,铭刻在他们的心版上和坛角上	文士书写方式的直接反映
耶25:13	记在这书上的话	文士的基本技艺
耶31:33	我要将我的律法放在他们里面,写在他们心上	以文士的基本技艺作比喻
耶32:10—11	我便将照例按规所立的买契,就是封缄的那一张和敞着的那一张,当着我叔叔的儿子哈拿篾和画押作见证的人,并坐在护卫兵院内的一切犹大人眼前,交给玛西雅的孙子尼利亚的儿子巴录	契约的签署也是文士的服务内容之一

续表

章节	文本证据	说明
耶 36	巴录在圣殿宣读书卷	其中详细地反映了先知书是如何在文士手中被记录、整理与生产出来的
耶 45	耶和华给巴录的许诺	《耶利米书》的编纂者文士巴录书写该卷书的直接证据
结 2∶10	他将书卷在我面前展开，内外都写著字，其上所写的有哀号、叹息、悲痛的话	书卷上写字，是文士的基本技艺
结 3∶1	人子啊，要吃你所得的，要吃这书卷，好去对以色列家讲说	书卷是文士的工作对象之一
结 13∶9	不录在以色列家的册上	记录在册是文士的工作内容之一
结 19∶1	作哀歌	文士的基本技艺
结 43∶11	在他们眼前写上	文士的基本技艺
何 14∶9	智慧人、通达人	对文士的赞誉之称
摩 7∶14	先知的门徒	门徒是训练中文士的头衔
弥 4∶2	教训、训诲	文士教育的内容
哈 2∶2	将这默示明明地写在版上，使读的人容易懂	读、写是文士的基本工作内容
亚 5∶1—4	飞卷的异象（飞行的书卷）	书卷是文士的工作对象之一

上述文本证据中，可分为几个主要类型：

a. 具体语词：某些语词揭示了文士编纂文献时可能采用的具体方法；

b. 文学类型：某些特定的文学类型是专属于文士群体的专业范畴，因而能够证明文士群体参与了文献编纂；

c. 文士身份：某些特定的官职或头衔证明了文士群体在当时社会中的存在，并揭示了其社会身份地位；

d. 文士活动：某些文本单元中还记载了其他文士活动的证据，证明文士群体的确切性。

而相比于前先知书，后先知书中对文士群体的训练、工作、社会身份甚至编纂先知书的过程，都有了更为全面且具体的记述。其中最为重要的案例，莫过于《耶利米书》中所记载的文士巴录。巴录是耶利米的文士，平时跟随耶利米四处活动，将耶利米的预言与事迹记录下来，撰写成卷，且在此过程中，巴录会根据实际情况，添加或编辑先知书卷的内容。请看《耶利米书》第36章相关内容：

> 所以，耶利米召了尼利亚的儿子巴录来，巴录就从耶利米口中，将耶和华对耶利米所说的一切话写在书卷上。耶利米吩咐巴录说："我被拘管，不能进耶和华的殿。所以你要去，趁禁食的日子，在耶和华殿中将耶和华的话，就是你从我口中所写在书卷上的话，念给百姓和一切从犹大城邑出来的人听。或者他们在耶和华面前恳求，各人回头，离开恶道，因为耶和华向这百姓所说要发的怒气和忿怒是大的。"尼利亚的儿子巴录就照先知耶利米一切所吩咐的去行，在耶和华的殿中从书上念耶和华的话。

> 于是，耶利米又取一书卷，交给尼利亚的儿子文士巴录，他就从耶利米的口中写了犹大王约雅敬所烧前卷上的一切话，另外又添了许多相仿的话。

该章之所以重要，是因为其揭示了先知书卷在文士手中编纂成书的基本模式，以及文士在其中所扮演的角色与运用的工作方法。首先，文士巴录被耶利米召来，为的是将耶利米的话"写在书卷上"，基本原则是"他用口向我说这一切话，我就用笔墨写在书上"，并将内容向圣殿中的百姓"念"出来。之后，这书卷被犹大王所焚烧，耶利米就又命巴录根据自己口述的内容重新写出一卷书。不但如此，在此过程中，巴录"另外又添了许多相仿的话"，这种做笔录，之后根据自己的理解编辑内容的做法，是文士编纂文献的常用技艺。

此外，上述案例中还有这样的记载："沙番的孙子、基玛利雅的儿子米该亚听见书上耶和华的一切话，他就下到王宫，进入文士的屋子。众首领，就是文士以利沙玛、示玛雅的儿子第莱雅、亚革波的儿子以利拿单、沙番的儿子基玛利雅、哈拿尼雅的儿子西底家和其余的首领都坐在那里"，直接表明当时宫廷中，有专门的文士部门与官僚机构。巴录被带到宫廷文官的机构中朗读其所记载的先知书卷，也是文士间商议工作内容的真实写照。

除此之外，在后先知书的范畴中，我们不难发现，"书卷"已经成为了极为重要的意象。在先知们的预言中，有很多都是直接来自"书卷"，如《以西结书》第3章中，先知以西结得到预言能力与内容的方式是"吃书卷"，《撒迦利亚书》第5章中，先知撒迦利亚也是举目看到了"飞行的书卷"。这些文本证据也表明，后先知书中的先知，开始与书面文献间有了更为紧密的相互影响机制，即口头—书面—口头的循环，而在这一过程中，文士群体正是起到了不可替代的作用。他们将先知的口头言语转化为书面形式，又通过为他人朗读的方式，使先知听到，从而转化为先知今后预言的一部分。

二、先知运动及其文本的收集整理

先知书的编纂与时代背景有关。学界一般认为，这些关于先知的书写，很可能是受到了以色列王国历史上著名的"先知运动"的影响，该运动集中兴起于公元前8世纪中至公元前5世纪，因国家分裂、外敌威胁、社会公义沦丧、信仰失落等一系列严重问题而起。[①] 这些严重的社会问题，

---

① 相关研究，参见 Joseph Blenkinsopp, *A History of Prophecy in Israel*, London: Westminster/John Knox Press, 1996。

导致民众与统治者、以色列/犹大王国与外族间的矛盾激增，普通百姓生活困苦，社会公平正义的程度下降，国家安全状况堪忧。在此条件下，先知作为一股特殊的社会力量，广泛向国家各个阶层宣扬以纯洁以色列信仰为中心的相关言论，抨击社会丑恶现象，呼吁上至国王、下至百姓对传统信仰的归正。这就是先知运动的概况。而在这一社会运动中，众多先知的言行与生平得到了文士群体的记录与整理，形成了一批底本与文献传统。这些底本和传统又经过后世进一步的编纂，逐步成为我们今天读到的先知书。

从《撒母耳记》的记载中可见，撒母耳算得上是以色列先知群体初创时期的代表，也是《塔纳赫》中首次提到的创立先知群体的相关制度之人，是先知们的训练者与指导者：

扫罗打发人去捉拿大卫。去的人见有一班先知都受感说话，撒母耳站在其中监管他们。（撒上19:20）

撒母耳在其老家拉玛进行的先知训练，是前王国时期以及王国时期初期先知群体兴起的写照。继撒母耳之后，最有名的先知就是北国以色列的以利亚和以利沙。这两位先知是师徒关系，进一步明确地反映了以色列先知的传承与教育关系。不仅如此，以利亚和以利沙与亚哈等君王的公开矛盾，也表明了先知群体的基本属性：诞生于民间，且独立于王国以君主为核心的意识形态。典型案例见《列王纪上》第21章，亚哈王因贪图臣民拿伯的葡萄园遭拒绝，暗中授意乡间流氓伪造证词，串通城中长老将无辜的拿伯治死，之后霸占地产，这种行为令人发指，然而，只有先知以利亚站出来，仗义执言，直接斥责亚哈的行为，因而以利亚也被亚哈称为"仇敌"，在国内无安身之所。

以利沙是以利亚所召的门徒，其对以利亚的称呼是"师父"（אדוני，直译为"主人"），其同时期也有其他的先知群体，且彼此之间也有交流：

> 住伯特利的先知门徒出来见以利沙，对他说："耶和华今日要接你的师父离开你，你知道不知道？"他说："我知道！你们不要作声。"（王下 2∶3）

以利沙在以利亚被神接走之后，继承了以利亚的衣钵，继续训练门徒、传讲神谕。遗憾的是，《塔纳赫》中没有以利亚和以利沙专名的书卷，但是，其传统在《列王纪》中得到了较好的保存。

先知运动大约兴起于公元前 8 世纪，该时期是以色列王国和犹大王国危难阶段的开端。北国以色列于公元前 722 年被亚述所灭，在此之间，该国屡屡陷入内外交困的境地，从国内政治局势来看，北国常有谋杀君主篡位的严重事件发生，不仅如此，北国由于处于特殊地理位置，且国力要远强于南国犹大，导致常被卷入古代近东帝国争霸的秩序之中。在这种内忧外患的局面下，北国先知兴起，通过发预言的方式，一方面，呼吁国民回归信仰的正道，以克服种种危难；另一方面也直言，以色列人的堕落必将导致神罚。北国先知以阿摩司和何西阿为代表，两者预言的对象也主要围绕北国展开，其中大量提到了诸如"撒玛利亚"（北国首都）、"以法莲"（北部支派）、"巴珊母牛"（以北国特产为意象）、"雅各家"（北国称自己为"雅各家"，而非"犹大家"或"大卫家"）的语汇，带有鲜明的北国印记。

北国被亚述消灭前后，一些北国民众，包括先知与文士等，逃往了南国犹大，来到耶路撒冷，为南国带来了一些先知运动的文献与传统资源。南国的先知运动以耶路撒冷为中心，其高峰在公元前 7 世纪至公元前 6 世纪，即大致集中在犹大王国苟延残喘的一百多年中（公元前 722 年—公元前 586 年）。犹大王国灭亡后，部分先知的活动仍在继续（如耶利米、以西结等），但其兴盛程度已大为衰落。后先知书中的三部大先知书（《以赛亚书》《耶利米书》《以西结书》）的主要部分，亦是在这一阶段完成的。

　　与前先知书不同，后先知书皆是以先知的名字直接命名的，其内容则完全是记载先知的个人话语和行为，而不像前先知书那样，将诸先知编纂在同一个连贯的漫长历史框架之中。宗教文化传统中往往认为后先知书的各卷均是由某位先知撰写的，因而这些先知也被称作"写作先知""正典先知"等，与前先知书中被称为"礼仪先知"的群体颇为不同。① 因而从编撰的角度上看，后先知书更类似于我国古代战国时期诸子百家的著作，如《庄子》《孟子》《韩非子》等，是以各个流派师尊之名所编纂的书籍，其中有师尊的亲笔，也有弟子的记载和整理。而前先知书则类似《春秋》等史书，其中先贤的言辞没有单独成书，却被统一编纂在一个更为宏大的历史框架之中。因而，后先知书文本的收集整理，和前先知书的情况有所区别：前者多为门徒整理的独立先知书卷，后者被统合成卷，但其独立性得到了保存，是先知运动多样性的写照。

　　后先知书，特别是篇幅较长的书卷（如《以赛亚书》《耶利米书》《以西结书》），能够较为清晰地看出其分属不同时代的文本来源，主要的评判线索有先知活动的日期、文类、语言风格、反映的历史事件、神学观念等。这些因素表明，后先知书必然是编纂的产物。尽管编纂者并不倾向于留下自己的姓名，但文本中仍有诸多痕迹，能供我们分析或推测后先知书的底本状况。

　　例如前文已经探讨过的《以赛亚书》，明显是经过不同年代的人陆续编纂而成的。目前学界认为，《以赛亚书》至少可以区分为三个作者——"第一以赛亚"（赛1—35）、"第二以赛亚"（赛36—55）和"第三以赛亚"（赛56—66），而其中只有第一以赛亚的部分可能是以赛亚先知本人生平的直接反映。这些底本直到第二圣殿时期（"第三以赛亚"的成书年代约

----

① 唐佑之：《天道圣经注释耶利米书（卷上）》，香港天道书楼1992年版，第4—5页。

在公元前5世纪）才最终被汇编成书。但毋庸置疑的是，这些底本直接或间接反映着先知以赛亚的生平、思想和人物个性，是先知运动的缩影和典型。

又如《耶利米书》，其共有52章，学界一般以第26章为界，将该书卷分为两大部分，第1—25章反映了耶利米早期的先知活动，其活动时代在犹大国王约西亚在位时期（公元前640年—公元前609年），而第26—51章则是耶利米后期活动的记录，时间跨度为犹大王约雅敬在位时期至耶路撒冷沦陷时期（公元前609年—公元前586年）。这两大部分很可能出自不同的底本，其中比较关键的证据是文士巴录，《耶利米书》的很多章节（如第36章）详细地反映出了文士编纂先知书的过程，简要地说就是记录先知的言行并写成书面文本，之后整理成卷，这其中的关键人物就是巴录。也就是说，如果按照今天的版权体系，至少《耶利米书》第二部分的署名作者应是"耶利米口述、巴录著"。但这样一位关键人物却在《耶利米书》的第一部分中没出现。① 因此可以推定，《耶利米书》的两个部分是由不同的编纂者完成的，而后才被编纂在一起。

除了南国犹大的文献先知之外，北国文献先知的著作很可能也是以相近的方式汇集起来的，典型案例是《何西阿书》。何西阿是北国的著名先知，对南国先知的影响很大，其活动年代在北国君王耶罗波安在位期间，直至北国灭亡（公元前783年—公元前721年）。学界一般将《何西阿书》分为三个部分，分别是序言（1∶1—3∶5）、预言主体（4∶1—11∶11）和审判（11∶12—14∶8），② 这三个部分可以十分明显地看出文体的区别。

---

① 巴录在《耶利米书》中的首次出现是在第32章，他是"玛西雅的孙子、尼利亚的儿子"，是当时君王西底家重臣西莱雅的弟弟，出身高贵，因而受过良好的文士教育，能够胜任相关工作。
② 刘少平：《天道圣经注释何西阿书》，香港天道书楼2010年版，第32—35页。

文士文化与希伯来先知文学研究

序言部分是叙事散文，记载何西阿两次迎娶妓女并生下孩子的行为，以此为喻体，比喻以色列如妓女般对待上帝，但上帝仍对其不离不弃。而预言主体部分和审判的部分则是以诗歌体写就，整体而言和序言部分没有直接关系，据此可以推测，序言部分可能是源自对于何西阿生平记述的底本，后两者则是某种语录。这些不同的底本最终被后世文士汇集起来，编成今天我们所读到的《何西阿书》。

总之，先知运动催生了有关先知言行记录的各种底本，这些底本本身就是由文士整理出来的书面或口头文本，又被后世的文士群体进行了编纂，形成了最终的书面定本。这些编纂过程，是以文士的文学技艺与思想观念为依据的。

三、后先知书的编纂过程与神学理念

希伯来先知文学记录了十五位先知的言行与事迹，他们活跃于公元前8世纪至公元前5世纪，其体例可被归为语录体（Analects）。这些先知可被视为长达数个世纪的先知运动的代表与缩影。公元前11世纪至公元前6世纪是古代以色列的"王国时期"（Monarchic Period），根据《列王纪》《历代志》《犹太古史记》等史料记载，[1] 王国政体曾带给以色列人短暂的富足与强盛（大卫、所罗门执政时期，约公元前10世纪），但随之而来的是国家的分裂与民族的巨大灾难：政局动荡腐败、经济萧条、社会公义沦丧、宗教混乱、战乱频仍，分裂后的以色列王国（也称"北国"）和犹大王国（也称"南国"）在亚述、埃及、巴比伦等近东强国争霸的版图中难以维系，先后于公元前732年和公元前586年亡国。

正是在这种国家内外交困、人民苦不堪言的背景之下，源自民间的先

---

[1] 《列王纪》与《历代志》是《塔纳赫》中重要的历史书卷，《犹太古史记》（*Antiquities of the Jews*）是罗马时期犹太历史学家约瑟夫斯（Flavius Josephus, 37—100）的著作，参见［古罗马］约瑟夫：《犹太古史记》，郝万以嘉等译，香港天道书楼2016年版。

第四章 文士文化视阈下的希伯来先知文学成书进程

知群体开始走向公众,并严厉斥责当权者的渎职、神职人员的腐败与以色列民众的愚昧,这一兴盛于公元前8世纪至公元前5世纪的社会运动被称为"先知运动"。先知群体的共识在于:以色列之所以遭受如此深重持久的灾难,是因为整个民族离弃了对于上帝的信仰,转而走向上帝所憎恨的"歪门邪道",如崇拜异教神、背弃宗教律法等。先知们认为,使以色列人在宗教上重新归正才是解决所有问题的唯一有效途径。[①] 正是在这一观念的指导下,先知们向上至君王、下至民众的社会各界持续发表演说或采取行动,一方面痛斥以色列人在公平正义与宗教正统上令人发指的缺失,另一方面则热情呼吁社会各阶层应回归一神教的正道,以求上帝的拯救。这正是持续三百余年的先知运动的主要基调。

先知文学的生成、演化与定本是文士群体的成果。在古代以色列社会中,文士是为数不多接受过完整读写教育的群体,他们以生产文献为职业,为委托人提供文书服务。[②] 先知文学所记载的主要先知身边,都有专门负责记录整理先知言行的文士,他们有些接受雇佣,有些则干脆就是先知的门徒。幸运的是,《耶利米书》就详细地反映了先知书的成书过程:先知耶利米(Jeremiah,活动时间约在公元前7世纪末6世纪初)的话语和言行,有很多就是由他的门徒,有着"文士"头衔的巴录(Baruch)所记录与编纂的。

从《耶利米书》的记述来看,这卷书的主要部分可能完成于犹大王约雅敬第四年(约公元前605年,见《耶利米书》第36章第1节、第45章第1节等)。正如前文所述,直接反映成书过程的文本,主要集中在第36章:

[①] 类似的表述在先知文学,特别是在三大先知书中比比皆是,《十二小先知书》中也有颇多具有代表性的案例,如可参阅《何西阿书》第14章、《弥迦书》第7章等。

[②] See David M. Carr, *Writing on the Tablet of the Heart: Origins of Scripture and Literature*, pp. 111–121.

耶利米召了尼利亚的儿子巴录来，巴录就从耶利米口中，将耶和华对耶利米所说的一切话写在书卷上。（耶 36：4）

而作为文士的巴录，其写作原则也在这一章得到了陈述：

他们问巴录说："请你告诉我们，你怎样从他（指耶利米，笔者注）口中写这一切话呢？"巴录回答说："他用口向我说这一切话，我就用笔墨写在书上。"（耶 36：17—18）

于是，耶利米又取一书卷，交给尼利亚的儿子文士巴录，他就从耶利米的口中写了犹大王约雅敬所烧前卷上的一切话，另外又添了许多相仿的话。（耶 36：32）

上述文本清晰地表明，先知文学书面文献的主体部分是由其身边的文士写成的。文士们跟随在先知身边，随时记录先知的言行，其基本书写原则是尽可能忠实地记下先知的言说内容与行为，但在此过程中，文士也会以添加、修改、删除等编写手段调整原始记录，使之通顺连贯，也更符合文士自身的价值倾向。这些主体部分经过后世其他文士群体的再编纂，最终定本。一般认为，先知文学的定本时间集中在公元前 7 世纪至公元前 2 世纪。①

文士群体在编纂先知文学的过程中，在忠于原始文献的基础上，有意识地运用丰富的文学技艺，在塑造众先知鲜明可感人物形象的过程中，也赋予了先知文学独特的审美特征与文学感染力。

正如前文所述，古代以色列社会中的文士是编纂文献的专家，其所接

---

① 王立新：《古代以色列历史文献、历史框架、历史观念研究》，北京大学出版社 2004 年版，第 66—86 页。

第四章　文士文化视阈下的希伯来先知文学成书进程

受教育的最终目的就是具备生产文献的专业技能，从而为雇佣者提供文书服务。这些雇佣者，上至王室朝廷与圣殿祭司，下至基层政府乃至黎民百姓，凡是需要书写、记录、朗读、测量等服务的地方，就都有文士活动的踪迹。

除完成日常政治与经济社会活动中应用类的文书之外（如人员名单、账目、书信、合同等），文士群体还会因自身兴趣或受到雇佣而耗费漫长的时间去完成类似文学、历史、宗教类文本的编纂工作。完成这些工作的文士往往是该阶层中接受过"高等教育"的佼佼者，类似于当今社会中的学者群体。[1]先知文学的编纂就是由这样的文士完成的。而在文献编纂过程中，这些精英文士展现出高明的编纂手法，并有意识地运用多种文学技艺，使得先知文学具备高度的艺术感染力。

前文已经分析过，就编纂手法来说，艾萨克·卡里米（Isaac Kalimi）系统归纳出十余种文士常用的技法，常见的方式主要有补充添加（Completion and Addition）、替换（Interchange）、删除（Omission）、整合（Harmonization）等。[2]在《塔纳赫》中，先知文学与历史书卷往往呈现出较强的互文性，将这些文献对照考察后可知，先知文学中很多有关先知行为记载的单元很可能就是源自其他史书文献，而文士则根据需要，将其截取并整合到先知文学之中。

以《以赛亚书》为例，整卷书围绕犹太与基督教文化中颇为重要的先

---

[1] 古代以色列的文士教育和古代近东其他文明的状况相仿，教育层级也分为初级和高级。初级文士教育主要用于培养能够胜任文书、契约、名单等文体朗读与书写的群体，服务于日常的行政管理、经济活动等文书工作。而高级文士教育更偏重于国家的文化行为，如编写官史、祭祀诗文、卜辞记录等，若要胜任这些工作，不但需要掌握更为古老的语言传统与文化传统，而且还要从事一定程度的学术研究工作（如汇编、整理文献等）。相关论述可参见 David M. Carr, *Writing on the Tablet of the Heart: Origins of Scripture and Literature*, pp. 17–61。

[2] See Isaac Kamili, *The Reshaping of Ancient Israelite History in Chronicles*, Winona Lakes: Eisenbrauns, 2005.

知以赛亚（Isaiah，主要活动时间为公元前8世纪后半叶）展开，以记录以赛亚的演说为主要内容，其中穿插着这位先知在宫廷与社会上的事迹。学界对《以赛亚书》的成书与版本研究表明，本书卷至少有三个不同时期的主要来源，其编者按照惯例被称为"第一以赛亚"（第1—39章）、"第二以赛亚"（第40—55章）和"第三以赛亚"（第56—66章）。① 由于先知以赛亚与犹大王国宫廷交游甚密，因而其诸多事迹在历史书卷《列王纪》中存在平行文本。这一部分集中在《以赛亚书》第36—39章，反映的是以赛亚和犹大君王希西家（Hezekiah，约公元前715年—公元前687年在位）的历史记录。

以《以赛亚书》第36—37章为例，首都耶路撒冷遭到强国亚述的围困（约公元前703年—公元前702年），岌岌可危，犹大王国上至朝臣下至百姓全都丧失斗志，失去信心。在这紧急关头，君王希西家急切地向以赛亚求问，以赛亚给出如下答复：

耶和华如此说："你听见亚述王的仆人亵渎我的话，不要惧怕。我必惊动他的心，他要听见风声，就归回本地。我必使他在那里倒在刀下。"（赛37：6—7）

随后事件的发展果然如以赛亚所言，神派天使（原文为"使者"，מלאך）在亚述军营中展开屠杀，亚述王被迫撤军，随后在神庙中被刺杀（见赛37：36—38），以赛亚的预言都应验了。

该部分的文本与《列王纪下》第18—19章构成平行文本，后者是《塔纳赫》中历史书卷的代表。学界认为，《列王纪》是根据王室历史与档案

---

① 参见《圣经百科辞典》"以赛亚书"词条（梁工主编：《圣经百科辞典》，辽宁人民出版社2015年版，第1058—1059页）。

第四章　文士文化视阈下的希伯来先知文学成书进程

进行编写的，因而具有较高的历史价值。① 系统对照两部分文献就能发现，《以赛亚书》第36—37章的内容与《列王纪下》第18—19章几乎一致，然而两段文本在各自的书卷中起着截然不同的作用。

在历史书《列王纪》中，以赛亚及其言行作为"犹大国王希西家"（王下18—20）这一人物传记的组成部分，服务于编纂者强调王国历史连贯性的著书理念。然而在《以赛亚书》中，第36—37章连同接下来的两章（第38—39章）作为一个整体，从功能上可以被看作"第一以赛亚"（赛1—39）作品的"附录"：《以赛亚书》第1—35章是主要以诗歌体写成的语录，内容基本上都是以赛亚的长篇演说；而第36—39章则是以非韵文写成的大事记，反映以赛亚与国王的交游经历。而这种文本现象表明，被称为"第一以赛亚"的文士将《列王纪下》第18—20章的内容进行了整合（Harmonization）：即将其稍加修改后，融入以赛亚语录的编纂过程中，使原本的历史记录成为有关先知生平的背景记述，其文学功能随之发生了重要改变：这些历史记载成为了《以赛亚书》先知文学的有机组成部分，目的是使其具有更高的历史可信度，凸显先知以赛亚的重要历史地位，进而在无形中强化了第1—35章先知语录的权威性。

事实上，文士在编纂先知文学的过程中，往往十分注重为先知的语录搭建历史框架，赋予其真实可信的历史属性。从整体结构上看，典型的先知文学单元都是以诗歌体（Poem）的先知演说为主体，以散文体（Prose）作为框架，这些框架多简明扼要地交代先知的身份、发表演说的时间背景或主要内容，以及演说产生的影响（如听众的反映、应验的情况等）。显然，这些内容都是文士群体在将先知语录编纂成书的过程中所作的"引

---

① 从体例上看，《列王纪》属于典型的"编年史"（Annals），这是古代以色列与古代近东标准的历史体例，按照每位君王的执政年份编写内容，基本模式为"某某王在位第某年，发生某事"。此外，《列王纪》中还包含了其他宫廷记录的内容，如王表、官表、宗教记录、战记等，这些都是这卷书的史料来源。

子"（Introduction），是其文献活动的证据。这是古代文士常用到的编纂技法，S. J. 米尔斯泰因（Sara J. Milstein）将其命名为"借引而编"（Revision Through Introduction），① 其目的就是将零散的原始资料系统聚合。例如，三大先知书（《以赛亚书》《耶利米书》《以西结书》）的开篇都有类似的框架：

> 当乌西雅、约坦、亚哈斯、希西家作犹大王的时候，亚摩斯的儿子以赛亚得默示，论到犹大和耶路撒冷。（赛1：1）

> 便雅悯地亚拿突城的祭司中，希勒家的儿子耶利米的话记在下面。犹大王亚们的儿子约西亚在位十三年，耶和华的话临到耶利米。（耶1：1—2）

> 正是约雅斤王被掳去第五年四月初五日，在迦勒底人之地、迦巴鲁河边，耶和华的话特特临到布西的儿子祭司以西结，耶和华的灵降在他身上。（结1：2—3）

文士所作的这些框架，将先知的言行定位于真实的历史时空中，使受众在潜移默化中接受了先知演说及其背后所代表的神学思想的真实性，从而达到规训受众的目的。

就先知文学的主体而言，这些长篇演说大多是以优美古雅的希伯来诗歌体写就的，文士熟练使用希伯来古典诗歌最为典型的平行体

---

① Sara J. Milstein, *Tracking the Master Scribe: Revision through Introduction in Biblical and Mesopotamian Literature*, Oxford: Oxford University Press, 2016, p. 2.

第四章　文士文化视阈下的希伯来先知文学成书进程

（Parallelism）[①]，这种符合希伯来语韵律、类似于我国古代诗歌中对仗关系的诗歌体例，能够使先知的演讲读来音律优美、洋洋洒洒、气势不凡。例如：

> 我观看地，不料，地是空虚混沌；我观看天，天也无光。
> 我观看大山，不料，尽都震动，小山也都摇来摇去。
> 我观看，不料，无人，空中的飞鸟也都躲避。
> 我观看，不料，肥田变为荒地，一切城邑在耶和华面前，因他的烈怒都被拆毁。（耶 4：23—26）

以上诗句，是先知耶利米向犹大国民讲述的国家即将被巴比伦攻破的惨状，[②] 其目的在于规劝官员和百姓应回归正统的宗教信仰与实践。借助平行体独特的文学优势，文士仅以短短几句诗歌就勾勒出一幅令人胆寒而绝望的末日图景：天地暗淡、群山震动、人畜消亡、田荒城破，而这一切的根源，就是国民离弃了上帝，招致神降烈怒，上帝将借巴比伦之手带来彻底的毁灭。

文士群体所编纂的先知文学，不但具有独特的形式特征与文学性，而且传达出颇为深刻的思想内涵。这些具有深刻洞见性的文本，是文士自身秉持的神学与历史观念的反映。

[①] 平行体被用于概括希伯来诗歌两个或多个分句间语言结构（包括语词、句法结构、语义）与意义相对应的现象，可被近似理解为类似于中国古典律诗中的"对仗"关系。这种由两个以上分句构成的平行关系，具体还能够细分为"同义平行""反义平行""综合平行"三种。关于这一概念，参见王立新：《古犹太历史文化语境下的希伯来圣经文学研究》，商务印书馆2014年版，第234—239页。

[②] 原文中指耶利米从神看到了未来的异象，南国犹大和耶路撒冷即将遭受巴比伦带来的全面毁灭。而从《塔纳赫》中的历史记录来看，其后的发展证实了耶利米的预言，这也是文士常用的笔法。

文士文化与希伯来先知文学研究

为了确立先知的权威性，先知文学编纂者在文献中言明先知预言都来自上帝。而为了充分表明这一点，文士主要采用的方法就是通过文本的编排，使先知所讲的预言全都"应验",[①] 形成"应验叙事"的模式，其基本结构就是在某重大历史事件发生前讲述先知对其的预言，而后记述事件的过程，最后用类似"这事为要应验某某先知说的话"的套语作结。这种应验叙事并非仅仅是先知相关言行的零散记载；文士将其系统编排在真实具体的王国历史的时空框架之内：国家与社会出现的重大转折点，往往是以先知的预言与事后的应验作为起终点。

通过这种文学手法，文士向受众传达出这样一种历史规律：民族历史不过是上帝某种神圣计划的载体，而其中的奥秘已在历史的发展过程之中借众先知之口向民众进行过传达，其证据就是先知预言在重大历史事件中的不断应验。例如在以色列联合王国分裂的事件（约公元前932年）中，有如下的前后呼应（出自《列王纪》）：

> 一日，耶罗波安出了耶路撒冷，示罗人先知亚希雅在路上遇见他。亚希雅身上穿著一件新衣，他们二人在田野，以外并无别人。亚希雅将自己穿的那件新衣撕成十二片，对耶罗波安说："你可以拿十片。耶和华以色列的神如此说：'我必将国从所罗门手里夺回，将十个支派赐给你。'"（王上 11：29—31）

> 王不肯依从百姓，这事乃出于耶和华，为要应验他藉示罗人亚希雅对尼八的儿子耶罗波安所说的话。（王上 12：15）

[①] "应验"一词在原文中常见的表述有 מלא（本意为"充满"）、כום（本意为"坚立"）及 היה（本意为"降临"）等，这些词语在原文中拥有微妙的意义差别，但在《新旧约全书（和合本）》中都译作"应验"。

第四章　文士文化视阈下的希伯来先知文学成书进程

大卫所建的以色列联合王国在其子所罗门死后不久便一分为二，原因是所罗门晚年贪图享乐与美色，大大消耗了国力，引起北方人民的强烈不满。其继任者罗波安（Roboam）不但没有缓解消耗，反而意欲进一步压榨人民，导致北方自拥君王，与耶路撒冷王室分裂（详见王上 11—12），这位君王就是耶罗波安（Jeroboam）。因而，文士安排先知亚希雅（Ahijah）在所罗门在位时就向耶罗波安发表预言：先知将衣服撕成十二片，代表以色列民族的十二支派；耶罗波安被授予十片，预示他将统领北国十个支派。最后，先知亚希雅的预言果然应验了。

这类应验叙事是先知文学中的一条重要线索，其背后所隐含的，是先知文学的编纂者自身所持有的独特历史观念。该历史观念有两个重要维度，第一是"神圣报应"的思想内核，第二是线性发展并指向最终审判的历史趋向。

就第一个维度来说，文士之所以反复强调先知演说的准确性，是因为他们期望受众意识到先知揭示出了某种历史规律，这种历史规律就是"神圣报应"，其具有神圣的超越性，是处在具体时空中的人们所无法左右的。例如，《耶利米书》中，先知耶利米洋洋洒洒的演说常常细数以色列人自出埃及时期到王国末期的历史（如第 2 章等），而在先知眼中，民族的历史从未离开败坏的道路，时好时坏，这也是先知文学的总体态度。对于这种走向的原因，《耶利米书》中写道：

> 耶和华以色列的神如此说："不听从这约之话的人，必受咒诅。这约，是我将你们列祖从埃及地领出来，脱离铁炉的那日所吩咐他们的，说你们要听从我的话，照我一切所吩咐的去行。这样，你们就作我的子民，我也作你们的神。……他们却不听从，不侧耳而听，竟随从自己顽梗的恶心去行。所以我使这约中一切咒诅的话临到他们身上。"（节选自《耶利米书》第 11 章）

也就是说，民族历史所揭示出来的规律，都维系在"约"上，这"约"主要指以色列人在摩西的带领下与上帝签订的"西奈之约"（Covenant of Sinai），① 是以色列/犹太民族文化中最为核心的宗教纲领，其神学要义在于上帝与以色列人订立契约，彼此约定上帝将赐福于以色列民族，前提是以色列人要遵守圣约中的诸项义务；如若不然，以色列人将受到上帝的惩罚（见《出埃及记》第 20 章的相关表述）。因此在文士看来，民族的过往就是一部圣约践行史：以色列人安享富足兴盛的年代，就是履约情况良好的时代；而遭受不幸、陷入低谷，就是背弃圣约的结果。这种历史思想的内核，源自《塔纳赫》的律法书《申命记》中的神学观念，即"神圣报应"（Divine Retribution）：

> 你若留意听从耶和华你神的话，谨守遵行他的一切诫命，就是我今日所吩咐你的，他必使你超乎天下万民之上。你若听从耶和华你神的话，这以下的福必追随你，临到你身上。……你若不听从耶和华你神的话，不谨守遵行他的一切诫命律例，就是我今日所吩咐你的，这以下的咒诅都必追随你，临到你身上。（节选自《申命记》第 28 章）

这种观念被文士引入先知文学。在编纂应验叙事的过程中，文士着重从历史角度举证，将其塑造成具有客观性的历史规律，将历史视为以色列人在神圣报应面前的教科书。因而，文士笔下的先知常常强调民族的兴旺并非遥不可及；相反，事实上甚至可能只是"举手之劳"——只要选择顺服圣约、敬拜上帝，一切问题便能迎刃而解。然而，以色列民族却不能理解与遵行，转而顽固地选择堕落之路。因此，自王国时期以来的悲惨命运，不过是出自神圣报应这一历史规律所导致的必然后果。

---

① 即在西奈山所领受的圣约，著名的"十诫"就是其中的纲领。详见《出埃及记》第 20 章。

第四章 文士文化视阈下的希伯来先知文学成书进程

就第二个维度而言，文士在先知文学中，对历史的走向给出了一致的答案，那就是：民族历史乃至世界历史，正如卡尔·洛维特（Karl Löwith）所言，是按照神所预示的计划来展开的。① 这一计划是线性的，始源于神创造世界（见《创世记》第1—2章），终结于"弥赛亚"（משיה，"受膏者"）的降临与神的最终审判（"末时"或"末了"，见《但以理书》第7—12章）。因此，先知的演说都或多或少带有末世论（Eschatology）的色彩，因为这被文士视为历史发展的必然终点。在这个终点上，上帝必将派下弥赛亚作为以色列/犹太人在地上的君主，并亲自对列国万民施行审判，使公平正义得到伸张，义人永享平安富足。② 耶路撒冷则作为人类在地上的"神都"，和平安康，永受万民敬仰。③

在这一点上，文士的深层逻辑在于：既然在民族过往的历史上，先知文学的应验叙事已无数次证明先知预言的真确性，那么，先知对于最终审判的说法也应是真实可信的。在此基础上，文士借笔下的先知对上述观点进行了颇为具体的表述，其主要采用的策略有两种，一是大量铺排上帝对列国最终命运的审判，二是借助异象的文学手法，以现实主义的笔调详尽地描述历史尽头的样貌。

首先，先知借上帝之名，对以色列/犹大王国及其周边列国的最终走向进行了大量的预言，这些预言往往以气势磅礴的诗歌体写就，主要内容则是上帝对列国的种种罪恶进行彻底清算，例如：

> 耶和华如此说："推罗三番四次地犯罪，我必不免去她的刑罚；因为她将众民交给以东，并不记念弟兄的盟约。我却要降火在推罗的城

---

① ［德］卡尔·洛维特：《世界历史与救赎历史》，李秋零、田薇译，生活·读书·新知三联书店2002年版，第232—234页。
② 这样的表述以《塔纳赫》中的《但以理书》第7章最为典型。
③ 典型案例如《以赛亚书》65：17—25等。

内,烧灭其中的宫殿。"

耶和华如此说:"以东三番四次地犯罪,我必不免去她的刑罚;因为她拿刀追赶兄弟,毫无怜悯,发怒撕裂,永怀忿怒。我却要降火在提慢,烧灭波斯拉的宫殿。"(摩1:9—12)[1]

除上述威胁本民族安全的外邦,上帝的审判也针对以色列/犹大王国,且在类似的判词中,仍将民族历史贯穿其中:

我曾将你从埃及地领出来,从作奴仆之家救赎你,我也差遣摩西、亚伦和米利暗在你前面行。我的百姓啊,你们当追念摩押王巴勒所设的谋,和比珥的儿子巴兰回答他的话,并你们从什亭到吉甲所遇见的事,好使你们知道耶和华公义的作为。(弥6:3—5)

从文本中可以看出,上帝为列国所带来的历史结局,多以追讨不义、定罪审判为内容,其思想内核仍然是神圣报应,因为从整部《塔纳赫》所反映的情况来看,世间的万邦万民除以色列人之外,绝大部分并不承认上帝的独一神地位。[2] 而以色列人即便与上帝订立了圣约,但由于外邦人的影响,也始终游离于完全守约的理想状态之外,因此才会在其历史上呈现出反复遭受上帝报应的走向,典型案例就是历史书《士师记》中所记述的

---

[1] 推罗(Tyro)和以东(Edom)都是王国时期以色列/犹大周边的城邦国家,前者位于地中海沿岸,后者位于死海南部。上述国家在以色列强盛时期都与其结盟或称臣,而当以色列衰败之后,两者解除了和以色列/犹大的从属关系,成为以色列/犹大的外部安全威胁。因此,此处阿摩司的预言就是指上帝将惩罚两国背信弃义的恶行。
[2] 在整部《塔纳赫》中,唯有以色列人是承认并信仰上帝的独一神地位的,其他主要外邦与民族,包括两河流域的巴比伦人、亚述人,古代迦南地区的迦南人,以及北非的埃及人等,都信仰其各自的神,并且基本上都是多神信仰体系的信奉者。极少数外邦异族人曾短暂地承认上帝的至高权威(如《但以理书》中的巴比伦王尼布甲尼撒、波斯王大流士等),但最终并没有皈依以色列的宗教体系。

状态：以色列人在受难—呼救—得救—犯罪—受难的模式中挣扎，其文本形态呈现出诺思洛普·弗莱（Northrop Frye）所定义的"U型叙事结构"。①

此外，在先知的预言中，"异象"（חזון）的笔法也占了相当大的篇幅，对于渲染历史尽头的真实感与紧迫感起到了重要作用。异象是《塔纳赫》文士常用的一种笔法，用于描写上帝通过特定手段（如自然现象、异音或梦境）将神谕以奇异景象的方式传递给接受启示之人的过程。②先知就是异象最具代表性的接受者与讲述者，正如先知文学散文体框架中常见的表述所言，他们接受的是上帝的"默示"③，而这一过程往往伴随着异象的发生。

文士对上帝最终审判的坚定信念，多通过先知在异象中的种种见闻来进行传递，这些所见所闻往往不是天马行空、光怪陆离的神魔大战与末世灾害，反而是带有鲜明现实主义色彩，甚至具体到某些建筑设计方案、人员规章制度等的相关内容。这种笔法无疑会给受众带来强烈的历史真实感，仿佛读到的不是先知对未来的幻想，而是明晰真切的实施方案。这一点在《以西结书》中体现得淋漓尽致。

《以西结书》是整部《塔纳赫》中因异象而闻名的书卷，由于先知以西结（Ezekiel）的活动时期正处于犹大王国灭亡到"巴比伦之囚"（Babylonian Exile，约公元前586年至公元前538年）这一民族历史的"至暗时

---

① 诺思洛普·弗莱认为："《士师记》记述了以色列反复背叛与回归的神话情节，并以此为背景讲了一系列传统部族英雄的故事。这个内容给了我们一个大体是U型的叙事结构：背叛之后是落入灾难与奴役，随后是悔悟，然后通过解救又上升到差不多相当于上一次开始下降时的高度"（参见[加]诺思洛普·弗莱：《伟大的代码——圣经与文学》，郝振益、樊振帼、何成洲译，北京大学出版社1998年版，第220页）。
② 笔者曾对此进行过详细论述，参见张若一：《"以马内利的兆头"——希伯来圣经异象的形式特征、建构类型与拯救意义》，载《国外文学》2016年第3期，第34—41页。
③ 在很多文本中，"默示"的原文就是"异象"（חזון），如《以赛亚书》第1章第1节等。除此之外，"默示"所对应的原文词汇大多是"话语"（דבר），如《阿摩司书》第1章第1节等。

刻",①因而其所蕴含的历史终结的意味在先知文学中最为浓厚。在第40—48章中,《以西结书》花费了整整8章的篇幅,极为详尽地记述了一则"新圣殿的异象",从文本来看,这座圣殿并不是兴建于几十年后的"第二圣殿"(Second Temple),而是上帝在历史的尽头为自己和以色列圣民所预留的圣所(见结43:6—9)。②值得注意的是,先知对于圣殿的描述宛如工程师的蓝图:圣殿的占地、内外建筑结构、使用功能、装潢设计一应俱全,甚至连各处尺寸都精确到"肘"③,例如:

> 他带我到殿那里量墙柱,这面厚六肘,那面厚六肘,宽窄与会幕相同。门口宽十肘。门两旁,这边五肘,那边五肘。他量殿长四十肘,宽二十肘。他到内殿量墙柱,各厚二肘,门口宽六肘,门两旁各宽七肘。他量内殿,长二十肘,宽二十肘。他对我说:"这是至圣所。"(结41:1—4)

---

① "巴比伦之囚"(Babylonian Exile)这一概念指:犹大王国于公元前586年被新巴比伦王国消灭后,犹大国民中的精英被掳至巴比伦沦为亡国者的事件。新巴比伦国王尼布甲尼撒二世(Nebuchadnezzar II,公元前604年至公元前562年在位)攻陷耶路撒冷,拆毁耶路撒冷圣殿,并将犹大王国大批官员、百姓、祭司等掳走,只留下最底层的民众从事农耕等体力劳动。根据《塔纳赫》中的《以斯拉—尼希米记》记载,波斯帝国(阿契美尼德波斯)君主居鲁士(Cyrus the Great,公元前550年—公元前529年)于公元前539年消灭新巴比伦王国后,准许被掳的犹大人返回耶路撒冷(见《以斯拉记》第1章),巴比伦之囚时期结束。

② 有观点认为,该部分的异象指向的是兴建于公元前6世纪末的"第二圣殿",然而这种说法是靠不住的,原因在于:第一,《以西结书》第40—48章详尽叙述了圣殿的外观、结构与规格数据,这与《以斯拉记》中对第二圣殿的描述不符;第二,《以斯拉记》中明确记载了第二圣殿的建立是在先知哈该和撒加利亚的预言中完成的(如拉5:1),与《十二小先知书》中的《哈该书》和《撒加利亚书》形成互文,但通篇都没有出现先知以西结。因此可以证明,《以西结书》中的圣殿是文士观念中弥赛亚降临后以色列人将要兴建的工程,而非毁于公元70年的第二圣殿。

③ "肘"(Cubit)是古代以色列常用的长度单位,指自成年男子指尖到手肘的长度,约合40—45厘米。

除对新圣殿的详尽描述外，以西结的异象还包括颇为具体的祭司条例（结44）、土地分配方案（结48），甚至需重新统一的度量衡标准（结45：10—12）。这样一来，一份沉甸甸的"计划书"就通过以西结被交到犹大遗民的手中，其表达效果在于使受众认识到先知口中有关历史终点的描述并非虚无缥缈的空想，而是具体可行且无可推脱的实施方案。民族历史的终结，却恰恰是上帝施行最终审判、对以色列民族施行拯救的开始。而文士群体所使用的上述书写方法，恰好有效地传达出了这种真实性与厚重感，大大加深了民众对历史发展最终走向的认同感。

第 五 章

希伯来先知文学的编纂理念与文学价值

到目前为止，本书已经对古代以色列文士群体的来源、社会身份、教育制度、工作方式，以及其与希伯来先知文学的成书进程间的密切关系进行了全面的论述。希伯来先知文学作为文士群体编纂的产物，其复杂性在于：先知文学的最终文本中，既包含了古代以色列历史中诸先知的言行与思想观念，也因被文士群体编纂而带有了文士的思想观念。因此，学界在以往对先知书的研究中，往往忽略了编纂者的能动性，而仅仅认为先知书如镜子般反映了诸先知的思想。但我们已经知道，文士在记录、编纂先知文学的过程中，实际上拥有大量的书写与编纂空间，能够通过多种文士技艺与文士手段，对先知的言行进行增补、删改、合并，甚至附会、创造新文本融入其中。这对先知的思想观念产生的影响之重大，不言而喻。

先知书中横溢的文采与振聋发聩的言行，从某种意义上说，也是编纂先知文学的文士群体采用其所习得的文学技艺所铸造而成的，因此，在分析先知文学的诸种文学特质的探讨中，亦不能忽略文士的因素。

有鉴于此，本章作为本书的最后部分，将对编纂先知文学的文士群体的思想观念及其文学技法进行专题探讨。

第五章　希伯来先知文学的编纂理念与文学价值

第一节　王国时期先知文学编纂者的理念

王国时期是以色列文士活动的高峰期，由于以色列王国的建立，国家在客观上需要专职群体作为日常行政、宗教、经济、社会活动的文书生产者与传达者，因此，文士作为一支不可或缺的专业力量，为国家提供服务。而鉴于文士工作的特殊性，文士群体所接受的教育，天然地与历史、文学与宗教这些最为深厚的民族传统产生密切联系，因此，文士群体便成为王国时期最具文化水准的阶层。文献的继承与生产，无论是口头文献还是书面文献，最终都会经由文士群体之手，成为古代以色列历史文化的载体。而我们已经知道，文士群体在编纂文献的过程中，不可避免地将自身的思想观念融汇其中，因而，文士群体的思想观念，最终影响了整部《塔纳赫》，先知文学也是如此。

王国时期先知书的主要编纂者是前文提到的申命派作者和后先知书中各大先知的门徒，前者是一个宗教学者团体，后者则是分散在社会层面、跟随在先知身边进行记录和整理的文士。而由于后先知书的最终成书多在第二圣殿时期，其文献又经过第二圣殿时期文士的编纂，因而此处先主要考察申命派作者的思想观念，并兼及先知门徒的相关情况。

一、申命派作者的编纂理念

前先知书所记述的历史区间，始于以色列人攻占迦南的军事行动（约公元前12世纪初），止于"巴比伦之囚"初期（公元前6世纪初），其主题是以色列联合王国的建立、分裂与消亡。然而，正是这样一系列集中反映王国历史的书卷，却以鲜明的反王国书写引人注目，主要表现在以下方面。

首先，反王国书写集中体现在申命派作者塑造的君主形象上。一类被称为"行耶和华眼中为恶的事"（וַיַּעַשׂ הָרַע בְּעֵינֵי יְהוָה）的国王，是申命派作者所批判的君主，被认为是造成以色列民族陷入苦难的罪魁。申命派作者多通过先知之口或其他固定套语（Formula）进行表述，如：

> 亚哈见了以利亚，便说："使以色列遭灾的就是你吗？"以利亚说："使以色列遭灾的不是我，乃是你和你父家，因为你们离弃耶和华的诫命，去随从巴力。"（王上 18：17—18）
>
> 犹大王亚撒第二年，耶罗波安的儿子拿答登基作以色列王，共二年。拿答行耶和华眼中看为恶的事，行他父亲所行的，犯他父亲使以色列人陷在罪里的那罪。（王上 15：25—26）

另一类是被冠以"行耶和华眼中为正的事"（וַיַּעַשׂ הַיָּשָׁר בְּעֵינֵי יְהוָה）评价的国王，然而从比例上看，在整部《列王纪》所记载的四十二位君主中，这类国王仅占十二位。即便如此，申命派作者塑造这类国王形象的初衷也并非是对君主制王国的拥护；相反，这些君主往往以变革者的形象出现，恰恰表明了申命派作者对王国状况的批判态度：如犹大国王约西亚（Josiah，公元前 640 年至公元前 609 年在位），被认为是直接影响了申命派作者创作活动的君主，申命派作者对其褒扬有加，主要是由于他推行了一系列重大改革举措，但其主要宗旨却仅在于恢复传统宗教与民族文化在国家社会生活中的中心地位，而没有涉及国家的政治、经济、外交与军事等方面（详见《列王纪下》第 23 章）。因而，前先知书中的明君形象，是申命派作者用于反拨以君王为中心的王国意识形态的手段。

其次，申命派作者着力强调非君王领袖的公义性，以此来削弱君王集权的合法性。这些领袖主要包括士师、长老、先知与祭司。前王国时期，以色列民族以部落联盟为社群组织方式，其领袖主要由长老与士师担任，他们带领族人逃离埃及并攻占迦南，实现了民族的独立；而王国时期，由于王室中央集权制度的建立与巩固，士师制度消亡，长老的权力亦遭到削弱，先知与祭司便承担起对君王进行监督与约束的职责。申命派作者特别突出了先知与祭司的公义性，将其塑造为敢于公开揭露王国制度与邪恶君王扭曲本性的英雄形象，如斥责大卫犯奸淫罪的拿单（《撒母耳记下》第12章）、直面恶王亚哈的以利亚（《列王纪上》第18章）等。

从根本上说，申命派作者所反对的是君主制本身，他们借先知撒母耳之口将这一观念表述得甚为明晰：

> 管辖你们的王必这样行：他必派你们的儿子为他赶车、跟马、奔走在车前；又派他们作千夫长、五十夫长，为他耕种田地，收割庄稼，打造军器和车上的器械；必取你们的女儿为他制造香膏，做饭烤饼；也必取你们最好的田地、葡萄园、你们的粮食和葡萄园所出的，他必取十分之一给他的太监和臣仆；又必取你们的仆人婢女、健壮的少年人和你们的驴，供他的差役。你们的羊群，他必取十分之一，你们也必作他的仆人。那时，你们必因所选的王哀求耶和华，耶和华却不应允你们。（撒上 8：11—18）

这种批判，构成了前先知书历史叙述的基调。申命派作者认为，君主制的根本问题在于，君王必然会由民族的解放者与保护者蜕变为巧取豪夺的专制者，并终将导致民族承受毁灭性后果。

由于经济、社会整体发展状况等因素的制约，前先知书的创作活动并非个体行为，而是由文士阶层（Scribal Class）这一专门从事文献生产的人群完成的，申命派作者亦属于这一群体。从起源上看，正如卡雷尔·范德尔图恩（Karel van Der Toorn）所言，文士阶层是"（为了满足）社会中某些官僚机构需要的产物，这些机构将其发展为一个劳动部门（Division of Labor)"①，他们的创作"不追求所谓的原创性，而是一个完成某种制品的过程。"②也就是说，文士群体的文献活动是严格根据资助方的要求完成的，而并非现代读者所理解的个体独立创作行为。因此，前先知书中的反王国书写是申命派作者背后的资助者——耶路撒冷圣殿祭司阶层与"国民"政治集团意识形态观念的直接反映，体现出特定历史语境下宗教势力与民间传统政治力量对君王权力进行约束的诉求。约西亚改革则直接为这场博弈提供了舞台，也促使上述群体资助申命派作者进行反王国书写的文士活动。

约西亚改革（约公元前622年至公元前609年）在犹大王国历史上颇具影响力，具体而言，其改革主要包含进行集中崇拜、铲除偶像与严守安息日等举措（详见《列王纪下》第23章）。但事实上，这一改革并未有效扭转犹大王国的颓势；相反，约西亚却因强行介入埃及与亚述的战争反遭杀害，犹大王国随即沦为埃及的傀儡，彻底丧失了其独立性（详见《列王纪下》第23章第29—35节）。正是这样一位君主，却被申命派作者塑造为明君，这种看似有悖常理的评判标准有其特定的历史根源。

根据《列王纪》的记载，约西亚改革的纲领是一卷被称为"律法书"（סֵפֶר הַתּוֹרָה）的文献，其改革动机也是因之而起。这卷律法书，是大祭司希勒家（Hilkiah）在修复圣殿时找到的，正如末底改·科根指出的那样："尽管（《列王纪》中）没有指明，但几乎可以确定的是，那卷使约西亚深受影响的'律法书'就是《申命记》，这一观点在过去两个世纪已被圣经学者们详尽论述过。"③而这卷《申命记》也极有可能出自申命派作者之手。一方面，摩西·温菲尔德（Moshe Weinfeld）对《申命记》的希伯来语特

---

① Karel van Der Toorn, *Scribal Culture and the Making of the Hebrew Bible*, p.52.
② Karel van Der Toorn, *Scribal Culture and the Making of the Hebrew Bible*, p. 51.
③ Mordechai Cogen, *Understanding Hezekiah of Judah: Rebel King and Reformer*, Jerusalem: Carta, 2017, pp. 8–9.

征、文体风格与神学观念等方面的详细考订表明，其主体部分是于约公元前7世纪中期完成的，与申命派作者的活动时间基本一致。① 另一方面，马丁·诺特认为，申命派作者的语言与思路与《申命记》多有对应性的相似关系，② 特别是关键性套语，诸如"尽心尽性"（בְּכָל־לֵב וּבְכָל־נֶפֶשׁ）、"遵守他的诫命、法度、律例"（וְלִשְׁמֹר מִצְוֹתָיו וְאֶת־עֵדְוֹתָיו וְאֶת־חֻקֹּתָיו）等，仅见于《申命记》与前先知书。根据上述证据基本可以断定，申命派作者亦是《申命记》的创作者。

由此可见，约西亚的执政活动深受耶路撒冷祭司势力的影响。而由祭司对君王进行规约的合法性，早已由申命派作者在其反映前王国时期的历史叙事中进行了反复渗透，例如：

> 他登了国位，就要将祭司利未人面前的这律法书，为自己抄录一本，存在他那里；要平生诵读，好学习敬畏耶和华他的神，谨守遵行这律法书上的一切言语和这些律例，免得他向弟兄心高气傲，偏左偏右，离了这诫命。这样，他和他的子孙，便可在以色列中，在国位上年长日久。（申17：18—20）

上述引文表明，君王必须在利未祭司的监督下，时刻学习本民族宗教律法，不得僭越。前先知书中所记载的明君，总体上都是按照这一原则行事的。这样，国君便是在祭司或其他宗教代表（如先知）监管下行使权力的领袖，成为"被捆绑的君王"，这构成了前先知书历史文学反王国书写的重要方面。

为凸显宗教力量对君权管控的正当性，申命派作者在其著作中着重展

---

① Moshe Weinfield, *Deuteronomy and the Deuteronomic School*, pp. 1–9.
② Martin Noth, *The Deuteronomistic History*, p. 4.

现了祭司阶层的权威性，反复强调"利未人"（לוים）这一纯正祭司团体对民族发展的重要影响，并声称其在整个以色列民族中享有特权。特别是在《申命记》第18章中，申命派作者明确指出利未人是民族宗教中神职人员的唯一合法来源，因而无需从事生产活动，由其他支派无条件供养。[1] 详考前王国时期诸多宗教领袖，均为利未人出身（如摩西、亚伦、以利、撒母耳等），他们亦担当了民族领袖的要职；而撒母耳更是以色列民族君主制大门的开启者，他"膏立"（מָשַׁח）扫罗与大卫两位君王，确立了君王登基需要宗教势力首肯与监督的范式（详见《撒母耳记上》第10章与第16章）。

但事实上，以色列王国在建立伊始，便确立了王权对宗教势力的实质掌控，这一点也反映在前先知书中。根据《撒母耳记》，大卫建国之后，任命了大量政府与军队高官，祭司长这一职位亦在其列（见《撒母耳记下》第8章）。不仅如此，尽管大卫、所罗门等君王屡次因行为有悖宗教律法而遭受祭司与先知的指责，祭司群体并未拥有足够的实权左右君王的行为。在这种前提下，申命派作者力图通过反王国书写来申明限制君权的正当性和必要性；为此，他们提出了"神圣报应"，以此作为理论依据：

> 你若留意听从耶和华你神的话，谨守遵行他的一切诫命，就是我（指摩西，笔者注）今日所吩咐你的，他必使你超乎天下万民之上。你若听从耶和华你神的话，这以下的福必追随你，临到你身上。……你若不听从耶和华你神的话，不谨守遵行他的一切诫命律例，就是我

---

[1] 如："祭司利未人和利未全支派，必在以色列中无分无业，他们所吃用的，就是献给耶和华的火祭和一切所捐的。他们在弟兄中必没有产业，耶和华是他们的产业，正如耶和华所应许他们的。祭司从百姓所当得的分乃是这样：凡献牛或羊为祭的，要把前腿和两腮并脾胃给祭司。初收的五谷、新酒和油，并初剪的羊毛，也要给他。因为耶和华你的神，从你各支派中将他拣选出来，使他和他子孙永远奉耶和华的名侍立事奉。"（申18：1—5）

今日所吩咐你的，这以下的咒诅都必追随你，临到你身上。(申28:1—2，15)

申命派作者将遵守宗教律法上升至带有"普遍真理"意味的层面，认为：上至君王，下至百姓，莫不处于神圣报应的管辖之下。而有权阐释这一报应原则的群体，仅限于诸如摩西、撒母耳以及王国时期利未祭司等宗教领袖。因而，前先知书所建构的民族历史，实质上就是以色列民族对神圣报应原则的见证史。申命派作者大量书写民族过往中对神"顺昌逆亡"的事件，用以证明这一原则无误。以《士师记》为例，诺思洛普·弗莱(Northrop Frye)就观察到："《士师记》记述了以色列反复背叛与回归的神话情节，并以此为背景讲了一系列传统部族英雄的故事。这个内容给了我们一个大体是U型的叙事结构：背叛之后是落入灾难与奴役，随后是悔悟，然后通过解救又上升到差不多相当于上一次开始下降时的高度"，[①]而这种"U型叙事结构"，就是上述书写的典型例证。这样，神圣报应原则就成为一条捆绑君王的绳索，申命派作者笔下的明君形象，莫不是心甘情愿自我束缚其下的。

卡雷尔·范德尔图恩认为，申命派作者的文献生产活动与圣殿利未祭司的大力资助不无关系：古代近东文献（包括以色列在内）的生产活动高度专业化、集中化，因而需要大量资金、人力与场地的支持，而这些活动中心多位于都城的神庙之中。正如其他古代近东王国的建制，犹大王国文士的活动中心位于耶路撒冷圣殿，因而，申命派文士的文献创作过程与祭司阶层关系密切便也不足为奇了。[②] 祭司群体对抑制王权的诉求，从"集中崇拜"这一问题在《申命记》与前先知书中的表述得到充分反映。所谓

---

① [加]诺思洛普·弗莱：《伟大的代码——圣经与文学》，郝振益、樊振帼、何成洲译，北京大学出版社1998年版，第220页。

② Karel van Der Toorn, *Scribal Culture and the Making of the Hebrew Bible*, pp. 83–89.

集中崇拜（Cult Centralization），是指这样一种祭祀原则：所有的宗教活动都应该在耶路撒冷圣殿展开，而不能分散到其他祭坛、由圣殿以外的神职人员主持。[1]这一观念对耶路撒冷圣殿祭司群体的重要意义是显而易见的：圣殿祭司不仅能够通过垄断全国境内的祭典活动攫取大量物质利益；更重要的是，集中崇拜赋予了圣殿大祭司（祭司长）及其群体至高无上的社会声望与宗教权力，甚至一国之君都要受其管制，这就达到了其抑制王权的意图。这些都是祭司阶层通过约西亚改革所达成的效果，正如德国著名圣经学者冯·拉德（Gerhard von Rad）所指出的："由祭司文本所规定的圣殿祭司群体的特权，其合法性正是由（约西亚改革）这一事件所建立与赋予的。"[2]申命派作者为圣殿祭司群体在文本中造势，不但浓墨重彩地书写所罗门筹备、兴建耶路撒冷圣殿的诸般盛况（详见《列王纪上》第五章至第八章），甚至在涉及圣殿还远未筹建之先的前王国时期历史叙事中，就渗透集中崇拜的观念，使之具备传统上的合法性。

尽管申命派作者受益于祭司群体的资助，并在文本中彰显了其诉求，以圣殿祭司群体为首的宗教力量却并无过硬的政治与经济力量与君权抗衡。真正促成约西亚改革，并以此为契机试图彻底扭转犹大王国政治局面的，是"国民"这一强大的政治团体。该团体亦是申命派作者进行文士活动的根本推动力量。

如要深入探讨"国民"这一政治团体的身份，就需要对前先知书中反映约西亚执政历程的文本进行细读。《列王纪》中记录了约西亚登基的过程：

---

[1] 其神学依据可参见《申命记》第十八章及《列王纪上》第八章内容，其学术性归纳可参见游斌：《希伯来圣经的文本历史与思想世界》，宗教文化出版社2007年版，第168—170页。

[2] Gerhard von Rad, *Old Testament Theology, Volume One: The Theology of Israel's Historical Traditions*, translated by D. M. G. Stalker, Edinburgh: Oliver and Boyd, 1973, pp. 249–250.

第五章　希伯来先知文学的编纂理念与文学价值

> 亚们王的臣仆背叛他,在宫里杀了他。但国民杀了那些背叛亚们王的人,立他儿子约西亚接续他作王。亚们其余所行的事,都写在犹大列王记上。亚们葬在乌撒的园内自己的坟墓里。他儿子约西亚接续他作王。
>
> 约西亚登基的时候年八岁,在耶路撒冷作王三十一年。他母亲名叫耶底大,是波斯加人亚大雅的女儿。(王下21:21—22:1)

从中可以看出,约西亚的继位是宫廷血腥政变的结果,其父王亚们惨遭谋杀,而后"国民"肃清了逆反者,拥立年方八岁的幼子约西亚为王。这一群被称为"国民"(עַם הָאָרֶץ)的人,其希伯来语直译为"当地之民"(People of the Land),在《列王纪》中多次出现,且他们在犹大王国宫廷政治中发挥了重要作用,[①] 甚至一度把持着王位的传承——约西亚战死后,其继承人亦是由"国民"所立:

> 他(指约西亚,笔者注)的臣仆用车将他的尸首从米吉多送到耶路撒冷,葬在他自己的坟墓里。国民膏约西亚的儿子约哈斯接续他父亲作王。(王下23:30)

然而,详细查考前先知书就会发现,上述引文中的"国民",仅活跃于犹大王国约西亚王在位前后,其他时期则无迹可寻。可见,该政治势力抓住了亚们王遇刺朝中大乱的机遇,在宫廷中消灭异己、扶持幼主上位,从而坚固了本集团在宫中的地位。其影响力直到约哈斯王时期(Jehoahaz,公元前609年在位)仍然存在,但埃及的介入似乎终止了"国民"的统治

---

① 如王下11:14,18—20;16:15;23:30,35;24:14等。需要指出的是,官话和合本在这一名词的译法上并不统一,如有"国中的众民"(王下11:14,19)、"国民"(王下11:18)、"国内众民"(王下16:15)等多种译法,但这些译法的原文都是עַם הָאָרֶץ。

245

力量，犹大朝廷彻底沦为埃及的傀儡（见王下 23：31—34）。

从《列王纪》对约西亚在位的记载来看，约西亚改革很可能主要是在"国民"这一政治势力的操控下才得以开展的，而并非出于这位君王自身的政治理想。毕竟作为君主制国家的首脑，约西亚不太可能主动推行大规模改革，以期达到削弱自身权力的效果。可以理解的是，约西亚作为一个八岁便被把持上台的幼主，实难有其独立的政治主张与行动。从《列王纪下》第 22—23 章对约西亚的记述也能够看出，这位君王的重大决策行为似乎总是被动且唐突的：如仅因听从在圣殿中发现律法书的大祭司的意见，便立刻进行全国性大规模改革，以及贸然介入周边强国亚述与埃及的战争，这些都证明了约西亚大权旁落、朝臣专政的境况。

从根本上说，"国民"的诉求代表了王国时期以来被中央集权与城镇化进程所边缘化的政治集团利益。君主制王国的建立，给以色列民族带来了政治、经济、宗教、民族传统等方面的剧变：在该政体下，君王成为唯一合法的最高领袖，并尽一切可能强化中央集权，首都也仰仗其独有的政治地位逐渐发展为国家政府机构、经济、宗教与文化中心，并带来城镇化的迅猛发展。然而，由于以色列王国的规模较小，不足以支撑其发展出除首都之外的大都会城市，导致全国资源大量集中于首都地区。特别是犹大王国时期，其周边安全局势虽日趋恶化，然而耶路撒冷的城镇化进程却突飞猛进：根据大卫·W. 贾美森德雷克（David W. Jamieson-Drake）的社会考古学（Socio-Archeology）研究成果，耶路撒冷在公元前 8 世纪至公元前 7 世纪成为了犹大王国唯一的政治、经济、宗教与文化中心，其影响力广泛存在于各个社会领域，并对于周边城镇拥有牢固的控制力。①

---

① David W. Jamieson-Drake, *Scribes and Schools in Monarchic Judah: A Socio-Archeological Approach*, p.138.

第五章 希伯来先知文学的编纂理念与文学价值

不过，城镇化的迅猛发展，导致犹大王国出现了严重的社会阶层分化状况。历史学家阿道夫·罗德斯（Adolphe Lods）认为，以色列民族由游牧民族发展而来，千百年维持着半游牧半农耕的生产方式，① 并以部落联盟制度为社群组织形式，且前先知书中不乏对这种经济生产活动与社会组织形式的生动反映（如《士师记》）。因此，王国时期的集权与城镇化进程，为民族传统生产生活方式带来了剧烈冲击，并将其逐步瓦解。与此同时，王国制度所引发的诸多社会问题，如官员贪腐、贫富差距拉大等，也进一步导致了下层人民的强烈不满。正如威廉姆·M. 施耐德温德（William M. Schniedewind）所指出的，那些在王国中央集权与城镇化进程中被边缘化的政治力量，如乡村长老、农牧人领袖，以及其他在宫廷政治斗争中落败的贵族，便逐渐联合为一股政治力量，试图重建前王国时期的古老价值观与社会结构。②其主要的政治诉求就是大幅限制王权，并倡导前王国时期的政治文化形态，以期民族逐步摆脱集权专制与城镇化状态。

上述诉求反映在申命派作者的文本中，便是凸显非君主领袖——士师与先知的重要性。一方面，士师是以色列民族部落联盟时期各支派的政治首领，和平时期负责审判族内事务，战时则成为军事领袖。君主制王国的建立，虽导致部落联盟制走向终结，但各地方豪族的长老（זקן）则延续了士师的角色，成为了连接君王权力与百姓之间的桥梁——他们是国家政令的基层接收者，又是国家大事的见证者和参与者，例如《列王纪》中对所罗门王在耶路撒冷建立圣殿的记载中，反复强调"所罗门将以色列的长老和各支派的首领，并以色列的族长，招聚到耶路撒冷"（详见《列王纪上》

---

① Adolphe Lods, *Israel:From its Beginnings to the Middle of the VIIIth Century*, Translated by S. H. Hooke, London and New York: Routledge, 1996, pp. 165–177.

② William M. Schniedewind, *How the Bible Became a Book: The Textualization of Ancient Israel*, pp. 91–117.

第八章），足见其在国家政治体系中的重要地位。

而另一方面，申命派作者也锐意凸显先知的重要性。在《塔纳赫》中，先知（נביא）是能够直接听取神谕的特殊群体，其动词原形为נבא，可直译为"宣告者"。从起源上看，先知群体出自民间而非政治权力机构，其使命便是向以色列人传达神的声音，必要时也能够成为以色列民族的领导者，决定民族的走向（如撒母耳等），在民族宗教与社会生活方面颇具影响力，直到王国时期亦是如此：公元前8世纪中期至公元前5世纪著名的"先知运动"，正是展现出先知在王国时期强大影响力的代表性运动。① 在该运动中，众多先知对民族信仰衰落、君王不义、社会失衡等问题进行批驳，并以大量演说与其他实际行动全面影响着以色列民众。他们的言行亦得到了记录整理，为申命派作者提供了大量的口头与书面文本资源。②

长老（士师）—先知所代表的是与国王—祭司相对照的前王国时期权力体系。君主制王国的建立与发展，使前者的主导地位迅速衰落。尽管如此，长老与先知仍是地方势力的代表，拥有广泛的人民基础，也是"国民"的政治力量来源。因而，一旦宫廷发生政变、王室的控制力出现空隙，"国民"势力便能够乘虚而入，联合同有限制王权诉求的祭司群体，把持朝政，扶助幼主约西亚上台，并资助申命派作者书写宣传文献，为其改革造势。

申命派作者在其文本中体现了"国民"力量反对王国制度的观念。一方面，在反映前王国时期的书卷中，集中表现了士师与先知对民族命运的关键性影响。例如《士师记》就是一部诸位士师屡次拯救民族于水深火

---

① 关于先知运动的历史概述，参见赵宁：《先知书、启示文学解读》，宗教文化出版社2011年版，第33—42页。
② 关于以色列先知群体的发展历史与社会角色等问题，参见 Joseph Blenkinsopp, *A History of Prophecy in Israel* (Revised and Enlarged), Louisville: Westminster John Knox Press, 1996。

热之中的英雄史诗。① 不仅如此，申命派作者亦在《约书亚记》和《士师记》中保留了大量早期民间文学传统，无论其形式还是思想观念，都带有强烈的游牧与乡野色彩，引导王国时期受众对前王国时期的古老传统产生亲近之感。例如《士师记》第五章中的"底波拉与巴拉之歌"，根据马克·S.史密斯（Mark S. Smith）的考证，其创作年代甚至可上溯至公元前 12 世纪，为整部《塔纳赫》中最为古老的诗歌之一，② 其中包含了前王国时期大量的意象与语词，如"军长"（בְּפְרֹעַ פְּרָעוֹת）与"官长"（פְּרָזוֹן）这一对称谓，两者希伯来文直译分别为"垂下长发之人"和"乡下人"，是对前王国时期以色列部落联盟军事首领外貌与身份的直接描述，源自该民族早期的口头传统"拿细耳人"（נָזִיר），甚至在整部《塔纳赫》中都极为少见。③ 这些蕴含在前先知书中的古老的文学与文化传统，是对王国时期的官方文教系统的反拨。

---

① 尽管如此，这并非意味着申命派作者对于以色列民族的士师时代抱有完全积极的态度。根据《士师记》，申命派作者认为该时期恰好是民族较为堕落的阶段，其原文对士师制度的评价如下："以色列人行耶和华眼中看为恶的事，去事奉诸巴力，离弃了领他们出埃及地的耶和华、他们列祖的神，去叩拜别神，就是四围列国的神，惹耶和华发怒。并离弃耶和华，去事奉巴力和亚斯她录。耶和华的怒气向以色列人发作，就把他们交在抢夺他们的人手中。又将他们付与四围仇敌的手中，甚至他们在仇敌面前再不能站立得住。他们无论往何处去，耶和华都以灾祸攻击他们，正如耶和华所说的话，又如耶和华向他们所起的誓。他们便极其困苦。耶和华兴起士师，士师就拯救他们脱离抢夺他们人的手。"（士 2：11—16）可见，士师仅仅是民族整体陷入堕落的状态时以色列人最后的救命稻草，在申命派作者看来，士师作为民族统帅的历史阶段绝非黄金时代。

② Mark S. Smith, *Poetic Heroes: Literary Commemorations of Warriors and Warrior Culture in the Early Biblical World*, pp.211–233.

③ 在《士师记》与《塔纳赫》其他书卷中，存在该传统的少量互文，其希伯来文原意为"未经修剪的（葡萄树）"，其主要特征就是蓄积长发与浓烈的乡野气息，源自颇为古老的以色列民族史诗传统。这一传统最典型的人物形象就是士师参孙，《士师记》第十三章明确指出"不可用剃头刀剃他的头，因为这孩子一出胎就归神作拿细耳人"，而归神作拿细耳人就意味着"离俗"（见《民数记》第六章），这就是乡野气息的由来。

另一方面，即使是在书写王国时期的文本中，申命派作者仍然通过将先知塑造为反君主英雄的方式，使先知扮演重要的政治角色。在其著作中，先知对于政治格局的影响力，甚至远远超过祭司群体。最为著名的案例，当属先知以利亚（Elijah，生卒年份不明）与以色列王国君主亚哈（Ahab，公元前873年至公元前852年在位）的叙事。申命派作者这样评价亚哈：

> 暗利的儿子亚哈行耶和华眼中看为恶的事，比他以前的列王更甚，犯了尼八的儿子耶罗波安所犯的罪。他还以为轻，又娶了西顿王谒巴力的女儿耶洗别为妻，去事奉敬拜巴力。在撒马利亚建造巴力的庙，在庙里为巴力筑坛。亚哈又做亚舍拉，他所行的惹耶和华以色列神的怒气，比他以前的以色列诸王更甚。（王上16：30—33）①

甚至将国内持续三年的旱灾也归咎于亚哈的恶行（王上18：18）。而当时国内唯一勇于与之对抗的英雄，只有先知以利亚。他杀死了亚哈手下异教的诸多假先知，向以色列人证明了耶和华是"真神"，并多次公开斥责亚哈的罪行，其形象可谓疾恶如仇、大义凛然。这种先知得启示后发预言或以行动干预不义之事的模式，鲜明地反映出了以色列民族的早期民间宗教传统特征（如记载于《撒母耳记》中诸多有关"先见""神人"与"先知"的内容）。可见，"国民"所倡导的信仰方式，也是沿袭着前王国时期的民间传统，而非仰赖于王国时期体制化的

---

① 根据《列王纪》，尼八的儿子耶罗波安所犯下的罪，主要是在北国肆意设立邱坛，铸造金牛犊作为百姓敬拜神的偶像，并且按照自己的意愿，任命非利未人（原文作"凡民"）担任神职人员（见《列王纪上》第十二至十三章）。这一切都与妥拉中最核心的宗教信条相悖。由于耶罗波安是分国时期以色列王国的首任君王，他的上述政策奠定了以色列王国的敬拜范式，影响深远，因而被申命派作者称为"尼八的儿子耶罗波安所犯的罪"（חַטֹּאות יָרָבְעָם בֶּן־נְבָט），作为评价王国时期诸国君的一个重要套语。

祭司群体。

总之,"国民"这一政治集团力图通过操控约西亚发动改革来扭转犹大王国的政治局面,他们在限制王权这一诉求上与祭司群体达成共识,并与其共同资助申命派作者,使其通过文士活动为改革造势。然而,约西亚的意外战死,使犹大王国成为埃及的傀儡,"国民"虽拥立约西亚的儿子约哈斯作王,企图将改革持续下去,但仅仅三个月,这一朝廷便被埃及废黜(见王下 23:31—34)。"国民"这一政治势力便也退出了历史舞台。

约西亚死后仅仅二十三年(公元前 586 年),犹大王国便被消灭,其最后的日子也甚为凄惨:国家仅有的财力都被用于向强国缴税,而其周边的安全局势愈加恶劣。在与埃及的争霸中,新巴比伦王国(Neo-Babylonian Kingdom)最终胜出,犹大沦为其附属国;新巴比伦王国曾多次围困、掠夺耶路撒冷,掳走大批民众,最终将其彻底攻陷,并摧毁了耶路撒冷圣殿。强大的外敌干预终止了"国民"扶植的朝廷,这一政治力量的消失,使得申命派作者失去了主要资助;而圣殿被毁,导致祭司群体的土崩瓦解,也终止了他们另一资助来源。因此,申命派作者的创作活动随着犹大王国的覆灭而告终。

尽管如马克·O.布莱恩(Mark O'Brien)所评述的,诸多学者如鲁道夫·施门德(Rudolf Smend)、F. M. 克罗斯(F. M.Cross)、理查德·D. 尼尔森(Richard D. Nelson)等均认为,申命派作者的文献活动在巴比伦之囚时期仍在进行,[1]但彼时却不再有新文本的创作,而仅仅是对已有文献的继承与汇编。前先知书几乎没有记载犹大难民的流亡生活,仅仅在《列王纪下》最后一章中简述了被掳君王约雅斤(Jehoiachin,公元前 597 年在位)在新巴比伦朝中的境况:

---

[1] Mark O'Brien, *The Deuteronomistic History Hypothesis: A Reassessment*, pp. 7–12.

犹大王约雅斤被掳后三十七年，巴比伦王以未米罗达元年十二月二十七日，使犹大王约雅斤抬头，提他出监，又对他说恩言，使他的位高过与他一同在巴比伦众王的位，给他脱了囚服。他终身常在巴比伦王面前吃饭。王赐他所需用的食物，日日赐他一份，终身都是这样。（王下 25：27—30）

除此之外，再无任何关于流亡犹大人的记载。这种文本症候表明，该时期申命派作者的文献创作活动已基本终结。

总之，前先知书的反王国书写，表明其为犹大王国宫廷政治斗争的产物，王国时期被边缘化的政治力量联合祭司群体，在血腥政变中攫取控制权，并企图通过改革确保自身成为制度上的持久受益者。他们资助一批非王室御用文士——申命派作者，为自身的政治诉求编写文献。然而，强大外部力量的干预，使其改革被迫中止。王国的迅速消亡，也使得申命派作者的文士活动趋于式微。他们的文学遗产前先知书，虽失去了其所预期的政治功能，却最终成为了犹太文明核心正典《塔纳赫》的重要内容，承担了延续以色列民族集体记忆、宗教与文化传统的功能与使命。

二、先知门徒文士的编纂理念

前文中已经论述过，前先知书、后先知书以及其他先知文学单元都是文士编纂的结果，不同时代的文士将其所掌握的底本进行处理，使之成为新的文本。而这些文本的最初版本，就是源自诸先知各自的活动时期，其身边的门徒所记录和整理的底稿。尽管这些底稿大多已散佚，但我们仍然能够从既有的文本中窥见其痕迹，并进一步考察先知门徒这群特殊文士的编纂理念。

古代以色列先知身边往往有一些追随者，这些人被称为"门徒"

第五章 希伯来先知文学的编纂理念与文学价值

(למוד)，和先知构成师徒关系，彼此常以"父子"相称，这和文士的师徒十分类似。《塔纳赫》中最早出现的有关先知训练门下弟子的记述出现于前先知书《撒母耳记上》第20章20节："去的人见有一班先知都受感说话，撒母耳站在其中监管他们。"可见，撒母耳在老家拉玛似乎有一个自己的先知学院。自撒母耳以后，先知社群的组织方式基本上都是仿照其样式。《列王纪》中著名的先知以利亚和他的门徒以利沙就是前先知书中另一个典型案例。这些门徒跟在先知的身边，接受其教训，并将其主要观点和言行以口头或书面的方式进行记录。

后先知书中有直接反映门徒对先知言行进行书面记录情况的内容，其典型案例是《耶利米书》中提到的耶利米身边的门徒兼文士巴录。巴录所做的事，基本上就是"将先知耶利米口中所说的话写在书上"（耶45:2），其理念就是尽可能按照原样保存先知的话语。当然，在整理耶利米话语和言行、使之成文的过程中，巴录也会根据情况进行诸如"添加许多相仿的话"（耶36:32）等通顺文句的工作。但无论如何，作为第一手底稿的作者，文士巴录的基本理念就是尽可能忠于先知的实际言行，尽量不作任何加工或润色。这一工作使巴录"唉哼困乏，不得安歇"（耶45:3），可见门徒记录整理先知言行的工作，出于各种条件所限，是十分艰苦的。

遗憾的是，《塔纳赫》中似乎没有更多直接的相关描述了，但是，种种记载先知言行底本的存在是能够被证实的，其名称在一些书卷中得到了保留，如在《历代志》中，提到了"先知拿单的书"（代下10:29）、"示罗人亚希雅的预言书"（代下10:29）、"先知示玛雅和先见易多的史记"（代下12:15）、"先知以赛亚的默示书"（代下33:32）等文献的名称。这些先知都是在前、后先知书中出现过的重要人物，其相关底本很可能就是其身边的门徒所整理出来的，作为以色列/犹大的重要文档得到了保管，最后被后代文士进行了再编纂。

第二节　第二圣殿时期先知文学编纂者的理念

第二圣殿时期是古代以色列文献成书的另一个高峰，也是文士活动较为活跃的阶段。在此时期内，《塔纳赫》的多部书卷基本成书，而后先知书也主要是在该时期最终成书的。

第二圣殿时期的文士群体与王国时期最大的区别在于，由于王国的消亡，其兴趣基本上已与世俗的王室无关，而仅仅在于宗教文化的维度。由于第二圣殿时期，犹太社群的实质领袖是圣殿祭司群体，因而，该时期的文士群体主要由祭司文士和学院文士组成，在祭司群体的资助下进行文献的编纂，其思想观念也主要以犹太教的发展需要为核心。

第二圣殿时期，也被视为先知预言终结的时代，新的先知传统不再产生，文士群体则仅仅是对既有先知传统进行编纂。

其原因有二：第一，大规模的先知活动已不复存在。根据后先知书的相关说法，晚期的先知活动基本上终止于巴比伦之囚时期至第二圣殿时期初期，主要内容则是预言流亡的犹大人将重返家园、重建圣殿，其中比较主要的是撒迦利亚（预言第二圣殿的建造和耶路撒冷的复兴）、哈该（预言第二圣殿的建造）、玛拉基（重申祭司的职责、什一税和神的审判）等，这些先知的活动年代在公元前6世纪末至公元前5世纪中。前文已经说过，先知运动的主要背景是出身民间的先知群体对王国时期逐渐失衡的宗教与社会状况进行的抨击，而随着犹大王室的灭亡和国家的沦丧，犹大民众的社会生活以流散为主，即便是回归耶路撒冷的犹大社群也是在波斯等帝国的统治之下，因而先知运动的社会基础在事实上已被消灭。因此，在以斯拉和尼希米的时代之后（公元前5世纪中），先知活动已基本绝迹。

第二，犹太教的系统建立使得以摩西律法为核心的宗教体系得到前所未有的完善。在以斯拉等第二圣殿宗教活动家的努力之下，妥拉（"摩西的律法书")成为了犹太社群的核心,而"祭司和利未人"则成为了耶路撒冷犹太社会结构中的统领阶层(如可见《尼希米记》第11—12章中的名单),先知群体不再被提起,而既有先知的预言都被视为已在犹大人归回耶路撒冷和第二圣殿建造的过程中应验了(如耶利米、撒迦利亚、哈该等先知的预言),这种应验关系正如前文所提到的神圣报应观念,是在律法原则之下,犹大人得到神怜悯的历史见证。因此,先知的言语失去了其原有的批判性和安慰性的根基,而完全被视为某种历史资料。不仅如此,摩西律法的完善,其背后隐含的神学观念就是:所有神的教导都已完整包含在了妥拉之中,而第二圣殿的建造和祭司群体的存在,也使得神不再需要借助先知来向犹太群体传达新的指示。这样一来,犹太教的建立就从根本上抹杀了新先知传统出现的可能性。而已有的先知传统,就只剩下历史维度方面的意义,由文士编纂成书,作为资料保存在尼希米图书馆中。[1]

在这种情形下,服务于祭司和宗教群体的犹太文士对先知书的编纂就主要出于两个具体的目的,一是将先知书视为先贤的名作,验证律法的正确性,二是将先知书中提到祭司、圣殿等相关的内容加以强化,用以树立第二圣殿祭司和犹太教的正统性。本节将以《以赛亚书》和《撒迦利亚书》作为典型案例进行考察。

一、《以赛亚书》文士的编纂理念

《以赛亚书》全卷共有66章,尽管宗教学术传统一般认为其均出自以

---

[1] 《马加比传(下)》中提到了"尼希米图书馆",这座图书馆是归回时期的犹大领袖尼希米(Nehemiah,即《以斯拉—尼希米记》中的两位主人公之一)所建的。其中十分明确地提到这是第二圣殿时期耶路撒冷的官方档案馆,还有诸多具体的史料馆藏:"同样的事实也见之于王室记录和尼希米回忆录,尼希米建立了一个图书馆,收集大卫的笔记、列王献祭的书信以及有关列王和诸先知的书籍。犹大也收集了由于战乱而散在各处的书籍,我们一直保存着"(马下2:13—14),"诸先知的书籍"很可能包括《塔纳赫》中所有先知书,以及没有出现在正典中的其他先知书目。

赛亚之手,①但从文本的语言风格、指涉对象、思想导向等方面综合考察，不难看出其拥有多个底本来源的事实。②学界一般认为，《以赛亚书》至少包含了三个主要的底本，源自三位不同时期的作者，其称呼与活动时间如表5-1所示。

表5-1 《以赛亚书》的作者情况

作者/底本	章节	活动地点与年代
"第一以赛亚"/《以赛亚书A》	第1—39章	犹大王国，公元前740年—公元前701年
"第二以赛亚"/《以赛亚书B》	第40—55章	巴比伦流放地，公元前539年前夕
"第三以赛亚"/《以赛亚书C》	第56—66章	耶路撒冷，公元前516年—公元前445年

这三个主要底本中，只有《以赛亚书A》（后简称"A"）被认为是出自先知以赛亚本人，相关事迹在《列王纪下》第18—20章中有互文（对应《以赛亚书》第36—39章），而此外的两个底本，是假托以赛亚之名所作的，在第二圣殿时期被文士编纂起来，成为一卷。《以赛亚书B》（后简称"B"）和《以赛亚书C》（后简称"C"）两个底本的年代背景，与以赛亚先知真实活动的社会历史条件相差甚远，B所处的时代恰逢巴比伦之囚即将结束的年代；在C所处的年代，第二圣殿业已落成。流亡的终止、重归故土与圣殿的重建，这些时代的主题与A所处年代的关键词大相径庭。因而，这三个底本的主要内容及其思想观念也是不尽相同的。

A底本在《以赛亚书》中所占的比重最大，被认为是反映先知以赛亚所在真实历史时空中言行的部分，以赛亚是犹大王国后期的重要先知，其活动时间长达近四十年（公元前740年—公元前701年），经历了四次王朝的更迭（见赛1：1）。对于当时的犹大王国而言，外族强敌的威胁、君

---

① 吕绍昌：《天道圣经注释：〈以赛亚书〉（卷一）》，香港天道书楼2014年版，第15—19页。
② 王立新：《古代以色列历史文献、历史框架、历史观念研究》，北京大学出版社2004年版，第67—69页。

第五章　希伯来先知文学的编纂理念与文学价值

王的昏聩暗弱、社会公义的沦丧和民族信仰的衰落是最为严重的问题，因而，A底本中处处可见的，就是先知对上述问题的严厉批判与谴责（典型案例如第一章、第三章等），而且这些谴责和批判，并非站在宗教道义上泛泛而谈，而是往往直接以当时的历史社会事件为对象。例如第20章是一则关于以赛亚行为的记载：

> 亚述王撒珥根打发他珥探到亚实突的那年，他珥探就攻打亚实突，将城攻取。那时，耶和华晓谕亚摩斯的儿子以赛亚说："你去解掉你腰间的麻布，脱下你脚上的鞋。"以赛亚就这样做，露身赤脚行走。耶和华说："我仆人以赛亚怎样露身赤脚行走三年，作为关乎埃及和古实的预兆奇迹，照样，亚述王也必掳去埃及人，掠去古实人，无论老少，都露身赤脚，现出下体，使埃及蒙羞。以色列人必因所仰望的古实，所夸耀的埃及，惊惶羞愧。那时，这沿海一带的居民必说：'看哪，我们素所仰望的，就是我们为脱离亚述王逃往求救的，不过是如此！我们怎能逃脱呢？'"

以赛亚露身赤脚行走三年，是对当时犹大王国外交政策的直接反映。大约在公元前713—公元前711年间，亚实突（Ashdod）[①]君主背叛新亚述，宣称不再缴纳供奉，并意图联合其他黎凡特国家（如以东、犹大等）组建反亚述同盟，一起独立。新亚述的萨尔贡二世（Sargon II，即引文中的撒珥根）前来平叛，就是引文中所说的"他珥探就攻打亚实突，将城攻取"之情形。犹大王希西家意图联合埃及对抗亚述，但这种外交政策在以赛亚看来无异于重蹈亚实突的覆辙，在神的命令下，以赛亚赤身裸体三年，为

---

① 亚实突（现译作阿什杜德）现为以色列沿海城市，原为非利士人与公元前11世纪所建的五座主要沿海城邦之一。

的是向民众显示埃及和古实①也必将惨败的后果，以此劝说国民应断绝通过依靠埃及而摆脱亚述秩序的念头。这种具有鲜明时代性的内容，在 B、C 两个底本中则大幅减少，表明这两个底本的作者对以赛亚的生平和其所处具体时空中发生的事件不甚熟悉。

A 底本的作者很可能包括以赛亚身边的门徒，以及与之关系紧密的文士，类似于《耶利米书》中巴录的情况。尽管作者并未表露其身份，但第 8 章中有这样的表述：

> 你要卷起律法书，在我门徒中间封住训诲。我要等候那掩面不顾雅各家的耶和华，我也要仰望他。看哪，我与耶和华所给我的儿女，就是从住在锡安山万军之耶和华来的，在以色列中作为预兆和奇迹。有人对你们说："当求问那些交鬼的和行巫术的，就是声音绵蛮，言语微细的。"你们便回答说："百姓不当求问自己的神吗？岂可为活人求问死人呢？"人当以训诲和法度为标准，他们所说的若不与此相符，必不得见晨光。（赛 8：16—20）

这段引文中有两个值得注意的地方：第一，"卷起律法书"，这里的律法已以"书"（ספר）的形态出现了，这是只有文士阶层才会接触和使用到的载体，表明该文本的作者是熟悉书面文本生产的专业人士；第二，"在我门徒中间""你们便回答"等表述十分鲜明地表明这段文本是以先知 / 师父对门徒 / 弟子的教训为语境的。

不仅如此，这段文本所在的第 8 章一开头便说有"诚实的见证人、祭司乌利亚和耶比利家的儿子撒迦利亚记录这事"，这里的"记录"（עוד）本意是作见证、写证据，表明以赛亚的言行也由身份显赫的祭司和文士所

---

① 古实（Cush）的地理范围大致相当于现今的埃塞俄比亚。

第五章 希伯来先知文学的编纂理念与文学价值

记录，后来可能由以赛亚的门徒文士编纂起来。总之，A 底本作者的编纂理念，无外乎想要尽可能忠实地记录以赛亚先知的言行，而在最大程度上反映以赛亚自身的人格魅力与思想观念。因而，A 底本中的以赛亚，是一个活跃在具体时空语境中的鲜活形象，这得益于 A 底本作者的亲眼见证和忠实记录。

相比之下，B 和 C 两个底本中的以赛亚，则基本上不具备任何历史维度和叙事性——完全是以赛亚的语录，而没有以赛亚的具体历史活动，这表明 B、C 两个底本的作者并不是和以赛亚同时期的人。B 底本中值得注意的是其多次提及了"审判巴比伦"（如 47 章）、"神立居鲁士为王"（如 45 章、48 章）和"耶路撒冷的复兴"（如 49 章、51—55 章）等主题，借以赛亚之口言明巴比伦即将倾覆、流亡生涯行将结束、犹大遗民能够返乡等"预言"。很明显，这些内容是巴比伦之囚事件中犹大遗民的核心关切，而非生活在犹大王国时期的以赛亚先知所关心的问题。这暴露出该底本作者的实际生活年代和所处的社会环境。

除此之外，B 底本作者似乎特别喜欢强调"忍耐"这一品格：第一，著名的"神仆"形象在该部分得到了充分的描绘，其中最著名的片段（52：13—53：12）常常被基督教会解读为对耶稣的预表。第二，B 底本中大量谈到神对以色列人的不离不弃，且特别突显了历史的维度。上述两点从正反两个方面鼓励犹大流散者应培养忍耐的美德，一方面要效仿以赛亚所提出的神仆形象：

> 他被欺压，在受苦的时候却不开口。他像羊羔被牵到宰杀之地，又像羊在剪毛的人手下无声，他也是这样不开口。因受欺压和审判，他被夺去，至于他同世的人，谁想他受鞭打、从活人之地被剪除，是因我百姓的罪过呢？他虽然未行强暴，口中也没有诡诈，人还使他与恶人同埋；谁知死的时候与财主同葬。耶和华却定意将他压伤，使他

受痛苦；耶和华以他为赎罪祭。他必看见后裔，并且延长年日，耶和华所喜悦的事必在他手中亨通。（赛53：7—10）

另一方面劝诫犹大人不要灰心，因为历史上，神已经无数次拯救以色列人摆脱奴役，如重申出埃及的典故，以此作为对犹大流亡者"逃离巴比伦"的鼓舞：

> 耶和华在沧海中开道，在大水中开路，使车辆、马匹、军兵、勇士都出来，一同躺下，不再起来，他们灭没，好像熄灭的灯火。耶和华如此说："你们不要记念从前的事，也不要思想古时的事。看哪！我要做一件新事，如今要发现，你们岂不知道吗？我必在旷野开道路，在沙漠开江河。野地的走兽必尊重我，野狗和驼鸟也必如此。因我使旷野有水，使沙漠有河，好赐给我的百姓、我的选民喝。这百姓是我为自己所造的，好述说我的美德。"（赛43：16—21）

这样一来，犹大流亡者能够从所谓以赛亚先知的预言中得到鼓舞，培养坚韧的品格，以保持内心的信念，迎接回归故土的新纪元（公元前538年）。总之，由于生活年代的差异，B底本的作者无法掌握以赛亚先知的生平，因而基本上是在模仿A底本风格的基础上，表露出犹大流亡者盼望巴比伦倾覆、从而能够得以返乡的心愿。

C底本是更晚期生成的文本，其中几乎没有出现能够指涉具体时空对象的语汇，其中的人名（如摩西、雅各）、地名（如耶路撒冷、锡安）都是高度符号化的象征性能指，用以指代诸种传统和观念。因此，该部分的文本显示出强烈的抽绎性特征，其内容几乎完全剥离了以赛亚作为真实人物的历史维度，只剩下附会在其话语之中的思想观念。B底本中至少还提到了巴比伦之囚和波斯王居鲁士，C底本中则干脆连类似这样的具体内容都不复存在。

C底本中引人注目的主题是带有末世论色彩的"新天新地",其核心是耶路撒冷的复兴、上帝的审判以及圣殿的荣光。这个"新天新地"的表述出现在第65章(详见《以赛亚书》65:17—25)。这个"新天新地"似乎在一定程度上影射了犹大遗民复归耶路撒冷的精神状况,归乡的快乐不仅体现在犹大社群可以在自己的故土上自食其力,而且体现在神与他们同在,并且使得公平正义得到伸张。不过,这个"新天新地"显然是世界历史尽头的某种图景:彼时,在神完成对万民的审判之后,"耶和华的殿"将在这个"新天新地"中成为天下万国的中心,向世人散发光辉,这正是第66章的核心意思(详见《以赛亚书》66:15—16,19—20)。

C底本中尽管包含了诸多源自王国时期的先知传统,但其核心要义是圣殿,在其作者活动的时代,这个圣殿毫无疑问就是第二圣殿。在此,C底本的作者所展现的,乃是对整个以第二圣殿为中心的宗教制度的尊崇,这一点与A底本中以赛亚对于第一圣殿祭司恶行的抨击形成了明显的反差(如赛1:11—15)。最终,在第二圣殿时期的文士在将上述底本进行编纂的过程中,加强了几个底本的统一性,并着力凸显了圣殿、律法和祭司在整个文本中的核心地位,使得犹大遗民重回耶路撒冷、建立第二圣殿等本不属于以赛亚时期的命题得到了稳固的确立。

二、《撒迦利亚书》文士的编纂理念

《撒迦利亚书》与《以赛亚书》各个底本的内容与编纂观念形成了较为鲜明的呼应,该书卷也有两个底本,第1—8章被称为《撒迦利亚书A》(后简称"亚A"),第9—14章被称为《撒迦利亚书B》(后简称"亚B")。[1]

---

[1] 王立新:《古代以色列历史文献、历史框架、历史观念研究》,北京大学出版社2004年版,第82—83页。

亚A的成书年代约在公元前6世纪末（因其中提到先知得到默示的时间是在波斯王大流士王在位第2—4年），亚B的成书年代应在公元前4世纪晚期之后（第9章提到了希腊，因此其不应早于希腊化时期），后世文士将这两个底本合并编纂，成为最终版本的《撒迦利亚书》。

和《以赛亚书》的A底本类似，亚A部分应是出自撒迦利亚身边的门徒文士之手，较为详尽地记载了一个在真实历史空间中活动的先知形象。亚A部分的预言发生在波斯王大流士在位第2—4年，其内容是撒迦利亚对巴比伦之囚终将结束、犹大遗民将会返乡建殿的预言，其中最著名的是"八个异象"（详见第1—6章）。这些异象言明了神对犹大人返回耶路撒冷的应许、第二圣殿的建造和祭司体系复兴的宣告，提到了第二圣殿的建造者所罗巴伯、大祭司约书亚等回归时期的灵魂人物。上述这些具体的年代和历史人物的记载，表明亚A应该是出自撒迦利亚同时期文士的记录。

亚B部分与亚A部分的差别十分明显，首先，如同《以赛亚书》B和C底本的情况一样，亚B部分基本上没有出现精确的时间、地点状语和历史人物，也没有提及撒迦利亚任何的具体情况，而完全是高度模式化的先知文学套话。不仅如此，亚B部分也没有提及犹大人回归耶路撒冷、重建圣殿等关键事件，取而代之的是耶路撒冷的复兴和神的最终审判（"耶和华的日子"），这正与《以赛亚书》C底本形成了互文。更引人注目的是，第14章中特意描绘了万国与耶路撒冷征战的惨烈场景：

> 耶和华的日子临近，你的财物必被抢掠，在你中间分散。因为我必聚集万国与耶路撒冷争战，城必被攻取，房屋被抢夺，妇女被玷污，城中的民一半被掳去；剩下的民仍在城中，不致剪除。那时，耶和华必出去与那些国争战，好像从前争战一样。那日，他的脚必站在耶路撒冷前面朝东的橄榄山上。这山必从中间分裂，自东至西，成为

极大的谷。山的一半向北挪移,一半向南挪移。(亚 14∶1—4)

长年处于多国围攻战乱下的耶路撒冷及其惨状,很难不使人联想到希腊化时期的犹大省被托勒密、塞琉古等强国反复争夺之下的处境。在这种绝望的时刻,神的最终审判就成为了许多犹太人的盼望,即:

耶和华用灾殃攻击那与耶路撒冷争战的列国人,必是这样:他们两脚站立的时候,肉必消没,眼在眶中乾瘪,舌在口中溃烂。那日,耶和华必使他们大大扰乱。他们各人彼此揪住,举手攻击。犹大也必在耶路撒冷争战。那时,四围各国的财物,就是许多金银衣服,必被收聚。那临到马匹、骡子、骆驼、驴和营中一切牲畜的灾殃,是与那灾殃一般。所有来攻击耶路撒冷列国中剩下的人,必年年上来敬拜大君王万军之耶和华,并守住棚节。(亚 14∶13—16)

由此不难看出,对最终审判降临的盼望,是第二圣殿中后期犹太文士普遍的观念之一。编纂亚 B 部分的文士,尽管对撒迦利亚先知及其活动年代的历史细节和主要关切不甚了解(或不感兴趣),但其借助撒迦利亚之名,表明了自身对圣城永远兴盛和最终审判来临的强烈兴趣。这些内容在撒迦利亚所在的年代,却并非主要观念——彼时的先知及其周边的流亡者,正沉浸在对归乡有望的喜悦之中。

总体上说,第二圣殿时期先知文学的编纂者的主要兴趣就是围绕第二圣殿展开的,巴比伦之囚的结束、第二圣殿的重建、祭司制度的复兴,以及神的最终审判,无一不是围绕着这一核心展开的。在该时期的文士看来,先知已成为过往,犹太教的建立、妥拉的定型、祭司制度的完善,都使得神的话语成为明确固定的教条,神也不再通过启示来传递信息,而完全由祭司阶层掌管。先知的角色已被祭司群体完全吸收,因而,先知文学也成为了历史，不再具有现实意义。文士在进行先知文学的编纂工作之时，将其必要性固定在历史的维度，视其为神对以色列/犹太人拯救的见证者，以及第二圣殿与祭司群体正统性的宣告者。在编纂的工作中，文士群体一方面遵循基本的工作原则，尽量保存底本的原貌，而避免新文本的创造；但另一方面也会将符合自身编纂理念的底本进行保留，并进行个别词句的微调，使之能够汇合成反映其自身观念的文本。因此从本质上说，该时期文士的基本模式，与王国时代末期到后王国时期的申命派作者是相通的，不过由于身处不同的历史语境，编纂的理念却大相径庭。这也是构成先知文学多样性的重要因素。

第三节 文士文化视阈下希伯来先知文学的文学价值

通过前文的论述，我们已经对古代以色列文士群体以及希伯来先知文学的成书产生了全面而系统的认知。在本书的最后一节中，我们将从文士文化的角度出发，对希伯来先知文学的艺术价值进行探讨。以往学界对希伯来先知文学的艺术价值的探讨，往往仅停留在形式、结构与较为浅显的思想观念等层面上。而本书因为拥有了前文的基础，因而能够结合作者系统对希伯来先知文学的艺术价值及其根源进行深入的探讨。本节所采用的视角是以文体（Genre）为依据的，因为文体是文士创作的模板，来源于文士教育训练；文体又是文学技艺的基准点，不同文体所适用的文学策略及其承担的社会功能大为不同。综上，本节将从叙事与宣讲两个角度对希伯来先知文学的艺术价值进行探讨。

一、叙事单元的文学价值

从整体的构成比例上看，叙事是希伯来先知文学中所占比例极大的文体,其大多以非韵文(Prose)的形式,围绕先知来讲述历史叙事。特别是前先知书中,叙事文体所占的比例最大,《约书亚记》《士师记》《撒母耳记》和《列王纪》基本上都是由非韵文的叙事构成的,其中穿插一些拥有古老传统的诗歌(如《士师记》第5章的"底波拉之歌")。后先知书中,叙事也占有一定比例,特别是讲述诸位先知的行为与生平之单元,基本上由叙事承担讲述的功能。在"凯图维姆"的《但以理书》中,叙事所占的比例也是很高的,前6章基本上也是由叙事构成的,其中但以理解梦的片段与第7—12章的内容,尽管是诗歌体,但仍然是叙事诗歌。其他先知文学单元,主要集中在"妥拉"部分,也是以叙事为主的。

希伯来先知文学的叙事从来源上看,很可能源自文士教育中的历史文献传统,当然,正如第四章所言,这一传统也深受王国时代亚述、巴比伦等历史传统的影响。这类历史记录,往往以连贯的短句为叙事手段,言简意赅地记录下历史过往与重大事件。不仅如此,亚述的编年史亦是以君王为中心的,因而从某种意义上能够被视为君王的"传记",这种记传的做法,也被吸纳到以色列文士的文献素材库之中,例如在《列王纪》中所出现的"以色列诸王记""犹大列王记",很可能就是以这种形式存在的文本。

以新亚述帝国君主以撒哈顿的一则编年史为例,此处节选的文本,反映了以撒哈顿于公元前673年至公元前672年间的征战与在尼尼微建设皇宫与军械库的事迹。[①] 其中的一段这样记载:

我摧毁了位于埃及河地区的阿尔扎城,给它的王阿苏西里戴上镣

[①] 由于亚述编年史多铭刻于棱柱(Prism)上,棱柱的每一面上都有楔形文字,为了方便认读与定位,学界以"第几面(Column)第几行(Line)"作为索引(正如基督教圣经以"卷—章—节"为索引方式一样),例如第一面第八行就表述为 Col. i 8,第二面第一行表述为 Col. ii 1 等。此处所引用的文献出自 Erle Leichty, *The Royal Inscriptions of Esarhaddon, King of Assyria (680—669 BC)*, Winona Lakes: Eisenbrauns, 2011, pp. 11–26, 由笔者自译。

铐，把（他）押回亚述。我将他捆绑，同熊、狗和猪一起关在尼尼微（城）中心城门旁。

此外，我在胡布施纳地区，① 用刀剑击败了辛梅里安人托施帕，一个来自远方的野蛮人，以及他的全部大军。

我将西里西亚人的脖子踩在脚下，他们是山中居民，居住在难以进入的群山之中，与邪恶的赫梯人为邻，他们坚信万能的群山能保护他们，他们从一开始就没有屈服在亚述的重轭之下。我包围、征服、推平、消灭、摧毁（并）烧尽他们二十一座坚固城池，连其他小镇我也没有放过。（说到）其他的人，尽管没有向我犯下（任何）罪过，我也将我王权的重轭加在他们颈上。（Col iii 39—55）

而如果我们节选《列王纪》中的片段，就能够看出两者在文风上的相似性：

亚兰王的臣仆对亚兰王说："以色列人的神是山神，所以他们胜过我们，但在平原与他们打仗，我们必定得胜。王当这样行：把诸王革去，派军长代替他们；又照著王丧失军兵之数，再招募一军，马补马，车补车，我们在平原与他们打仗，必定得胜。"王便听臣仆的话去行。

次年，便哈达果然点齐亚兰人上亚弗去，要与以色列人打仗。以色列人也点齐军兵，预备食物，迎著亚兰人出去，对著他们安营，好像两小群山羊羔。亚兰人却满了地面。有神人来见以色列王说："耶和华如此说：'亚兰人既说我耶和华是山神，不是平原的神，所以我必将这一大群人都交在你手中，你们就知道我是耶和华。'"以色列

---

① 位于安纳托利亚半岛。

人与亚兰人相对安营七日，到第七日两军交战。那一日，以色列人杀了亚兰人步兵十万，其余的逃入亚弗城，城墙塌倒，压死剩下的二万七千人。

便哈达也逃入城，藏在严密的屋子里。他的臣仆对他说："我们听说以色列王都是仁慈的王，现在我们不如腰束麻布，头套绳索，出去投降以色列王，或者他存留王的性命。"于是他们腰束麻布，头套绳索，去见以色列王，说："王的仆人便哈达说：'求王存留我的性命。'"亚哈说："他还活着吗？他是我的兄弟。"这些人留心探出他的口气来，便急忙就著他的话说："便哈达是王的兄弟。"王说："你们去请他来。"便哈达出来见王，王就请他上车。便哈达对王说："我父从你父那里所夺的城邑，我必归还，你可以在大马士革立街市，像我父在撒马利亚所立的一样。"亚哈说："我照此立约，放你回去。"就与他立约，放他去了。（王上20：23—34）

虽然两则文本的人称不同，但我们不难看出，其叙事的风格基本一致，即运用短句，言简意赅地讲述战争的主要经过。这种传统，被以色列文士用于记述先知的生平与事迹。

先知文学中叙事的主要特征有以下几个点：

1. 短句为主，多记载先知的言行，而少见描摹性的细节描写。

2. 擅长多线索叙事，且这些线索往往平行展开，最后因神圣因素汇聚在一起，构成叙事的合力。

3. 叙事的节奏安排精妙，善于以平实的语言将危机感与拯救感拿捏得恰到好处，引人入胜。

此处以先知以利亚的事迹为例进行分析，先知以利亚被神拣选为先知，完成了一系列重大使命，其中最引人入胜的，莫过于他与亚哈王手下的假先知斗争的叙事，记载于《列王纪上》第17—19章。

亚哈王在位年间，以色列遭旱灾，先知以利亚曾以此警告亚哈，这是神对亚哈偏离正道、敬拜巴力的惩罚（王上17：1），以利亚也因此逃至山野，三年后，神命以利亚出山，与亚哈对峙，并缓解旱灾（王上18：1）。途中，以利亚遇到了忠于上帝的亚哈的家宰俄巴底，俄巴底告诉以利亚，王后耶洗别迫害先知，但自己暗中对他们进行保护（王上18：7—14）。以利亚随即面见亚哈，二人为耶和华和巴力谁是真神而打赌，约定以利亚和巴力的先知一起祈祷，天降火焰的就是真神（王上18：23—24）。巴力的先知多达四百五十人，他们用尽方法也未见火降，而以利亚的祈祷则灵验了，天降烈火，让在场的以色列人都拜服，并在以利亚的指挥下，将巴力的先知全部杀死（王上18：39—40）。随后，以利亚再次祈祷，天降大雨，旱情解除（王上18：41—45）。

然而，杀死巴力先知的举动触怒了王后耶洗别，以利亚便开始逃命，在饥渴难耐、即将死去的当口，天使给以利亚带去水和食物，使之连续奔走四十昼夜，来到圣山何烈（就是西奈山，以色列人领取十诫法版之地，王上19：1—8）。在圣山之中，神在异象中向以利亚显现，并指引他继续做先知（王上19：9—18）。最后，以利亚逃脱了追杀，还收了沙法的儿子以利沙作门徒（王上19：19—20），后者在以利亚升天后成为其托钵弟子，做了多年的先知。

上述案例中，多线索叙事得以呈现，主要线索是以利亚得到神的指示，要去面对"恶王"亚哈（王上18：1）；另一方面，亚哈的家宰俄巴底却承担着另一条叙事线索，即当王后耶洗别将耶和华神的先知迫害殆尽的时候，俄巴底却暗中违抗亚哈的命令，偷偷保护了一些先知，并且当亚哈与俄巴底同行之时，出于王的命令与之分头行动，却正好遇上将要去面见亚哈的以利亚，两条线索因而合一（王上18：4—7）。从某种意义上讲，俄巴底所保护的先知，成为了后世先知运动的生力军。而以利亚通过斗法的形式，将亚哈和耶洗别所拜的异神巴力的四百五十名假先知尽数杀

第五章 希伯来先知文学的编纂理念与文学价值

死,沉重打击了假先知的势力。这一切背后的神圣因素,就是神要借先知之手,对国家在信仰原则上所犯下的错误进行纠正。在何烈山上,以利亚原本忙于寻找逃命的线索,与神在暗中所作的准备合二为一(王上19:9—18),读者到此就会明白,原来以利亚逃到何烈山就是神的旨意,在此,以利亚又得到了神给予的新使命。这些多线索叙事产生了出色的叙事效果,使受众在惊叹事件神奇展开的同时意识到其背后都在神的掌握之中,以这种强烈的宿命感在受众心中留下深刻的印象。

此外,上述案例中的叙事节奏也颇耐人寻味,其紧张与舒缓的交错出现,既使读者为先知以利亚遭遇的重重危难而捏一把汗,也为先知得以脱离险境而感到情绪放松,更重要的是,以利亚得以脱离险境,是神的拯救。这样,这种叙事节奏的戏剧性最终也为先知文学所要宣扬的宗教观念服务。在以利亚杀死巴力先知之后,耶洗别便要杀死他,并派人威吓他:"明日约在这时候,我若不使你的性命像那些人的性命一样,愿神明重重地降罚与我。"(王上19:2)于是叙事节奏进入紧张的逃命环节,以利亚"见这光景,就起来逃命"(王上19:3)。由于事出匆忙,以利亚竟毫无准备,在旷野走了一日的路程后,紧张、恐惧、饥饿、疲惫、绝望等情绪涌上心头,他坐在树下求死。天使在这危机时刻出现,为他送去了水与食物,使他能够继续赶路,前往何烈山,节奏进入舒缓的环节(王上19:4—9)。

当以利亚最终来到圣山,叙事节奏再度紧张起来,以利亚为自己被追杀的前途向神求问,而神以异象的方式登场,这异象惊心动魄:"在他面前有烈风大作,崩山碎石,耶和华却不在风中;风后地震,耶和华却不在其中;地震后有火,耶和华也不在火中;火后有微小的声音"(王上19:11—12)。以利亚的命运究竟如何?受众在此又会被叙事节奏的紧张感裹挟。而耶和华将以利亚的命运陈明,为他安排了平安脱险的方案之后,叙事节奏又一次舒缓了下来(王上19:15—18)。以利亚最终脱险,并收以利沙为徒(王上19:19—21)。从文本的逻辑看,以利亚所得的"平安",

最终出自神，因而使读者意识到，神圣因素是叙事的推动者。这就是先知文学叙事艺术的魅力所在。

二、宣讲单元的文学价值

希伯来先知文学中的宣讲词，基本上是以诗歌体这一文体呈现的。在第六章中，我们已经详细地分析过前先知书中的宣讲艺术，而后先知书中的宣讲占有主导性地位。这些宣讲是后先知书的主体部分，因为先知的预言及其主张都在宣讲中得到了最集中的体现。这些宣讲词基本上都是工整考究的希伯来诗歌体，其中最突出的特征，就是平行体（Parallelism）和重复（Repetition）。平行体是古代近东常见的诗歌类型，由于《塔纳赫》中的诗歌多采用这一体裁而被人们所熟知。一般而言，平行体被用于概括希伯来诗歌两个或多个分句间语言结构（包括语词、句法结构、语义）与意义相对应的现象，可被近似理解为类似于中国古典律诗中的"对仗"关系。这种由两个以上分句构成的平行关系，具体还能够细分为"同义平行""反义平行""综合平行"三种：①

同义平行：第二个分句用不同的语词重复第一个分句的语义。

反义平行：第二个分句表达与第一个分句相对的语义。

综合平行：第二个分句补充第一个分句的语义，两者共同表达一个完整的思想观念。

重复则是《塔纳赫》中常见的文学手法，罗伯特·阿尔特在其著作《圣经叙事的艺术》(The Art of Biblical Narrative)中系统归纳了圣经文本中的重复现象，并进行了详细分类与阐述，② 其中比较关键的重复现象是主导

---

① 关于这一概念，参见王立新：《古犹太历史文化语境下的希伯来圣经文学研究》，商务印书馆2014年版，第234—239页。
② [美]罗伯特·阿尔特：《圣经叙事的艺术》，章智源译，商务印书馆2010年版，第130—131页。

词重复与主题重复，即围绕核心的词语与先知的重要思想观念所进行的语句重复。这种重复，一方面能够为诗歌带来符合韵律的听觉表现，另一方面也被用于强调那些重要的思想观念。

以下我们以《以赛亚书》第24章部分内容为案例，分析希伯来先知文学的宣讲艺术：

那时百姓怎样，祭司也怎样；仆人怎样，主人也怎样；婢女怎样，主母也怎样；买物的怎样，卖物的也怎样；放债的怎样，借债的也怎样；取利的怎样，出利的也怎样。

地必全然空虚，尽都荒凉。因为这话是耶和华说的。

地上悲哀衰残，世界败落衰残，地上居高位的人也败落了。

地被其上的居民污秽，因为他们犯了律法，废了律例，背了永约。

所以地被咒诅吞灭，住在其上的显为有罪。地上的居民被火焚烧，剩下的人稀少。

新酒悲哀，葡萄树衰残；心中欢乐的俱都叹息。

击鼓之乐止息，宴乐人的声音完毕，弹琴之乐也止息了。

人必不得饮酒唱歌；喝浓酒的，必以为苦。

荒凉的城拆毁了，各家关门闭户，使人都不得进去。

在街上因酒有悲叹的声音，一切喜乐变为昏暗，地上的欢乐归于无有。

城中只有荒凉，城门拆毁净尽。

在地上的万民中，必像打过的橄榄树，又像已摘的葡萄所剩无几。

这一单元是以赛亚以"神要责罚世界"为主题的一篇宣讲词，全部由诗歌体构成，其中的中心观念就是神因为以色列人干犯神的律例不悔改，而将受到神全面的责罚，这是第六章所介绍过的"神圣报应"观念的体现。

271

宣讲单元中大量运用平行体，使得宣讲的内容丰富、洋洋洒洒，但又不失重点，例如：

> 那时百姓怎样，祭司也怎样；
> 仆人怎样，主人也怎样；
> 婢女怎样，主母也怎样；
> 买物的怎样，卖物的也怎样；
> 放债的怎样，借债的也怎样；
> 取利的怎样，出利的也怎样。

对照前文所给出的定义，我们不难发现，这是非常工整的平行体诗歌单元。其依据是"耶和华使地空虚，变为荒凉"，也就是说，神的惩罚将无差别地降临在以色列这群罪者的头上，无论男女老少、社会地位高低、职业属神与否，都要因犯罪接受神的惩罚。而这一点，实际上就是在"预言"犹大王国将要被巴比伦消灭、犹大国民迎来巴比伦之囚的厄运。

此外，重复的现象也较为明显，主导词"地"（ארץ）和"居民"（ישׁ）在单元中反复出现，表明这一章虽然是预言神要惩罚世界，但具体的方式就是将居民（犹大人）从其原居住的"地"（犹大王国）上赶出，使其承受流离失所、国破家亡之痛。而这背后的思想根源，就是迦南地是神赐给以色列人为业的地，但当以色列/犹大人违背与神的圣约（西奈之约），神就降下惩罚，使这些罪者无权享用神的产业。因此，这就是以赛亚在这一单元中想要集中表达的思想观念。

不难想象的是，由于这些宣讲词在其诞生的语境以及成书后的使用语境中，实际上都是以口头表达效果为主的，因而，这些洋洋洒洒、铿锵有力的诗歌体预言对听众的实际效果是不言而喻的：听众将在朗诵者（文士群体）雄浑而悲凉的演绎中，被自身的罪责与神罚的严厉所震撼，易于他们在悔改的心理上有所进展。这就是后先知书文学单元更为令人震撼的艺术价值。

不难看出，希伯来先知文学的艺术特色与其文类所承担的社会功能有十分密切的关系，文士在编纂相关文本时，所考虑的实用性问题是首要的，也就是要通过所编纂的先知文学使作为某个社会群体的受众接受其思想观念。在此基础上，文士才会考虑不同的文士技艺、文学与文化传统所可能产生的表达效果，因地制宜。很明显，这不同于近现代社会的文学创作机制：在现代读者熟悉的语境中，作者是独立的、署名的，活动在版权制度完善的社会中，他们的文学创作具有更为鲜明的自主性，同时也和商品经济紧密相连。因而，现代读者从文学中获得的多是具有个人风格的审美享受，而不像阅读（更多情况下是聆听）希伯来先知文学的情形——后者往往是发生在特定空间、具有类似戏剧般的观赏性、充满说教意味的宣讲。

结　论

正所谓"人能弘道",文学世界的主体与核心永远是人,古希伯来先知的话语批评人、激励人、塑造人,并通过有志于传承此道的文士之手,跨越时空来到当代读者的面前。尽管古代以色列宗教推崇神的至高无上,但其终归是以人为关切的。希伯来先知文学是世界文学宝库中的瑰宝,也是研究历史最为漫长的文本之一。自其陆续成书以来(不晚于公元前2世纪),犹太教及后世基督教的释经传统就如影随形,其他宗教系统(如摩尼教、伊斯兰教等)与世俗学者对其展开的研究也从未间断。

19世纪以来,学界的研究更为科学化,相关学者深深怀疑宗教文化对各书卷的作者的认定(如《以赛亚书》全书的作者就是以赛亚本人),转而倾向于考证"真正的作者",进而从语言学、文献学、历史学、考古学等进路对希伯来先知文学的书卷进行分割,试图将其分解为不可再分的独立单元,以建立先知文学各部分的作者身份与文献谱系,但这种溯源的研究倾向由于缺少坚实的证据,难以提出令人信服的观点,而且将原本完整的文学单元割裂,反而产生了更多的歧义。

20世纪后半叶开始,这种研究倾向逐渐被取代,学界从更为宏观的文化批评角度出发,着重围绕"影响"这一维度,探讨希伯来先知文学生成的文化土壤,以及其产生的后续影响,古代近东的视野逐渐成为国际学界探讨希伯来先知文学的不可或缺的要素。只是,这种研究倾向却又忽略了作者的维度,认为其既然不可考,就将其视为单纯的历史文化的产物。

结 论

由于作者系统的缺失，在此逻辑下，希伯来先知文学的鲜明特色就必然遭到严重忽略，其往往与其他更为普遍的文学类型（传记、档案等）被等同视之，这当然是不符合实际情况的，否则，希伯来先知文学对后世文学与文化的巨大影响就是说不通的。

有鉴于此，本书的核心观点是：对希伯来先知文学的系统考察，必须建立在作者系统的基础之上，否则就无法揭示其独特的文学品质与审美价值，但关键在于究竟在何种程度上去把握作者身份。希伯来先知文学的特殊性在于，其成书于口头文学与书面文学相交织的年代，其"作者"的含义是多维的。通过口头方式对公众发表演说之人，即先知群体，他们毫无疑问是作者，但并非涵盖了作者的全部维度，因为其发言严重依赖于时空条件，即只有在场之人才能听到，且无法再现。而真正使得这些言语传达至非在场受众（包括当代读者）的，是那些追随先知并将其口头演说以书面形式记录下来的门徒文士，以及后世对其进行编纂、使之成为固定的书面文本的文士群体。因而，从接受者的角度来说，文士群体才是真正"有意义"的作者——若无他们的努力，我们甚至根本不知道先知的存在，遑论对其文学的相关问题进行赏析和探讨了。

因此，本书借助20世纪末以来国际学界的前沿视阈——文士文化理论，将文士群体视为希伯来先知文学的集体作者，从这一角度出发，统合上述学界既有的研究成果，以求有所进展。具体来说，本书的基本思路为：第一，揭示以色列文士群体这一特殊阶层的种种属性，将"神秘的"编纂者从历史的迷雾中揭露出来。第二，从希伯来先知文学的成书角度出发，揭示这种独特的文学类型是如何被一步一步地编纂起来的。第三，在前两步的基础上，对希伯来先知文学的艺术价值进行深入探讨。而这一切，都是建立在古代近东视阈之下，无论是古代近东的文士文化，还是具体的文献产出，都对古代以色列文士以及希伯来先知文学产生了重要而深远的影响。

从研究前景上看，文士文化视阈作为探讨希伯来经典《塔纳赫》的研究视角，具有较为理想的应用价值。我们知道，在完善的版权机制建立起来之前，古代经典有很多都是集体编纂的产物。即便是那些能够被考据出确切作者的文本，在其继承、传播乃至经典化的历程中，也经历了后世文士群体的编纂。而这一编纂的过程，必然将文士群体的观念或多或少地带入了原初的文本世界，改变了其形态与思想。因而，文士群体应是探讨相关问题不可或缺的维度。希伯来文学拥有众多的文学类型，最主要的包括神话、传说、史诗、历史文学、先知文学、诗歌、智慧文学、启示文学等，除本书所集中论述的先知文学之外，其他文学类型亦是在文士群体的编纂下最终成书的。更进一步来说，古代世界的诸多典籍，或许亦能够借由此方法，进行文献学、历史学与文学的综合研究。因此，从文士文化的角度出发，对其他文学类型进行探讨，或许能够为相关研究带来新的视角、思路与观点。

主要参考文献

一、中文部分

1. ［美］菲利普·W.康福特编:《圣经的来源》,李洪昌译,上海人民出版社2011年版。

2. ［英］弗雷泽:《〈旧约〉中的民间传说:宗教、神话与律法的比较研究》,叶舒宪、卢晓辉译,陕西师范大学出版社2012年版。

3. ［德］卡尔·洛维特:《世界历史与救赎历史》,李秋零、田薇译,三联书店2002年版。

4. 何平:《西方历史编纂学史》,商务印书馆2010年版。

5. ［英］柯林武德:《历史的观念》,何兆武、张文杰译,商务印书馆1997年版。

6. 李炽昌:《跨文本阅读——〈希伯来圣经〉诠释》,上海三联书店2015年版。

7. 刘少平:《天道圣经注释何西阿书》,香港天道书楼2010年版。

8. 刘文鹏等:《古代西亚北非文明》,福建教育出版社2008年版。

9. 梁工:《经典叙事学视域中的圣经叙事文本》,华东师范大学出版社2017年版。

10. 梁工:《律法书、叙事著作解读》,宗教文化出版社2011年版。

11. 梁工主编:《圣经百科辞典》,辽宁人民出版社2015年版。

12. 梁洁琼:《天道圣经注释撒母耳记下》,香港天道书楼 2009 年版。

13. [美]罗伯特·阿尔特:《圣经叙事的艺术》,章智源译,商务印书馆 2010 年版。

14. 吕绍昌:《天道圣经注释:〈以赛亚书〉(卷一)》,香港天道书楼 2014 年版。

15. [意]马里奥·利维拉尼:《古代近东历史编撰学中的神话与政治》,金立江译,师范大学出版社 2019 年版。

16. [加]诺思洛普·弗莱:《伟大的代码——圣经与文学》,郝振益、樊振帼、何成洲译,北京大学出版社 1998 年版。

17. 区应毓:《天道圣经注释历代志上(卷二)》,香港天道书楼 2010 年版。

18. [荷]斯宾诺莎:《神学政治论》,温锡增译,商务印书馆 1997 年版。

19. 唐佑之:《天道圣经注释耶利米书(卷上)》,香港天道书楼 1992 年版。

20. 田海华:《希伯来圣经之十诫研究》,人民出版社 2012 年版。

21. 王立新:《古代以色列历史文献、历史框架、历史观念研究》,北京大学出版社 2004 年版。

22. 王立新:《古犹太历史文化语境下的希伯来圣经文学研究》,商务印书馆 2014 年版。

23. [英]威廉·R.史密斯:《以色列的先知及其历史地位》,孙增霖译,上海三联书店 2013 年版。

24. [古希腊]希罗多德:《历史》,王以铸译,商务印书馆 2016 年版。

25. [古希腊]修昔底德:《伯罗奔尼撒战争史》,徐松岩译,上海人民出版社 2017 年版。

26. 徐新:《犹太文化史》,北京大学出版社 2011 年版。

27. 游斌：《希伯来圣经的文本历史与思想世界》，宗教文化出版社2007年版。

28. 于殿利：《巴比伦与亚述文明》，北京师范大学出版社2013年版。

29.［古罗马］约瑟夫：《犹太古史记》，郝万以嘉等译，香港天道书楼2016年版。

30. 詹正义：《天道圣经注释撒母耳记上（卷二）》，香港天道书楼2001年版。

31. 赵敦华：《圣经历史哲学》，江苏人民出版社2011年版。

32. 赵宁：《先知书、启示文学解读》，宗教文化出版社2011年版。

33. 钟志清等：《希伯来经典学术史研究》，译林出版社2020年版。

34. 朱维之：《圣经文学十二讲》，人民文学出版社2008年版。

二、外文部分

1. Aberbach, David, *Imperialism and Biblical Prophecy 750—500 BC.* London & New York: Routledge, 1993.

2. Adolphe, Lods, *The Prophets and the Rise of Judaism.* Westport: Greenwood Press, 1973.

3. ——, *Israel: From its Beginnings to the Middle of the VIIIth Century.* London and New York: Routledge, 1996.

4. Ahlström, Gösta W., *The History of Ancient Palestine.* Minneapolis: Fortress Press, 1993.

5. Albright, William Foxwell, *Archaeology and the Religion of Israel.* Louisville & London: Westminster John Knox Press, 2006.

6. Alter, Robert, *The Art of Biblical Narrative.* New York: Basic Books, 2011.

7. Altmann, Peter, *Festive Meals in Ancient Israel*. Berlin/New York: Walter de Gruyter, 2011.

8. Anderson, Gary A., *Sacrifices and Offerings in Ancient Israel*. Atlanta: Scholars Press, 1987.

9. Askin, Lindsey A., *Scribal Culture in Ben Sira*. Leiden/Boston: Brill, 2018.

10. Atiken, Ellen Bradshaw, and John M. Fossey, eds., *The Levant: Crossroads of Late Antiquity*. Leiden & Boston: Brill, 2014.

11. Attridge, Harold W., John J. Collins, and Thomas Tobin, eds., *Of Scribes and Scrolls: Studies on the Hebrew Bible, Intertestamental Judaism, and Christian Origins*. Lanham: University Press of America, 1990.

12. Avishur, Yitzhak, *Studies in Hebrew and Ugaritic Psalms*. Jerusalem: The Magnes Press, 1994.

13. Babcock, Bryan C., *Sacred Ritual: A Study of the West Semitic Ritual Calendars in Leviticus 23 and the Akkadian Text Emar 446*. Winona Lake: Eisenbrauns, 2014.

14. Bannister, Andrew G., *An Oral—Formulaic Study of the Qur'an*. Lanham: Lexington Books, 2014.

15. Bar—Efrat, Shimon, *Narrative Art in the Bible*. Sheffield: Sheffield Academic Press, 1997.

16. Barstad, Hans M., *History and the Hebrew Bible: Studies in Ancient Israelite and Ancient Near Eastern Historiography*. Tübingen: Mohr Siebeck, 2008.

17. Barton, John, *Oracles of God: Perceptions of Ancient Prophecy in Israel after the Exile*. Oxford: Oxford University Press, 2007.

18. ——, *Ethics in Ancient Israel*. Oxford: Oxford University Press, 2014.

19. Becker, Adam H., *Fear of God and the Beginning of Wisdom*. Philadelphia: University of Pennsylvania Press, 2006.

20. Ben—Tor, Amnon ed., *The Archaeology of Ancient Israel*. New Haven and London: Yale University Press, 1992.

21. Berardi, Roberta, Nicoletta Bruno, and Luisa Fizzarotti, eds., *On the Track of the Books: Scribes, Libraries and Textual Transmission*. Berlin/Boston: De Gruyter, 2019.

22. Bienkowsi, Piotr, Christopher Mee, and Elizabeth Slater, eds., *Writing and Ancient Near Eastern Society*. New York/London: T & T Clark, 2005.

23. Black, Jeremy, Graham Cunningham, Eleanor Robson, and Gábor Zólyomi, *The Literature of Ancient Sumer*. Oxford: Oxford University Press, 2004.

24. Blenkinsopp, Joseph, *Prophecy and Canon: A Contribution to the Study of Jewish Origins*. Notre Dame: University of Notre Dame Press, 1977.

25. ——, *Sage, Priest, Prophet: Religious and Intellectual Leadership in Ancient Israel*. Louisville: Westminster John Knox Press, 1995.

26. ——, *Wisdom and Law in the Old Testament*. Oxford: Oxford University Press, 1995.

27. ——, *A History of Prophecy in Israel*. London: Westminster John Knox Press, 1996.

28. Bloch, Yigal, *Alphabet Scribes in the Land of Cuneiform*. Piscataway: Gorglas Press, 2018.

29. Boda, Mark J., and Lissa M., Wray Beal, eds. *Prophets, Prophecy, and Ancient Israelite Historiography*. Winona Lake: Eisenbrauns, 2013.

30. Boda, Mark J., Russell L. Meek, and William R. Osborne, eds., *Riddles and Revelations: Explorations into the Relationship between Wisdom and Prophecy in the Hebrew Bible*. New York: T & T Clark, 2018.

31. Bottéro, Jean, Clarisse Herrenschmidt, and Jean—Pierre Vernant, *Ancestor of the West: Writing, Reasoning, and Religion in Mesopotamia, Elam, and Greece*. Chicago: The University of Chicago Press, 2000.

32. Bowman, Alan K, and Greg Woolf, eds. *Literacy and Power in the Ancient World*. Cambridge: Cambridge University Press, 1994.

33. Brettler, Marc Zvi. *The Creation of History in Ancient Israel*. London: Routledge, 1995.

34. Bryce, Trevor. *Letters of the Great Kings of the Ancient Near East*. London/New York: Routledge, 2003.

35. Carr, David M. *Writing on the Tablet of the Heart: Origins of Scripture and Literature*. Oxford: Oxford University Press, 2005.

36. ——, *The Formation of the Hebrew Bible: A New Reconstruction*. Oxford: Oxford University Press, 2011.

37. Cassuto, Umberto. *The Documentary Hypothesis and the Composition of the Pentateuch*. Jerusalem: Magnes Press, 1961.

38. ——, *Biblical and Oriental Studies. Volume 1*. Translated by Israel Abrahams. Jerusalem: The Magnes Press, 1973.

39. Charpin, Dominique. *Writing, Law and Kingship in Old Babylonian Mesopotamia*. Chicago: University of Chicago Press, 2010.

40. Chirichigno, Gregory C. *Debt—Slavery in Israel and the Ancient Near East*. Sheffield: Sheffield Academic Press, 1993.

41. Clements, R. E. ed. *The World of Ancient Israel: Sociological, Anthropological and Political Perspectives*. Cambridge: Cambridge University Press, 1989.

42. Clifford, Richard J. ed. *Wisdom Literature in Mesopotamia and Israel*. Atlanta: Society of Biblical Literature, 2007.

43. Clines, David J. A., David M. Gunn, and Alan J. Hauser, eds. *Art and Meaning: Rhetoric in Biblical Literature.* Sheffield: JSOT Press, 1982.

44. Cogan, Mordechai. *The Raging Torrent: Historical Inscriptions from Assyria and Babylonia Relating to Ancient Israel.* Jerusalem: Carta, 2015.

45. ——, *Understanding Hezekiah of Judah: Rebel King and Reformer.* Jerusalem: Carta, 2017.

46. Coggins, Richard, Anthony Phillips, and Michael Knibb, eds. *Israel's Prophetic Tradition.* Cambridge: Cambridge University Press, 1982.

47. Cohen, Yoram. *The Scribes and Scholars of the City of Emar in the Late Bronze Age.* Winona Lake: Eisenbrauns, 2009.

48. ——, *Wisdom from the Late Bronze Age.* Atlanta: Society of Biblical Literature, 2013.

49. Corrigan, Roberta, Edith A Moravcsik, Hamid Ouali, and Kathleen M Wheatley, eds. *Formulaic Language: Volume 1&2.* Amsterdam/Philadelphia: John Benjamins Publishing Company, 2009.

50. Crawford, Sidnie White. *Rewriting Scripture in Second Temple Times.* Grand Rapids and Cambridge: William B. Eerdmans Publishing Company, 2008.

51. Crenshaw, James L. *Prophetic Conflict: Its Effect Upon Israelite Religion.* Berlin & New York: Walter de Gruyter, 1971.

52. Cross, Frank Moore. *Canaanite Myth and Hebrew Epics: Essays in the History of the Religion of Israel.* Cambridge, Massachusetts and London: Harvard University Press, 1997.

53. Cross, F. M and Freeman. D. N. *Studies in Ancient Yahwistic Poetry.* Michigan: Wm. B. Eerdmans Publishing Co. and Dove Booksellers, 1997.

54. Cryer, Frederick H. *Divination in Ancient Israel and its Near Eastern Environment.* Sheffield: Sheffield Academic Press, 1994.

55. Culley, Robert C. *Oral Formulaic Language in the Biblical Psalms*. Toronto: University of Toronto Press, 1967.

56. ——, *Studies in the Structure of Hebrew Narrative*. Philadelphia: Fortress Press, 1976.

57. Davis, Ellen F. *Swallowing the Scroll: Textuality and the Dynamics of Discourse in Ezekiel's Prophecy*. Sheffield: The Almond Press, 1989.

58. Davies, Graham. *Ancient Hebrew Inscriptions: Volume 1*. Cambridge: Cambridge University Press, 1991.

59. ——, *Ancient Hebrew Inscriptions: Volume 2*. Cambridge: Cambridge University Press, 2004.

60. Davies, Philip R. *Scribes and Schools*. London: Westminster John Knox Press, 1998.

61. ——, *In Search of 'Ancient Israel'*. London: Bloomsbury, 2015.

62. Dearman, Andrew ed. *Studies in the Mesha Inscription and Moab*. Atlanta: Scholars Press, 1989.

63. De Jong, Matthijs J. *Isaiah among the Ancient Near Eastern Prophets*. Leiden & Boston: Brill, 2007.

64. Dever, William G. *Did God Have a Wife? Archaeology and Folk Religion in Ancient Israel*. Grand Rapids: William B. Eerdmans Publishing Company, 2005.

65. ——, *The Lives of Ordinary People in Ancient Israel*. Grand Rapids: William B. Eerdmans Publishing Company, 2012.

66. Dietrich, Walter. *Die Entstehung des Alten Testaments*. Stuttgart: W. Kohlhammer, 2014.

67. Dorsey, David A. *The Roads and Highways of Ancient Israel*. Baltimore & London: The Johns Hopkins University Press, 1991.

68. Dušek, Jan. *Aramaic and Hebrew Inscriptions from Mt. Gerizim and Samaria between Antiochus III and Antiochus IV Epiphanes*. Leiden/Boston: Brill, 2012.

69. Dutcher—Walls, Patricia. *Narrative Art, Political Rhetoric*. Sheffield: Sheffield Academic Press, 1996.

70. Ebeling, Jennie, J Edward Wright, Mark Elliot, and Paul V. M. Flesher, eds. *The Old Testament in Archaeology and History*. Waco: Baylor University Press, 2017.

71. Elliger, Karl and Rudolph Willhem eds. *Biblia Hebraica Stuttgartensia*. Stuttgart: Deutsche Bibelgesellschaft, 1997.

72. Evans, Craig A, and Emanuel Tov, eds. *Exploring the Origins of the Bible*. Grand Rapids, Baker Academic, 2008.

73. Exum, J. Cheryl and Clines, David J. A. eds. *The New Literary Criticism and the Hebrew Bible*. Sheffield: Sheffield Academic Press, 1993.

74. Fales, F. M. and Postgate, J. N. *Imperial Administrative Records: Part I*. Helsinki: Helsinki University Press, 1992.

75. Fantalkin, Alexander, and Assaf Yasur—Landau, eds. *Bene Israel: Studies in the Archaeology of Israel and the Levant during the Bronze and Iron Ages in Honour of Israel Finkelstein*. Leiden & Boston: Brill, 2008.

76. Finkelberg, Margalit, and Guy G Stroumsa, eds. *Homer, the Bible, and Beyond*. Leiden/Boston: Brill, 2003.

77. Finkelstein, Israel. *The Archaeology of the Israelite Settlement*. Jerusalem: Israel Exploration Society, 1988.

78. Finkelstein, Israel, and Asher Silberman, N. *The Bible Unearthed: Archaeology's New Vision of Ancient Israel and the Origin of Its Sacred Texts*. New York: Touchstone, 2002.

79. ——, *David and Solomon: In Search of the Bible's Sacred Kings and the Roots of the Western Tradition*. New York: Free Press, 2006.

80. ——, *The Forgotten Kingdom: The Archaeology and History of Northern Israel*. Atlanta: Society of Biblical Literature, 2013.

81. Finnegan, Ruth. *Oral Poetry: Its Nature, Significance and Social Context*. Cambridge: Cambridge University Press, 1977.

82. Firth, David G, and Lindsay Wilson, eds. *Exploring Old Testament Wisdom: Literature and Themes*. London: Inter—Varsity Press, 2016.

83. Fisch, Harold. *Poetry with a Purpose: Biblical Poetics and Interpretation*. Bloomington: Indiana University Press, 1988.

84. Flaming, Daniel E. *Time at Emar: The Cultic Calendar and the Rituals from the Diviner's Archive*. Winona Lake: Eisenbrauns, 2000.

85. Freedman, David Noel. *Pottery, Poetry, and Prophecy: Studies in Early Hebrew Poetry*. Winona Lake: Eisenbrauns, 1980.

86. ——, *The Unity of the Hebrew Bible*. Ann Arbor: The University of Michigan Press, 1991.

87. Frendo, Anthony J. *Pre—Exilic Israel, the Hebrew Bible, and Archaeology*. London & New York: T & T Clark, 2011.

88. Friedmann, Jonathan L. *Music in Biblical Life*. Jefferson: McFarland & Company, Inc., Publishers, 2013.

89. Fritz, Volkmar, and Philip R Davies, eds. *The Origins of the Ancient Israelite States*. Sheffield: Sheffield Academic Press, 1996.

90. Frye, Northrop. *The Great Code: The Bible and Literature*. New York: Harcourt Brace Jovanovich Publishers, 1982.

91. Gammie, John G, and Leo G Perdue, eds. *The Sage in Israel and the Ancient Near East*. Winona Lake: Eisenbrauns, 1990.

92. Garbini, Giovanni. *History and Ideology in Ancient Israel*. New York: Crossroad, 1988.

93. Geller, Stephen A. *Parallelism in Early Biblical Poetry*. Missoula: Scholar Press, 1979.

94. George, Andrew. *The Epic of Gilgamesh*. London: Penguin Books, 2000.

95. Gittlen, Barry M ed. *Sacred Time, Sacred Place: Archaeology and the Religion of Israel*. Winona Lake: Eisenbrauns, 2002.

96. Goody, Jack. *The Interface between the Written and the Oral*. Cambridge: Cambridge University Press, 1987.

97. Goff, Matthew J. *Discerning Wisdom: The Sapiential Literature of the Dead Sea Scrolls*. Leiden & Boston: Brill, 2007.

98. Grabbe, Lester L, and Robert D Haak. *Urbanism and Prophecy in Ancient Israel and the Near East*. Sheffield: Sheffield Academic Press, 2001.

99. Grabbe, Lester L, and Alice Ogden Bellis. *The Priests in the Prophets*. London & New York: T & T Clarks, 2004.

100. Grabbe, Lester L. *Ancient Israel*. London & New York: T & T Clarks, 2007.

101. Grabbe, Lester L, and Martti Nissinen, eds. *Constructs of Prophecy in the Former and Latter Prophets and Other Texts*. Atlanta: Society of Biblical Literature, 2011.

102. Gruenwald, Ithamar. *Rituals and Ritual Theory in Ancient Israel*. Leiden and Boston: Brill, 2003.

103. Gunkel, Hermann. *The Folktale in the Old Testament*. Sheffield: The Almond Press, 1987.

104. Hamblin, William J. *Warfare in the Ancient Near East to 1600 BC*. London/New York: Routledge, 2006.

105. Hallo, William W. ed. *The Context of Scripture*. Leiden and Boston: Brill, 2003.

106. Harrington, Daniel L. *Wisdom Texts from Qumran*. London: Routledge, 1996.

107. Heaton, E. W. *The School Tradition of the Old Testament*. Oxford: Oxford University Press, 1994.

108. Hendel, Ronald S. *The Epic of the Patriarch*. Atlanta: Scholars Press, 1987.

109. Hendel, Ronald, and Jan Joosten. *How Old Is the Hebrew Bible? A Linguistic, Textual, and Historical Study*. New Haven & London: Yale University Press, 2018.

110. Hess, Richard S., Gerald A. Klingbell, and Paul J. Ray Jr. *Critical Issues in Early Israelite History*. Winona Lake: Eisenbrauns, 2008.

111. Himbaza, Innocent ed. *Making the Biblical Text: Textual Studies in the Hebrew and the Greek Bible*. Fribourg: Academic Press Fribourg & Göttingen: Vandenhoeck and Ruprecht, 2015.

112. Hoffmeier, James K. *Ancient Israel in Sinai: The Evidence for the Authenticity of the Wilderness Tradition*. Oxford: Oxford University Press, 2005.

113. Honko, Lauri ed. *Religion, Myth, and Folklore in the World's Epics*. Berlin/New York: Mouton de Gruyter, 1990.

114. Hubson, Russell. *Transforming Literature into Scripture*. Sheffield: Equinox Publishing Ltd., 2012.

115. Hunger, Hermann. *Astrological Reports to Assyrian Kings*. Helsinki: Helsinki University Press, 1992.

116. Jacobs, Mignon R, and Raymond Person F Jr. *Israelite Prophecy and the Deuteronomistic History*. Atlanta: Society of Biblical Literature, 2013.

117. Jacobsen, Thorkild. *The Sumerian King List*. Chicago: The University of Chicago Press, 1973.

118. Jamieson—Drake, David W. *Scribes and Schools in Monarchic Judah. A Socio—Archeological Approach*. Sheffield: Almond Press, 1991.

119. Jobling, David. *The Sense of Biblical Narrative: Structure Analyses in the Hebrew Bible*. Sheffield: JSOT Press, 1986.

120. Judovits, Mordechai. *Sages of the Talmud*. Jerusalem & New York: Urim Publications, 2009.

121. Kalimi, Isaac. *The Reshaping of Ancient Israelite History in Chronicles*. Winona Lakes: Eisenbrauns, 2005.

122. ——, *The Retelling of Chronicles in Jewish Tradition and Literature*. Winona Lakes: Eisenbrauns, 2009.

123. ——, *Writing and Rewriting the Story of Solomon in Ancient Israel*. Cambridge: Cambridge University Press, 2019.

124. Kämmerer, Herausgegeben von Thomas Richard ed. *Studien zu Ritual und Sozialgeschichte im Alten Orient*. Berlin/New York: Walter de Gruyter, 2007.

125. Keel, Othmar. *Goddess and Trees, New Moon and Yahweh*. Sheffield: Sheffield Academic Press, 1998.

126. Kelle, Brad. E, and Mogen Bishop Moore. *Israel's Prophets and Israel's Past*. New York: T & T Clark, 2006.

127. Kenyon, Kathleen. *Royal Cities of the Old Testament*. London: Barrie & Jenkins, 1971.

128. Knight, Douglas A. *Law, Power, and Justice in Ancient Israel*. London: Westminster John Knox Press, 2011.

129. Kulp, Joshua, and Jason Rogoff. *Reconstructing the Talmud*. New York: Mechon Hadar, 2014.

130. Kwon, Jiseong James. *Scribal Culture and Intertextuality*. Tübingen: Mohr Siebeck, 2016.

131. Lambert, W. G. *Babylonian Wisdom Literature*. Winona Lake: Eisenbrauns, 1996.

132. Lambert, W.G and Millard, A. R. *Atra—hasīs: The Babylonian Story of the Flood*. Oxford: The Oxford University Press, 1969.

133. Leichty, Erle. *The Royal Inscriptions of Esarhaddon, King of Assyria (680—669 BC)*. Winona Lakes: Eisenbrauns, 2011.

134. Lemche, Niels Peter. *Early Israel: Anthropological and Historical Studies on the Israelite Society before the Monarchy*. Leiden: E. J. Brill, 1985.

135. ——, *The Israelites in History and Tradition*. London: Westminster John Knox Press, 1998.

136. Lete, Gregorio Del Olmo. *Canaanite Religion: According to the Liturgical Texts of Ugarit*. Bethesda: CDL Press, 1999.

137. Levy, B. Barry. *Fixing God's Torah: The Accuracy of the Hebrew Bible Text in Jewish Law*. Oxford: Oxford University Press, 2001.

138. Levy, Thomas E, and Thomas Higham, eds. *The Bible and Radiocarbon Dating*. London/Oakville: Equinox Publishing Ltd., 2005.

139. Linville, James Richard. *Israel in the Book of Kings*. Sheffield: Sheffield Academic Press, 1998.

140. Lord, Albert B. *The Singer of Tales*. New York: Atheneum, 1971.

141. Magness, Jodi. *The Archaeology of Qumran and the Dead Sea Scrolls*. Grand Rapids and Cambridge: William B. Eerdmans Publishing Company, 2002.

142. Maier, Johann. *The Temple Scroll*. Sheffield: JSOT Press, 1985.

143. Mare, W. Harold. *The Archaeology of the Jerusalem Area*. Grand Rapids: Baker Book House, 1987.

144. Mazar, Amihai, and Ginny Mathias, eds. *Studies in the Archaeology of the Iron Age in Israel and Jordan*. Sheffield: Sheffield Academic Press, 2011.

145. McCarthy, Dennis J. *Treaty and Covenant: A Study in Form in the Ancient Oriental Documents and in the Old Testament*. Rome: Biblical Institute Press, 1978.

146. McNutt, Paula M. *The Forging of Israel*. Sheffield: The Almond Press, 1990.

147. Miano, David. *Shadow on the Steps: Time Measurement in Ancient Israel*. Atlanta: Society of Biblical Literature, 2010.

148. Mierse, William E. *Temples and Sanctuaries from the Early Iron Age Levant: Recover after Collapse*. Winona Lake: Eisenbrauns, 2012.

149. Miller, John W. *The Origins of the Bible*. New York: Paulist Press, 1994.

150. Miller, Robert D. *Oral Tradition in Ancient Israel*. Eugene: Cascade Books, 2011.

151. Milstein, Sara J. *Tracking the Master Scribe*. Oxford: Oxford University Press, 2016.

152. Minchin, Elizabeth. *Orality, Literacy and Performance in the Ancient World*. Leiden/Boston: Brill, 2012.

153. Mindlin, M, M. J Geller, and J. E. Wansbrough, eds. *Figurative Language in the Ancient Near East*. London: School of Oriental and African Studies, 1987.

154. Mobley, Gregory. *The Empty Men: The Heroic Tradition of Ancient Israel*. New York: Doubleday, 2005.

155. Mowinckel, Sigmund. *The Spirit and the Word: Prophecy and Tradition in Ancient Israel*. Minneapolis: Fortress Press, 2002.

156. Murphy, Roland E. *Wisdom Literature*. Grand Rapids: William B. Eerdmans Publishing Company, 1981.

157. ——, *The Tree of Life: An Exploration of Biblical Wisdom Literature*. New York: Doubleday, 1990.

158. Müller, Reinhard, Juha Pakkala, and Bas ter Haar Romeny, eds. *Evidence of Editing: Growth and Change of Texts in the Hebrew Bible*. Atlanta: Society of Biblical Literature, 2014.

159. Na'aman, Nadav. *Ancient Israel and Its Neighbors*. Winona Lake: Eisenbrauns, 2005.

160. Najman, Hindy. *Seconding Sinai: The Development of Mosaic Discourse in Second Temple Judaism*. Leiden & Boston: Brill, 2003.

161. Najman, Hindy, and Konrad Schmid, eds. *Jeremiah's Scriptures: Production, Reception, Interaction, and Transformation*. Leiden/Boston: Brill, 2017.

162. Nakhai, Beth Alpert. *Archaeology and the Religions of Canaan and Israel*. Boston: American Schools of Oriental Research, 2001.

163. Nelson, Richard D. *The Double Redaction of the Deuteronomistic History*. Sheffield: JSOT Press, 1981.

164. Niditch, Susan. *Oral World and Written Word: Ancient Israelite Literature*. London: Westminster John Knox Press, 1996.

165. ——, *Folklore and the Hebrew Bible*. Minneapolis: Fortress Press, 1993.

166. Niehoff, Maren R ed. *Homer and the Bible in the Eyes of Ancient Interpreters*. Leiden/Boston: Brill, 2012.

167. Nielsen, Eduard. *Oral Tradition*. London: SCM Press, 1954.

168. Nissinen, Martti. *Prophets and Prophecy in the Ancient Near East*. Atlanta: Society of Biblical Literature, 2003.

169. Noth, Martin. *The Deuteronomistic History*. Sheffield: JSOT Press, 1981.

170. O'Brien, Mark. *The Deuteronomistic History Hypothesis: A Reassessment*. Switzerland: Biblical Institute of the University of Fribourg, 1989.

171. O'Connell, Robert H. *Concentricity and Continuity: The Literary Structure of Isaiah*. Sheffield: Sheffield Academic Press, 1994.

172. Orton, David E ed. *Poetry in the Hebrew Bible*. Leiden & Boston: Brill, 2000.

173. Osman, Ahmed. *The Lost City of the Exodus*. Rochester: Bear & Company, 2014.

174. Pakkala, Juha. *God's Word Omitted: Omissions in the Transmission of the Hebrew Bible*. Göttingen: Vandenhoeck and Ruprecht, 2013.

175. Parker, Simon B. *Stories in Scripture and Inscriptions*. Oxford: Oxford University Press, 1997.

176. ——, *Ugaritic Narrative Poetry*. Atlanta: Society of Biblical Literature, 1999.

177. Parpola, Simo. *Letters from Assyrian and the West*. Helsinki: Helsinki University Press, 1987.

178. ——, *Letters from Assyrian and Babylonian Scholars*. Helsinki: Helsinki University Press, 1993.

179. ——, *Assyrian Prophecies*. Helsinki: Helsinki University Press, 1997.

180. Passaro, Angelo, and Giuseppe Bellia, eds. *The Wisdom of Ben Sira*. Berlin: Walter de Gruyter, 2008.

181. Pedersén, Olof. *Archives and Libraries in the Ancient Near East 1500—300 B.C.* Bethesda: CDL Press, 1998.

182. Perlitt, Lothar. *Bundestheologie im Alten Testament*. Neukirchen—

Vluyn: Neukirchener Verlag, 1969.

183. Person, Raymond F. Jr. *The Deuteronomic History and the Book of Chronicles*. Atlanta: Society of Biblical Studies, 2010.

184. Person, Raymond F. Jr., and Robert Rezetko, eds. *Empirical Models Challenging Biblical Criticism*. Atlanta: SBL Press, 2016.

185. Pham, Xuan Huong Thi. *Mourning in the Ancient Near East and the Hebrew Bible*. Sheffield: Sheffield Academic Press, 1999.

186. Pitkänen, Pekka. *Central Sanctuary and Centralization of Worship in Ancient Israel*. Piscataway: Gorgias Press, 2004.

187. Popović, Mladen ed. *Authoritative Scriptures in Ancient Judaism*. Leiden/Boston: Brill, 2010.

188. Pritchard, James B. ed. *Ancient Near Eastern Texts Relating to the Old Testament (The Third Edition with Supplement)*. Princeton: Princeton University Press, 1969.

189. Provan, Iain W. *Hezekiah and the Books of Kings*. Berlin/New York: Walter de Gruyter, 1988.

190. Radday, Yehuda T & Brenner, Athalya ed. *On Humour and the Comic in the Hebrew Bible*. Sheffield: The Almond Press, 1990.

191. Reviv, Hanoch. *The Elders in Ancient Israel*. Jerusalem: The Magnes Press, 1989.

192. Ringgren, Helmer. *Word and Wisdom: Studies in the Hypostatization of Divine Qualities and Functions in the Ancient Near East*. Lund: H. Ohlssons Boktr., 1947.

193. Rofé, Alexander. *Introduction to the Literature of the Hebrew Bible*. Jerusalem: Simor LTD., 2009.

194. Rollston, Christopher A. *Writing and Literacy in the World of Ancient*

Israel Epigraphic Evidence from the Iron Age. Atlanta: Society of Biblical Literature, 2010.

195. Safrai, Shmuel ed. *The Literature of the Sages*. Philadelphia: Fortress Press, 1987.

196. Sanders, Seth L ed. *Margins of Writing, Origins of Cultures*. Chicago: University of Chicago Press, 2006.

197. ——, *The Invention of Hebrew*. Urbana/Chicago: University of Illinois Press, 2009.

198. ——, *From Adapa to Enoch: Scribal Culture and Religious Vision in Judea and Babylonia*. Tübingen: Mohr Siebeck, 2017.

199. Schams, Christine. *Jewish Scribes in the Second—Temple Period*. Sheffield: Sheffield Academic Press, 1998.

200. Schenker, Adrian ed. *The Earliest Text of the Hebrew Bible*. Atlanta: Society of Biblical Literature, 2003.

201. Scherman, Nosson ed. *Tanach (The Stone Edition)*. New York: Mesorah Publications, Ldt., 2001.

202. Schipper, Bernd U, and Andrew Teeter D., eds. *Wisdom and Torah: The Reception of 'Torah' in the Wisdom Literature of the Second Temple Period*. Leiden & Boston: Brill, 2013.

203. Schmidt, Brian B ed. *Contextualizing Israel's Sacred Writings*. Atlanta: SBL Press, 2015.

204. Schniedewind, William M. *The Word of God in Transition*. Sheffield: Sheffield Academic Press, 1995.

205. ——, *How the Bible Became a Book: The Textualization of Ancient Israel*. Cambridge: Cambridge University Press, 2005.

206. Schniedewind, William M, and Joel H. Hunt. *A Primer on Ugaritic*.

Cambridge: Cambridge University Press, 2007.

207. Schniedewind, William M. *A Social History of Hebrew*. New Haven & London: Yale University Press, 2013.

208. ——, *The Finger of the Scribe*. Oxford: Oxford University Press, 2019.

209. Seters, John Van. *In Search of History: Historiography in the Ancient World and the Origins of Biblical History*. New Haven and London: Yale University Press, 1983.

210. ——, *The Biblical Saga of King David*. Winona Lake: Eisenbrauns, 2009.

211. Sharp, Carolyn J. *Irony and Meaning in the Hebrew Bible*. Bloomington: Indiana University Press, 2009.

212. Small, Jocelyn Penny. *Wax Tablets of the Mind*. London/New York: Routledge, 1997.

213. Smith, Mark S. *The Origins of Biblical Monotheism: Israel's Polytheistic Background and the Ugaritic Texts*. Oxford: Oxford University Press, 2001.

214. ——, *Poetic Heroes: Literary Commemorations of Warriors and Warrior Culture in the Early Biblical World*. Michigan/Cambridge: William B. Eerdmans Publishing Company, 2014.

215. Sneed, Mark R. *The Social World of the Sages*. Philadelphia: Fortress Press, 2015.

216. Soggin, J. Alberto. *Introduction to the Old Testament: From its Origins to the Closing of the Alexandrian Canon*. Louisville: Westminster/ John Knox Press, 1989.

217. Spencer, John R; Mullins, Robert A & Brody, Aaron J ed. *Material Culture Matters*. Winona Lake: Eisenbrauns, 2014.

218. Starr, Ivan. *Queries to the Sungod: Divination and Politics in Sargonid Assyria*, Helsinki: Helsinki University Press, 1990.

219. Sternberg, Meir. *The Poetics of Biblical Narrative*. Bloomington: Indiana University Press, 1985.

220. Stock, Brian. *The Implications of Literacy*. Princeton: Princeton University Press, 1983.

221. Taylor, J Glen. *Yahweh and the Sun: Biblical and Archaeological Evidence for Sun Worship in Ancient Israel*. Sheffield: JSOT Press, 1993.

222. Teeter, David Andrew. *Scribal Laws*. Tübingen: Mohr Sieback, 2014.

223. Tigay, Jeffery H. *The Evolution of the Gilgamesh Epic*. Illinois: Bolchazy—Carducci Publishers, 2002.

224. Thompson, Thomas L. *Early History of the Israelite People*. Leiden/Boston: Brill, 1992.

225. Tov, Emanuel. *Textual Criticism of the Hebrew Bible*. Minneapolis: Fortress Press, 1992.

226. ——, *Scribal Practices and Approaches Reflected in the Texts Found in the Judean Desert*. Leiden: Brill, 2004.

227. Uffenheimer, Benjamin. *Early Prophecy in Israel*. Jerusalem: The Magnes Press, 1999.

228. Ulrich, Eugene. *The Dead Sea Scrolls and the Origins of the Bible*. Grand Rapids: William B. Eerdmans Publishing Company & Leiden: Brill Academic Publishers, 1999.

229. ——, *The Dead Sea Scrolls and the Developmental Composition of the Bible*. Leiden & Boston: Brill, 2015.

230. Van Der Toorn, Karel. *Scribal Culture and the Making of the Hebrew Bible*. Cambridge: Harvard University Press, 2007.

231. Veeser, Aram. *The New Historicism*. London: Routledge, 1989.

232. Vermes, Geze. *The Complete Dead Sea Scrolls in English (Revised Edition)*. London: Penguin Books, 2004.

233. Visicato, Giuseppe. *The Power and the Writing: The Early Scribes of Mesopotamia*. Bethesda: CDL Press, 2000.

234. Voegelin, Eric. *The Collected Works of Eric Voegelin: Volume 14: Israel and Revelation*. Columbia and London: University of Missouri Press, 2001.

235. Von Rad, G. *Old Testament Theology, Volume One: The Theology of Israel's Historical Traditions*. Edinburgh: Oliver and Boyd, 1973.

236. ———. *The Problem of the Hexateuch and Other Essays*. Edinburgh and London: Oliver and Boyd, 1966.

237. Walton, John H. *Ancient Israelite Literature in Its Cultural Context*. Grand Rapids: Zondervan Publishing House, 1989.

238. Watson, Rita, and Wayne Horowitz. *Writing Science before the Greeks*. Leiden/Boston: Brill, 2011.

239. Watson, Wilfred G. E. *Classical Hebrew Poetry*. Sheffield: JSOT Press, 1984.

240. ———, *Traditional Techniques in Classical Hebrew Verse*. Sheffield: Sheffield Academic Press, 1994.

241. Watters, William R. *Formula Criticism and the Poetry of the Old Testament*. Berlin/New York: Walter de Gruyter, 1976.

242. Watts, James W, and Paul R House, eds. *Forming Prophetic Literature*. Sheffield: Sheffield Academic Press, 1996.

243. Weinfeld, Moshe. *Deuteronomy and the Deuteronomistic School*. Winona Lakes: Eisenbrauns, 1992.

244. Wesselius, Jan—Win. *The Origin of the History of Israel*. Sheffield:

Sheffield Academic Press, 2002.

245. Whallon, William. *Formula, Character, and Context: Studies in Homeric, Old English and Old Testament Poetry*. Washington D.C: Center for Hellenic Studies, 1969.

246. Whybray, B.N. *The Making of the Pentateuch: A Methodological Study*. Sheffield: JSOT Press, 1994.

247. Wilson, Robert R. *Prophecy and Society in Ancient Israel*. Philadelphia: Fortress Press, 1980.

248. Wood, David ed. *Perspectives on Formulaic Language*. London: Continuum, 2010.

249. ——, *Fundamentals of Formulaic Language*. London: Bloomsbury, 2015.

250. Yamada, Shigeo, and Daisuke Shibata, eds. *Cultures and Societies in the Middle Euphrates and Habur Areas in the Second Millennium BC. Volume I: Scribal Education and Scribal Traditions*. Wiesbaden: Harrassowitz Verlag, 2016.

251. Yasur—Landau, Assaf, Eric H Cline, and Yorke M Rowan, eds. *The Social Archaeology of the Levant: From Prehistory to the Present*. Cambridge: Cambridge University Press, 2019.

252. Yardeni, Ada. *The Book of Hebrew Script: History, Paleography, Script Styles, Calligraphy and Design*. London: The British Library & New Castle: Oak Knoll Press, 2002.

253. Young, Ian ed. *Biblical Hebrew: Studies in Chronology and Typology*. London & New York: T & T Clark, 2003.

254. Zvi, Ehud Ben, and Michael H Floyd. *Writings and Speech in Israelite and Ancient Near Eastern Prophecy*. Atlanta: Society of Biblical Studies, 2000.

索 引

A

阿卡德语（Akkadian） 19, 20, 59, 71, 72, 73, 77, 78, 82, 83

《阿蒙—埃姆—欧佩的教训》（*The Instruction of Amen-Em-Opet*） 26, 32

埃及（Egypt） 2, 5, 26, 31, 96, 105, 109, 111, 125, 126, 128, 129, 130, 131, 132, 138, 139, 150, 154, 155, 159, 162, 163, 164, 166, 175, 182, 184, 185, 186, 194, 195, 200, 205, 206, 207, 208, 209, 210, 222, 230, 231, 233, 234, 239, 241, 246, 247, 250, 252, 258, 259, 261, 266

《埃努玛—艾利什》（*Enuma Elish*） 21, 70

B

巴比伦（Babylon） 5, 17, 20, 21, 22, 43, 47, 48, 49, 56, 65, 66, 67, 71, 72, 73, 78, 79, 80, 81, 86, 89, 90, 91, 93, 98, 117, 118, 142, 154, 158, 159, 160, 170, 172, 175, 176, 178, 180, 206, 211, 213, 222, 228, 229, 234, 235, 238, 252, 253, 255, 257, 260, 261, 263, 264, 266, 273, 280

巴比伦之囚（Babylonian Exile） 81, 89, 93, 98, 172, 175, 176, 178, 180, 211, 235, 238, 252, 255, 257, 260, 261, 263, 264, 273

巴力（Baal） 24, 68, 70, 182, 183, 239, 250, 251, 269, 270

《巴力组诗》（*Baal Cycle*） 24

巴录（Baruch） 150, 213, 214, 215, 216, 220, 222, 223, 254, 259

编年史/年鉴（Annals） 225

波斯帝国（Persian Empire） 89, 91, 172, 211, 235

C

城镇化（Urbanization） 16, 82, 205, 247, 248,

重复（Repetition） 36, 177, 184, 200, 271, 272, 273

《出埃及记》（*Exodus*） 4, 105, 150, 166, 175, 184, 185, 186, 194, 205, 207, 209, 210, 231

初级文士（Junior Scribe） 1, 58, 60, 63, 224

《创世记》（*Genesis*） 75, 80, 128, 146, 161, 162, 173, 175, 186, 194, 232

D

大洪水神话（The Deluge Myth） 1, 70, 71, 75, 77, 78, 79, 80

大卫（David） 22, 83, 84, 87, 89, 90, 91, 93, 100, 101, 102, 103, 105, 106, 107, 108, 109, 124, 151, 152, 155, 164, 165, 166, 167, 170, 188, 189, 191, 195, 197, 203, 205, 207, 209, 211, 212, 217, 218, 221, 230, 240, 243, 247, 256

《但以理书》（Daniel） 148, 149, 158, 159, 160, 161, 164, 232, 234, 266

第二圣殿（Second Temple） 2, 3, 81, 88, 90, 91, 93, 94, 95, 98, 101, 102, 106, 211, 212, 220, 235, 238, 255, 256, 257, 262, 263, 264, 265

对话（Dialogue） 24

E

恩利尔（Enlil） 46, 62, 76, 77, 78, 79

恩启都（Enkidu） 72, 73, 78

F

非韵文/散文体（Prose） 225

G

高级文士（Senior Scribe） 1, 57, 64, 65, 67, 113, 120, 122, 126, 163, 224

古代以色列文士（Israelite Scribe） 2, 3, 4, 5, 6, 7, 75, 81, 82, 83, 84, 87, 91, 94, 99, 109, 111, 125, 237, 265, 276

宫廷文士（Court Scribe） 92, 93

观兆（Omen） 22, 65, 112, 113, 115, 117, 145

"国民"（עַם הָאָרֶץ, "People of the Land"）92, 117, 136, 153, 154, 172, 207, 208, 218, 228, 229, 235, 241, 245, 246, 247, 249, 251, 252, 259, 273

H

《汉谟拉比法典》（The Code of Hammurabi） 17, 18

赫梯（Hittie） 2, 40, 41, 139, 140, 145, 159, 200, 267

后先知书（The Latter Prophets） 3, 83, 84, 99, 130, 148, 150, 151, 153, 154, 156, 157, 158, 163, 164, 175, 212, 215, 216, 219, 221, 238, 253, 254, 255, 266, 271, 274

J

《吉尔伽美什》（The Epic of Gilgamesh） 1, 7, 21, 23, 70, 71, 72, 73, 74, 75, 77, 78, 79, 80, 206

祭司（Priest） 22, 52, 64, 68, 87, 89, 90, 93, 94, 95, 97, 98, 101, 102, 106, 107, 113, 132, 133, 135, 137, 144, 145, 149, 156, 164, 172, 195, 197, 205, 208, 211, 212, 224, 227, 235, 236, 239, 240, 241, 242, 243, 244, 245, 247, 249, 251, 252, 253, 255, 256, 259, 260, 262, 263, 264, 265, 272, 273

集中崇拜（Cult Centralization） 241, 244, 245

教育制度（Educational Institution） 1, 2, 3, 5, 10, 14, 15, 17, 81, 82, 83, 87, 88, 89, 90, 101, 109, 111, 237

教训（Instruction） 24, 25, 26, 32, 40, 51, 85, 90, 97, 149, 150, 185, 210, 214, 254, 259

居鲁士（Cyrus） 172, 235, 260, 261

K

"凯图维姆"（כתובים, Ketuvim） 99, 146, 149, 158, 164, 266

口头传统（Oral Tradition） 4, 2, 4, 6, 11, 55, 72, 74, 83, 88, 112, 178, 193, 204, 250

L

《历代志》（Chronicles） 90, 92, 97, 99, 100, 101, 102, 103, 104, 106, 107, 108, 109, 146, 164, 171, 204, 211, 212, 221, 254, 279

历代志作者（Chronicler） 100, 101, 102, 103, 104, 106, 107, 108, 109, 211

黎凡特（Levant） 5, 8, 23, 24, 67, 68, 70, 82, 87, 88, 89, 91, 138, 140, 186, 203, 258

利未人（Levi） 90, 95, 97, 208, 242, 243, 251, 256

理想人格（Ideal Personality） 22, 23, 26, 35

两河流域（Mesopotamia） 2, 3, 4, 5, 1, 2, 2, 5, 7, 14, 19, 20, 21, 22, 23, 24, 25, 26, 33, 35, 37, 41, 43, 46, 47, 48, 49, 51, 53, 58, 60, 62, 65, 67, 70, 71, 72, 74, 75, 77, 78, 79, 80, 82, 83, 84, 85, 87, 88, 91, 93, 111, 112, 113, 115, 116, 117, 118, 123, 126, 138, 139, 140, 182, 203, 234

《列王纪》（Kings） 1, 5, 11, 69, 84, 92, 99, 103, 104, 106, 108, 109, 120, 146, 148, 149, 150, 151, 152, 154, 155, 157, 164, 166, 169, 170, 171, 172, 174, 175, 176, 177, 179, 181, 194, 195, 197, 198, 201, 202, 203, 206, 207, 208, 212, 217, 218, 221, 225, 226, 229, 239, 240, 241, 245, 246, 247, 248, 249, 251, 252, 254, 257, 266, 267, 269

M

马尔杜克（Marduk） 38, 39, 52, 53, 54

门徒（Disciple） 3, 9, 83, 84, 150, 169, 213, 214, 218, 219, 222, 238, 253, 254, 259, 260, 263, 269, 276

《民数记》（Numbers） 105, 143, 163, 175, 186, 205, 207, 209, 250

摩西（Moses） 4, 87, 89, 90, 94, 97, 105, 143, 149, 150, 151, 152, 166, 167, 169, 172, 175, 176, 177, 178, 179, 182, 184, 185, 188, 189, 194, 198, 205, 210, 231, 233, 241, 243, 244, 255, 256, 261

摩西五经（Mosaic Pentateuch） 172, 175, 177, 178, 194

N

"耐维姆"（נביאים, Nevim） 3, 1, 146, 147, 148, 149, 158, 159, 166

泥板屋（bīt-tuppi, House of Tablet） 0, 22, 34, 35, 88

尼尼微（Nineveh） 53, 71, 75, 77, 119, 155, 157, 265, 266

尼希米（Nehemiah） 89, 90, 97, 170, 171, 203, 210, 234, 254, 255

P

平行体（Parallelism） 164, 190, 228, 271, 273

Q

"气纳体"（קינה, Qinah） 190

契约/条约（עדות, Treaty） 185

前先知书（The Former Prophets） 2, 3, 11, 12, 87, 94, 99, 100, 108, 120, 123, 148, 149, 150, 151, 152, 154, 156, 157, 165, 166, 167, 170, 175, 176, 177, 178, 188, 203, 204, 212, 215, 219, 238, 239, 240, 241, 242, 243, 244, 245, 246, 248, 250, 252, 253, 254, 266, 271

驱魔（Exorcise） 52, 68, 70, 113, 126

S

《撒迦利亚书》（Zechariah） 3, 256, 262, 263

《撒母耳记》（Samuel） 1, 5, 11, 83, 84, 99, 100, 101, 102, 103, 106, 107, 108, 123, 146, 148, 149, 150, 151, 152, 164, 165, 166, 170, 171, 174, 175, 176, 177, 179, 181, 187, 188, 189, 194, 195, 196, 202, 212, 217, 240, 243, 251, 254, 266, 279, 280

扫罗（Saul） 83, 100, 101, 103, 104, 107, 108, 123, 124, 125, 151, 167, 183, 188, 189, 190, 191, 217, 243

沙玛什（Shamash） 17, 47, 50, 52, 54, 61, 62, 65, 66, 119, 122, 123, 125

社会身份（Social Identity） 5, 10, 14, 15, 57, 58, 64, 81, 91, 94, 96, 98, 110, 111, 167, 214, 215, 237

《申命记》（Deuteronomy） 87, 105, 147, 151, 152, 170, 171, 175, 176, 184, 185, 186, 187, 188, 199, 204, 205, 206, 207, 208, 209, 210, 231, 241, 242, 243, 244, 245

申命历史（Deuteronomistic History） 94, 152, 170, 171, 172, 174, 176, 177, 178, 179, 180, 181, 182, 183, 184, 185, 187, 188, 189, 193, 194, 198, 201, 202, 203, 205, 206, 209, 211

申命派作者（Deuteronomist） 3, 100, 103, 105, 109, 152, 157, 170, 176, 177, 178, 179, 180, 181, 184, 185, 186, 187, 188, 189, 191, 192, 193, 194, 196, 197, 198, 199, 200, 201, 202, 203, 206, 208, 209, 211, 238, 239, 240, 241, 242, 243, 244, 245, 248, 249, 250, 251, 252, 253, 265

神人（Man of God） 89, 148, 251, 267

神圣报应（Devine Retribution） 187, 196, 197, 198, 200, 201, 209, 230, 231, 232, 233, 243, 244, 256, 272

神正论（Theodicy） 43, 47, 48

圣殿（Temple） 2, 3, 12, 25, 66, 81, 88, 89, 90, 91, 92, 93, 94, 95, 96, 97, 98, 101, 102, 106, 107, 109, 172, 179, 195, 197, 204, 205, 207, 208, 211, 212, 214, 215, 220, 224, 235, 236, 238, 241, 244, 245, 247, 248, 252, 255, 256, 257, 262, 263, 264, 265

圣殿文士（Temple Scribe） 92, 93, 96, 97, 205

圣约（ברית, Covenant） 186, 195, 197, 199, 200, 201, 204, 206, 207, 231, 232, 234, 273

师父（Master） 20, 21, 22, 23, 24, 25, 32, 33, 34, 35, 36, 37, 58, 59, 83, 84, 85, 88, 150, 218, 259

史官（Recorder） 87, 93, 167, 169, 170, 213

"十诫"（Ten Commandments） 4, 105, 186, 194, 210, 231, 269, 279

《诗篇》（Psalms） 92, 97, 101, 102, 164,

303

191

史诗（Epic） 1, 2, 3, 7, 15, 21, 22, 24, 68, 70, 71, 72, 73, 74, 75, 78, 80, 105, 149, 181, 194, 195, 204, 250, 277

《士师记》（Judges） 4, 1, 5, 11, 92, 146, 148, 149, 150, 151, 152, 166, 171, 174, 175, 176, 177, 179, 187, 188, 191, 199, 200, 234, 244, 248, 249, 250, 266

书记（Scribe） 62, 87, 93, 94, 167, 169, 170, 199, 213

《苏美尔王表》（The Sumerian King list） 23, 79

苏美尔语（Sumerian） 20, 35, 36, 37, 58, 59, 71, 72

T

《塔纳赫》（תנ״ך, Tanakh） 1, 2, 3, 4, 5, 3, 1, 3, 9, 10, 24, 26, 31, 43, 70, 71, 81, 82, 83, 84, 87, 88, 89, 91, 92, 96, 98, 99, 105, 111, 112, 123, 125, 143, 146, 148, 149, 150, 152, 158, 159, 161, 165, 170, 171, 173, 175, 176, 177, 186, 188, 203, 204, 211, 212, 217, 218, 221, 225, 226, 228, 231, 232, 233, 234, 235, 238, 249, 250, 253, 254, 255, 256, 271, 277

"妥拉"（תורה, Torah） 87, 91, 146, 150, 158, 163, 204, 206, 251, 255, 256, 264, 266

W

文士（Scribe） 1, 1, 2, 4, 5, 1, 2, 3, 2, 3, 4, 5, 6, 7, 8, 9, 10, 11, 12, 13, 14, 15, 16, 17, 18, 19, 20, 21, 22, 23, 24, 25, 26, 29, 30, 31, 32, 33, 34, 35, 36, 37, 39, 40, 41, 43, 51, 52, 53, 54, 55, 56, 57, 58, 59, 60, 61, 62, 63, 64, 65, 67, 68, 70, 71, 72, 73, 74, 75, 79, 80, 81, 82, 83, 84, 85, 87, 88, 89, 90, 91, 92, 93, 94, 95, 96, 97, 98, 99, 100, 101, 102, 104, 106, 107, 108, 109, 110, 111, 113, 117, 118, 120, 122, 123, 125, 126, 130, 138, 139, 145, 146, 147, 150, 152, 158, 163, 166, 167, 169, 170, 178, 203, 204, 205, 206, 207, 208, 209, 211, 212, 213, 214, 215, 216, 217, 219, 220, 221, 222, 223, 224, 225, 226, 227, 228, 229, 230, 231, 232, 234, 235, 237, 238, 240, 241, 244, 245, 246, 252, 253, 254, 255, 256, 257, 259, 260, 262, 263, 264, 265, 266, 268, 274, 275, 276, 277, 278

文士教育（Education of Scribe） 1, 2, 2, 3, 5, 15, 16, 20, 21, 22, 23, 24, 26, 34, 35, 37, 40, 57, 64, 82, 84, 87, 88, 89, 90, 91, 169, 204, 214, 220, 224, 265, 266

文士技艺（Scribal Art） 3, 3, 20, 21, 31, 32, 33, 35, 36, 39, 51, 56, 57, 59, 60, 70, 75, 83, 88, 166, 167, 169, 170, 203, 212, 237, 274

文献先知（Literary Prophet） 150, 156, 157, 220

文献生产（Text Production） 1, 3, 14, 15, 70, 111, 240, 244

文学价值（Literary Value） 4, 3, 237, 265, 271

文字系统（Writing System） 1, 2, 14, 17, 19, 184

乌加里特（Ugarit） 2, 2, 5, 23, 24, 70, 82, 83, 87, 88, 139, 140

乌鲁克（Uruk） 41, 42, 78, 80

乌塔—纳毗示提（Uta-napishti） 78, 79

304

索　引

X

希伯来先知文学（Hebrew Prophetic Literature）　1, 1, 2, 3, 5, 2, 3, 1, 2, 3, 4, 5, 6, 7, 8, 9, 10, 11, 12, 13, 69, 111, 112, 120, 123, 126, 128, 129, 145, 146, 147, 148, 150, 154, 158, 159, 161, 164, 165, 212, 221, 237, 265, 266, 271, 272, 274, 275, 276

希伯来语（Hebrew）　1, 19, 82, 83, 94, 97, 100, 191, 211, 228, 241, 246

希西家（Hezekiah）　81, 153, 154, 155, 164, 197, 202, 205, 225, 226, 227, 258

先见（Seer）　148, 195, 251, 254

先知（Prophet）　1, 1, 2, 3, 4, 5, 2, 3, 1, 2, 3, 4, 5, 6, 7, 8, 9, 10, 11, 12, 13, 69, 83, 84, 87, 94, 99, 100, 102, 103, 104, 108, 110, 111, 112, 113, 115, 117, 118, 120, 122, 123, 124, 125, 126, 128, 129, 130, 138, 139, 140, 145, 146, 147, 148, 149, 150, 151, 152, 153, 154, 156, 157, 158, 159, 161, 163, 164, 165, 166, 167, 169, 170, 175, 176, 177, 178, 180, 183, 187, 188, 195, 203, 204, 205, 212, 213, 214, 215, 216, 217, 218, 219, 220, 221, 222, 223, 224, 225, 226, 227, 228, 229, 230, 231, 232, 234, 235, 236, 237, 238, 239, 240, 241, 242, 243, 244, 245, 246, 248, 249, 250, 251, 252, 253, 254, 255, 256, 257, 258, 259, 260, 261, 262, 263, 264, 265, 266, 268, 269, 270, 271, 272, 274, 275, 276, 277, 279, 280

先知书（The Prophets）　3, 2, 3, 1, 5, 7, 8, 11, 12, 83, 84, 87, 94, 99, 100, 108, 111, 120, 123, 130, 146, 147, 148, 149, 150, 151, 152, 153, 154, 156, 157, 158, 163, 164, 165, 166, 167, 170, 175, 176, 177, 178, 180, 188, 203, 204, 205, 212, 214, 215, 216, 219, 220, 221, 222, 227, 235, 237, 238, 239, 240, 241, 242, 243, 244, 245, 246, 248, 249, 250, 252, 253, 254, 255, 256, 266, 271, 274, 280

先知运动（Prophetic Movement）　3, 3, 1, 83, 216, 217, 218, 219, 220, 221, 222, 249, 255, 269

楔形文字（Cuneiform）　14, 17, 18, 19, 20, 23, 113, 266

新巴比伦王国（Neo-Babylonian Kingdom）　89, 170, 172, 211, 235, 252

新亚述帝国（Neo-Assyrian Empire）　20, 23, 24, 52, 67, 75, 82, 89, 91, 123, 157, 170, 201, 202, 266

星象（Astrology）　4, 22, 52, 54, 55, 56, 113, 139

行政文士（Administrative Scribe）　92

叙事（Narrative）　1, 2, 3, 9, 10, 25, 75, 77, 80, 99, 102, 103, 104, 107, 108, 109, 125, 128, 130, 146, 147, 149, 150, 152, 153, 159, 162, 163, 164, 173, 176, 178, 179, 180, 182, 184, 185, 187, 189, 201, 203, 221, 229, 230, 231, 232, 234, 242, 244, 245, 251, 260, 265, 266, 268, 269, 270, 271, 278

宣告者（נביא, Declaimer）　148, 249, 265

宣讲单元（Didactic Unit）　3, 184, 271, 273

学徒（Appetence）　5, 15, 20, 21, 22, 23, 24, 25, 26, 31, 32, 33, 34, 35, 36, 37, 39, 40, 57, 58, 59, 60, 64, 72, 73, 83, 84, 85, 88, 167, 169, 172

305

学院（School） 15, 16, 23, 32, 35, 36, 37, 39, 40, 58, 59, 64, 72, 83, 84, 88, 89, 92, 93, 96, 254, 255

学院文士（School Scribe） 92, 93, 255

学者书信（Scholar Letter） 24

Y

亚哈（Ahaz） 103, 148, 153, 154, 155, 164, 195, 217, 218, 227, 239, 240, 251, 268, 269

亚兰语/阿拉姆语（Aramaic） 19, 20, 97, 98,

亚述巴尼拨（Ashurbanipal） 52, 56, 71, 75, 77, 78

"雅煞珥书"（סֵפֶר הַיָּשָׁר, "Book of the Righteous"） 167, 188, 202, 204, 211

《亚特拉哈西斯》（Atra-hasīs） 21, 70, 75, 76, 77, 78, 79

演说传统（Oration Tradition） 184, 185

耶和华（יהוה, Yahweh） 12, 31, 85, 90, 94, 97, 103, 104, 105, 106, 107, 124, 125, 135, 136, 137, 138, 143, 144, 147, 149, 153, 154, 155, 156, 157, 159, 161, 163, 164, 179, 182, 183, 185, 186, 191, 192, 193, 197, 198, 199, 200, 202, 208, 210, 212, 214, 215, 216, 218, 223, 225, 227, 228, 229, 230, 231, 233, 239, 240, 242, 243, 250, 251, 258, 259, 261, 262, 263, 264, 267, 268, 269, 270, 272, 273

《耶利米书》（Jeremiah） 1, 5, 146, 148, 150, 153, 175, 214, 215, 219, 220, 222, 223, 227, 230, 231, 254, 259, 279

耶路撒冷（ירושלים, Jerusalem） 2, 12, 81, 88, 89, 90, 91, 96, 98, 102, 103, 106, 107, 109, 153, 154, 155, 158, 172, 195, 197, 202, 205, 211, 218, 219, 220, 225, 227, 228, 229, 230, 232, 235, 241, 242, 244, 245, 246, 247, 248, 252, 255, 256, 257, 260, 261, 262, 263, 264

耶洗别（Jezebel） 251, 269, 270

《易普威尔的告诫》（The Admonitions of Ipuwer） 2, 130

以利亚（Elijah） 84, 103, 104, 148, 152, 169, 195, 217, 218, 239, 240, 251, 254, 268, 269, 270

以利沙（Elisha） 84, 152, 169, 216, 217, 218, 254, 269, 270

以撒哈顿（Esarhaddon） 52, 53, 118, 119, 120, 122, 123, 266

《以赛亚书》（Book of Isaiah） 1, 5, 84, 135, 136, 138, 146, 148, 150, 153, 154, 155, 157, 175, 219, 220, 225, 226, 227, 232, 234, 256, 257, 262, 263, 272, 275, 279

以色列（Israel） 1, 2, 3, 4, 5, 6, 7, 8, 10, 11, 12, 13, 14, 15, 48, 66, 75, 80, 81, 82, 83, 84, 87, 88, 89, 90, 91, 92, 93, 94, 97, 98, 99, 100, 102, 103, 104, 105, 106, 107, 109, 110, 111, 112, 123, 124, 125, 128, 143, 147, 148, 149, 151, 152, 153, 154, 155, 156, 157, 158, 159, 161, 163, 164, 166, 169, 170, 171, 172, 173, 174, 175, 178, 181, 182, 183, 184, 185, 186, 187, 188, 189, 190, 191, 192, 193, 194, 195, 196, 197, 198, 199, 200, 201, 202, 203, 204, 205, 206, 207, 208, 211, 212, 214, 216, 217, 218, 221, 222, 224, 226, 229, 230, 231, 232, 233, 234, 235, 236, 237, 238, 239, 242, 243, 244, 247, 248, 249, 250, 251, 253, 254, 255, 257,

258, 259, 260, 261, 262, 265, 266, 267, 268, 269, 273, 275, 276, 277, 279

伊施塔尔（Ishtar） 65, 119

一神信仰（Monotheism） 48, 186, 195, 199

以斯拉（Ezra） 89, 90, 95, 97, 98, 171, 172, 204, 211, 235, 255, 256

《以斯拉—尼希米记》（Ezra, Nehemiah） 89, 90, 97, 171, 172, 204, 211, 235, 256

《以西结书》（Ezekiel） 1, 5, 146, 148, 153, 175, 216, 219, 227, 235

异象（חזון, Vision） 149, 150, 159, 160, 161, 214, 228, 232, 234, 235, 236, 263, 269, 270

犹大（Judah） 3, 12, 81, 82, 89, 90, 91, 92, 93, 95, 96, 97, 98, 103, 104, 105, 120, 151, 152, 153, 154, 155, 157, 158, 159, 164, 169, 170, 171, 172, 175, 176, 178, 179, 180, 188, 197, 202, 204, 205, 207, 211, 213, 215, 217, 218, 219, 220, 222, 223, 225, 226, 227, 228, 233, 235, 236, 239, 241, 244, 245, 246, 247, 248, 252, 253, 255, 256, 257, 258, 260, 261,

262, 263, 264, 266, 273

《约伯记》（Job） 43, 47, 48, 84, 85, 86, 92, 106

月食（Eclipse） 65, 66, 67, 115

约西亚（Josiah） 81, 94, 152, 164, 169, 178, 180, 197, 198, 205, 206, 207, 208, 220, 227, 239, 241, 242, 245, 246, 247, 249, 252

约西亚改革（Reformation of Josiah） 152, 178, 205, 206, 207, 208, 241, 245, 247

韵文/诗歌体（Poem） 225

Z

占卜（Divination） 2, 5, 22, 52, 53, 67, 68, 112, 113, 117, 122, 123, 125, 126, 139, 140, 141, 142, 143, 144, 145, 148, 149, 195

《占梦之书》（Dream Book） 2, 126

《箴言》（Proverb） 21, 31, 32, 49, 51, 84, 92, 169, 205

智慧文学（Wisdom Literature） 15, 24, 31, 40, 41, 47, 51, 84, 85, 87, 92, 277

后　记

　　该书是我的中国博士后科学基金会第 66 批面上资助项目的结项成果，课题于 2019 年 8 月进入上海外国语大学（以下简称"上外"）之时所拟定，经过进一步的思考与相关专家学者的热心帮助，2019 年 11 月获得中国博士后科学基金会的面上资助（2019M661586），2021 年 5 月初稿完成，2023 年初定稿。在三年多的研究撰写过程中，我遇到了很多未曾预料到的困难。这份书稿最终能够完成，离不开师友家人的鼎力相助。谨在此向曾给予我帮助与支持的师友家人表示由衷的感谢。

　　感谢上外文学研究院的郑体武教授、宋炳辉教授、张和龙教授。郑体武教授是我的合作导师，对我课题的申报、论文的撰写与工作方面的指导起到了重要作用。宋炳辉教授、张和龙教授在研究生课程开设、论文撰写与学院工作等方面亦给予了我颇多的悉心指导与帮助，使我能够顺利地克服困难，完成科研与教学等方面的工作。同时也感谢同单位的刘云副研究员和办公室主任刘欣欣，刘云老师在我课题申报的过程中，给予我细致而有效的专业意见；刘欣欣老师细心周密的工作帮助我解决了很多实际问题。

　　感谢我的授业恩师、南开大学文学院王立新教授。立新老师是国内在希伯来文学研究领域耕耘多年的知名学者，在我研究生的学习生涯中，立新老师对我的专业指导使我能够在这一艰深的学术领域找到方向，并不断取得坚实的进步。在我毕业之后，立新老师仍关注着我的研究状态，并悉

后 记

心指导我科研的相关问题，尽可能地提供具有高度专业水准的学术帮助与支持。可以说，如果没有立新老师多年的悉心培养，我实在难以走上这条研究之路。

感谢美国宾夕法尼亚大学（University of Pennsylvania）宗教学系的史蒂芬·怀兹曼（Steven Weitzman）教授，他是美国犹太研究方面的重要学者。在我赴美期间，怀兹曼教授是我的合作教授，对我项目的资料收集与专业指导帮助甚大。怀兹曼教授是犹太人，拥有一个幸福的犹太家庭，我常被邀请前去参加犹太社群的文化与节日活动。这是自我2017年离开耶路撒冷后，第二次近距离接触犹太群体。我再一次见识到犹太文明的坚韧和活力，这些又主要得益于他们的《塔纳赫》。这些有趣的想法，我也经常和怀兹曼教授分享，这也是我十分怀念的一段经历。

感谢上外全球文明史研究所所长王献华教授。王教授是国内世界史在古代近东研究领域的知名专家，其中亦包含古犹太史的研究方向，当得知我在项目研究方面的困难时，王教授热心相助，对我在古代近东史料的整理和阿卡德语的习得方面帮助甚大。

感谢人民出版社编辑祝曾姿老师。祝老师在书稿的编审过程中给予了我重要帮助，她及时热情的沟通、认真负责的校对和专业的修改意见是本书得以顺利出版的重要保障。

此外，我要感谢我的妻子尹兰曦和我的家人。如果没有妻子的温柔陪伴与悉心照顾，我难以有力量完成这项课题的研究。我的家人也在不断支持我，是我前进的动力。

2023年6月
于上海外国语大学